ちくま文庫

ゴシック文学神髄

東 雅夫 編

筑摩書房

詩画集

大鴉

エドガー・アラン・ポオ 著／ギュスターヴ・ドレ 画

日夏耿之介 訳

むかし荒涼たる夜半なりけり　いたづき羸れ黙坐しつも
忘郤の古學の蠹巻の奇古なるを繁に披きて

"Once upon a midnight dreary, while I pondered, weak and weary,
Over many a quaint and curious volume of forgotten lore."

憶ひぞいづれ鮮かに　あはれ師走の厳冬なり。
燼頭の火影ちろりと　怪の物影を床上に描きぬ。

"Ah, distinctly I remember, it was in the bleak December,
And each separate dying ember wrougt its ghost upon the floor."

黎明(いなのめ)のせちに遅(ま)たれつ――逝(い)んぬ黎娜亜(リノア)を哀(かな)しびて
その胸憂(むなうさ)を排(はら)さばやと黄巻(ふみ)にむかへどあだなれや。

"Eagerly I wished the morrow ;
— vainly I had sought to borrow From my books surcease of sorrow —
sorrow for the lost Lenore."

G. Doré

11　大鴉

逝(い)んぬ黎椰亜(リノア)を哀(かな)しびて

"Sorrow for the lost Lenore."

嬋娟(まぐは)しの稀世(きぜい)の姣女(をとめ)　天人(てんにん)は黎椰亜(リノア)とよべど
とことはに　我世(ここ)の名(な)むなし。

For the rare and radiant maiden whom the angels name Lenore—
Nameless here for evermore.”

「稀人(まれびと)のこの房室(へや)の扉(と)を入(い)らばやと
さこそ呼(よ)ばうてあるならめ。
小夜更(さよふ)けてこの房室(へや)の扉(と)を
まれ人(びと)の入(い)らばやとこそなすならし。

"'Tis some visitor entreating entrance at my chamber door
Some late visitor entreating entrance at my chamber door."

——扉をさつと掻い放てば
黯澹として　かげだもなき。

"Here I opened wide the door; —
Darkness there, and nothing more."

こころ訝(いぶか)り　衆生(ひと)悉皆(みな)の夢(ゆめ)せぬ夢(ゆめ)を夢(ゆめ)みつつ。

"Doubting, dreaming dreams no mortal ever dared to dream before."

儂(われ)言(い)ひけらく
「一定(いちぢやう)まさしく何者(なにもの)か疎櫺(それん)の牕(まど)に潜(ひそ)むらし、
さらばなにものの匿(かく)れつるや
その恠異(くわいい)をば窺(うかが)ひ見(み)む。

"Surely", said I, "surely that is something at my window lattice;
Let me see, then, what thereat is, and this mystery explore."

G. Doré

鎧窓（よろひまど）の扉（と）押（お）しひらけば

"Open here I flung the shutter."

神彩厳若かなる大鴉　翺々翽々として翔び入りたる。
会釈もなさず　さては又霎時も佇らず　はた憩はず

……"A stately Raven of the saintly days of yore,
Not the least obeisance made he; not a minute stopped or stayed he.

儂(わ)が房室扉(へやのと)の真上(まうへ)なる巴剌斯(パラス)神像(しんざう)にぞ棲(と)まりたる。
栖(と)まりぬ　かくてことだになき。

Perched upon a bust of Pallas just above my chamber door—
Perched, and sat, and nothing more."

——夜(よる)の領(くに)の汀杳(みぎはは)るかに彷徨(もとほ)り出(で)し

"Wandering from the Nightly shore."

やんがて儂はいと微かに口籠りていふ
「友等みな杳けき疇昔に去にてけり、
明日としなればこのものも我許棄て去らむ。
希望みな杳けき疇昔に消ちにしを。」

"Till I scarcely more than muttered, "Other friends have flown before—
On the morrow he will leave me, as my hopes have flown before.""

扨（さて）、天鵞絨（びろうど）に軀（み）を埋（うづ）み
果（は）てしなき観想（おもひ）の絲（いと）をぞ辿りたる。

“Then, upon the velvet sinking, I betook myself to linking Fancy unto fancy.”

G. Doré

あはれ　灯火凝然(とうくわぎようぜん)と照(てら)し出(い)でたる
蓐椅子(しとねいす)の背張(せばり)なる天鵞絨(びろうど)のなかに、
かの女(ひと)凭(いよ)るべき事(こと)またとなけめ。

"But whose velvet violet lining with the lamp-light gloating o'ver
She shall press, ah, nevermore!"

儂聲あげつ、
「忌はしや儂、神によりて処刑猶予を賜びてけり。
この天人の使もつて、処刑猶予を賜びたまひぬ——
ありし黎椰亜を
思ひ出にて愁を払ふ金丹や処刑猶予を。

"Wretch", I cried, "thy God hath lent thee—
by these angels he hath sent thee Respite—
respite and nepenthe from thy memories of Lenore!"

「畏怖」の宿かるこの里に。

"On this home by Horror haunted."

まことに実(じつ)を告(つ)げよと覓(もと)むる也(なり)、
基列(ギリアデ)に乳香(にうかう)ありやなしや　願(ねが)はくば是(これ)を告(つ)げよ。」

……“Tell me truly, I implore —
Is there — *is* there balm in Gilead? — tell me — tell me, I implore!”

哀傷（かなしび）を荷（にな）へるこの魂（たま）は　杳（はる）かなる埃田（エデン）神苑（しんえん）に於（おい）て、
天人（てんにん）の黎娜亜（リノア）と呼（よ）べる嬋娟（まぐは）しの稀世（きぜい）の姣女（をとめ）
　これを獲（う）べき歟（か）、

"Tell this soul with sorrow laden if, within the distant Aidenn,
It shall clasp a sainted maiden whom the angels name Lenore."

跳(をど)り起(た)ち聲(こゑ)振りしぼりこの儂(われ)は、
「禽(とり)よ、この言葉(ことば)をこそ袂別(けつべつ)の符(しるし)ともせよ。

“Be that word our sign of parting, bird or fiend!” I shrieked, upstarting.

大雨風や夜の闇の閻羅の界の海涯にとたち還れ、

"Get thee back into the tempest and the Night’s Plutonian shore!"

さればこそ儂(わ)が心(こころ)
その床(ゆか)の上(うえ)にただよへるかの黒影(かげ)を得免(えまぬが)れむ便(よすが)だも、
あなあはれ——またとはなけめ。

And my soul from out that shadow that lise floating on the floor shall be lifted —
nevermore!”

目次

大鴉

エドガー・アラン・ポオ著
日夏耿之介訳

G. Doré

むかし荒涼たる夜半なりけり　いたづき羸れ黙坐しつも
忘卻の古學の蠹巻の奇古なるを繁に披きて
黄奶のおろねぶりしつ交睫めば　忽然と叩叩の欸門あり。
この房室の扉をほとほとと　ひとありて剝喙の聲あるごとく。
儂呟きぬ「賓客のこの房室の扉をほとほとと叩けるのみぞ。
　さは然のみ　あだごとならじ。」

憶ひぞいづれ鮮かに　あはれ師走の厳冬なり。
燼頭の火影ちろりと　怪の物影を床上に描きぬ。
黎明のせちに遅たれつ——逝んぬ黎梛亜を哀しびて
その胸憂を排さばやと黄巻にむかへどあだなれや。
嬋娟しの稀世の姣女　天人は黎梛亜とよべど
　とことはに　我世の名むなし。

紫丹の帳、綺窓かけの縵縮ふとありて惆しげに小揺ぐとみて慄然たり。
世にためしなく崎怪なる悚懼に身内わななきて。
偖いまはとて　小胸の動悸しづめばやと儂彳みて言挙げす。
「稀人のこの房室の扉を入らばやと　さこそ呼ばうてあるならめ。
小夜更けてこの房室の扉をまれ人の入らばやとこそなすならし。
　さこそよ　いかでことのあらむ。」

卒然と心はとみに安怡ぎていまは躊躇ふ事由もなければ
「雅丈か内君か得判ねども　ひたに恩宥を願ぎまつる也。
さはれ寔に交睫みてありし折柄　いとも仄かに叩叩と訪ひたまひたれ。
いと秘やかにほとほとと　この房室の扉をほとほとと
聴きがてにこそ来たまひつれ。」と扉をさつと掻い放てば
　黯澹として　かげだもなき。

如法闇夜の幽黯をすかして睹すれば　霎時はただ単身恠しみ怕れ彳ち尽しつ
こころ訝り　衆生悉皆の夢せぬ夢を夢みつつ。
さはあれど　静寂を破る声もなく闃然として音だになき。
ただ耳語のひと声あり「黎梛亜にもや？」とこの儂の

ささやき出れば木魅ありて「黎椰亜にもや！」と囁きたり。
　ただ是のみぞ　こともなき。
房室に戻りきつれば儂が情懐澎湃としてきはまりなし。
程もあらせず前刻よりもやや音高く　また叩叩と欸門す。儂言ひけらく
「一定まさしく何者か疎櫺の牕に潜むらし、
さらばなにものの匿れつるやその恠異をば窺ひ見む。
小胸をしばし押し静め　その妖異をば探りてむ。
　真風ぞ　いかでもののあらむ。」
鎧牕の扉押しひらけば　むかしの神をさながらの
神彩厳若かなる大鴉　翶翶翽翽として翔び入りたる。
会釈もなさず　さては又霎時も佇らず　はた憇はず
ひたむきに上臈華紳の素振して　儂が房室の扉に棲まりたる、
儂が房室扉の真上なる巴刺斯神像にぞ棲まりたる。
　栖まりぬ　かくてことだになき。
黒檀色のこの禽が世に厳めしくきはきはしき行儀を見れば

こころ悲しき空想も微笑に解けて儂糺すらく
「鳥幘は削がれてあれど　夜の領の汀杳かに彷徨り出し
こころ怯懦て面高なる　老来の大鴉にはよもあらじ。
黄泉　閻羅の王の禁領にして　首長の本名を何とか称ぶ？」
　大鴉いらへぬ「またとなけめ。」

醜禽のかくあざらかに言答ふをうち聴きて愕然と儂は惘みぬ。
答への言葉に意味だもなく　また相応しからずあらばあれ。
儂が房室の扉の真上なる石像の肩に栖りし禽か毛物か
抑も現世の人仮染にも　この房室の扉の真上なる禽を目にするさいはひを
承けにし事のなかるべきは言はずもあれ、
　その禽の名ぞ「またとなけめ。」

さもあらばあれ大鴉　寂黙石像の上に粛然と棲りながらも
辛くしてかの一言を吐きたるのみ　その一言に己が心魂を籠めてしごとく。
さてその上は物も得言はず　はたや又翼も羽叩かず
やんがて儂はいと微かに口籠りていふ「友等みな杳けき疇昔に去にてげり、
明日としなればこのものも我許棄て去らむ。希望みな杳けき疇昔に消ちにしを。」

この時禽は言挙げぬ「またとなけめ」と。
さしも蕭森たる折柄　この凱切の答へありしに肝つぶれ、儂曰ひけらく
「寔に寔にかかる一語こそ、正しく唯ある薄倖の人より耳にして
いまだに得忘れぬ言の葉なれ。
その人　惨たる災殃うち重なり　やがて希望を悼む誄詞ぞ
わが歌ごゑに　かの鬱悒の畳句をこそ添へたりしか、夫れ
『またと――またとなけめ』てふ畳句をば。」

しかれども大鴉、こころ悲しき想ひをば愈よ微笑と変へつれば、
儂ひた向きに蓐椅子を　禽と石像と扉前とにめぐらしすすめ、
扨天鵞絨に軀を埋み　果てしなき観想の緒をぞ辿りたる。
この古き世の凶鳥が、
この上つ代のいと物凄く見苦しく蒼寥枯痩の摩賀鳥が啼聲の　意味を覓めて
「またとなけめ」と啼ふこゑの。

その言の葉を解してむと儂は坐りぬ　さはあれど、一語だもものも得言はず
かの禽の炯々たる瞳の光　わが胸奥に火え入りしか。

枯坐しては、あれやこれやと想ひまどひつ。やすらかに儂が頭こそ、
燈火凝然と照し出でたる蓐椅子の背張なる天鵞絨に凭れ倚りぬれど、
あはれ　燈火凝然と照し出でたる蓐椅子の背張なる天鵞絨のなかに、
　かの女凭るべき事またとなけめ。

かかる折しも　天人が揺ぐる香炉眼には見えね、そのたち燻ゆる香は籠りて、
大気ますます密密たり、かの天人の跫音は床の花氈のふかぶかたる上に響きぬ。
儂声あげつ、「忌はしや儂、神によりて処刑猶予を賜びてけり。
この天人の使もつて、処刑猶予を賜びたまひぬ——ありし黎棚亜を想ひ出にて愁を払ふ
　金丹や処刑猶予を。
あなあはれ　飲めかし甘し仙丹を　服しをはりて亡き黎棚亜をば忘れてむ。」
　大鴉いらへぬ「またとなけめ。」

儂は言ふ「預言者よ凶精よ　しかはあれ儂が預言者よ　禽にまれまた妖異にまれ、
悪神是を将来せしか、はた、悪風此土に運び来りたるか、
この寂寞たる魔の国にうち侘びて、しかすがに怯めず臆せず、
「畏怖」の宿かるこの里に。まことに実を告げよと覓むる也、
基列に乳香ありやなしや　願はくば是を告げよ。」

大鴉いらへぬ「またとなけめ。」

儂は言ふ「預言者よ凶精よ　しかはあれ儂が預言者よ　禽にまれはた妖異にまれ、
人界をたち蔽ふ上天に是を誓ひ　われ等両個是を崇拝するかの神位に祈誓ひて是を申す、
哀傷を荷へるこの魂は　杳かなる埃田神苑に於て、
天人の黎棚亜と呼べる嬋娟しの稀世の姣女これを獲べき歟、
天人が黎棚亜と呼べる嬋娟しの稀世の姣女これを択べき歟。」
大鴉いらへぬ「またとなけめ。」

跳り起ち聲振りしぼりこの儂は、「禽よ、この言葉をこそ袂別の符ともせよ。
大雨風や夜の闇の閻羅の界の海涯にとたち還れ、
爾の心の譚りたる誑誕の印として、かの黝き羽をな賂ひそ。
儂がこの閑情をな攪乱しそ。扉口なる石像の上を郤退け。
儂が胸奥よりは爾の鳥喙を去り、この扉口よりは爾の姿相を消せ。」
大鴉いらへぬ「またとなけめ。」

さればこそ大鴉　いかで翔らず恬然とその座を占めつ、
儂が房室の扉の真上なる巴剌斯神像にぞ棲りたる。

その瞳こそげにげに魔神の夢みたるにも似たるかな。
灯影は禽の姿を映し出で、床の上に黒影投げつ。
さればこそ儂が心その床の上にただよへるかの黒影を
得免れむ便だも、あなあはれ
——またとはなけめ。

アッシャア屋形崩るるの記

エドガー・アラン・ポオ著
日夏耿之介訳

心は懸れる琵琶にして
触るればさやに鳴り響く。——ベランジェ

その歳の秋の日、鈍いろに、小闇く、また物の音もせぬひねもす、雲低く蔽ひ被さるがごとくにみ空にあるを、われは馬上孤り異やうにすさまじき県の広道を旅してありつるなり。つひに夕闇薄れば、夫の幽鬱なるアッシャア屋形は見え初めつ。なじかは知らねど、その屋形を初めて眺むるや、ほとほと耐へかたき幽愁心のうちに拡ごりつ。耐へかたきとわれは云ふ。けだし、この情は荒涼はた凄壮たる峻儼の自然の物の形に対ふ時にだに常に感じつる、夫の詩的なればこそ半ばは楽しとふ情によりてすら些かも和らげざる底のものなりければなり。

われは眼前の風光を見守りつ——唯それのみの家宅と、屋敷うちの風景のたたずまひと、すさまじき壁と、虚ろの眼めく窓々と、蔓へわたる菅草いくむらと、朽ち果てし数本の樹木の真白き幹とを見遣りつ。鴉片に耽る人の見果てぬ夢や、日々のくらしへの苦き経過、怕ろしき面紗の垂れ下りなんどは兎まれ角まれ、現し世の如何なる感覚とて得比ぶ間敷きわが魂のこれぞまつたき沈鬱なる。

こころは氷のごとく冷たく沈み且病み、いかなる想像の刺戟あればとて、壮美なるものとはなしがたき、げに打ち戻す間敷き物寂しさの思ひなり。何ならむわれは亻みて物思ひつ。

アッシャア屋形を打ち眺めてかくもわれ打ち沈みしは何ものの所為やらむ。全く解きがたき不可思議なり。又われは、物思へるその時、群る影の如き幻影をば抑ふることの叶はざりつるなり。そこには斯くもわれらを感動せしむる力の存する洵に簡素なる自然の事物の結合疑ひなくあれど、この力の分析てふことは、われ等の幽深なるものを超越する思惟の間に存すといふ満足しかたき結論に退かざるを得ざりき。この景観の殊性の、すなはち画面の細部の単なる異なれる配列法に於て、悲哀に充てる印象の容積を、あるは修飾し、あるは絶滅せしむるに事足らむ事可能なりとわれは考へつ。依りてこの思考に従ひ、われはわが馬を制して、この家の傍なる、小波立たぬ光のうちに横はれる、黝く蒼ざめし山湖の切り削げるがごとき断崖際に立ち、灰じろの菅草と、いと物凄き樹々の幹と、虚ろなす眼めく窓々の作り替へたるがごときさまの倒影を瞰望したれど、こは前にも弥増して慄然とこの身打ち震ふばかりなりき。

　ともあれ、われはこの幽鬱の屋敷に幾週を滞留せむとするもの也。主ロデリック・アッシャアは、わが少年時代の佳友にして、最後に袂別れてより已に幾歳月は経つ。さるにても、頃ろ一通の尺牘国の杳か遠地なるわが許に到り——これ友よりの書翰なるなり。そはいとあらけなき執拗のさがなれば、親しく返しごとなさでは叶ふ間敷きふみなり。その筆蹟は神経の亢奮を明らかに示したり。筆者は急性の肉体的疾患とその苦しむ精神的不調と、最上の而も洵に唯一の盟友たるわれに逢会したき切なる願望、ふたりの楽しき遊交によりその病苦の軽減を庶幾はむなど述べたり。これらのふみの、尚又その外のふみの筆致に徴して、その懇求のなかに明らかに伺はる、至情の程は、われを踟躕逡巡するに勝へしめず。さればこそ、われは今に太だ奇異なる招請とこそ考へらるる彼が招きに応じつるなれ。

少年の比こそ、われら親しき伴侶たりしとはいへ、わが友の身辺についてはほとほと知ることなかりしなり。彼はつねに極度に慣はしとして口数少き友なりき。されども、わが知るは一家が古き旧家の家柄として古き代より特殊なる感受性のさがを以て世に聞し、そは幾世の間幾多の最貴なる芸術作品に現はれつ、近き代に於ては、音楽の学問の正統に属し容易に理解しうる美なんどよりも、むしろその錯綜美に対する熱情的篤信ある事なり、又出過ぎざる程に而も惜まずして慈善献金をたびたび行へることある事なり。

又わが知る著名の事実として、アッシャア一族の直系は、幾世にわたりて名誉の家たりしが、いつの頃にも、いかなるその傍系も永続する事はなかりき。言葉を換へて云へば、全家は直系の相伝にして、時に些かなる変調ありしとはいへ、まづは常にかくありける也。

オトラント城綺譚

ホレス・ウォルポール著
平井呈一訳

第一套

オトラントの城主マンフレッド公には一男一女があり、総領はマチルダ姫といって、芳紀十八、容色なかなかにうるわしい処女であった。弟君のコンラッドというのは姉よりも三つ年下で、これはうまれつき病弱な、ゆくすえの見込みのない凡庸な子であったが、姉のマチルダには日ごろ情愛らしいものをついぞ見せたことのない父親の、またとない掌中の珠であった。マンフレッド公はかねてから、ヴィツェンツァ侯の息女イサベラ姫をわが子に妻わすことを約して、倅コンラッド本復のあかつきには、早々に婚儀の式をあげさせるつもりで、すでに付け人をつけて、姫を自分の手もとに引きとっていたのである。その晴れの挙式の日を一日千秋の思いで待ちわびるマンフレッドの胸中を、一家一門、および近隣のひとびとは、いろいろに取り沙汰していた。しかし家中の面々は、日ごろから癇癖のはげしい殿の気性をよくこころえていたから、殿の心中のあせりについては、たれひとり、めったな臆測を口に出していうものもなかった。奥方のヒッポリタというのは温厚貞淑な婦人で、彼女はおりにつけわが子の若年のこと、あまつさえ病身であることをかんがえて、一粒だねの跡取りをそんなに早く縁組させるのは、なにかにつけて心もとないことを、しばしば夫に申し立てたけれども、そのたびに夫から受ける返事は、だいじな世継ぎの胤を一人しかもうけぬわが身の石女のふがいなさを、いまさらのように事改めて思い知らされるばかりであった。とかく口さがないのは領内の百姓町人衆で、かれらは、殿さまが若君さまの御婚礼をあのようにむたいに急がれるのは、ありゃあ昔からここのお城に言い伝える古いお告げが、いよいよあらわれることになったので、それが怖いからじゃと、みんなそのせいにしていた。――「オトラントの城およびその主権は、まことの城主成人して入城の時節到来しなば、当主一門よりこれを返上すべし」というお告げが、遠い昔に宣下されたのだそうな。お告げの意味はどういうことなのか、よくわからなかったし、さらにそれがこんどの婚儀とどういう関係があるのか、それもにわかには計りがたかったが、とにかく、このお告げが謎かまことか甲論乙駁、領民たちは思い思いの意見をいよいよ固くした。

婚儀の日どりは、若君コンラッドの誕生日と定められた。その日、賓客（まれびと）たちは城内の礼拝堂にうちつどい、いよいよおごそかな神前の儀式をとりおこなう準備万端ととのったという時になって、かんじんのコンラッドの姿がどこへ行ったか見えなくなった。一刻の猶予も待ちきれず、気ばかりあせっているマンフレッドは、わが子が席をはずしたところを見ていなかったので、ただちに近侍の一人に命じて、若殿を呼びにやった。近侍は中庭をわたって、コンラッドの居間まで行くほどもないうちに、息せききって駆けもどってくると、目をむき口に泡をためて、ものもえ言わず、ただしきりと中庭のかたを指さす狂顚（きょうてん）のていたらくに、並みいる客たちはみなみなギックリ、ただただ唖然とするばかりであった。奥方のヒッポリタは、なんのことやらわからぬながら、わが子の上を気づかうあまり、その場にバッタリ気を失う。マンフレッドは心配よりか、婚儀のおくれることと、家来のうつけぶりに腹を立てて、いたけだかに、なにごとじゃ？　とたずねたが、家来は答えもやらずなおもつづけて中庭のかたを指すばかり。やがてかさねて問われると、ようやくのことに、

「あの！　お兜が！　お兜が！」とさけんだ。

　とかくするうち、数人の客たちがいち早く中庭へと走り出ていったが、まもなくそちらの方から、なにやら恐怖と驚愕の魂ぎるような叫び声が、騒がしくきこえた。マンフレッドもようやくわが子の見えないのが心配になりだし、ただならぬあの騒ぎは何事だろうと、自分もやおら席を立って行った。マチルダはあとにのこって母の介抱につとめ、イサベラもおなじ目的で席にのこっていたが、イサベラが席をうごかなかったのは、じつは、まえまえから情愛などつゆほどもおぼえていない花婿に対して、ここで自分がジタバタあわてさわぐような不覚を、はたの目に見られたくないためであった。

　マンフレッドの目をまず第一に射たものは、なんだか黒い鳥毛の山のように見えるものを、下人（げにん）どもの群れがエイヤエイヤと懸命になって持ち上げている姿であった。目をこらしてよく見たものの、自分の目が信じられなかったので、マンフレッドは怒気をふくんでどなりつけた。「ヤイヤイ、きさまら、何をしてさらす！　和子（わこ）はどこにおるのじゃ？」

するると、異口（いく）同音の声がいっせいに答えた。「おお上様（うえ）！　若君さまは！　若君さまは！

このお兜が！　お兜が！」

　涙まじりのその声に、あるいじはギックリ。なんのことやらわからぬまま、こわごわ前にすすみ出てみると、こはそもいかに、わが子はグッシャリ、木っ葉みじん。さながら尋常の

人間のためにつくられた兜の百層倍もあるような大兜の下にうち敷かれて、その上を、大兜にふさわしい山のごとき黒い大鳥毛が、くろぐろと蔽っていたのである。

身の毛もよだつそのありさま。しかも、この災難のおこったときのもようを、まわりにいるものは誰ひとりとして知らない。いや、それよりなにより、いま自分の目の前にあるこの恐ろしい惨事が、マンフレッドの口から言葉を奪った。悲しみがこみあげてくるよりも、沈黙の方が長くつづいた。こはこれ一場のまぼろしと信じたいが、それもむなしいこの場のありさまに、マンフレッドはややしばらく、つくづくと目をすえて眺め入るばかりであったが、どうやらかれの心は、失ったものに意をそそぐよりも、このことを引きおこしたこの途方もない大きな兜に、思いをこらす方が急のようであった。かれは命とりのその兜にさわってみて、あちらこちらを調べてみたけれども、鮮血に染まったわが子のいたましい亡骸すら、目前に降ってわいたこの不吉な前兆から、かれの目をそらさせることはできなかったようである。日ごろからコンラッドのことを、目のなかへ入れても痛くないほど可愛がっていた父親の慈愛のほどを見知っている連中は、もちろん兜の不思議に胆をつぶされたことはいうまでもなかったが、それと同じくらいに、殿の無情さにも、舌をまいて驚き、かつ呆れた。やがて一同は、マンフレッドからは一言の指図もうけずに、いまは変わりはてた若君の遺骸を、ひとまず城内の大広間にはこび移した。城主は、礼拝堂にのこっている奥方や姫たちのことも、おなじように、とんと気にとめていなかった。ところが豈図らんや、そういうマンフレッドの口からはじめてこぼれた言葉というのは、不幸な奥方やマチルダのことはなにも言わずに、「イサベラ姫をいたわってとらせよ」という一言であった。

　家来どもは、いつに似げないこの言いつけの異なことには気もつかずに、ふだんからみな奥方のことを慕っている連中のことだから、それにひかされて、殿さまは御台さまのことを案じていわれたものと思いこみ、それっというので奥方を助けにとんで行った。そして生きたけしきもなく、ただわが子の最期のほかは、聞かされた珍事のもようにもいっこう無頓着でいる奥方を、みんなしてお部屋へかつぎ移した。マチルダは母君の歎きと驚きをなだめながら、ひたすら介抱につくし、苦しみ悩む母君にかしずいて慰める以外に余念がなかった。一方、イサベラは、日ごろヒッポリタから実の娘のような扱いをうけ、自分も実の母にたいするような、義理と情愛をこめた柔順さで仕えていたので、いまも御台にはすくなからぬ心づかいを払っていたが、同時に彼女は、つね日ごろ友情にあふれた温かい思いやりを自分によせていてくれるマチルダが、さいぜんからしきりとこらえていると見た悲歎の重荷を、なんとか自分も分け持って、すこしでも軽くしてあげたいと一所けんめいにつとめた。でも彼女は、自分の立場も考えなければならなかった。若君コンラッドの横死については、自分としてはただお気の毒というよりほかに、べつになんの関心もおぼえないし、また、うれしくもないおめでたを約束されていた御婚礼から――むりやり押しつけられた、のっぴきならない花嫁御寮から、ひいてはあのマンフレッドのはげしい癇癖からのがれられたことにも、彼女はなんの未練もなかった。なるほどマンフレッドは、これまで自分のことを大きな寛容をもって別物扱いにしてくれてはきたけれど、でも、ヒッポリタやマチルダのような柔順な奥方や娘御へのあのいわれもない厳格ぶりを見るにつけ、彼女はとうから心に、ふるふる怖いという思いを刻みこまれていたのである。

姫たちが、哀れな母君を褥にうつしている間、マンフレッドはまだ中庭にのこって、不吉な兜をうちながめながら、椿事を聞いてまわりに集まってきた群集のことなど、まるで念頭にないようであった。ただ一つ、かれの聞きたがっていることは、いつこのことが起こったのか、それを知っている者はないかということで、口に出した言葉も、ほとんどその問に限られていた。でも、誰もそれに答えることのできるものはなかった。しかし、どうやらそのことがかれの詮索の唯一の目的であるらしく、この悲劇が前代未聞の不思議なものだけに、いろいろ突拍子もない臆測をあれこれとめぐらしていた見物の連中も、まもなく城主と同じ考えになってきた。みんなが寄ってたかって、非常識なあてずっぽうをいいあっている最中へ、うわさを聞いて近くの村からやってきた一人の若い百姓が、やあ、このふしぎな兜は、御城内の聖ニコラス院にある御先々代の御城主、明君の誉れ高いアルフォンゾ公の黒石のお像の兜に、そっくりじゃな、と言いだした。

「コリャ下郎！　その方、なにを申すか？」

夢うつつの境からハッとわれに返ったマンフレッドは、たちまち持ちまえの癇癖をおこすと、いきなり若者の胸倉をつかんで、どなりつけた。「おのれ、何故あってさような慮外を言いひろぐのだ？　一命にかかわることだぞ」

並みいる見物の衆は、殿さまの立腹の原因が最前からの殿のそぶりと同じく、なにがなにやらさっぱりわからないので、この新しくもちあがった悶着をさばくのに途方に暮れてしまった。当人の百姓も、自分の言ったことが、なんで殿さまの癇にさわったのかわからないから、これもあっけにとられたような、ポカンとした顔をしていた。が、やがて気をとりなおすと、若者はいんぎんにへりくだりながら、まず胸倉をとっている殿さまの手をふりほどき、ここは一番、ヘドモドうろたえるよりも、身の潔白を用心するに如くはなしと、ズンと下手に出て、ヘイヘイ、恐れながらやつがれに、いかような罪科あってのお咎めでごぜえやすかの？　とうやうやしく尋ねた。マンフレッドは、相手がたしなみをもって下手に出たのはいいが、自分の手をふりほどいたその気勢にムラムラとなって、穏便にすましてやろうという気持よりも、癇にさわったほうが強かったものだから、ただちにこの男を召し捕れと家来に命じた。おそらく、婚賀に招かれた客たちが止めに出なかったら、マンフレッドは、高手小手に取り押さえられたこの若者を、刺し殺していただろう。

このとっぱくさの騒ぎのうちに、見物のなかのお先走ったのが四、五人、それっというので、城の近くにある大きな寺院へ駆けだして行ったが、まもなく、あいた口をして戻ってくると、兜はアルフォンゾ公の石像から消えてなくなっている、と申し立てた。この知らせを聞くや、マンフレッドは完全に乱心したようになり、まるで自分のなかに嵐をまきおこしたものを捜し求めるように、またもや百姓につかみかかった。

「おのれ不埒者！　人非人！　験者め！　おのれがやりおったな！　和子を弑せしはおのれよな！」

見物のわいわい連は、なんでもいいから自分たちの手に合う相手で、しかも自分たちの屁理屈をおっかぶせられる相手がほしい矢先だったから、この時とばかり、殿の言葉の尻にのって、みなみな鸚鵡がえしに、

「えい、えい、こやつじゃ、こやつじゃ！　こやつが御先々代アルフォンゾさまの御墓所からこれなる兜を盗み出し、それをば若君さまのおつむりに投げつけ、脳味噌をぶちまけたのじゃ！　そうじゃ、そうじゃ！」と、目の前にある鉄の大兜と、寺院にある黒石の兜と、大きさの釣りあわぬことも考えず、また、うち見たところ二十歳になるやならずのこの若者に、千鈞の重みある大兜が持てるか持てぬかも考えずに、ただやみくもに、こやつじゃ、こやつじゃ！　そうじゃ、そうじゃ！　とわめきたてた。

このばかげた喚声が、マンフレッドを正気にもどらした。――待てよ、この男は二つの兜の似ていることを知っておる。しからばそこのところを糺問して、そのうえで寺の兜の紛失を糺明するか。それとも、好ましからざる想像から生ずる新しい風評を封ずることにするか。いずれをとるにしても、この若者はまさしく妖術者である。寺方が事件の裁きをつけるまで、一同が見破ったこの憎っくき妖術者めを、兜のもとに縛っておけと、マンフレッドは重々しく申し渡すと、近従に命じて若者をひっ立てさせ、大兜の下に引きすえさせた。そして、飲食をあたえると妖術がはたらくから、食物はいっさいあたえるなと、厳命した。

この理不尽な申し渡しに、若者はもとより反対をとなえたが、その効はなかった。マンフレッドの知友たちも、この乱暴千万な、根拠のない処罰を、なんとか翻えさせようといろい

ろ手をつくしてみたが、それも無駄におわった。大方の連中は、お上（かみ）のお裁きに一も二もなく、みな感服した。妖術者というものは、御領主さまがお咎めになったような手段によってこそ罰せられるべきものなんだから、お上のお裁きは、りっぱな御正道をお示しになったものだと考えたのである。また、若者が餓死しはしないかということもそういう連中はなんら良心にとがめるところがなかった。なぜかというと、妖術者というものは、自分の持っている妖法魔術によって、栄養は自分の手で容易に補給ができるものだと、堅く信じていたからである。

こんなぐあいに、マンフレッドは、自分の命令がやんやのうちに承服されたのを見たので、番卒を一名任命し、囚人（めしうど）にはいっさい、食いものをはこぶことを固く禁じたうえ、知友や家中のものを解散させ、城内には下人婢女（げにんはしため）以外のものはおかせぬように、城の大門に錠をおろさせたのち、ようやく自分の居間にひきとった。

そのあいだに、奥方のヒッポリタは姫たちの手あつい介抱の甲斐あって、ようやく気分もなおり、悲歎にかきくれながらも、殿の様子を案じてなんども問いたずねては、しきりと腰元たちに様子を見せにやりたがっていたが、そのうちにとうとうマチルダに、父君（ちちぎみ）をお見舞いして慰めてまいるように、といいつけた。マチルダは父親に情愛のこもった義理など望んでもいないし、父のきびしさをふるふる怖れていたけれども、イサベラに母のことをやさしく頼むと、すなおに母のいいつけに従った。父の近侍にきいてみると、殿にはすでにお居間におさがりになって、誰も入室させてはならぬとのきついお達しだとのことに、さては弟の死の歎きにかきくれておいでなのであろうとマチルダは察し、そのようなおりに、ひとり生き残った子の顔など見られたら、かえって涙を新しくされるのではなかろうかと案じられたが、でも父に気がねをすれば母のいいつけにそむくことになるので、彼女は思いきって気をひきたて、父の厳命とやらを破ることにした。うまれつき内気のおとなしさが、部屋の入口でしばらく彼女をためらわせた。なにやらとり乱した足どりで、父が部屋のなかをあちらへこちらへと歩いているのがきこえた。そのけはいが、いっそう彼女の理解を深くした。ところが、入室の許しを乞おうとしたとたんに、いきなり中からマンフレッドが扉をあけた。あたりは早くもたそがれ時、それに心の乱れも手つだってか、城主はすぐには誰とも見分けがつかずに、「誰じゃ？」とけんどんに尋ねた。マチルダはおろおろしながら「お父上、わたくしでござります。娘にござります」と答えると、マンフレッドはあわてて一、二歩下がって「行け行け、娘などに用はない」といいざま、ついと背を向けたとおもうと、すくみあがるマチルダの目の前に、音荒らげて扉をピッシャリ。

マチルダは日ごろの父の癇癖を知っているから、このうえ押してはいることはできなかった。木で鼻くくるよりまだひどい、辛い仕打ちから受けた心の痛手がおさまると、マチルダは母に知られてはまた心配の上塗りをするとおもい、涙をきれいに拭きとって部屋へもどると、母はいかにも気づかわしげに、父君にはお障り(さわ)ないか、愛子(まなご)をなくされたことをどのように耐えておいでかと、案じ顔なる矢文(やぶみ)の問い。マチルダは、父上は大事ない、男らしう剛毅なお心で御不幸を耐えておいでになります、といって母を安心させた。

「して、このわらわには会うてはくりゃれぬか？」とヒッポリタは声うち曇らせ、「この母の歎きを、つれそう殿の胸には流さしてくりゃれぬか？……！　それともマチルダ、そなたこの母を騙る気かや？　殿があの和子を慈しんでおられたことは、わらわもよう存じている。それを思えばわが君には、この上の憂き目はないであろう。のう。その憂き目におしつぶされておりゃるのではあるまいか？……そなた、返事をせぬところをみると、――ああ恐ろしや、なにやら凶事が！……コレみなのもの、わらわを起こしてくりゃれ。わらわは……わらわはこれより殿に会うてきます。さ、早う早う、御前へみずからをつれて行てたも。娘には会わいでも、わらわは御台じゃ、妻じゃ、子どもらよりも深い仲じゃ！」

マチルダは母を立ち上がらせぬようにと、イサベラに目くばせをする。二人の姫が馴れぬ優手に力をこめて、御台をとどめしずめているところへ、マンフレッドに仕える召使がやってきて、殿にはイサベラ姫に折り入って御談合のすじあり、急ぎお召しにござりまする、とつたえた。

「えっ、わたくしに談合！」とイサベラが叫ぶと、ヒッポリタは殿からの伝言にホッとして、「イサベラどの、行ったがよい。マンフレッドは家族のものの姿を見るに忍びぬのじゃ。そなたなれば、われらより取り乱すことも少ないと思いやって、殿はわれらの愁歎をおそれておいでなのじゃ。イサベラどの、なにとぞ殿をば慰めまいらせよ。よいの、われらが行て殿の悲しみをいや増すよりも、わらわはここにいて煩悩をしずめますると、そなた、言うてたもれ」

あたりはもう夜になっていたので、案内の召使は松明をともして、イサベラの先に立った。マンフレッドは画廊のあたりを、待ちかねたように行きつ戻りつしていたが、イサベラが来たのを見ると、ハッとして、

「灯火を持って、退れ退れ」と急くようにいって、さて扉を荒々しく締めると、壁ぎわの床几にどっかと腰をおろし、イサベラにここへ来て坐れといった。イサベラはいわれるままに、おどおどしながらそばに坐ると、「今、そなたを呼びにやったが……」とマンフレッドは言いさして口ごもり、なにやらひどくおちつかぬ様子である。イサベラが「はい」と答えると、「うん、じつは火急なことがあって、そなたを呼んだ。もう泣きやるな、姫。――そなたは婿がねを失のうた。むごい非運であったのう！　わしは世継ぎの望みを失うたぞ！　しかし、コンラッドはそなたの美しさには釣り合わぬやつであったよ」

「なんとまあ！　殿さま」とイサベラはいった。「殿さまにはこのわたくしを、女子のつねの辛気をば、思わぬ女とは思召めされませぬのか！　わたくしとて日ごろから、義理人情は――」

マンフレッドはイサベラにみなまで言わせず「あれのことはもう考えるな。あれは病身の益体もない子であった。神はこのわしに、わが家門の礎浅からぬことを思えとて、あれをば召しあげ給うたのであろう。マンフレッドの血筋には、かずかずの応護援助があってな。――わしは愚かにも和子を偏愛したために、分別のまなこが昏んだが、今となってみれば、そのほうがなんぼうかよかった。わしも一、二年もたつうちには、コンラッドの非業な最期

を、大手をふって喜べるようになりたいものじゃて」

イサベラのそのときの驚きは、言葉ではとうてい粉飾することができない。はじめ彼女は、悲歎のあまりマンフレッドの思慮が乱れたものと解したのであるが、だんだん考えるうちに、どうやらこの妙な話は、自分にかまをかける下心なのだと、イサベラは気づいた。してみるとマンフレッドは、まえまえから自分がコンラッドに気のないことを知っていたのであろうかと、それが気がかりになった。そこでその考えから、彼女は次のように答えた。――

「殿さま、わたくしが情にもろいことをお疑い下さいますな。御婚約のことはつね日ごろ、片時も忘れたことはござりませぬ。コンラッドさまは、さだめしわたくしの心づかいを一人占めになされたことでござりましょう。このさき、どのような運命に押し流されましょうとも、わたくしはあの方の思い出をだいじに守り、殿さまと御台さまをば父とも母とも思うて――」

「うーん、憎っくきヒッポリタめが！」マンフレッドは叫んだ。「コレ姫、わしも忘れるほどに、今日今宵この時かぎり、御台のことはすっぱりと忘れてしまえ。そなたはそなたの美しさに釣り合わぬ夫を失うたのだ。そなたの美しさは、わしがいずれよしなに扱うてとらす。病身な子供のかわりに、こんどはズンと男ざかりの夫をそなたに持たせてやるぞ。こんどの相手は、そなたの美しさを大事にする仕方をこころえている男じゃ。子種をたんと授けてやれる男じゃぞ」

「め、めっそうもない！　殿さま。わたくしの心は、たった今おこった、お家の御災難のことでいっぱい。またの縁組のことなど、思いもよりませぬ。いずれ父が戻ってまいり、父も満足しますれば、コンラッドさまの時のように、いかような仰せにもしたがいますほどに、父が戻ってまいりますまでは、どうか今までどおり、こちらさまのお慈悲の屋根の下に置いていただき、御台さまやマチルダさまをお慰めまいらせ、晴れぬ日々をば過ごさせていただきとうございまする」

マンフレッドは逆目立ち「御台のことは口にするなと、最前も申したではないか。今宵この時より、おこととあれとは赤の他人のはず。それはこのわしも同じことじゃ。——言うなれば、イサベラ、わしは和子をおことにやれなんだによって、わしがおことに身をささげるのじゃ」

「えっ、これはしたり！」とイサベラは自分の思いちがいから目がさめて「なんということを仰せられます。わが君さま！　これいのう、かりにもおまえはコンラッドの父御さま、わがためにはお舅御、して御貞節なヒッポリタさまの旦那さまでは……」と声をはりあげると、マンフレッドは嵩にかかり、

「これイサベラ、よっく聞け。ヒッポリタはもはや御台でもない、妻でもない、今この時かぎり、縁切ったわやい！　かれめが石女に祟られること年久し。わが家運はかかって男子を儲くるにある。今宵こそは、わが希望は新しき約束をする、首途の夜じゃ！」

といいながら、マンフレッドは、怖れと驚きに生きた色もないイサベラの冷たい手を握った。イサベラは悲鳴をあげて立ちかかる。それを追おうとマンフレッドが立ち上がるおりしも、

天心高くかかる月光が、向かいの窓にこうこうと照りわたるなかに、かの命とりの大兜の大鳥毛が、かれの目のまえにありありとあらわれた。大鳥毛は窓より高くそびえたち、嵐にもまれるごとく、前後左右に揺れうごくにつれて、ザワリザワリと音をたてた。イサベラはこぞと渾身の勇気をふるい、マンフレッドの言うことなど恐れるけしきもなく、

「殿さま、御覧なされませ。ソレソレあのとおり、神さまはおまえの非道な魂胆に、反対をおとなえでござりまするぞ！」

「たとえ神でも悪魔でも、わが計略に邪魔立てさせてなるものか」とマンフレッドは、またぞろ姫をとらえに行く。と、その刹那であった。二人が腰かけていた床几の上にかけてあるマンフレッドの祖父の画像が、ひと息ふかい吐息をついて、胸を高く張った。イサベラはそちらへ背を向けていたので、画像の動きを見なかったから、吐息の音がどこからおこったのか知らなかったが、たしかにどこかで息をつく声がしたのにハッとして「お静かに、殿さま！　今の音はなんでござりましょう？」といいつつ、そのまに入口の方へ行きかけた。マンフレッドは階段口へ逃げかかるイサベラの前に立ちふさがったが、動きだした画像から目をはなせないので、二足、三足イサベラを追いかけたところで、ヒョイと画像をふりかえってみると、こはそもいかに、画像は絵から抜け出して、なにやらきびしい憂いの色をふくみながら、床にスックと降り立った。

「わしは夢を見ているのか？」とマンフレッドはあとへ引きかえしながら「それとも天魔羅刹が寄ってたかって、このおれに刃向かうのか？　——ヤイヤイ、もの申せ、幽霊め！　汝

わが祖父ならば、高い代価を払った汝の子孫に、なにゆえあって逆うのだ?」といいも終わらぬうちに、魍魎(もうりょう)はまたもや深い息をついて、マンフレッドにあとについて来いと合図した。

「どこへなりと連れて行け！　地獄の底までついて行こうわ！　さあ連れて行け！」

魍魎(もうりょう)は陰々と打ち沈んださまで、画廊のはずれのところまでしずしずと進んで行くと、右手の部屋のなかへスーッとはいった。マンフレッドは不安と恐怖でいっぱいであったが、臍(ほぞ)をきめ、すこし離れて魍魎のあとについて行った。そして自分も部屋へはいろうとしたとたんに、扉は見えない手によって、烈しい音をたてて締まってしまった。

ひと足ちがいではいり遅れたマンフレッドは、つけ元気を出して、締まった扉を足で蹴破ろうとしたが、渾身の力をこめても扉はビクとも開かばこそ。

「どうで悪魔のやつばらが、こっちの洒落(しゃれ)を受けぬとあらば、わが一門の血統は、人間の力で保ってくれるわい！　そうなれば、こりゃどうでもイサベラは逃がされぬぞ」

さてそのイサベラは、マンフレッドの手は遁れたものの、初手(しょて)の覚悟はどこへやら、ただもう怖いの一心で、大階段の下までは逃げてきたものの、さてそこからどっちへ足を向けてよいやら、あのマンフレッドのがむしゃらから、どうやったら逃げのびられるか、かいもくわからなかった。城の木戸木戸には錠がおりている。中庭には番卒がおいてある。いっそのことヒッポリタのところへ行って、奥方を待っているむごい運命に覚悟の用意をさせてあげようか。しかし彼女は、どうせマンフレッドが自分を捜しにくることは疑わなかったし、それにまた、あのせっかちながむしゃらを避(よ)ける余地をどこかに残しておかないと、あの乱暴な人のことだから、いつなんどきカッとなって、肚にもくろんでいる損傷を倍にするかもしれない。そのことも彼女は疑わなかった。なんとかしてここを引きのばせば、あの恐ろしいもくろみの胸算用を、考え直させる時間があたえられるかもしれない。すくなくとも今夜ひと晩、あの憎むべき目的が避けられれば、こちらの思うつぼどおりの事態がうみだせるかもしれなかった。だが、それにしても、どこへ身を隠そうか？　城内くまなく探索する追手の連中を、どうやって避けようか？　……こんな考えが、まるで走馬灯のようにめまぐるしく頭を掠めるうちに、ふっと彼女は、この城の地下倉から、聖ニコラス寺院へ通じる地下道のあったことをおもい出した。そうだ、追手に追いつかれないうちに、あのお寺の祭壇へ行ってしまえば、いくら乱暴非道なマンフレッドでも、まさかあの神聖な場所をむざと汚すようなことはすまい。なに、ほかにどうしても救いの手だてが求められなければ、あすこの尼寺へ逃げこんで、永遠の聖処女たちのなかに、この身を閉じこめてしまえばいい。……彼女はそう心に思いさだめた。尼寺は聖ニコラス寺院のすぐ隣にあった。こう考えがきまると、彼女は大階段の下にともっていたランプを手にさげて、秘密の抜け道をさして急いだ。

城の下層部は、いくつかのこみ入った回廊で、地下へ降りるようになっている。心にかかることの多いおりに、窖へとひらく戸口をみつけるのは容易ではなかった。地底の世界は、どこもかしこもちり毛の寒くなるような静けさが領していて、いまくぐってきた出入口の戸を揺する風の音、錆びついた蝶番のギーと鳴る音が、まっくらな長い迷路のなかに木魂するほかには、なんの物音もしない。そのしんとした静けさのなかへ、どこか遠くの方でガヤガヤ人声がするたびに、イサベラは新しい恐怖におののいた。それにもまして恐ろしいものに聞こえたのは、家来どもを下知(げじ)しているマンフレッドの怒声であった。気のせく心をおさえながら、足音をぬすんでそっと歩をはこびながらも、彼女はときおり足を止めて、もしや追手が来はせぬかと耳をすました。そんなひとときのことであったが、ふっと彼女はどこかで人の息をつく声がきこえたような気がして、思わずギクリとして、二足、三足あとへさがった。とたんに、足音がきこえたように思った。全身の血がいっぺんに凍りついた。てっきり、マンフレッドにちがいないと断定した。恐怖があおりたてるさまざまな妄想が、いちどに頭に吹き上げてきた。――むこう見ずに逃げだしたりして、とんだことをしたと、彼女は後悔した。おかげで、泣いても叫んでも助けも呼べないこんなところで、マンフレッドの怒りに身をさらすようなことになってしまった。――でも、待てよ、足音はどうやら自分のうしろでしたのではなかったようだ。こちらのいる場所がわかれば、マンフレッドなら当然追いかけてくるはずである。イサベラはまだその時は地下の回廊にいたのであるが、耳にきこえた足音は、彼女がはいってきた通路の先の方でしたのであった。それがわかると、急に彼女はうれしくなった。そして、ここを先へ進んでいけば、城主ではない誰か知った人に会える、と思った。そのとき左手の、すこし離れたところにある入口の扉が、しずかにあいた。イサベラはそっとランプを掲げてみたが、相手が誰だかしかとわからないうちに、その人は灯影を見るとサッと身をひっこめた。

イサベラはそれこそ、針が落ちてもビクリとするほどだったから、先へ進もうかどうしようかと、迷った。でも、マンフレッドの怖さに比べれば、ほかの怖さなど、なんでもありゃしないと思った。だいいち、相手がこちらを避けたということが、彼女に一種の気強さをあたえた。きっとこれは、城にいる家来の一人にちがいないと彼女は思った。自分はふだんから城のなかではおとなしくしているから、自分に敵意をもっている者は一人もいないはずだ。だから、自分を捜し出せと殿にいいつかって追手に出された者ならいざ知らず、それでなければお城に仕える者は、自分の逃げるのを邪魔するどころか、むしろみんな自分に手を貸してくれるはずだと、彼女は自分に落度(おちど)のないことを意識して、そんな希望を持った。そしてその考えで自分を護り固めながら、あたりの様子を見てみると、今いるところは、どうやら地下の洞穴の入口に近いところにちがいないと思われた。そこで彼女は、今しがたあいた戸口の方へソロリソロリと近づいて行った。ところが、扉のそばまで行くと、とつぜん、一陣の風がサッと吹きつけ、あっというまにランプの灯が消えて、彼女はまっ暗闇のなかにとりのこされた。

このときの姫のおかれた立場の怖さ、これはとうてい言葉では言いつくせない。まっ暗闇のなかにたった一人で、しかもその日起こった恐ろしい出来事は一つ一つ、まだ生(な)ま生まと心に刻まれている。逃げたいにも逃げられる望みはなし、そういううちにも刻々にマンフレッドはやって来そうだし、そのうえ誰だか知らないが、なにかわけがあってそこらに隠れているらしい人の、すぐ手のとどくところに自分はいる。――それを知ったときの彼女の心は、およそ沈着などというものからはほど遠いものであった。乱れた心に思いは千々(ちぢ)に群がりおこり、どうしてよいのやら、いまにも彼女は不安の下にくず折れそうであった。天なる諸聖に自分を訴え、心のなかでもろもろの神々の御加護を一心不乱に祈りながら、かなりの時を彼女は絶望の苦悩のなかに投げ出されていたが、ようやくのことに覚悟をきめて、できるだけそっと扉の方へ手さぐりの手をのばしてみた。そして、入口のありかがわかると、さきほど吐息をつく声と足音がきこえた窖(あなぐら)のなかへ、わなわな震えながら、恐るおそるはいって行った。すると、窖の天井から、雲間をもれたおぼろな月のかげがさしこんでいるのが見えたので、彼女は一瞬、はかない喜びのようなものをおぼえた。どうやらこの窖は、陥没でもしたものとみえて、地面だか建物の一部らしいものがめりこんでいるところを見ると、中へと崩れ落ちたもののようである。その割れ目のあるほうへと、彼女は夢中ですすんでいくと、ついそこの壁ぎわに、ぴったりと身をよせて立っている人の姿が、ぼんやりと見えた。

イサベラは、てっきり自分の許婿(いいなずけ)のコンラッドの亡霊が出たものと思って、キャッと悲鳴をあげた。するとその人影が、ついと進み出てきて、押し殺したような低い小声で、

「コレ驚くことはねえ。おめえさまに危害を加えるようなものではねえだから」といった。

イサベラは、見ず知らずの男の言うことと、声の調子にいくらか励まされて、さっき扉をあけたのはこの人にちがいないと思って、返事をする勇気をとりもどした。

「どなたさまかは存じませぬが、破滅の瀬戸ぎわに立っている哀れな姫に、御憐憫のほどを。どうかお手を貸して、この命とりのお城から、わたくしを逃がして下さいまし。でないと、あと数刻のうちに、わたくしは永久にみじめなものになってしまいます」

「ハテサテ弱ったのう！」と見知らぬ男はいった。「わしにおめえさまを助けてやれるかのう？　おめえさまを守るためなら、おいらは死んでもかまわぬが、なにせこの城は、おいらはからきし不案内。それに――」

イサベラは相手のことばを奪って、「いえいえ、たしかこのあたりにあるはずの、揚げ戸を捜して頂くだけで結構でございますから、お手を貸して下さいまし。それを見つけて下されば、大助かり。もう一時もぐずぐずしてはおられませぬ」といいながら、イサベラは床の敷石を足でまさぐり、相手にも捜してもらうようにしむけながら、この敷石のどこかに打ちこんである真鍮の金輪を捜した。「錠前でござります。揚げ戸をあける錠前でござります。あけかたは知っております。それが見つかれば、逃げられます。見つからないと、あなたさままで巻きぞえに。――マンフレッドはかならずあなたさまのことを、わたくしの逃亡に同腹の者と思うにちがいござりませぬ。そうなれば、あなたさまはマンフレッドの遺恨の犠牲に――」

「おいらは命なんか惜しかねえ。ことに、おめえさまをあの暴君の手から救うためなら、喜んで命を投げ出しやす」

「テモマア、お心のひろいお方！　なんとお礼を申してよいやら――」

というおりしも、崩れ落ちた天井のすきまからさしこむ一条の月かげが、二人の捜す錠前の上をまっすぐに照らし出した。「やれ、うれしや、揚げ戸はここに」とイサベラは手早く鍵をとりだし、錠前の弾機にあてがうと、弾機は横にはねて、鉄の輪があらわれた。「この戸を上にあげて」とイサベラがいうままに、見知らぬ男は揚げ戸を上へあげると、その下に、まっくらな地下道へ下りる石段が見えた。「さ、ここを下りましょう。わたくしのあとについて。暗くて、ものすごいところでございますが、道に迷うことはございません。ここをまいると、聖ニコラス院へまっすぐに出られます」とイサベラは相手を促がしたが、「でも、あなたさまはお城をお出になることもなし、わたくしもうお手を拝借することもございません。もうあと数刻で、マンフレッドの乱暴からぶじにのがれることができます。このうえは、どうか御恩をこうむりましたあなたさまのお名前を」

「おいら、おまえさまを安全な場所へおくまでは、けっして手放しにはしねえよ」と見知らぬ男は熱心にいった。「おめえさまのことは何よりも気がかりだが、でも、心のひろい男だなどと買いかぶらねえで……」

といいかけて、男はにわかにこちらへやってくるらしい人声に、言葉を切った。まもなく、二人の耳に、こんな言葉が聞きとれた。――「妖術者のことなど、聞きともないわい。よいか者ども、姫はかならず城内におるぞ。妖法魔術などいかほど用いようとも、きっと見つけだしてくれようわ！」

「や、南無三宝！　あの声はマンフレッドの声。ささ、急ぎましょう、急ぎましょう。さもないときはこの身の破滅。さあ、あとの揚げ戸を締められて――」といいながら、イサベラは足早に石段を下りていく。男も急いでそのあとを追おうと、うっかり揚げ戸を手からはなすと、揚げ戸は落ちて元どおり、弾機（ばね）はその上にピンと下りた。いくらあけようとしてみても、戸はもうあかなかった。先刻イサベラが弾機をいじった時に、手もとをよく見なかったし、錠のかかりぐあいを見ておくひまもなかったのである。この揚げ戸の落ちる音を聞きつけたマンフレッドは、手に手に松明をもった家来どもをひきつれて、音を目あてにこちらへやってきた。

「いま聞こえたあの音は、イサベラにちがいない」とマンフレッドは、地下倉へはいらぬ先から大声をあげて、「姫め、地下道をつたって逃げておるが、まだ遠くまでは行くまい」とがなりたてた。ところが松明のあかりに、図らずもそこに見つけたのは、さきほどかの不吉な兜の下に縛っておいた、例の百姓の若者だったから、イヤ驚いたのなんの！

「ヤ、ここな裏切り者めが！　きさまは一体どうしてここへ？　上なる中庭にくくりおきしと思うたに！」

「おら、裏切り者でもなんでもありゃしねえ」と若者は悪びれずに答えた。「勝手にそっちで考えてることには、返事はできましねえ」

「ウヌ猪口才なやつ！　余が立腹をけしかける気か？　キリキリ申せ、上からどうして逃げてきたのじゃ？　スリャ番卒どもに賄賂をかませたな。すれば番卒どもは斬捨じゃ」

若者はおちつき払って、「この貧乏じゃ、賄賂もできぬわ。虎の威をかる手先の衆は、みんな殿さまに忠義だてをするだろうが、いくらなんでも嘘で固めたいいつけには、そうそういい顔しちゃあ従えますめえ」

「ウヌ、どこまでも予の返報に立てつく気か？　この上は拷問にかけて、実を吐かしてくれるぞ。さあ申せ、同腹のやつらを明かせい」

「同腹の者はついそこにいましたぜ」と若者はニヤニヤしながら、天井を指さした。

マンフレッドが「ソレ灯火を」と松明を高くかかげるように命じると、かの怪しい兜の頬立の一枚が中庭の敷石をつらぬいて、天井にめりこんでいるのが見えた。これはさきに、下人どもがかの兜を百姓の上に転かそうとしたおりに、兜が地下倉を壊してめりこみ、そこに割れ目をつくり、百姓はその割れ目をくぐって地下にもぐりこんで、まだ間もないところを、イサベラに見つかったのであった。「その方が下りたのは、その道だったのか？」とマンフレッドはいった。

「そのとおり」と若者はいった。

「しかし、回廊へはいったおりに聞こえた音は、あれは何の音じゃ？」

「どこかで戸がバタンと鳴ったな。それはおいらも聞いた」

「どこの戸だ？」

「おいらはお城の勝手は知らねえし、城へはいったのは生まれて初めて。この地下倉もはじめてだ」

「しかし、よく聞け」とマンフレッドは、若者が揚げ戸を見つけたかどうかを聞き出したいと思って、「おれが物音を聞いたのは、この方角であったぞ。家来どもも聞いたぞ」

家来の一人がおせっかいに横合から、「殿、あれはたしかに揚げ戸の音、こやつ逃亡いたす魂胆で――」

「黙れ黙れ、たわけが！」とマンフレッドは叱りつけて、「逃げるつもりなら、どうしてこんな方へくる？　おれが聞いた音が何の音であったか、おれは本人の口から聞くのだ。さあ、まことを申せ、そちの一命は、そちの正直一つにかかることだぞ」

「おいらには正直は命より大事でがす。取り返えっこするのは、御免こうむりだ」

「なるほど、若いに似合わず賢いやつじゃな」と城主は嘲り顔に、「しからば、なんの物音だったか申せ」

「殿さま、おいらに答えられることを聞いてくんろ。おいらが嘘こいだら、首刎ねたらよかっぺさ」

マンフレッドは若者の剛毅と平然たる態度に、ジリジリしてきた。「うん、よし。しからば正直者、返答せい。おれが聞いた音は、あれは揚げ戸の落ちた音か？」

「あい、その通り」

「ナニその通りだと！　しからば、どうして揚げ戸のここにあることが知れたのだ？」

若者は答えた。「お月さんの光で、真鍮板を見ただ」

「しかし、錠前のあることを何者に教わった？　錠前のあけ方がどうしてわかった？」

「アハハ、おいらをあの兜から助けて下すった天道さまが、錠前のバネをおしえてくれなすったのだ」

「天道ならば、いま少々先を越して、おれの怒りのとどかぬところへ貴様を置きそうなものだが」とマンフレッドはいった。「おおかた天道は、貴様に錠前のあけかたを教えたとおりに、こやつは天道の恵みの使いかたを知らぬうつけ者と思って、貴様を捨てたのであろうよ。その方、なぜそのおり、せっかく知った逃げ道を逃げなんだのだ？　なぜ石段を下りぬうちに、揚げ戸を締めたのだ？」

するると、若者はたずねた。「殿さま、そんでは聞くべえが、ここのお城を知らねえおいらに、石段を下りたらどこへ出られるか、どうしてわかるかね？　まあしかし、せっかくの殿さまのお尋ねを、はぐらかすのはよしますべえ。ここの石段がどこへ出る石段だろうと、おいら、逃げ道はさがせたはずだ。絶好の立場にいただものな。しかし実際は揚げ戸を落としただ。追手がすぐそこまで来たからよ。おいら、警告をあたえてやった。一刻早いか遅いかが大事の瀬戸だったのでのう」

「年の若いにしては腹のすわった悪党だぞ。しかし考えてみると、貴様このおれをからかっておるようだな。それが証拠には、錠前のあけかたをまだ答えておらぬぞ」

「お安い御用だ。見せてやるべえ」と百姓はいって、さっそくそこらに落ちていた石ころを拾うと、揚げ戸の上にどっかりとあぐらをかいて、戸に張ってある真鍮板をコツコツ石ころで叩きはじめた。こうして、姫の逃げる時間をいくらかでもかせぐつもりだったのである。

腹蔵のない若者の正直さに加うるに、このおちつき払った胆の太さに、マンフレッドはややたじたじの形であった。かれは罪もないのに罪に落とした男を許すほうに心が傾くのを覚えさえした。一体マンフレッドという男は、正当な理由もない残虐を恣（ほしいま）まにするような、野蛮な暴君ではないのである。運命の事情がかれの気質に邪慳なものを与えたのであって、本性はごく人情にあつい人間なのであった。激情が理性を曇らさないときには、かれの徳性はいつでも働きだす用意があったのである。

城主がどっちつかずの中ぶらりんでいるところへ、地下倉の遠くの方から、ガヤガヤと騒がしい人声がひびいてきた。だんだんこちらへ近づいてくるにつれて、その声は、イサベラを捜しに城内にばらまかれた家来どもの騒ぎの声とわかった。「殿はいずれに？　お館さまはいずれに？」と呼んでいる。

「ここじゃ、ここじゃ」とマンフレッドは、面々が近くへやってきたのでいった。「姫は見つかったか？」

一番がけにやってきた者が答えた。「オオ、殿さまが見つかって御恐悦」

「ナニおれが見つかったと。姫が見つかったかと尋ねておるのだ」

「へイへイ、姫君さまを見つけたと思いしところ――」と家来はなにやら怯えている様子。

「いかが致した？　逃げたのか？」

「へイ、手前とジャケズの両人が――」

「ヘイヘイ、手前とディエゴの両人が――」

とあとから来たのが横から出しゃばるから、

「コレコレ、一度に一人ずつ申せ。姫はどこにおるかと尋ねておるのだ」

「それがいっこうに知れませぬ」と二人の家来はともどもに、「イヤモウ気を失うほど吃驚いたしております」

「さもあろう、たわけめらが。して、なんでそのようにコソコソと逃げもどったのじゃ？」

「ヘイヘイ大殿さま、じつはこのディエゴめが、お殿さまのお目にはとてもとても信じられぬようなものを見ましてな」

「ハテ、またしてもそのようなたわけたことを。まっすぐに返答せい。さもないときは――」

「まあまあ、やつがれの申すこと、一通りお聞きなされて下さりませ。このディエゴとわたくしが」

「ハイハイ、わたくしとこのジャケズとが――」

「コレ、先ほど両人一度に物申すなというたではないか。さらばジャケズ、その方答えろ。今一人のたわけ者は、そちより頭が狂っておるようじゃ。して事の次第は？」

「ハイハイ殿さま、御下問ありがたく存じ上げまする」とジャケズがいった。「ディエゴとわたくしめは、君の御下命により姫君さまの探索にまいりましたところ、若君いまだ御埋葬の式も受け給わねば、魂魄中有に迷いたまい、われら両人、若君さまの御亡霊に出会いしものと――」

「黙れ、酔いどれ！」とマンフレッドは烈火のように憤って、「貴様らが見たのは、ただの幽霊じゃ。なんじゃ、幽霊の一つや二つ――」

「いえいえ殿さま、一つや二つならよろしゅうございますが、われらは十も見ましたので」

「エイエイもう我慢がならぬわ！　こんな頓馬を相手にしていては、こっちの頭まで狂うてくるわ。ディエゴ、下がりおろう！　さてジャケズ、一言でいえ、その方は正気か乱心か？　先には正気であったか？　相棒のかれめは吃驚したと申すが、きさまもか？　かれめが見たと申すのは何なのか、すみやかにいうてみよ」

ジャケズはガタガタ震えながら、「ヘイヘイ、それでは申しあげますが、若君御不慮の御最期にて、日ごろ忠義の家中一統、おはしたのわれわれにいたるまで、なにとぞ御魂安かれと祈らぬものはござりませぬ。ところが、その御家中一統が、二人ずついっしょに組みませぬと、お城のまわりをよう歩かないしまつでございます。さきほどもディエゴとわたくしが、姫君さまは広間においでのことと存じ、そちらへ捜しにまいり、殿が姫君になにかお話がありだと――」

「黙れ、たわけが！　貴様たちが、化け物などを怖れているから、そのすきに姫は逃げたのだ。たわけめが！　おれは廊下で姫と別れた。おれはそこから一人で来たのだ」

「ソレソレ、そういうことなれば、姫君はまだそこらにおられるはず。しかし姫君をそっちへ捜しにいかぬうちに、どうやらこっちは魔のとりこになりそうだわい。不便やディエゴは、まず本復はおぼつきませぬて」

「本復とは何のことだ。貴様らを怯やかしたものはいっこうにわからぬ。いや、埒なきことで大きに手間どった。者ども、続け。廊下に姫がおるか、見てまいろう」

「ヤアこれはしたり、わが君さま」とジャケズが叫んだ。

「そのお廊下へお成りは平におとどまりを。あのお廊下の隣のお部屋には、魔性のものがお

ります る」

いままで家来どもの恐怖は、いわれもないただの騒ぎとあしらっていたマンフレッドは、この新しい事実にギックリした。あの画像の魍魎、廊下のはずれの部屋の戸がにわかに締ったあの不思議。マンフレッドは思わず声がふるえ、心乱れて、「あの部屋に何がいるのだ?」とたずねると、ジャケズが答えた。

「はい殿さま、ディエゴとわたくしがあのお廊下へまいりますと、——ディエゴのやつはわたくしより豪胆ゆえ、先に立ってまいりましたが、さてお廊下へはいってみれば人影なく、床几の下やお調度のかげを隈なく捜しましたが、誰もおりませぬ」

「画像はちゃんと掛かっておったか?」

「はい、掛かっておりました。でも、額の裏まで見ることは考えませせなんだ」

「よしよし、先を申せ」

「で、お部屋の口まで行ってみますと、扉が締まっておりました」

「その扉は明けられなんだか?」

「ヘイその通りで、どうやっても明けられませぬ。いえ、明けられなかったのはわたくしではなく、ディエゴでござりました。あいつ馬鹿なやつで、わたくしが止せと申すのに、意地になってなんでもかんでも明けようといたしましてな。わたくしはどうせまた締める戸を明けたところでと」

「下らぬことをつべこべと。それより扉を明けたときに、部屋の中に何を見たと申すのだ」

「はい、それが殿さま、わたくしはディエゴのうしろにおりましたゆえ、なにも見えませなんだが、物音が聞こえました」

マンフレッドはキッとなって、「これジャケズ、余は先祖の諸霊にかけて厳命するぞ。その方が見たのは何、耳に聞いたのは何か、包まず申せ」

「ヘイ、見ましたのはディエゴのやつで、わたくしではございません。ディエゴは扉を明けたとたんに、キャッと叫んで、夢中でもと来た方へ逃げだしましたゆえ、わたくしも夢中で駆けもどりながら、「出たのか、幽霊が」と尋ねますと、「幽霊？　違う違う」とディエゴは髪の毛を総立ちにして、「大入道だ。鎧を着てな、足と脛とを見ただけだが、まず中庭の兜ほどもある大入道だ」と申すとたんに、お部屋の方で、なにやら烈しい動きと鎧のガチャガチャ鳴る音。さてはディエゴが見たという、長々と足腰のばして寝ていた大入道が立ち上がったナと、あとをも見ずに一目散、お廊下のはずれまで行くか行かないうちに、お部屋の扉がバタンと締まったのを聞きましたが、イヤモウその怖かったの何の。大入道があとから追いかけてくるかどうか、とても振りかえって見られず、もっとも追いかけてくれば足音が聞こえたはず。とにもかくにもお館さま、なにとぞここは一つ、お城のお上人さまをお召しになって、魔物がついたにちがいない、お城のお祓いをお願い申し上げ奉りまする」

「エーイ、なにとぞ上様、よしなにお願い申し上げまする。さもない時はわれら一統、殿への御奉公もなりかねまする」

と家来一同、みなみな口をそろえて言上した。

「鎮(しず)まれ、腰ぬけども。おれについて来い。怪しき正体見とどけてくれるわ」

　すると、家来どもは異口同音に、「イヤモウ滅相もない！　いくらお碌(ろく)のためとはいえ、あのお廊下ばかりはお供ができませぬ」

　そのとき、先刻から黙ってつっ立っていた、かの百姓の若者が口をききだした。「殿さま、景気のいいその乗っ込みを、おいらにやらして下せえな。おいらの命は誰にもかけかまいのねえもの。悪魔が来たって怖かあなし、善魔が来たって咎めをうける筋はねえというもんだ」

　マンフレッドは驚き入り、感に堪えつつつくづくと見やって、「ホ、見かけによらぬ振舞じゃな。嚮後(こうご)、その方の勇気にはきっと酬いてやろうが、今日のところはちと仔細あって、おのれの目で見ねば納得いかぬ手詰なのじゃ。もっとも、そちがいっしょに来るというなら、そちの勝手じゃが」

　マンフレッドは、先にイサベラを二階の廊下で追いかけたときに、あれからすぐに、ヒッポリタがすでに部屋に引きとったかどうか、御台の部屋へ様子をたしかめに行ったのである。ヒッポリタは夫の足音と知って、わが子が亡くなってからまだいちども顔を見ていない夫が心配で、ぜひ会いたいとの思いで、いそいそと立ち上がり、うれしいやら悲しいやら、夫の胸にくず折れかかるのを夫は手荒く突きのけて、「イサベラはどこにじゃ？」

　ヒッポリタは呆れた体(てい)で、「イサベラはどこにとえ？」

「そうじゃ、イサベラじゃ。イサベラに用がある」と相も変わらぬ権柄(けんぺい)声に、マチルダはいつもの父の振舞がまた母に歎きをあたえてはとハラハラしながら、「父上、イサベラはさきほど父上がお部屋へお召しになってから、ここにはおりませぬ」

「どこにいるか教えろ。どこにいたかを聞いておるのではないわえ」

ヒッポリタも見かねて、そばから口を添えた。「わが君、マチルダの申すのは真のこと。おまえに召されて、ここを出たまま、まだ戻っては来ませぬ。さあさあそのことよりも、わが君にはお心静めて、早やばや御寝遊ばしませ。不吉かさなる今日いちにち、さぞお心乱れてござりましょう。イサベラには明朝お召しを待たせましょう」

マンフレッドは声荒らげ、「なに、さては姫のありかを知ってよな。さあ、まっすぐに申し立てい。一刻の猶予もならぬのじゃ」と御台にむかい、「ヤイそこな女、即刻寺の坊主めに出仕するよう、いいつけよ」

ヒッポリタは詞しずかに、「今宵はイサベラも、はや部屋へ退ったことでござりましょう。このような夜更かしには慣れませぬゆえ。――したが、わが君には、なんでまたそのようにおいらだち？　イサベラがなんぞ逆らいましたのか？」

「つべこべと、いらざる問い立て煩わしいわえ。それより姫のありかを――」

「そんなら、マチルダに呼んで来させましょう。ま、お坐りなされて、いつものようにどっかりと落ち着かれたがよいわいの」

「ナニナニ、さてはおこと、イサベラとの会見に立ち会おうというのじゃな。すりゃイサベラを嫉きおるのじゃな？」

「これはしたり、わが君、今のお詞のこころはえ？」

「エ、先ほどよりよほどの時がたつ。このうえは坊主を呼んで、吉報を待つとしよう」といい捨てて、マンフレッドはイサベラを捜しに、そそくさと部屋を出て行った。あとに母娘は顔見合わせ、夫のことばと狂気のそぶりに呆れながら、男ごころが何をたくらむのか、見当がつかぬ思いであった。

却説、マンフレッドはかの百姓の若者と、いやがる家来数人をむりやり引きつれて、地下倉から戻ると、すぐにその足で大階段を一気にのぼって、二階の大廊下へまっすぐに行った。すると、廊下の入口のところで、ヒッポリタと牧師に出会った。じつは、さきほど家来のディエゴは揚げ戸のところで、ひと足先に殿の前をさがると、自分が見たものの驚きをヒッポリタに告げに、御台の部屋へ飛んでいったのである。御台は殿と同じように、魍魎の実在を疑ったが、それはおまえたちの気の迷いで、そのようなものが見えたのであろうと、一応とりなしておいた。しかし、この上さらに夫に衝撃をあたえてはと、彼女はそれを気づかって、もし今、運命が一家の破滅をきめつけているのなら、まだまだどんな悲しいことが続出してこまいものでもない、そのときの用意におろおろしない覚悟をして、自分がまっさきに犠牲になろうと臍をきめた。そして、お母さまといっしょにいるといってきかなかったマチルダを、不承不承に寝かしにやり、自分は牧師だけをつれて、大廊下と部屋の検分にきたのであった。そんなわけで、彼女は数時間前よりはずっとおちついた心持になって、いまマンフレッドと出会って、家来から聞いた大入道の足とやらは、あれはみんなたわいもない作り話、さらでもない夜ふけの暗がりで、怖い怖いの一念から、家来どもの心に映じたまぼろしにちがいないと断言した。そして問題の部屋を牧師といっしょに調べてみて、なにもかもふだんと変わりのないことがわかった。

マンフレッドは御台と同じように、まぼろしは妄想のしわざであったことがわかって、今日一日、いろんな思いがけない出来事から受けた心の動揺が、すこしおさまってきた。そうなると、イサベラに道ならぬことをしかけた自分の行為が恥ずかしくなった。どんな辱しめを受けても、そのたびにやさしさと義理の新しいしるしを返してくれた姫のすなおさ、それを思うと、おのずから目のなかに恋しさが戻ってくるのを覚えたが、それだけに心の奥では、ますます苦い憤りを含んでいる人に対して悔いを感じる良心もなく、自分の欲望を抑えるのが精いっぱいで、可哀そうだなどという気持にはなろうともしなかった。そういうかれの心は、次は巧妙な悪事をたくらむことに移って行った。ヒッポリタのあの大磐石(ばんじゃく)ともいいたい柔順さを考えると、離別だって忍んで黙従するだろうし、いやそればかりか、それが夫の喜びならば、おれと夫婦(みょうと)になれとイサベラを口説くことにも、いうままに従うだろうと、マンフレッドはうぬぼれたのである。だが、それにしてもこの恐ろしい望みを思いのままにするには、とにかくイサベラを見つけ出さなければ、とかれは考えた。そこでわれに返ると、かれは城へ出入りの大手、搦(から)め手、要所要所を厳重に警備することを命じ、城中の者は苦しかろうが、命をかけて城の外へは一人も出さぬようにと、それぞれ人数を配置した。かれは例の百姓の若者にも愛想のいい言葉をかけて、これは階段の上の小部屋でやすむように命じた。

小部屋には、わらぶとんを敷いた寝台がそなえてある。マンフレッドは小部屋の鍵を自分で持ち、明朝また話をしようと若者にいった。それから従者たちを退げさせ、ヒッポリタに怖い目をしてうなずくと、自分の部屋へ引きあげて行った。

第二套

マチルダは母ヒッポリタのいいつけで、自分の部屋にさがったものの、おちおち心もおちつかず、とても床にはいるなどという気にはなれなかった。弟の非業の最期が彼女の心をふかく揺りうごかしていたのである。それにしても、イサベラの姿の見えないのが不審であったが、さきほど父がもらした妙な言葉、それとあの怒り猛った振舞でなさる、えたいの知れぬ母君への威しよう、それがおとなしい彼女の心を恐れと驚きでいっぱいにしていた。イサベラの様子を聞かせにやった、若い腰元のビアンカが戻って来るのを待ち遠しく思っているところへ、まもなくビアンカが戻ってきていうには、女中たちに聞いたところによると、イサベラ姫はどこにも見えないとの話。ビアンカは女中達のとりとめもない話に尾鰭をつけて、お城の地下倉で見つかったという若い百姓の話だの、ことに二階の大廊下のお部屋で見たという、大入道とやらの大きな足のことなどを、くどくど語った。この怪しい大入道の話は、ビアンカもだいぶ怖かったものだから、マチルダが今宵はとても眠られそうもないから、母君がお目ざめになるまでわたしは起きているといったときには、鬼の首でもとったように喜んだ。

マチルダは、イサベラの逃げたこと、また父マンフレッドの母への威嚇について、さんざん気をまわして考えに考えあぐねた末に、いった。

「それにしても父上は、御神父さまに、なんの火急の御用がおありなのだろうねえ？　弟コンラッドの亡骸を、こっそりお寺へはこばせるおつもりなのかしらねえ？」

すると、ビアンカが膝をたたいて、「オ、ソレソレ姫君さま、当てましょ当てましょ。……ハテ読めましたぞえ。――殿さまが和尚さまをお呼びのわけはな、おまえさまもいよいよこれでお家のお跡目なれば、お父君にはおまえさまにお婿とりの御相談でござりまするぞえ。日ごろから御男子をほしがっておいでのお殿さま、こんどはお孫さまのほしいはお請け合い。……オ、マア、これでようやくわたくしも、おまえさまの花嫁すがたが拝めまするな。どうぞ姫君さま、こののちともにこの忠義なビアンカをお見捨て下さいますなえ。……イヤモウそうなれば、おまえさまは押しも押されぬお后さま。どうか意地悪なドンナ・ロザラのようなお局などは置いて下さりまするな。今からこのとおり、きっとお頼みお頼み」

「まああビアンカ、そもじのいつもの癖の早合点。わらわが后じゃなどと、埒もないことを。――弟コンラッド亡きあとのお父上のお振舞、すこしはこちにおやさしくなられたと、そもじは見やるかえ？……いやいや、お父上への愚痴はいうまい。たとえ神様は、父上のお心をわらわの上には閉じられようと、わらわの拙ない天分は、母上のおやさしいお心のなかに開いて下さるはず。そうじゃとも、そうじゃとも。父上のあの御癇癖、わらわに辛くあたる父上の無慈悲は、なんぼうでも忍ぶけれど、あのいわれもない母上へのひどいお仕打ち、あれを見ると、もうもうこの胸が痛うなって……」

「オ、姫君さま、とかく殿御というものは、妻女房に倦きまするとみなあのような仕打ちをするものでござります」

「オヤ、それでもそもじたった今、父上がわらわに婿がねをとらせるというて、祝着したではないかや」

「イエナニ、姫君さまは別でござります。わたくしの大事な大事な姫君さまは、どんなことがござりましょうとも、この忠義なビアンカが、きっと偉ァい奥方さまにして御覧に入れまする。ひと頃そんなお心が萌されたように、尼寺なんぞでキナキナなさる姫君さまは、トント見とうもございませぬ。たとえ性悪な夫じゃとて、持たぬより持つがましじゃとは、母君さまが骨の髄からよう御承知のはず、なんで止め立て遊ばすはずもなし。――アレッ、あの音は何の音? ハア桑原桑原!」

「コレ、またそのような転合を。あれは物見のはざまを風が吹きぬける音じゃわいの。耳にたこのできるほど聞いた音ではないか」

「ほんにわたくしとしたことが……べつに悪いことというたではなし、御縁組の話が何の罪になりましょ。――そこで姫君さま、今も申したように、もし殿さまが美しいお婿殿をおすすめ遊ばしても、おまえさまはお父上の御好意をふり捨てて、わたしゃ尼になるわいなと申されまするのか?」

「その心配はいらぬこと。そもじも知ってのとおり、殿方よりのこちへの申出は、今までなんども父上がお断わりじゃ」

「それをおまえさまは、さも孝行娘のように、アイアイとありがたがっておいでのか？　阿呆らしい！　まあまあお聞き遊ばせ。まずもって……こうっと、オ、ソレソレ、かりに明朝お父上が、おまえさまを御評定の間へお呼び出しになりまする。お父上のわきには、水の滴るような、それはそれは美男子の御公達が控えておいでになりまする。ぬば玉の黒目もすずやかな、白いお額のすっぺりとした、イヤモウ男らしい黒々とした波うつお髪。ソレいつもおまえさまが長々とお坐りになって見とれておいでの、あの大廊下のアルフォンゾ様の絵姿に似も似たり、瓜二つといいたいくらいの若勇士」

「コレ、あの絵のことを軽々しうに言いやるまいぞ」とマチルダは腰元のいうのを遮って、溜息をつき、「なるほど、あの絵姿に見とれるわらわのあこがれは、そもじも知る通り並々ではないけれど、まさか絵に描いた姿に惚れやせぬわいの。あの徳高いお方の御気性を、母君はいこうに尊ばれて、くさぐさの昔語りにわらわを励まして下さるが、なぜか知らぬが母君は、よくあの方の御墓所の前へわらわを連れて行て、お祈りをささげられたものじゃ。それやこれやから、わらわの運命はあのお方と、切っても切れぬ御縁があると知ったのじゃ」

「シテその御縁とは、どのような？　かねがねこちらさまの御一門は、あの方とはかかわりがないと伺っておりまするが、御台さまが雨ふり風間に、朝早うからおまえさまをお連れ遊ばして、あの御墓所へ御参拝なさるわけが知れませぬ。アルフォンゾ様は、暦の上にも御聖人にはのっておらず、おなじ日参遊ばすなら、聖ニコラス様へいらっしゃればよいものをなあ。ニコラス様はほんの御聖人、わたしゃいつも縁結びの願をかけておりまする」

「その入訳を明かしたら、わらわの執心がさめるとでも母君は思召しなのであろう。われながら、なぜこのように執心するのやらみずからにもわからねど、母君がわらわの執心なを御存知ながら、いっそ不思議なくらいじゃ。いずれ気紛れになさるはずもないゆえ、なんぞ母君の御心底には、のっぴきならぬ秘密がおありなさるにちがいない。それが証拠には、弟の不慮の死を歎かるる言葉のはしばしに、ふいと洩らされたことがあった」

「そのお言葉とはどのような？」とビアンカが膝をのりだすと、マチルダは、

「いやいや、親御が洩らされた言葉をいえといわれても、それはいわれぬ」

「すると御台さまは、それいうたことを悔んでおいでのか？……エエモウ、姫君さまにはこのわたくしを、御信用下さりませぬのか？」

「わらわにある秘密なら、そりゃ何なりとそもじに明かそうが、母君のお心は明かされぬ。子というものは、親御の指図するほかは、目も耳も持ってはならぬものじゃ」

「マアマア、姫君さまはお生まれながらの御聖人。ほんに人それぞれの行く道には、関は立てられぬものにござりまするなあ。しょせん、おまえさまは尼寺入り。でも、あのイサベラさまが何でもこちらに打ち明けて下さるから、よいわいの。あの姫さまはな、こちに殿御の話をせいなどとおっしゃりましてな、いつぞやもお城へよい男ぶりの若武者がまいったおり、ああ、コンラッドさまも、せめてあの武者に似ていたらなどと、そんなお話も出たくらい

――」

マチルダはそれを聞くと、急に気色ばんで、「これ、ビアンカ、そもじわらわのお友だちを蔑することは許さぬぞよ。イサベラさまはあのとおりのカラリとした、御闊達なお気性なれど、心は高邁なお方じゃ。さだめしそなたの転合なおしゃべりをご存知で、ときにはそれに水を向け、日ごろ父上が守りきびしう籠めておられる心の憂さを晴らし、寂しさを紛らされるのであろう」

その時またもやビアンカは、飛び上がるようにびっくりして、「ハア、マリア様マリア様！　またしてもあの音が！　姫君さまはなにも聞こえませぬか？　ア、怖わや、このお城には幽霊が！」

「これまあ、騒ぎやるな」とマチルダはたしなめて、「なるほど、なにやら声が聞こえたようでもあるが、ナニ気のせいじゃ。そもじの怖がりが、こちにも移ったのであろう」

ビアンカは半分泣きべそになって、「じゃと申して姫君さま、たしかに声が聞こえましたぞえ」

「この下のお部屋に、誰ぞ寝ているかや？」

「はい。まえかた、コンラッドさまのお師匠さまで、身投げをなされた星占いの先生がお泊りになってから、下のお部屋には誰一人寝るものはおりませぬ。きっとあの先生と若君さまの幽霊が、下のお部屋でお出会いになり……オ、怖わ怖わ、サ、早う母君さまのお部屋へ逃げてまいりましょうぞえ」

「コレ、そうバタバタと騒ぐでない。もしも苦しみ悩む幽霊ならば、わらわがそのわけをよく尋ねて、幽霊の苦しみをらくにしてやりましょう。かくべつ幽霊は、われらに危害をするつもりはないはず。むこうが危害をするつもりなら、よそのお部屋へまいるよりも、ここにこうしているのが身の安全。ビアンカ、お珠数をとってたもれ。サアサアお祈りをしたうえで、幽霊に話してみましょう」

「まあまあ姫君さま、幽霊に話をするなどと、こちゃ真平でござんすわいな」

ビアンカが高声でそういった時、マチルダのいる真下の部屋の窓が、ギーと明く音が聞こえた。二人が耳をそばだてて聞いていると、誰やら歌をうたうのが聞こえた。しかし、歌の文句ははっきり聞きとれなかった。

マチルダは小さな声でビアンカにいった。

「あれは幽霊ではないぞえ。きっとお城の誰かにちがいない。そこの窓をちゃっと明けてごらん。声がわかろうほどに」

「とてもとても、そのようなことは——」

「そもじもよっぽど馬鹿じゃなあ」といってマチルダは自分で立って行って、部屋の窓をしずかに明けはなった。すると、その音が下の人に聞こえたとみえ、歌声がハタリと止んだ。二人は、やっぱり窓を明けた音が下に聞こえたのだと判断した。

「下に誰かいやるのかえ?　いやるなら、返事をおし」

マチルダがそういって声をかけると、知らない声が下から答えた。

「ヘイ」

「誰じゃ？」

「御存知のねえ者で――」と声は答えた。

「知らぬお方とお言やるが、お城の御門はどこもきびしい固め。しかも夜ふけのこの時刻に、どうしてそこへ来やったぞ？」

「イエ、なにも自分で勝手にここにいるわけじゃごぜえやせん」と声を答えた。「夜分お騒がせして、申訳ねえ、どうか堪弁しておくんなせえまし。イヤア上で聞かれているとは知らなんだ。どうもさっきから寝つかれねえもんだから、慣れねえ床をはい出して、この城を逃げ出したくってならねえから、退屈しのぎに夜の白むのを眺めておりやした」

「聞けば、なにやらお困りの様子」とマチルダはいった。「お困りならばお気の毒。失礼ながらもしや真(ほん)にお困りならば、言うて下さんせ。御台さまにわらわから言上すれば、慈悲ぶかいみ心ゆえ、きっと御不幸をやわらげて、そなたを助けて下さりましょう」

するとは、見知らぬ男はいった。「イヤモウほんに不運な者で、栄耀(えよう)も富もからきし知らねえ身でごぜえますが、これも天がさだめた運命(さだめ)と、愚痴も不服も申しちゃおりやせん。こうして年は若えし、五体も丈夫、腕一本の見すぎ世すぎを、ちっとも恥とは思っちゃいねえ、トマア豪儀をいうようだが、けっして高慢だの、そちらのお心ひろい申出を蔑(なみ)するのと、毛頭思って下せえますなよ。おまえさまのことはこれから先、せいぜいお祈りのおりに思い出し、どうか御台さまとやらと末長く、おしあわせをお祈り申しやしょう。なあに、困った困ったと溜息をつくのは人のためで、わがことではねえから、御安心下せえまし」

「姫君さま、やっとわかりました」とビアンカはマチルダにささやいた。「あの下のお部屋にいる方は、たしかにあの若いお百姓さんでございますよ。まずわたくしの勘から申すと、あの方は恋をしておいでででございます。――恋とはまあ、しおらしい。――姫君さま、一つあの方に根問いしてみようではござりませぬか。あちらは姫君とは知らいで、御台さまのお腰元とまちがえているのでございますよ」

「ビアンカ、よいほどにしや」とマチルダはたしなめた。「あの方の心の秘密をさぐるなどと、どこにそのような権利があるかいな。どうやらもの堅そうな、正直らしいお方じゃ。お話のもようでは、おふしあわせなご様子。なんとかわれらが手を打てば、土地田畑なりと持たせてあげられるような御事情なのか。……それにしてもビアンカや、どのようにしてあの方の御信用をえたものかのう」

「これはしたり、姫君さま、おまえさまはまあ、恋のいろはもよう御存知ない」とビアンカは答えた。「そもそも殿御というものは、好いた女子の話をするのが第一の楽しみ」

「スリャそもじはこのわらわに、お百姓さんの思いものになれというのかや?」

「そのとおり、そのとおり」とビアンカはひとり呑みこみ顔に、「そんならこのわたくしから、ちゃっとあのお方に、ものいうてみましょうわいな。ナンノナンノ、御台さまのお腰元勤める名誉の身じゃとて、つねからそれほど偉ぶってもいぬこのわたくし。それに恋に上下の隔てはないもの。お百姓さんでもどなたさんでも、恋するお方は吾が仏」

「コレはしたない、静かにおしや」とマチルダはいった。「あのお方は御不運じゃと申されたが、じゃというて、恋をなされているとはかぎるまいではないか。考えてもみい、早い話が今日このお城でおこった不運なことども、あの因が恋じゃと言えるかや？」マチルダはそういってビアンカをたしなめてから、また若者に話しかけた。「アノそこなお人！　聊爾ながら、御不運がお身の科からおこったものではなく、御台所ヒッポリタのお力で除けられるものなれば、かならず御台におかれては、そなたの後楯になることはお請合。そしてお城を出られたならば、聖ニコラス院のお隣の尼寺におわするジエロム御神父に御面会なされ、逐一お身の上をお明かしなされば、御神父は御台にそのまま言上。御台は、どなたなりと助けを求めるお人の母御。では夜も更けますれば、この上殿方とお話しするのもいかがなれば、これにてお別れいたしまする」

　すると百姓は答えた。「これはまあ御親切の段々、お礼のことばもねえしだいですが、できればお願えついでに、貧乏人の見ず知らずに、もういっとき伺わせて頂きてえが、いかがなものでごぜえやしょう。さいわい窓は明いてるし、伺ってもようごぜえやすかい？」

「お話があるなら、お早くどうぞ」とマチルダはいった。「そろそろもう夜も明けますれば、畑に人が出てくると、見つかりましょう。――して、お尋ねの趣きとはどのような？」

「サテハヤ、どう申そうか――こんなことお尋ねしていいかどうかわかりませぬが」と若者は言い渋りながら、「でも、おまえさまが言葉かけて下すった情けが身にしみて――ほんとにおまえさまを信用してもようござんすかい？」

「とはまた、どういうことぞいな？　なんでまた念押しして信用などと？　なにかお隠しごとがあって、それが正しいお人に信じられることなら、遠慮のうお話しなされませ」

「ではお尋ねしましょうが」と百姓は気をとりなおして、「御家来衆からわしが聞いたこと、ありゃ真のことでごぜえやすか？　姫さまが城から逃げたというは、ありゃ真のことでごぜえやすかい？」

「サそれ知って、そなた何になりまする？　はじめのうちは殊勝な物言い、しだいに募るゆゆしき問いごと。いや読めましたわいな、そなたはマンフレッドの秘密を探りにおじゃった間者じゃな。さらばじゃ。そなたを見損うたわいの」とマチルダは若者に答えるひまもあたえず、窓の戸ピッシャリ締めきって、「エ、モウ、もっと意地悪う言うてやりゃよかったわいの」となにやら烈しい調子でビアンカに向かい、「のう、おまえにあのお百姓と話をさせたら、たがいに双方探り合うて、ホ、さぞよい勝負になったことであろうな」

「お言葉を返すようなれど」とビアンカも負けてはいずに、「このわたくしが尋ねたら、おまえさまが気をようしてお尋ねなされたよりは、もそっと壺にはまったことを尋ねたでござりましょうなあ」

「ホ、それもそうかいな。おまえはたいそう目はしがきいて、御用心がよいそうじゃからの。オ、ソレソレ、そもじであったらこうも尋ねようか、後学のため教えてやろうかいな」

「岡目八目と申して、差し手よりはた目のほうが勝負はようわかるものでござります」とビアンカは答えた。「それはさておき姫君さまには、今の男がイサベラ姫のことを尋ねたことを、あれはただの詮索じゃとお思いになられまするか？　違いますぞよ。あれについてはおまえさまより、家中の者がみな知っておりまする。さきほどもロペッツからちょっと小耳に聞きましたが、イサベラさまがお逃げになったを唆かしたはあの若者と、下々の者はみなそう信じておるとやら。さらば、おまえさまとこのわたくしだけが知っている、イサベラ姫が御舎弟さまを好いておらなんだことは、いよいよ必定。御舎弟さまはだいじな時にあの御最期、そりゃどなたの罪とも申しませぬが、お父上は兜は月から落ちてきたなどとおっしゃりますが、ロペッツや下々の者は、あの美男の若者こそ妖術者、兜はかれがアルフォンゾ様の御墓所から盗みしものと、みなそう申しておりまするぞ」

「ビアンカ、そもじそのような辻褄のあわぬ話にのったのか」

「いえいえ、とんでもない、わたくしは姫君さまのお心のまま。そんな話にのるものではございませぬ。でもなあ、イサベラ姫が同じ日にお行方が知れなくなったも不思議、またあの若い妖術者が揚げ戸の口で見つかったも不思議。――ああ、若君さまが死んで誠を――」

「コレ出過ぎたことを！　イサベラさまのお清らかな御名分に、疑いかけるようなことを言うではない」

「お清いかお清くないか、イサベラさまは行ってしまい、見つかったのが誰も知らないあの若いお方。そのお方に、おまえさまがお尋ねになると、恋に落ちたとやら不仕合わせとやら。恋と不運は同じこと。――いやいや、不運は人から蒙ったとあの男は申しておりましたな。あほらしい、恋もせいで、誰が人をふしあわせにしますものかいな。その舌の下から、イサベラさまのお行方が知れぬはほんとうかなどと、テモしらじらしい」

「なるほど、そもじの言やることも、まんざら根のないことでもない。イサベラどのの逃げなさんしたことは、わらわも驚いた段ではない。あの見も知らぬお人の詮索も異なことではあるが、――でも、イサベラさまはこれまで、御自分の思うことをわらわに隠されたことはついぞなかったが……」

「じゃほどに、姫はおまえさまのお心の秘密をほじくり出そうとおっしゃったのでござんすぞえ。したが姫君さま、あの見も知らぬお方な、あれはどこぞの御公達が姿をやつしているのやら知れませぬぞ。ナア姫君さま、ちゃっと窓をあけて、わたくしに尋ねさせて下さんせいな」

「そりゃなりませぬ。問うことあらば、わらわが問います。もしあのお方がイサベラ姫をほんに知っておいでなら、いまさらわらわがつべこべと、言葉をかけることはないわいな」とマチルダが窓を明けようとするおりから、この部屋のある塔の右手の、城の小門の鈴が鳴ったので、マチルダは見知らぬ男と改めて話を交わすことを妨げられた。

ややしばらく沈黙がつづいたのち、マチルダはビアンカにいった。「イサベラ殿が逃げられた因は何であれ、そのきっかけは些細なことではあるまい。もしあの見も知らぬお方が加担者ならば、イサベラ殿は一定あのお方の忠義立てに満足されたにちがいあるまい。ビアンカ、そもじも聞いたであろうが、あのお方の言葉のふしぶしには、並々ならぬ御信心の深さがこもっていた。あれは下賤の人の言葉ではない。生まれのよいお方のお言葉つきじゃ」

「じゃによって、姫君さま、どこぞの御公達が身をやつされて、と申し上げたではございませぬか」

「したが、もしもあのお方がイサベラ殿の逃げなされた陰の黒幕じゃとしたら、なぜごいっしょに逃げなされなんだのか。なぜ要もないところへ身をさらけ出て、お父上のお怒りになどあわれたのであろうな？」

「サアそれは……オ、ソレソレ、それはなあ姫君さま、兜の下から出さえすれば、殿さまのお怒りを逃れる道があるからでございましょう。きっと護符か何か肌身はなさず持っているに違いございませんよ」

「おまえは何でもかでも魔法にきめてかかるけれど、悪魔と交わるような者が、まさかあのような信心ぶかいお言葉をつかいはせまい。あのお方はお祈りのなかでわらわを思い出そうと言うたではないか。イサベラ殿も、きっとあのお方の信心深いところをお認めになったのであろう」

「へえ、若い男と若い娘の駆落ちに、御信心ごころが出てくるのでござりまするか？　オ、笑止！　アノナ姫君さま、イサベラ姫はな、姫君さまがお考え遊ばすより、お人柄のちがうお方でござりまするよ。ソリャモウ、あちらはおまえさまの御聖人なことはよう御承知ゆえ、おまえさまとごいっしょの時は、せいぜい溜息をついたり、上目づかいもなさろうけれど、おまえさまがお背中を向ければ――」

「ビアンカ、そなたイサベラ殿をくさすのか？　イサベラ殿は表裏のあるお人ではない。献身的な帰依のお心の深いお人じゃ。御自分の持っていぬ使命を持っているふりなど、けっしてせぬお人じゃ。それどころか、わらわが尼寺へ行きたがるのを、あの方はいつも責めていやった。それじゃによって、イサベラ殿が逃げられたも、わらわのせいかと思い、なにやら日ごろの二人が仲にも違うこととびっくりしたが、つねづね尼ぜにはなるなとの、あの欲得はなれた姫の温かい情けが、こちゃ忘られぬ。こちの縁づくのを見たい見たいとあの方はいうていた。そりゃわらわが縁づかねば、財産の分け前で、あのお方にも弟の子たちにも御損になったこともあろうが。とにもかくにも、この上はイサベラ殿のおために、あの若いお百姓をよいお方と信じましょうぞ」

「そんならおまえさまは、あのお二人がよい仲じゃとお思いでござんすか？」

といっているところへ、あわただしく女中が部屋へ駆けこんできて、イサベラさまが見つかりましたとマチルダに告げた。

「まあ、どこでじゃ？」

「聖ニコラス院の御内陣で。御神父ジェロムさまが御自身でお知らせにお越しになり、只今下で殿にお目どおりでございます」

「して、母上はどちらに？」

「御台さまはお部屋においでで、あなたさまをお召しでございます」

マンフレッドは、これよりさき、東の空が白むのとともに起きでて、イサベラの行方がわかったかどうかを聞きに、ヒッポリタの部屋へ行った。城主がそのことを御台に尋ねているところへ、ジェロムが殿に話があるといって登城したとの知らせがあった。マンフレッドは神父の早朝出仕のいわれは心当たりがなかったから、どうせまたヒッポリタに喜捨でも頼みにきたのだろうと思って、それなら二人に話をさせておいて、自分はイサベラを捜しに行くつもりで、目どおりを許した。

「なんじゃ用向きは？　わしにか、それとも御台にか？」

「はい、お二人さまに」と神父は答えた。

「じつはイサベラ姫が——」

「なに、イサベラがどういたしたと？」とマンフレッドは神父のことばを奪って、膝をのりだした。

「——聖ニコラス院の御内陣におられましてございます」

と神父は答えた。

「そりゃヒッポリタの用向きではないわい」とマンフレッドはあわてふためきながら、「御坊、わしの部屋へ行こう。イサベラが寺へ行った仔細は、あちらでとくと聞こう」

「アイヤ御城主」と、神父は果断のマンフレッドさえたじたじとなるほどの、キッパリとした威厳のある態度で答えた。聖者のような徳をもったジェロムには、さすがのマンフレッドも一目おいていた。「愚僧は御城主御台様御両所に仕えおりますことゆえ、お二方おそろいのところで申し上げたいと存じまする。さてまずお方様に伺わねばなりませぬが、イサベラ姫が城を出られた原因について、なにかお心当たりがございますかな？」

「いえいえ、神かけて」とヒッポリタはいった。「イサベラは御台がひそかに知っていると申しおりますか？」

「御坊」とマンフレッドが横合いからいった。「おれはそこもとの聖職にはそれ相応の尊敬を払っておるつもりだが、しかしおれはここのあるじじゃぞ。内々のことに口出しするようなせっかい坊主は許せぬぞ。主命じゃ、来いというたら、わしの部屋へ来い。わしは女房には、政事の内情は知らせぬことにしている。さようなことは女のあずかる領分ではないわえ」

「これはまたお言葉とも思われませぬ」と神父はいった。「愚僧はなにもお内々の内証ごとにさし出るのではござらぬ。愚僧の勤めはどちらにも波風の立たぬよう、不和いさかいあればこれを和らげ正し、悔い改めることを説き聞かせ、片意地な恋慕などは抑えるように、人に教えるのが役目でござるて。愚僧が殿の慈悲もない人の呼びつけ方を、まあまあと許しておるのは、愚僧のつとめを知っておっての上のことでござってな、マンフレッド公よりはもっともっと力のある大帝王の、わしゃお使いでござるぞ。その大帝王は、そのお使いのわしの口を通して、ものを言いなさる。だによって、まあ大帝王の申されることを聞きなされいよ」

マンフレッドは怒りと恥にブルブルと身を震わした。ヒッポリタの顔いろは、この結末がどこへ行くかを知ろうとして、驚愕と我慢をあらわしていた。彼女の沈黙は、マンフレッドへの恭順をいっそう強く語った。

「イサベラ姫はな」と神父は語りだした。「お二方によろしくと申されての、お城で懇ろに遇されたことをお二方に感謝しておられる。また御子息を亡くされたことを心から悼まれて、親とも仰ぐ高貴なお方の娘になれなんだ御不運を悔まれ、お二方がこの末ともに睦じう、共白髪までめでたく（ここでマンフレッドの顔色が変わった）暮らされることをひたすらに祈っておられる。そこで、この上いつまでも御厄介になってもおられぬによって、父君の消息が知れるまで、このお寺に身を寄せることを御承引ありたい。父君の死がたしかとなれば、そのおりは後見人の賛同をえた上で、身分相応のところへ嫁ぐつもりだと、こう申しておられる」

「おれは不承知じゃ」と城主はいった。「ともあれ、一刻も早く城へ帰ってくるようにいえ。身柄については、付き人どもにわしが保証する。わしの手以外には、誰にも指一本さわらせぬわ」

「そんなことが通るか通らぬか、いずれ殿にもおわかりになる時がござろう」

「エエイ、差し出口は無用じゃ」とマンフレッドは色をなしていった。「イサベラの振舞には、いろいろ疑わしき節がある。オ、それにあの若造じゃ。あれが原因ではないまでも、かやつは姫の逃亡の加担人じゃ」

「原因とは！」と神父は遮って、「なにか若い男が原因でござったのかな？」

「さようなことがあってたまるか！」マンフレッドはどなった。「ヤイわが王城におりながら、おれははっつけ坊主にひげを抜かれにゃならぬのか？　ハア読めた、糞坊主、きさま、あの兜の秘密の黒幕じゃな」

「まあまあ、愚僧はそのような無慈悲な殿の邪推僻目を払うように、神に祈りましょうて」とジェロムはいった。「わしを咎めなさる殿が曲がっておることにお気づきがなければな。無慈悲、慳貪は許されましょう、神にも祈ってさし上げようが、しかし悪いことはいわぬによって、あの姫は聖所に安らかに置いてやりなされ。あすこにおれば、たとえどのような男から色恋を仕掛けられようとも、浮世の妄念に乱されるようなことはござらぬからの」

「フン、空念仏のいらざる講釈するひまに、とっとと帰って姫をつれて来い」

「わしの勤めは、あいにくと姫を寺から返さぬことなのでのう」とジェロムはいった。「あすこにおれば、親のない子もおぼこ娘も、世間のわなやたくらみからは安全じゃ。親の権利以外には、姫をあすこから連れては来られませぬ」

「おれは姫の親びとだぞ。だから要求するのじゃ」

「姫は殿を親びとには持ちとうないというておられる」と神父はいった。「そういう関係を禁じられた神は、殿との間のすべての絆を永久に断ち切られましたことでの。わしから殿に申し渡すことは――」

「黙れ、売僧!」とマンフレッドはいった。「おれの気にさわると、怖い目にあうぞよ」

「御神父さま」とヒッポリタがいった。「なるほど、人を依怙ひいきなさらぬがあなたのお勤め。そのお勤めどおりに、あなたはおっしゃらなければなりませぬ。――さりながら、夫の気に入らぬことは聞きとうないのが、わたしの勤め。さ、どうぞ殿さまとごいっしょにお部屋へ行って下され。わたしはこれより御祈禱所へさがって、聖母さまの御助言があなたのお力になるように、まったわが君のみ心を波おだやかに返すよう、せいぜいお祈りをいたしましょうほどに」

「サテサテ見上げたお方じゃ！」と神父はいった。「それでは殿、お心のままにお供いたしましょうかな」

マンフレッドは神父をつれて自分の居間にはいると、あとの扉をぴしゃり締めた。

「御坊、いま聞いた話だと、イサベラは御坊にわしの腹づもりを話したとみえるな。となれば、わしの決意をきいて、それに従ってもらおう。今わが封土の事情、すなわち、わしと領民の焦眉の事情は、ぜひともわしが倅を一人持つことを要求しておる。ヒッポリタに世継ぎを儲ける見込みは、まず望めぬ。そこで、わしはイサベラに白羽の矢を立てた。そこで、御坊にさっそくイサベラをここへ連れ戻してもらわねば相成らん。まだそのほかに、御坊にはいろいろしてもらうことがある。御坊は日ごろからヒッポリタには権力があることじゃし、あれの心はおぬしの手のうちにある。あれがこれという瑕瑾のない女であることは、わしもよう知っておる。あれの心は天にあり、浮世のつまらぬ栄耀はことごとにけなしつけておるが、御坊なれば、そういう心持からあれを根こそぎひきはなすこともできよう。そこでな、今申したような縁組に、このわしが踏みきったことに満足して、喜んで尼寺へはいるよう、御坊より因果をふくめてもらおう。あれにその志があるなら、一寺を与えてもよい。このちどのように暮らしていくかは、あれと御坊の望むがまま、なんなりと自由にさしょう。万事がそうなれば、御坊はわれらが頭上にかかる不幸を退散させ、オトラントのあるじを破滅から救う大手柄を立てることになろうぞ。御坊は分別のある仁じゃ。な、そなたの熱い気性が、ときには無礼な言葉をわしに浴びしょうとも、わしはそなたの徳をたたえ、わしの生涯の安定と一門のしげりこそそなたのおかげと、いついつまでも恩に着たいのじゃ」

「天意には背かれませぬ」と神父はいった。「やつがれごときは、まことにもってとるにも足らぬ神のお道具。神はそのようなやつがれの舌頭を用いられて、殿の邪な野望を諭されまする。殿はあの貞淑なヒッポリタさまを傷つけ傷つけ、今日まで憐憫の王座に昇って来られた。その御台を縁切るという殿の横道を、愚僧、きつうお叱り申す。まったこの城に引きとられし姫君に、近親姦通のたくらみなど押しつけぬよう、警告いたす。神は殿の非道な考えより姫を救われ、殿に考えを改めさせ、近く御一門に下る審判のおりには、姫をお守り下さるでござろう。一介の貧僧にすぎぬ愚僧でさえ、姫をばそこもとの無道から守ることができ申すのじゃ。罪深き糞坊主、売僧めと口汚く罵られ、恋のいろはも心得ぬものを同腹呼ばわりされた上、乞食坊主の忠義立てをうまくおびき出してやったと喜ばれるような、そんな手には乗りませぬぞ。愚僧はおのれの道理を愛し、信心のまごころを名誉とし、御台の敬神を尊しと敬いおりまする。されば御台の御信頼を裏切らず、邪悪不正の罪深き屈従による信心には、いっさい奉仕はいたしませぬぞ。しかしながら、なるほどこの国の福祉は、御領主が跡目を儲くるにありとは、たしかにその通り。しかし神は人間の鼻元思案を、おろかなものよと軽蔑なされまする。ついきのうの朝までは、御一家はマンフレッド公の御一門として御繁昌でござった。ところが今日、コンラッド若君はどこにおらるる？　殿の涙は愚僧とても尊敬いたす。咎めるつもりは毛頭ござらぬ。殿、涙をして存分に流れしめよ。涙は神の御照覧あって、縁組などより家来の福祉となること必定なり。欲情政略より生じたる福祉は、けっして豊かには実りませぬぞ。アルフォンゾ一族から殿の一族に出た物の怪は、寺の許さぬ相手では鎮めることが出来ませぬぞ。マンフレッドの名が消滅せねばならぬのが神の御意志であるならば、殿は天意のままにお諦めなされい。さすれば、王冠はどこへも逃げずに保たれまするぞ。ささ、御台のお部屋へ戻りましょう。御台は殿が縁切るなどという大それた心づもりは御存知ないはず。愚僧もこの上殿をたしなめるつもりもなし。今も見らるる通り、御台はなにごともおとなしく殿への愛ひとすじに我慢をなされ、このうえ殿の罪にひろがるのは聞きとうもない御様子。御台は殿を腕に抱きしめて、変わらぬ情愛を殿に明かしたい御所存なのでござりまするぞ」

「御神父」と城主はいった。「御坊はわしの本心を曲解しておるようじゃな。まっことわしはヒッポリタの貞節には感じ入っておる。あれは聖女じゃ。わしの心がすこやかならば、二人を結ぶ絆はもっと堅くなろうと願っておるのだ。残念ながら、御坊はわしの心の辛いところがわからぬ。わしはな御坊、わしら夫婦の縁組に迷うた時がある。ヒッポリタはわしには第四親等にあたる。なるほど、わしらは一子を得た。そして、またあとが出来たと知らされた。わしの心を重くするのは、このことなのじゃ。コンラッドの死という形でわしに下った不幸は、この道ならぬ夫婦の契りのせいだとわしは思うておる。そこでこの重荷の意識をらくにするには、この縁を解き、御坊がすすめる神の御訓戒のあらたかな営みを成しとげることにある」

腹黒い城主に、話をたくみにすりかえられた時の神父のくやしさは、身をズタズタに切りさいなまれる思いであった。神父はヒッポリタのために歯がみをして、ブルブル身を震わした。御台の身の破滅はすでにきまったとかれは見た。そうなると、マンフレッドが跡とりほしさに、領主という自分の地位にまどわされるという、前と同じ証拠にならぬような相手をさがすために、イサベラを戻す望みを捨てるかどうか、神父はそれを心配した。かれはややしばらく考えこんでいた。そして、だいぶ時間がたったころに一縷の望みをかけ、イサベラを取り戻す望みのないことを城主に考えさせないための、最も賢明な行動を考えた。神父は、イサベラのヒッポリタによせる愛情から、彼女の解決はうまくできるとわかっていた。教会が姦通の罪を譴責するまで、イサベラがこちらの意見に同意してくれていれば、マンフレッドの求愛のことでイサベラが神父に打ち明けた拒否は、なんとかうまく処置できると、神父は認めをつけていた。その肚で神父は、あたかもマンフレッドの躊躇にびっくりしたようなふりをして、やがて言いだした。

「イヤ只今仰せの段々、よくよく考えまするに、殿が御台をお嫌いになられた真の動機が、実もって仰せのごとき細かいお心遣いより発することでござれば、愚僧とて殿のお心に辛く当たるようなことを、なんで致しましょう。教会は寛大なる母にござりまする。さあそこで、殿のお歎きを神にお打ち明けなされよ。殿の良心を満足させ、殿の御躊躇をよく見きわめた上にて、殿を自由な立場におき、御血統をつなぐ正しい手段をとくと御勘考させ申し、殿に心からなる御満悦をあたえうるものは、ひとり神御一人あるのみでござりまするぞ。お血筋のことも、イサベラ姫さえウンと申せば――」

マンフレッドは、まんまと神父を騙しおおせ、自分のはじめて見せた温情が感謝をもって受けられたので、事の急転にすっかり気をよくして、御坊の考えたとおりにうまく事が運べば、なんでも望むことを叶えてやるぞとくりかえしていった。肚に善意の一物ある神父は、城主に騙されたと思いこませておいて、いまはとやかくいわずに、自分の考えを押し通そうと肚をきめたのである。

「さあ、これで双方了解がついた」と城主はいった。「そこでな、御坊にもう一つ聞いて安堵させてもらいたいことがある。あの地下道で見つかった若者は、あれは一体何者じゃな？　かやつ、イサベラの逃亡に加担したやつにちがいないが、真相を話してくれ。あの男は姫の恋の相手か、それとも恋の手引をなすやつかな？　イサベラが死んだ愚息に気のなかったことは、わしもまえからいろいろ感づいておったが、わしが大廊下で談じたときも、姫はわしの推量を見こして、自分がコンラッドに冷たかったわけを、しきりと弁明しておった」

神父は、その若者のことはなにも知らなかったが、イサベラからたまたま聞いた話――イサベラもあれからあと、男がどうなったかは知らなかった――や、マンフレッドの性急な気性を考えると、どうやらそれがまずいことに、城主の心に嫉妬の種を蒔いたらしいことは察しがついた。でもこれは、城主がどこまでもイサベラとの契りを主張するなら、イサベラに対する城主の僻(ひが)みを利用して、事態を転回することもできようし、でなければ悪い手がかりの方へ注意をそらせておいて、架空の陰謀というようなことに思考を向けさせ、新しい追求にかかることを留めることもできるだろう。あまり名案ともいえないこの考えを肚に入れておいて、神父はイサベラと若者との間に、なんらかの関係があることをマンフレッドに思いこませるような口ぶりで、答えた。すると城主は、どんな細い薪でも投げこんで火をガンガン燃やしたがっている矢先だから、神父がそれとなくほのめかした話を聞くと、たちまち怒り心頭に発して、

「よし、この陰謀は底の底まで洗ってやる」と叫んだ。そして、おれが戻るまで御坊はここにいろよといいつけ、足もとから鳥が立つようにバタクサ部屋を出ていくと、城の大広間へ飛んでいき、かの百姓に目通りするから引っ立てて来いと、家来に命じた。

「ヤイ、ここな強情な騙(かた)り者め!」と城主は若者を見るがいなや、喚きたてた。「おのれがさきに広言ほざいた誓詞(せいし)は、どうなったのだ? やれ月の光がどうとやら、揚げ戸の錠が見つかったのと、あれがそもそも、天の助けであったのか? サアサアとくとく神妙に申しひらけ。大胆不敵の小童(こわっぱ)め、おのれは一体どこの何者じゃ? いつから姫と近づきになったのじゃ? 昨夜のような言い抜けせずと、イザ返答に心せい! さもないときには拷問にかけても、まことの筋を吐かせるぞ!」

若者はマンフレッドのことばから、さては姫の逃亡に、自分もひと役買っていることがばれたと知って、こいつはうかつなことは言えない。もはや姫を助けることも叶わず、かえっ

て仇となったかと思い、「ヘイヘイ、わたくしは騙り者でもなんでもございませぬ。さような汚らわしい言葉で呼ばれるような者では、けっしてございませぬ。ゆうべ殿さまの御詮議に一々お答え申しましたとおり、只今もそれに変わりはございませぬ。ヘイ、それもね、拷問や責め苛責が怖いからではございません。生得、嘘は大嫌えだからでござんす。ヘイ、どうぞ何なりとお問いただしをお願え申します。わたくしの力の及ぶかぎりのことは、御満足頂けると思います」

城主は答えた。「おのれ、詮議の筋を承知の上で、言いのがれには勿怪の時と思ってであろう。キリキリ立って、まっすぐに申せ。おのれは一体何者じゃ？　して、いつから姫に知られたのじゃ？」

「ヘイ、わたくしめは隣り村に住む作男でごぜえます。名前はセオドアと申します。お姫さまにはあの時がはじめて、それより前にはお目にかかったことはごぜえませぬ」

「マアそれは信ずるとして、それだけではまだ満足せぬぞ」とマンフレッドはいった。「そのことを詮議する前に、まずおのしの話を聞くが、姫は城を逃げだす入訳を、おのしに明かしたか、それを申せ。返答によっては、一命にかかわることだぞ」

「ヘイお姫さまがおっしゃりますには、みずからは今破滅の寸前にある。もしこの城より逃げられぬときは、御自分は永久に不幸の身の上になる、その危険が数刻のうちに迫っていると、こうおっしゃりました」

「たかが愚かな小娘のいうそれしきのことに、おのしはおれの不興を賭けたのか？」

「イエわたくしは、窮鳥ふところに入るときは、人の腹立ちなどちっとも気にはいたしません」

この詮議の最中に、マチルダはヒッポリタの部屋へ行くところであった。格子窓のはまった廊下を通って、マンフレッドの控えている大広間のはずれまでくると、マチルダとビアンカはそこの窓ごしに父親の声をききつけ、家来たちが集まっているのが見えたので、なにごとがあるのだろうと足をとめた。すると、囚人の姿が目にとまった。ちょうど返答をしている毅然とした、すこしも悪びれぬ様子と、それから最後に言ったいかにも義侠心に富んだ返答が、前からどんな様子のお方だろうと興味をもっていた人から、はじめてマチルダがじかに聞いた言葉であった。人品骨がら卑しからぬ美丈夫で、きびしい調べの席なのに、すこしも悪びれずに平然としている。ことにマチルダを夢かとばかりびっくりさせたのは、その容貌であった。

「まあ、ビアンカや」マチルダは腰元にそっとささやいた。「夢ではないか。ごらん、あの若いお方。お廊下のアルフォンゾさまの絵姿にそっくりではないか?」

その時、城主の声がひと言ひと言高くなったので、マチルダはそれ以上いえなくなった。

「ヤイ夜前の横柄にもました今の空威張り。愚弄の罪軽からず、キット痛き目みせてくれるぞ。ヤイ者ども、こやつを捕え、ひっくくっておけ。フム、いずれイサベラには、おのれがために首打ち落とされた加担人の知らせが、第一番にまいるであろう」

「御領主さまがおいらのようなものを罪に落とすなんて、そんな曲がったことをなさるなら、おいらはそんな乱暴無体なお人の手から、あのお姫さまを助けてやって、ほんにいいことをしたと思うよ。おいらはどうなってもいいから、どうかあのお姫さまだけはおしあわせにな！」

「ソレソレ、それが恋人の証拠じゃ」とマンフレッドは怒っていった。「百姓の分際が死を目前にして、恋など口にするとは不審千万。やい小倅、キリキリ身元を白状せい。さもないと、力づくでも秘密を剝ぐぞ」

「殿さま、おめえさまたった今、おれを殺すと威(おど)しなすったな。そりゃおいらが本当のことをいったからだ。それに励まされたら、ちっとは真面目になったらどうだね。こっちはこれ以上、つまらねえそっちの詮索には乗らねえぜ」

「しからば、これ以上物はいわぬと申すのか？」

「アアいわねえよ」と若者は答えた。

マンフレッドは家来にいった。「この者を中庭へまわせ。こやつの首と胴がはなれるのを見てやろうわい」

マチルダはこの言葉を聞いて、気絶をした。

「アレー！　どなたか、お助けを！　姫君さまが死にゃはりまする！」

とビアンカが金切り声を立てて叫ぶ声に、マンフレッドはギックリして、なにごとじゃと尋ねる。若者もそれを聞いて、同じくギックリ、どうなされましたと同じことを尋ねたが、マンフレッドは若者に、早く中庭へまいって打ち首を待てと命じておいて、自分はビアンカの叫んだわけを問いただした。そして気絶したわけがわかると、女子によくある病と見立て、マチルダの部屋へ運ぶようにいいつけ、自分は庭先へと急いで出て行った。そして家来の一人に、セオドアを白州に坐らせて、打ち首の用意をするように命じた。

きびしい処刑の宣告を受けても、泰然自若、すこしもひるまぬ若者の態度は、マンフレッドを除いた家来たちを感動させた。若者は仕置の宣告をあきらめをもって受けたのであった。かれは姫のことで城主のいった言葉の意味を、しきりと知りたいとおもったが、うっかりしたことをいえば、姫に対する暴君の気持をよけいあおることになるのを恐れて、聞くのは思いとどまった。ただこれだけは頼みたいとおもった願いは、いまわのきわに懺悔の聴聞僧を呼んでもらい、それでさっぱりと、神とともに安らかな心にさせてもらいたいことであった。マンフレッドは聴聞僧ときくと、こいつは若者の身分素性が聞けるぞと思って、若者の要望をいれてやってもいいと思った。そして、ちょうど今ジェロム神父がそれに関心があるところから、神父を呼んで罪人を聴聞させることにした。まさか城主の恥知らずから、こんな破局がくるとは予見していなかった神父は、城主の前にひざまずくと、キッとした態度で、無辜の血は流さぬようにと、ひたすら歎願した。神父は口をきわめて自分の不明だったことを責め、若者の弁護につとめ、なんとかして暴君の怒りをしずめようと、あらんかぎりの手段をつくしてみた。しかしマンフレッドは、ジェロム神父のとりなしによって心をしずめるどころか、かえって嵩にかかって、処刑を取り止めろというのは、二人が共謀になって自分を騙しにかかるのだろうと気をまわし、懺悔の時間も数分しかあたえぬぞといって、早く勤めをはたすように神父に命じた。

「エエモウ、頼まねえやい」と不幸な若者はいった。「おかげさまでね、まだこの年だから、年相応、大した罪は犯しちゃおりませんよ。御神父さま、どうかその涙をお拭きになって、早えとこ始末をつけてしまいましょうぜ。どうせこんな悪い世の中だ。娑婆をお暇したって、未練はさらさらござんせんや」

「おお、哀れな若いお人よ」とジェロム神父はいった。「そなた、どうしてそんなに平気でわしの顔が見られるのか？　わしはそなたの首斬り役じゃぞ。このような悲しい時をそなたにもたらしたのは、このわしなのじゃぞ」

「とんでもねえ。おいらは御神父さまに恨みなんかありゃあしねえ。神さまはこのおいらを許して下さると思っておりやす。どうか御神父さま、懺悔をお聞きなすって下せえ。そして祝福しておくんなせえまし」

「どうしてこのわしに、そなたの道がつくれようか？　そなたはな、仇敵を許さんければ救われぬのじゃぞ。あすこにおられる無道なお人を、そなたは許すことができるかな？」

「できますよ。許しますよ」とセオドアはいった。

「これほどまでにそなたにひどい目を見せる、あの非道な城主をか？」

するとマンフレッドがきびしくいった。「ヤイヤイ、御坊を呼んだのは、そやつに実を吐かせるために呼んだのだ。つべこべと庇い立てをするな。そいつに向かってこのわしを怒らせたのは、御坊ではないか。御坊はそいつの血を頭からかぶるがよいわ！」

「はいはい、そうしましょう、そうしましょう」と神父は悲しい思いに悩みながら、「イヤハヤ殿も愚僧も、この若者が行く天国へは、とても行かれぬなあ」

「早くせい」とマンフレッドはいった。「おれは女の泣きごとと坊主の哀れ声には、騙されぬわい」

「ナ、ナ、なんと！」と若者はいった。「スリャなんたる因果か、やっぱりおれが聞いたとおり、姫はふたたびそっちの手に？」

「ムハハハハ、きさまはおれの怒りを思い出に、いいから覚悟をするがいい。これがきさまの最後の時じゃわ」

このとき若者は、ムラムラと怒りが胸先につきあげ、じっと涙をこらえている神父をはじめ、並みいる家来一同の心におのれが湧かした悲しみを見るや、若者はハッとばかりに胸を打たれ、いきなり胴衣をかなぐりぬぐと、襟のボタンをバラリとはずし、その場にドウと膝をつくなり、手を合わせて祈りだした。すると、体を前にかがめたときに、下着のシャツが肩の下へとずり落ちて、血染めの矢の印があらわれ出た。

「ヤヤ、こはこれ！」と神父は思わず声をあげて、若者のそばにすすみ寄り、「今わが目に見るは！　わが一子、セオドアなるか！」

万感一時に発すると見ゆるその場のありさまは、彩管のよく描けるところではない。介添役の家来たちの涙は喜びに止まったというよりも、むしろ怪訝の思いに中断された。居ならぶ一同の目は、自分らが当然感じたものを、城主の目のなかに探ると見えた。当の若者の顔には、意外の驚き、疑念、やさしい尊敬、そういうものがつぎつぎにあらわれた。かれは老人の涙と抱擁の雨を、神妙に、謙虚に受けた。だが、今の今までの事情から、かれはマンフレッドのかたくなな気性を察し、希望にゆるみをあたえることを恐れながら、きさまというやつはこういう場面を見ても心に感動を受けないのか、というように、城主の方へ睨みすえるような視線を投げあたえた。

さすがにマンフレッドの心も感動せずにはいられなかったようであった。かれはこの驚奇に今までの怒りを打ち忘れたけれども、しかしかれのいこじな自負心が、人情に負けることを禁じた。かれはこの思いがけない発覚を、神父が若者の一命を助ける詐略ではないかという疑念さえ持った。

「これはまたどういうことなのだ？　この男が、どういうわけで御坊の倅なのだ？　道ならぬ色恋のはてに、百姓の子を儲けるなどとは、神職の身にも似あわぬ、神の道を汚すことではないか？」

「これはしたり！」と神父はいった。「殿にはこれなる者が愚僧のものかとのお尋ねか？　しんじつ血をわけた父親でなくば、なにこのような苦しみを感じましょうや。殿、この者を御宥免下され！　御宥免下され！　そのうえで、存分に愚僧をお罵り下されい」

家来たちも口々に叫んだ。「なにとぞ御宥免を！　御宥免を！　ほかならぬ御神父のために、ひとえに御宥免のほどを」

「黙りおろう！」とマンフレッドは頑としていった。「許してやるまいでもないが、その前にその故由（ゆえよし）を聞かずばならぬ。聖僧の子が聖人とはかぎらぬわい」

「イヤモウよく毒づく殿さまだなあ！」とセオドアはいった。「無体非道のその上に、無礼なことは言わぬがいい。おいらがこの坊さまの倅なら、そりゃおめえさまのような王侯ではねえにしろ、この五体に流れる血は——」

「そうじゃ」と神父は横合いから若者の言葉をとって、「その血は貴人の血、殿の言わるるような下賤の身ではない。これは愚僧の正嫡の子、しかもシチリア第一の旧家と、所の者が自慢の家柄、ファルコナラ家の嫡子でござる。——さりながら、血筋が何ぞ、家柄が何ぞ？人間はみな、大地をウヨウヨ這いまわる蛇虫けら同然、みじめな、罪ふかい生きものでござる。人はみなおなじ塵芥（ちりあくた）より生まれて、同じ塵芥に帰らねばならぬ、その塵芥から人を見分けることのできるものは、ひとり神のみにござりますぞ」

「エエイくどい、講釈談義は止めい止めい！」とマンフレッドはいった。「コレ忘れたか、おのしはもはや神父ジェロムではのうて、ファルコナラの伯爵じゃろうが。どうじゃ、おのれの来歴を聞かしてくれい。まあまあ、そこな強情な罪人の赦免がえられぬときに、法談はゆるりとできようぞ」

「ああ、マリアさま！」と神父はいった。「いかに殿とは申せ、長年ゆくえの知れざりし、たった一人のわが子の命を、よもやその父から奪うことはできますまい。わが君、どうかこの身を踏みつけて、どのようなお咎めを受けるは愚か、たとえわが一命をさし上げても、倅の命ばかりはお助け下され！」

「そりゃおのしの胸のうちはそうでもあろうが」とマンフレッドはいった。「そのたった一人の子を失うた者は、何とするのじゃ！　つい小半時まえに、おのしはおれに諦めろと説教したではないか。――しょせん、運命がそうなることを喜ぶならば、わが一家は滅びなければならぬのじゃ。――じゃがの、ファルコナラ伯爵――」

「ああ、殿」とジェロムはいった。「愚僧のあやまちでござりました。しかし、この老いの身の苦労を、どうかこの上苦しめて下さいますな。愚僧も神の僕のはしくれ、おのれの門地家柄など鼻にかけてはおりませぬ。さような見栄外聞は考えておりませぬ。ただ倅の身の上を歎願するはこれは親の情。これを生んだ女の形見ゆえ。――セオドア、母はどうしておる？　死んだか？」

「久しいあとに天国へ召されました」とセオドアは答えた。

「おお、そうであったか？　して、どんな様子であった？」とジェロムはおのずと声高になり、「そのもようを、話してくれ。――いやいや、あれはしあわせじゃ。今となれば、心にかかるはそなたひとりじゃ。――殿、重ねてくどいようなれど、倅の一命、御宥免下さりましょうや？」

「御坊、尼寺へもどれ」とマンフレッドはいった。「あちらでイサベラ姫を監督せい。ただし、寺方以外のことは、おれのいいつけ通りにせいよ。倅の一命は請け合ったぞ」

「おお、殿、ありがたき仕合わせにござりまする。――倅の一命無事のためには、わが正直も売らねばならぬか？」

「エッ、おいらのために！」とセオドアは叫んだ。「おら、おめえさまの良心にしみをつけるくれえなら、千たび死んだってかまわねえ、死なして下せえ。あの暴君がおめえさまに、どんな無理を言おうてんです？　お姫さまはまだあいつの手ごめにあっちゃいませんかい？どうか姫を守って上げて下せえ、御老僧。殿さまの怒りなんざ、みんなおいらにぶっかけておくんなせえ」

神父は、若者の慮外を一所けんめいに控えさせるようにつとめた。マンフレッドがなにか答えようとしたそのとき、突如として城の大門の外にあたって、時ならぬ馬のひずめの音がきこえ、ラッパのひびきが高らかに鳴りわたった。すると、こはそも不思議、それとまったく同時に、中庭の片隅にまだそのままにして置いてあった、かの怪しい兜の黒い大鳥毛が、にわかに嵐になびくがごとくにザワザワとそよぎ立ち、さながら目に見えぬ武人がうなずくように、三たび、大きくうなずいたのである。

第三套

ラッパのひびきにつれて怪しい兜の大鳥毛が揺らいだのを見て、マンフレッドは胆を奪われた。

「御坊！」と城主は、神父のことをファルコナラ伯として扱うのをやめて、もとの呼び方で呼びかけた。「あの不思議はどういうことじゃ？　わしがもし罪を犯したとならば——」といいかけると、鳥毛は前よりもさらに烈しく揺れた。「——なんたるわしは不幸な城主じゃ！　御坊、おのし祈禱をもってわしを助けてはくれぬのかやい？」

「いや、神はこの下僕たちを殿が嘲弄なされたのが、お気に召さぬのに相違ござらぬテ。だによって、殿御自身、教会の申すことによく服して、聖職にある者を迫害することは止めになされい。そしてこの罪もない若者を宥免なされて、愚僧が帯びているこの聖なる御印をば崇められよ。さすれば、神もつまらぬお揶揄はなさらぬはずでござる。おわかりかな」

——ラッパがふたたび鳴りわたった。

「われながら、わしも少々急きすぎたようだな」とマンフレッドはいった。「ときに御坊、足労ながら小門まで行って、城門にまいったは何者なるか、聞いてくれぬか」

「して、セオドアは御助命下さりましょうな」

「オ、叶えるぞ」とマンフレッドはいった。「そのかわり、門外の者は誰か聞いてまいれ」

ジェロム神父は、わが子の襟元にくず折れると、われを忘れてうれし涙にかきくれた。

「コレコレ、城門へ行くと申したぞ」とマンフレッドが催促すると、神父は答えた。

「殿、まずもって老衲が心からなる深謝を御嘉納あられたし」

すると、セオドアが側からいった。「ササ父者、殿さまがあいってなさるから、行って下せえ。おいらのために、殿さまをじらかすこともありますめえ」

ジェロムが、門外の方はどなたかと尋ねると、「使者でござる」との答えであった。

「いずれよりの御使者かな？」と聞きかえすと、

「大太刀の武士よりの使者でござる。オトラントの押領者に談合の筋あって推参つかまつった」と使者はいった。

ジェロムはすぐに城主のもとに引きかえして、使者の口上をいわれたとおりに言上した。マンフレッドは、大太刀の武士と聞いてギックリしたが、自分のことを押領者といわれたのに烈火のごとく憤って、きゅうにブルブル武者ぶるいをして、どなった。

「ナニ、押領者じゃと！　無礼者めが！　わが封位に異議をはさむやつは、何奴じゃ？……御坊、そちは退れ。坊主の出る幕ではない。生意気千万なるでしゃばり男には、余が直々に会おう。御坊は尼寺へまいって、姫の帰参の用意をせい。それからな、ここな倅はそちの忠誠のしるしに、しばらく人質にとっておく。よいな、倅の一命は、一にそちの恭順にかかると心得おけ」

「イヤ、これはしたり、わが君」とジェロムは叫んだ。「殿にはたったの今、倅を御助命下されたのに、早くも天の配剤をお忘れになられたのか？」

「天が正統な王位に文句をつけに、使者など差し向けるものか」とマンフレッドは答えた。「おれはな、神が坊主めらごとき者を通じて、みこころを示さるるものかどうか、それさえ疑わしいものに思っておるのだ。――ま、しかし、それはそちの関わること、おれの知ったことではない。肝心なは、神のみこころなぞより、おれのみこころじゃ。それはおのし、心得ておろうな。イサベラを連れて戻らずば、おのしの倅を助くるのは、小賢しい使者なんぞではないぞ」

こうなっては、神父がなにを答えようが無駄であった。マンフレッドは神父に小門から退出するように命じ、かれを城から締め出しておいて、さて家来どもに、セオドアを黒い櫓に押しこめて厳重に警護するようにいいつけ、父子（おやこ）に別れの抱擁をかわすことさえ許さなかった。そして自分は城内の大広間へ出向いて、定めの座につき、使者に目通りを許すことを伝えさせた。

「オ、高慢者はその方か！」と城主はいった。「身になんの用ばあってまいったぞ？」すると、使者は答上した。「拙者儀、大太刀の大将とてその名天下に轟く主人の命により、オトラントの押領者マンフレッド公に推参罷りこしたり。さて今日罷りこしたる用件の趣きは、去んぬるころ、わが君ヴィシェンツァ侯フレデリックが不在のみぎり、貴殿が付け人どもに賄賂（まいない）なし、卑怯にもむり無体に手に入れし御息女イサベラ姫をば、今日この場において御返却ありたい。まったわが君には、御先代の正主アルフォンゾ公に血縁最も近きフレデリック公より貴殿が押領なせし、当オトラントの城主の位より御退譲あるべしとの御諚でござる。以上の純正なる要望に、貴殿が即刻御同意なきときは、わが君におかれては最後の一兵を賭しても一戦をまじえる所存にござる。この儀よろしく御賢察のほどを」

口上をおわると、使者は権杖（けんじょう）をハッタと床に投げ置いた。

「して、そちをここへ送ったその大法螺（ぼら）吹きは、今いずれにおる？」とマンフレッドはいった。

「主君の命にて貴殿に備え、ここより一里ほど離れたところにおりまする。憚りながらかれはまことの武士、貴殿は押領者、凌辱人でござる」

この挑戦は侮辱もはなはだしいものであったが、しかしマンフレッドは、ここで相手の侯爵を怒らせては、こちらの分が悪いと考えた。フレデリック公の言い分の筋の通っていることは、かれも十分承知していたし、それを聞かされたのはこれがはじめてではなかった。フレデリックの先祖は、子なしであった明君アルフォンゾの死後、このオトラントの城主の名跡をついだが、マンフレッドの祖父および父はヴィッツェンツァ家よりも力が強かったので、この城を乗っ取った。フレデリックは軍も好きなら色にも強いという若い公子で、かねてからその色香を慕った美しい婦人と、願いかなって夫婦になったが、その夫人はイサベラがまだいとけない頃に世を去った。夫人の死はフレデリックをいたく歎かせ、そのために悲しみやる方なく、十字架を負うて聖地に赴いたが、向こうで異教徒との間になにかいさかいを起こし、交戦中に負傷をして獄に投ぜられ、獄死したと伝えられた。この知らせがマンフレッドの耳にはいったとき、かれはイサベラ姫の後見人たちに賄賂をつかって、わが子コンラッドの嫁に姫をもらい受け、その縁組によって両家の権利を一つに結びつけようと画策したのであった。ところが、コンラッドの不慮の死が契機となって、この計画は水泡に帰し、いっそそれなら自分が姫の婿になろうと、きゅうに思い立つような運びとなって、前とおなじ策略から、ぜひこの結婚にはフレデリックの承諾をとりつけようと思っていた矢先であった。さいわい、フレデリックの恩顧の武士が近くに来ているというから、それを城へ招いてやろうという、勿怪の計画がマンフレッドの頭に浮かんだ。それには、イサベラが逃げたことを先方に知られてはまずい。そこでマンフレッドは、家来どもに、武士の随行者の誰にも事の露顕せぬように、きびしく申しつけた。

この考えを腹にのみこむがいなや、マンフレッドはいった。

「使者(つかい)大儀。その方いったん主人もとに立ち戻って、伝えてくれ。刀で黒白つけるまえに、マンフレッドちと面談の儀があるとな。身もまことの武士じゃ、城に迎えれば丁重な饗応をもよおし、主賓はもとより随員の諸士にいたるまで、けっして粗そうには扱わぬ。たとえ和議おんびんに調停かなわぬことあるとも、そのおりには武人の体面掟にしたがい、双方無事に袂をわかち、じゅうぶん満足をえさせるであろう。この上はひたすら神冥の応護を祈り、三位一体を願うばかりじゃ」

使者の武士は、三拝して退出した。

この会見のあいだに、ジェロム神父の心は、千の相反する思いに動揺した。かれはわが子の一命におびえおののき、まず第一番におもうことは、イサベラに城へもどるように説得することであった。だが、マンフレッドの強引(ごういん)無法な縁組のことを考えると、気が気ではなかった。神父は、奥方ヒッポリタが城主の意志を手ばなしで許すことをおそれた。もし自分が奥方に面謁するおりがえられれば、もちろん、信心ぶかい御台に離婚を承諾しないように警告はできるけれども、でもその結果、自分が水さししたことがマンフレッドに知れれば、そのままそれはセオドアの生死につながることになる。神父は、マンフレッドの王位に異議を唱えながらも、べつにしかとした方策もない使者が、どこから来たのか知りたくてならなかったが、さりとて、イサベラが逃げ出せば自分の落度になるから、うっかり尼寺をるすにはできない。どうしたらよいか、ほとほと困りきって、これという腹もきまらずに、神父は思い屈したまま修道院にもどると、玄関口でばったり会った道僧が、方丈の浮かぬようすを見て、「方丈さま、ヒッポリタさまがお亡くなりになられたというのは、やはりほんのことでござりますか？」とたずねた。

神父はエッと驚いて、「これ、それはまたどういうことじゃな。わしは今がた城を出てまいったばかりじゃが、御台さまはお健やかであられたぞ」——

すると、べつの道僧が答えた。「イエ、ほんの十五分ほど前に、お城の戻りにここを通りかかったマルテリが、御台さまがおかくれ遊ばしたと申しますゆえ、われら一同さっそくに礼拝所にまいって、御台さまの御回向を祈り、方丈さまのお帰りをお待ちしていたところでござります。御台さまの御帰依には、方丈さまも日ごろより深い御執心ゆえ、さぞかしお力落としであろうと、一同案じ申しておりました。とにもかくにも、御台さまはこの尼寺の母ゆえに、なにごとも涙の種。なれども、人の一生は巡礼なれば、悔むことは禁物。ただわれら同職は御台さまのあとにつづき、どうかわれらの最後も、あのようにありたいと願うばかりでござりまする」

「善哉善哉。夢にもそうありたいものじゃが、今も申すとおり、わしは御台の御壮健を拝見して戻ったところじゃ。——ときに、イサベラ姫はどこにおられる？」

「おいたわしや、姫にも悲しいお知らせをわたくしから申し上げて、御回向をおすすめいたしました。人の身のはかないことを改めてお考えになって、僧門にはいられるよう、アラゴンのサンチャ姫の例など引いて、勧説いたしておきましたが」

「それは殊勝な志」とジェロムはいったが、心急くまま、「じゃが、今はそれも無用となった。御台にはお健やかとの殿のお言葉に、嘘はあるまい。御不例などとはつゆ聞かなんだぞ。ただし、殿はしきりと――そうじゃ、イサベラ姫はどこにおじゃるな?」

「サアそれは……」と道僧はいった。「いこう御愁歎なされて、お部屋へさがろうとおっしゃっておられましたが」

ジェロムはあわただしく僧たちのそばを離れると、いそいで姫の部屋へ行ってみた。イサベラは部屋にいなかった。神父は修道院と教会のなかを隈なくさがしてみたが、見当たらない。そこで近隣へ人を出して、姫を見かけた者があるかと尋ねてまわらせたが、それも徒労におわった。神父の困惑にこたえるものは、なにひとつとしてなかった。ひょっとするとイサベラは、マンフレッドが御台の死を早めたものと早合点をして、この尼寺よりもさらに身を隠すのに秘密な場所へ行ったのだろうと判断した。この新規の逃亡は、おそらくマンフレッドの怒りを最高潮にまでもっていくだろう。御台が死んだといううわさは信じられなかったけれども、神父の狼狽はそれによって倍加された。かれはもう一度城へ行ってみることにして、城主がすでに知っているかどうかを見に、二、三人の修道僧をつれて行った。そしてもし必要があれば、セオドア助命の交渉に、修道僧たちにも加わってもらってもいいと思った。

そのあいだに、一方城主のほうは、まだ顔も知らない武士とその随員たちを接待するために、大広間へ出て行って、城の大門を真一文字にあけ放っておくようにいいつけた。やがてほどなく、一行の行列が着到した。まず先がけが儀仗をささげもった露はらいの兵卒二名。つづいて、小姓両名とラッパ手二名をひきつれた使者一人。そのあとからは、それぞれ馬を引いた供まわり百人。つづいて、騎士の色服の黒と猩々緋の陣羽織を着した徒士五十人。つぎが先導の馬一匹。馬の背にまたがる従者の両わきには、ヴィツェンツァ家とオトラントの家の紋を四分割りにしるした旗を持ったる使者二人。この堂々たる行列のありさまを見て、マンフレッドは心中おだやかでなかったが、場合が場合なのでグッと怒りをこらえていた。さてそのあとにつづくは小姓二名。そのあとから、主人の武士の懺悔僧とおぼしい僧侶が、粛々と珠数をつまぐりながら来るのにつづいて、同じく黒と緋の陣羽織を着した徒士のもの五十余人。そのあとから、ものものしく甲冑に身をかため、厚ラシャの直垂をつけた両名の武士は、頭目の武士と同僚とみえる。この両名の武士の従者は、それぞれ楯と紋章をかついでいる。頭目の武士は自分の従者をつれていた。百人のりっぱな供まわりは、おのおのみごとな太刀を佩き、重い太刀に少々弱っている様子である。頭目の武士はりりしい甲冑姿で栗毛の駒に打ちまたがり、手に槍をたずさえているが、その顔は、緋と黒の大鳥毛の立った兜の頬当にまったくかくれている。しんがりは太鼓とラッパを持った徒士まわりがつとめ、これは頭目の武士の左右に、ほどよい間隔の輪をつくって練ってきた。

行列が城の大門に着いて、頭目の武士が駒をとめると、使者が前にすすみでて、もう一度重ねて果たし状の文言を読みあげた。このとき、マンフレッドの目は、ひたすら大太刀に吸いよせられていたようで、挑戦状の文句など、うわの空であった。と、そのおりしも、かれの注意は、とつぜんうしろの方で起こった時ならぬ一陣の風にそらされて、なんだろうとうしろをふり向いてみると、こはそもいかに、またしてもかの怪しい兜の鳥毛の冠が、前と同じような奇怪なかっこうをしてそよいでいるのを見たのである。それを見たとき、マンフレッドはいかにもかれらしく、おのれの運命を告げるらしい事件があとからあとから一時に発生することに、むしょうに腹が立ったけれども、まさか初対面の客のまえではそれもならず、ふだんのがむしゃらをじっと胸にこらえた上で、不遠慮な調子でいいはなった。

「ヤアヤア、いずれの仁(じん)にせよ、ようこそわせられた。そこもとが死を怖れぬ仁ならば、武勇にかけてはいくらでも相手になろうぞ。今聞いた条々、天から降ったか地から湧いたか知らぬが、まことに筋のとおった言分(いいぶん)、この家の守護は聖ニコラスのおかげに相違なし。まあ上へあがって、ゆるりと休息されい。野に立って、天に正しい側(がわ)についてもらうのは、明日のこととしよう」

武士はそれには返答もせず、馬から下りるとマンフレッドに案内されて、城内大広間にとおった。供奉(ぐぶ)の衆も一同おなじく広間に通ったが、そのとき頭目の武士はふと足をとめて、広間の片隅にあった奇随(きずい)の大兜に見入ると、そこにひざまずいて、しばらく祈念をささげるようすであった。やがて立ち上がると、しからば御案内よしなにと、城主に目顔で挨拶をした。一同が広間へとおると、マンフレッドは正客に向かって、御一同、甲冑その他腰のものをとられるようにと申し出たが、客はお断わり申すというしるしに、首を横にふった。

「ヤ、これはいかなこと、ちと礼儀に欠ける挨拶だが、マアよかろう、しいて逆らうまい」とマンフレッドはいった。「あとでオトラント公に泣言こかぬようにさっしゃい。もとよりこっちは謀叛の下心などさらになし、そこもとに意趣をもつものもあるまい。まっこのとおり、安心なされい。（とマンフレッド、はめていた指環を相手に渡す）さて、おのおのにはゆるりと饗応を楽しまれよ。酒肴が運ばるるまで、ここで寛いでもらおう。わしは家来衆の宿の手はずなど下知してまいるから、後刻また」

三人の武士は心づくしを受納して辞儀をした。マンフレッドは随員の従者供まわりの者たちを、かねてヒッポリタが巡礼者の接待所に建てた、城のとなりの救護所へ案内するように指図をした。そして武士たちといっしょに広間を一巡して、大門の方へもどろうとしたとき、頭目の武士の佩いている大太刀が、突然ひとりで鞘走ったとおもうと、あれよと見るうちに、かの大兜の据えてある前の地面まで太刀はヨロヨロと転がっていって、そこでピタリと止まった。この不思議を見て、マンフレッドは五体が堅くなったほどであったが、やっとのことでこの新しい怪異の衝撃をのりこえて、ふたたび大広間へ戻ってくると、すでに広間では宴の準備がととのっていたから、黙りこんでいた客たちをそれぞれ設けの席に招じた。内心、マンフレッドは気がすすまなかったが、つとめて連中に酒間のとりなしをした。そして二言三言客に問いかけてみたが、相手の返答は、首を横にふるか縦にふるかするだけであった。

面々、いずれも兜の面当をあげるだけで、けっこうそれで飲んだり食ったりしているが、それもごく控え目であった。

「おのおの方」とマンフレッドはいった。「見受けるところ、お身たちはわしと友好するのを蔑している衆と見たが、そういう衆をこの部屋でもてなすのは、わしもはじめてじゃ。見も知らぬ客人や、ものもいわぬ啞づれに、かりにも領主ともあろうものが地位と威厳を落として会うなどとは、イヤまったくもって前代未聞じゃ。お身たちはヴィツェンツァのフレデリックの名代といわるるが、ヴィツェンツァ侯は武勇に秀で、礼節をわきまえた武士と聞きおよぶ。なれば、あえて申そうが、そういう武人がおのれと同等の王侯とうちとけた話をするさいに、身を低うして友好することを考えず、武具甲冑を身につけて臨まねば、相手に知られぬとも考えてはおられまい。どうじゃ？……ハハこれほどまで申してもお身たちは黙まり案山子の一点ばりか。マ、それもよかろう。武士接待のおきてによれば、この屋根の下ではお身たちが主じゃ。せいぜい歓をつくされい。そのかわりに、サア、わしにも一つ盃をくれ。よもや御息女の姫の健康を祝しての乾盃に、異存不服はあるまい？」

すると、頭目の武士は吐息をついて十字を切り、食卓から立ち上がった。

「イヤ待たれい、お使者どの」とマンフレッドはいった。「いまのは座興じゃ。異存とあれば、むりには申さぬ。好きにされるがよかろう。陽気な酒宴は気に染まぬようだから、せいぜい陰気にまいろう。そのほうがよい思案も浮かぼうというもの。わしはここらでおひらきにする。御免。こちらより申さねばならぬことがあれば、耳を借りるが、酒席の興をつとめるも無駄ゆえ、あとは勝手によきように寛がれい」

　そう言いのこして、マンフレッドは三人の武士を小部屋に案内して、あとの扉をしめ、それぞれに席をすすめると、ここではじめて頭目の武士に話をはじめだした。

「お身がヴィツェンツァ侯の名代で、主人の息女イサベラ姫をひきとりにまいったことは、とくと承引いたしたが、姫は法定後見人が同意の上、この寺で愚息と縁組の盃をすませた。お身は今、御先代アルフォンゾ公に最も近い縁辺たるお手前の主君に、わが領地を譲れ、とこういいにきたのじゃな？——さてまず、姫を返せとの第一条は置くとして、領土を返せという第二条について申そう。よいかな、そちの主人も知っておるが、おれは親びとドン・マヌエルが、そちの主人の親びとドン・リカルドより受けた、このオトラントの城主をつとめておる。先々代アルフォンゾ公は子なくして聖地で没し、おれの祖父ドン・リカルドが忠誠を尽くすものと考えて、これに当封土を譲ったのじゃ」

　客の武士は頭をふった。マンフレッドはさらに熱心に説き語った。——

「リカルドは勇気もあり、正しいお人であった。敬神の念も深く、みずから建立した寺院と修道院が二つもある。とりわけて聖ニコラスの加護を受けての、——祖父にはそれだけの力はなかった——いやさ、ドン・リカルドにはそれだけの力はなかった。——そこもとが口をはさむので、話の調子が狂ったぞ。——わしは祖父の霊をあがめておる。祖父はこの土地をよく持ちこたえた。武力と聖ニコラスの加護によって持ちこたえたのじゃ。というわけでの、いずれまあ、おれの身には何かが起こるであろうよ。——しかし、おのおの方の主人フレデリック公は、血筋から申すと一ばん近いお人じゃ。——わしは城主の位は刀で決着をつけたかった。——わしの王位はよこしまなものだ、とおのおのは申すのであろう？　最前尋ねようと思ったのだが、主人フレデリックは只今どこにおられるな？　風のたよりに聞くと、捕われて死んだとやら申すが、おぬしたちの口上によると、存命とやらだな。マ、それは尋ねまい。尋ねてもよいが、まあ尋ねまい。天下諸公のなかには、さだめし力ずくで乗っとれと、フレデリックをけしかけるものもあったろう。しかしその諸公らとて、ただ一度の戦いにおのれらの威勢をかける所存はなかったろうし、——さりとて名もなきはした侍どもの蹶起に任せもせられなんだろう。——まあまあ許せ、つい話に熱がはいったのでな。——しかし、かりにじゃ、そこもとらがわしの立場になったら、さてどうであろうかな？　とくにお身たちは剛毅勇豪の面々ゆえ。疑念を受けるようなおのれの名分や先祖の名分を立てることなどに、早まった心を動かすことはあるまい。そんな気にはなるまい。——さ、そこが問題なのじゃ。貴公たちは、イサベラ姫を返せとわしに望まれる。そこで尋ねるが、お身たちは姫を受けとる権限を公認されておるのか？」

頭目の武士がうなずいた。

「そうか。よろしい、公認とあれば姫をお渡し申そう。ただし、念のために尋ねるが、貴公らにそれだけの力がおありかな？」

武士たちは首を縦にうなずいた。

「なれば、結構じゃ」とマンフレッドはいった。「しからば、当方の申出をよく聞かれよ。

貴公ら、よう見てくれよ、いま貴公らの目の前におる男はな、天下にもっとも不仕合わせな男なのじゃ。（マンフレッド、男泣きに泣きだす）おのおの方、御同情下されい。わしは当然それを受けてよい男じゃ。げにまっこと、このわしは……よいか、このわしはな、おのれが只（たんだ）一つの望み、喜び、イヤサわが一門の支えを失うた人間じゃよ。——一子コンラッドが、昨朝、……みまかり申した」

三人の武士はエッとばかり、たがいに驚く顔と顔。

「さればよ、運命はわが子を片づけおった。そこでイサベラは自由の身となり申した。」

「スリャ姫をばお返し下さるか？」と頭目の武士ははじめて沈黙を破って叫んだ。

「ママ早まらずに、わしの申すことをひと通り聞いてくりゃれい」とマンフレッドはいった。

「まずもって貴公らの善意により、血を見ずして事を納めることができるとは、イヤモウ願うてもない祝着。この上なんの言分もないことをくどういう気はさらさらないが、貴公らさだめし身がことを、世の中がつくづくいやになった男と見らるるであろうの。正直、倅が無うなっては、世俗の苦労がほとほといやになり申した。権力も偉さも、もはやわが目にはなんの魅力もござらぬわい。わしは先祖から誉（ほま）れをもって受けついだ王位を、早く倅に譲りたいと願うておったが、それも今となっては已（や）んぬるかなじゃ！　イヤモウ生きること自体がどうでもよいようになったゆえに、こうしてお身たちの挑戦も甘んじて受けておるようなしだいでな。武士たるものは天運まさに尽きんとするときこそ、従容（しょうよう）として墓穴に行けるものであろうよ。その天の意志が何であれ、わしはそれに従うのみじゃ。のう、おのおのがた、わしはそれほど多くの悲しみをかかえた男じゃ。マンフレッドは人に怨みを買うような筋は毛頭ござらん。お身たちもわしの素性はよう知っておろう」

三人の武士は「知らぬ」という身ぶりをした。三人とも、マンフレッドがそんな話をしだしたのを奇異に思うふうであった。――マンフレッドはさらに話をつづけた。

「わしの来歴素性がお身たちに隠されているとは、笑止笑止。ならば、わしと御台ヒッポリタとの関係についても、なにも聞いておらぬな？」

三人の武士は首をふった。

「そうか。イヤかくなる上は、お明かし申そう。お身たちはこのマンフレッドを、野心満々の男と思いつろうが、そもそも野心とは、哀しいかな、もっともっと汚れた穢ないものででできておるものでな、このわしが野心の人間なりゃ、なにもこうまで多年、良心ある躊躇遠慮の地獄の餌食になっておりはせぬわな。――しびれが切れようから、手短に話そう。聞いてくりゃれ。わしは久しいこと、御台ヒッポリタとの縁組のことで、深く心に悩んでおったのだ。お身たちも会えばわかるが、御台はりっぱな女じゃ。わしはあれを女王のごとくに敬慕し、友人のように心にいだいておった。――なれど、男というものは、なにもかもが仕合わせには生まれついておらぬものでのう。わしの遠慮をあれもわかってくれて、あれの同意をえて、わしは二人の縁組を教会に持ちこんだのじゃ。二人は禁じられた関係の仲じゃったのでな。そんなわけで、わしらの仲は今に裂かれる、今に裂かれる時がくる、その決着の宣告が今に来るか今に来るかと、思わぬ時は一刻とてなかったものじゃ。そのわしの気持はわかってもらえよう。ナソレ、そのとおりわかってくれるわ。——不覚の涙、許してくれいやい！」

三人の武士はどうなることかと訝かりながら、顔を見あわした。マンフレッドはさらにつづけた。

「その苦患に悩むうちに、倅の不慮の死がおこり、わしはもう領地を捨てて、世間の目から永久に退いてしまおうと、いちずに考えた。ところが、ここに一つの難儀というのは、跡目を定めることじゃ。いやしくも跡目となるものは、領民のよき監督者、しかもイサベラ姫の気に入る者であらせたい。さいわい姫は、わしには実の子のごとくなついておる。わしとしては、たとえ遠い血筋にしろ、アルフォンゾ公の血筋は残しておきたい。ま、言うなれば、かれの嫡流のかわりに、リカルドの血と入れかえてもらえれば、こちらは重畳。となると、さてその縁引きをどこに求めたらよいか？　そこもとの主家には、フレデリックのほかには誰もおらぬし、そのフレデリックが異教の徒に捕えられ、かりに生きて本土に戻ったところで、オトラントのごとき微々たる小藩の主となるために、ヴィツェンツァごとき大藩を捨てることはあるまい。フレデリックにその意志なくば、何条忠誠なるわが家臣ら領民どもの上に、酷薄無情の太守を迎えようなどと考えらりょうか？　さいわい、われ不敏なれども家臣領民を愛撫し、民人草もわれを慕いくれること、身にとりて千万の福禄じゃ。——とまあ、この長話どこへおちつくかと、方々には不審に思すであろう。そこで手短に申そうが、神は貴公らの入来で、今申すような難儀とわが不幸に、どうやら霊薬をさずけて下されたようじゃて。イサベラ姫は、さきにも申したごとく、いまは自由気ままの身分。わしもまもなく同じ身分になる。そこでの、わしも家人たちになんぞよいことをしておきたいが、お身たちの主家との間の領地封土を明らかにする手段として、これが一番とはいえないまでも、——かりにじゃ、わしがイサベラ姫を妻にめとらば——イヤマア、そう驚かれるな。——ヒッポリタの貞節、これは身にとりて大切じゃが、王侯たるものは、おのれの身をよくよく考えねばならぬ。王侯は、すなわち家臣領民のために世に生まれたものじゃ」——といっているところへ、近習の一人が部屋へはいってきて、只今ジェロム神父が侍僧両三名をつれて、直々お目通りに見えられました、と告げた。

マンフレッドは、まずいところへ邪魔がはいったと、ムッとしたが、イサベラが寺へ逃げこんだことを客たちにばらされては困るので、ジェロムがここへ来るのを止めに部屋をはずした。ところが、神父は姫が戻ったことを知らせにきたと知って、マンフレッドはほっとして、また部屋に戻り、中座したことを客に詫びているところへ、神父たちが許しもなくズカズカはいってきた。マンフレッドは怒って、僧たちの闖入を叱りつけ、部屋からむりやり追い返そうとしたが、神父はえらく気が立っているようで、追い返すどころではなかった。神父は大音声にイサベラが逃げたことを告げ、これは愚僧のまったく知らぬことだと明言した。マンフレッドは、客にそのことが知られるよりも、この新しい出来事の知らせにカッとなって、なにやらわけのわからぬことを口走った。神父を叱りつけるかとおもうと、武士たちに詫びをのべたり、イサベラの消息は知りたいが、武士たちに知られては困るし、彼女を追跡したいのは山々だが、武士たちをそれに参加させてはまずい。とにかく、さっそくイサベラの捜索に人数を出せと命じたが、こうなると頭目の武士も黙っていない。はげしい言葉で、マンフレッドのうしろ暗い、あいまいな態度をきびしくなじり、まずもって姫が城を逃げ出したそもそもの原因を聞こうと詰めよった。マンフレッドはジェロム神父をハッタと睨みつけ、黙っていろという意味をかよわせておいてから、武士に向かい、じつはコンラッドの不慮の死に際して、姫の身柄をどう計らうか、それがきまるまで一時寺に預けたのだと、嘘をついた。神父のほうは、自分の倅のセオドアの一命にハラハラしている矢先だから、マンフレッドの嘘を反駁することができなかったけれども、そんな心配のない侍僧のなかの一人が、姫は前の晩に寺へ逃げてみえたのだと、事実のままを平気であけすけに喋ってしまった。マンフレッドが止めようとしても、止めきれなかった。この暴露は、城主を恥と狼狽に動顚させた。頭目の武士は、いま聞いた話の食い違いにあきれかえり、姫が逃げたというマンフレッドの申立の裏をかいて、さてはマンフレッドが姫を隠しおったなと半分以上信じこみ、スワヤとばかり、扉口に走りよるなり叫んだ。

「ヤイ、ここな嘘つきの狸領主め！　姫君をば見つけてくりょうわ！」

マンフレッドは「待て！」と押さえにかかったが、残りの武士両人が加勢に出たので、そのすきに頭目の武士はマンフレッドをふり放ち、随行の家来どもを呼び立てに中庭へと急いだ。マンフレッドは、もうこうなっては敵方の追跡をとどめることは無駄と見たので、自分もいっしょに行くことを申し出で、ただちに家来どもを呼び集め、ジェロム神父と侍僧数名を案内役とし、早々に城を立ちいでた。マンフレッドはひそかに使者の一行を逃がさぬように警備することをいいつける一方、頭目の武士には、お身たちを援けるために先ぶれを一名出しておいたといって、機嫌をとりなしておいた。

さて話変わって、一行が城を出たのとほとんど同時に、マチルダ姫もおなじく城を出た。マチルダは、例の若い百姓が大広間で死刑を言い渡されていたのを垣間見てから、かれに心をよせ、なんとかして助けてやりたいものと、いろいろ手だてを考えていたところへ、女中たちから、殿さまがイサベラさまの追手に御家来衆をあちこちへくり出された、ということを聞いた。追手の命令は、なにしろ急ぎの際のこととて、マンフレッドもいちいちこまかな下知を出したわけではない。セオドアにつけておいた護衛まで追手に狩りだすつもりはなかったし、だいいち、そんなことは忘れていたのである。しかし家来たちは、ふだんから殿の強引な命令には、なにがなんでも服することに慣らされていたし、それに時ならぬ俄かの捕物となれば好奇心もあり、珍らしい物好きの連中はそれ行けというので、るす番一人を残して、みな城を出払ったのである。マチルダは腰元たちからひそかに抜け出すと、ひとりでこっそり黒い櫓に上がって行って、板戸の閂をはずし、驚きあきれるセオドアの前に姿をあらわした。

「ア申しお若い衆、わらわがここへ罷りしは、子としての務め、女子の道にははずれたれど、神の御慈悲は法をこえ、かならず御照覧下さるはず。獄屋の扉は明けてあるゆえ、片時も早うお逃げなされませ。父上も家来衆も、ただ今城中にはおりませぬが、ほどなく戻ってまいりましょうほどに、どうぞお気をつけて、御無事にまっすぐ行かれますよう、天使の御加護を祈りまする」

「ヤそういうあなたさまこそ、まことの天使！」とセオドアの狂喜はいかばかり。「ヤモウそのお言葉、そのおとりなし、そのお姿、こりゃあもう聖女でなけりゃできっこねえ。失礼ながら、わっちのお守護神のお名前をお伺いしてえが、お父っさまと御同姓ですかい！　いやあ、そんなわけはねえ。あのマンフレッドの血が、なんで神の御慈悲なんぞ感応するものか。――ねえ姫君さま、ウンともスンとも御返事がねえが、それはそれとして、どうやってお一人でここへおいでなされました？　ご自分の安否も考えずに、なぜわっちみてえな百姓の小倅のことなんぞを思召しなさるのです？　さあ、こうなる上は、ごいっしょにここから逃げやしょう。命がけでお出で下すったあなたただ、これから先はわっちが身をもってお護りいたしやす」

「アコレそれはおまえの思い違い。なるほどわらわはマンフレッドの娘、危いことなどさらさらありませぬ」

「こいつあ恐れ入りやした。でもね、昨夜わっちはあなたのお情けが身にしみて、その万分の一の御恩返しを……」

「ソレソレ、そのとおりまだ思い違い。したが、今はその入訳をいうひまもなし。とまれ、お助けする力はこちにあるのゆえ、お逃げなされませ。父が戻ってまいれば、わらわもそなたも、ともに恐ろしいことになるは必定」

「だからさ、その恐ろしい不幸が降りかかるほどの危険を冒してまで、なぜわっちの命を助けようなんて思召しになるんですい？　姫さまにそんな難儀をかけるくれえなら、わっちは百万遍死んでも、そのほうがましだ」

「こうしている間も寸善尺魔。さ、片時も早く。今なら逃がしたことが知れるはずもなし」

「それじゃあ、天なる諸聖にお願えして、そっちに嫌疑のかからぬよう。——ナニ城さえ出りゃあ、こっちのもの。なんとかきっとなりまさあネ」

「たのもしいそのお大気。こちに嫌疑はかからぬゆえ、お案じなされますな」

「嘘でねえしるしに、そのお美しいお手を頂かして下せえ。お礼の涙でそのお手を洗わして下せえまし」

「そりゃなりませぬ。御辛抱御辛抱」

「ああ、今の今まで艱難苦労のほかは知らねえこの身。こんないい目は二度と来めえ。このすがすがしい感恩感謝、天にも昇りてえ心持とはこのことだ。どうかこの心血をそのお手にしるしてえものだなあ」

「なにごとも今は御辛抱。ササ早くお立ち遊ばせ。わらわの足もとにひざまずいているところを、イサベラに見られでもしたら、どうなりましょうぞいな」

「イサベラとは、どなたのことで？」と若者は意外のおももちで尋ねた。

「オヤ、どうやらこちはふた役勤めているのかいな。——コレ、そなた今朝、あれほど根ほり葉ほり聞きやったのをお忘れか？」

「どうも御様子といい、お振舞といい、またそのお美しさといい、まるで後光がさすようだが、そのくせ仰言ゃることがあいまいで、まるで謎みてえだ。姫さま、打ち明けておくんなせえ。おまえさまの下僕にわかるように、お話しなすっておくんなせえ」

「そなたにはようわかっていやるほどに、サ早う行かしゃれ。こうして時を費やすうちにも、せっかくわらわが守るそなたの血が、わらわの頭にかかろうも知れませぬ」

「ヘエ、では参ります」とセオドアはいった。「わっちもおめえ様のお父っさまの白髪首を、墓まで運びたかアござんせん。わっちはただおめえさまが哀れをかけて下すった、おやさしい心だけを胸に抱いてめえりますよ」

「待ちゃれ」とマチルダはいった。「イサベラが逃げた地下道まで案内しましょう。あれより聖ニコラス院へ出られるゆえ、御内陣へお行きやれ」

「ナニ、あの地下道を見つけてくれたのは、おまえさまではなくて、まだほかに？」

「あい。――もうお聞きやるな。こんなところでウロウロしていると、わらわまでビクビクじゃ。サ早う御内陣へ……」

「御内陣へ！　姫さま、寺の御内陣はかよわい女子か罪ある者が行くところだ。セオドアの心はまだ罪に汚れちゃいねえし、そんなざまになることもありますめえ。それより姫さま、お願えだ、あっちに刀を一振やっておくんなせえ。そうすりゃおまえさまのお父っさまに、わっちが穢ねえ籠抜けはしねえという証拠を見せてやれます」

「コレ、そのような若気の無分別を！　おまえ、夢にもそのような無分別な手を、父上にあげるようなことはないであろうな？」

「イエ、お父上にはあげやあしません。どんなことがあっても、そりゃあしねえ。——勘弁してておくんなせえ、うっかり忘れていたっけ。どうもこうして拝見していると、おまえさまがあの暴君マンフレッドからお生まれなすったことを忘れて——そうだ、マンフレッドはおまえさまのお父っさまだ。まあこの時かぎり、わっちの受けた傷も、西の海へさらアりさ」

と、この時、塔の上からウーンとひと声呻くような声がしたのに、姫とセオドアはギックリした。

「アアどうしょいぞい。この場のようす、聞かれたわいな」

二人は耳をそばだてたが、それきりなんの音も聞こえないので、たぶん籠っている空気の作用だろうと判断した。そこで姫は足音を忍ばせながら、セオドアを父の甲冑がおさめてある部屋へつれて行き、ありあう武具ですっかり支度をさせてから、くぐり戸まで案内した。

「町方とお城の西側は、只今父上と家来衆がたずねているゆえ、その反対の方角へお逃げなされ。ずっと向こうの森のうしろの東寄りに岩山があって、そこに迷路のような洞穴がいくつもある。そこまで行けば海べに出られる。海べに出たら、寝そべって身をかくしていると、舟がくるゆえ、合図をすれば、その舟がいっしょに乗せて逃げてくれましょう。サザ、行きなされ。神のお導きを祈っておりまするぞえ。そなたもお祈りのおりには、ときたま思い出してたもれ、——このマチルダをな」

セオドアはマチルダの足もとにひれ伏して、百合の花のような姫の手をとるのを、姫は身をもがきながらも、男の口づけを受けた。セオドアはこれで身も心も騎士になりすまし、姫の足下から立ちあがると、自分は末長くあなたの身を守る騎士になると固い誓紙を誓わせてくれといって、せがむように許しを乞うた。すると姫がそれに答えもあえぬうちに、なにごとやらん、にわかに百雷一時に落つるがごとき轟然たる大音響が鳴りひびいて、城の壁がガラガラと揺れうごいた。セオドアは嵐も夕立もそっちのけで、まだグズグズといでたちをととのえているので、マチルダはもはや匙を投げ、足早に城内へひき返すと、もうこれぎりという意気込みで、早く行くように合図をした。セオドアもようやく踏んぎりをつけ、くぐりの門をキッと見こみながら、ものも言わずに姫をあとに去って行った。マチルダはあとのくぐり戸をぴったり締めて、はじめて味わう愛の盃を、たがいの心にくみかわしたこの出会いの幕を閉じたのである。

セオドアは思いに沈みながら、まず自分が逃れ助かったことを父ジェロムに知らせに、修道院へ行った。ところが行ってみると、ジェロムはイサベラのあとを追いに行ってるすと知り、また、こみいったイサベラの身の上のことも、そこではじめて道僧たちから聞かされた。それを聞くと、義俠の気に富むかれのことだから、なにがなんでもイサベラを助けたい思いに駆られたが、道僧たちはいっこうに道しるべの灯火一つ貸してくれない。セオドアとしても、いまはマチルダのことが心に深く残っているから、彼女のいるところからそう遠く離れてしまっても困るので、イサベラを追いに遠方まで行くのは気のりがしなかった。この逡巡をさらに強くしたのは、ジェロムが自分のために見せてくれたあの恩愛の情であった。なるほど、自分が城と修道院の間をウロウロしている最大の理由は、ほかでもないこの親子の情愛だったのだと、かれは改めて自分にうなずいた。道僧たちに聞くと、夜になればジェロムも帰ってくるだろうという話なので、そのひまにかれはマチルダにおそわった森まで行ってみることにした。森へつくと、セオドアは、いま自分の胸のなかを支配している、甘い物悲しい気分にふさわしいような、ほの暗い木蔭をさがして歩いた。そんな気分にひたりながら、かれは話にきいた洞窟のほうへと、木深いところをブラブラ分け入って行った。なんでもその洞窟は、むかしは隠者たちにかっこうな隠れ家を提供していたところとかで、近年はそのあたり一帯に、なにか悪い妖怪が住んでいるという噂があるとか。そんな噂を耳にしたことがあるのを思いだしながら、もとより冒険好きな、もの怖じしないたちだから、よし、一つその迷路の秘密の穴を探険してやろうと、急にかれは好奇心をたのしもうという気になった。すると、まだそれほど穴の奥のほうまで行かぬうちに、ふと誰か自分の行くてを逃げていくらしい人の足音を聞いたような気がした。

　われわれが神を信仰する、その固い基盤となっているものは、信じられることを訓えているが、セオドアは、善人が理由なくして闇の力の悪意に見殺しにされるなどということは、全然考えていなかった。この洞窟も、旅人を苦しめたり迷わしたりするといわれている妖怪変化が住んでいるよりも、どうやら盗賊追剝が出没する場所のように、かれは思った。このところ、だいぶ久しく我慢をして剛勇を見せていないから、内には烈々たるものが燃えていた。かれは刀を抜くと、奥の方でなにかガサガサいっている音を目当てに、そっちへ足を向けながら、洞窟のなかへのしのしはいって行った。着ている甲冑は、こちらを避けている相手には、この上もない看板だ。この扮装を見れば、胡乱な者でないことが相手にもわかったと見たから、セオドアは大股で中へ進んでいくと、いよいよ慌てふためいて逃げていく人影が見えたので、そのままズカズカ行ってみると、息も絶えだえになって一人の女が倒れている前に出た。急いで抱きおこしたが、だいぶ怖かったものとみえて、女はかれの腕のなかにかかえられたまま、今にも失神しそうであった。セオドアは女の驚愕をしずめてやるために、言葉しずかに、ここなら危害をうけることもなし、自分が命に賭けても守ってあげるからといって、女を安心させた。女もセオドアの親切なとりなしに、ようやく元気をとりもどし、自分を助けてくれた人の顔をつくづく見まもりながら、「アノ、お声はたしかに前に聞いたお声！」といった。

「ヤ、もしやおまえさまはイサベラ姫では――」とセオドアがいうと、女は飛びたつ思いで、「エ、マア、うれしや、ありがたや！　スリャおまえは追手の人ではありませぬな」というより足もとにガッパと伏し、どうか自分をマンフレッドのもとへ連れて行かないでくれと、手を合わせて頼むので、セオドアは、

「ナニ、マンフレッドのもとへ！　とんでもねえ姫さま、わっちは前に一度おまえさまをあの暴君の手から助けてあげた人間だ。おかげでひでえ目にあいやしたが、おまえさまのことは、あいつの手のとどかねえところへ必ず置きやすから御安心なせえまし」

「スリャおまえは昨夜お城の地下道で、お目にかかったあのお方。そんならただのお人では

ない、わが守り神の天使じゃ。このとおり、膝ついて御礼を――」

「姫さま、マアそのお手をお上げなすって下せえ。わっちみてえな友なし鳥の若造の前で、なにもそんなに御卑下なさるにゃおよばねえ。もし神さまがわっちをおまえさまの助人に選んでおくんなすったのなら、せいぜい励んで、腕っ節も磨きやしょう。姫さま、そこは端近、洞穴の入口に近すぎるから、もそっと奥の方に休む所を見つけやしょう。危なくねえ所へお移ししねえことには、わっちの気がおちつきやせん」

「滅相もない！　それはもう、おまえさまのお働きは貴いし、清いお心からでた御真情なれど、こんなわかりにくい岩屋のなかで、もしひょっとして二人でいるところを人に見られたら、口さがないは世間の常、不義いたずら者と譏られなば……」

「イヤモウその御潔癖はごもっともでござえやすが、失礼ながらわっちの名誉を傷つけるようなお疑いは、どうか御遠慮願いやしょう。この岩屋のかくれた穴へ御案内申したのは、命にかけてもおまえさまをお守りしてえからで。それにね、姫さま」とセオドアは溜息をついて、「そりゃもうおまえさまは、この通りお姿の美しい、どこから見ても非の打ちどころのねえお方だから、わっちもふっと大それた望みをもたねえとも限らねえが、それも御安心下せえ、わっちの心はとうに別のお方に献げてござえやす。それにね――」

といいかけたとき、にわかに騒がしい外の物音が、セオドアの口を封じた。二人の耳にはっきり聞こえたのは、――

「イサベラやーい！　イサベラやーい！」と呼ぶ声であった。おののきふるえるイサベラ姫は、たちまち、先ほどまでの恐怖の悩みに逆戻り。セオドアが元気をつけても、その効(かい)もなかった。セオドアは、あなたを二度とふたたびマンフレッドの手のなかへ返すくらいなら、むしろ自分はここで死ぬといい、どうかしばらくこのままここにそっと隠れていてくれと頼んでおいて、自分は彼女を捜しにきたやつを近づかせぬように、洞窟の入口へと出て行った。

洞窟の入口のところに、かれは甲冑をつけた一人の武士がいるのを見つけた。その武士は、百姓を一人案内役につれていた。百姓は、たしかに高貴な女のひとがこの岩穴へはいったのを見たといっていた。甲冑の武士が捜しにはいろうとすすみ出るその前に、セオドアは刀を抜いて立ちふさがり、これから先へ一歩でもはいれば命はないものと知れと、大音声(おんじょう)に呼ばわった。

「邪魔立てひろぐは、どこの何者だ?」と相手の武士も高飛車にいった。

「事をするなら、向こう見ずはしねえものだ」とセオドアがいうと、武士は、

「おれはイサベラを捜すものだ。姫はこの岩穴にかくれたと心得る。そこ除(の)け！　おれの怨みを買うと、あとで後悔するぞ」

「貴様の怨みも片腹痛えが、見こんだ穴も笑止くせえ。いいからとっとと帰(けえ)れ帰れ！　さもねえと、どこのどいつの怨みがいちばん怖えか、目に物見せてくれるぞ」

この見知らぬ武士は、ヴィツェンツァ侯から送られてきた例の頭目の武士であった。じつはマンフレッドが姫の報告を手に入れるのにあせって、かれら三人の武士の手に姫を渡さぬようにと、手をかえ品をかえ、家来どもにいろんな下知(げじ)を出しているので、この武士はさっ

さとマンフンッドのそばを離れて、一人でこのあたりを駆け歩いていたのであった。かれは、イサベラ失踪の黒幕はマンフレッドだと、はじめから睨んでいた。そして今自分に無礼を加えた男は、姫をかくまうためにマンフレッドがひそかに配置しておいた手先の者と見こみ、その見こみは今の問答で動かぬものとなったので、有無を言わせずいきなり刀をひっこ抜くや、セオドアに斬ってかかった。

ここでもし、相手の武士をてっきりマンフレッドの手下の大将の一人と思いちがえたセオドアが、敵の太刀を受ける用意をするよりも一足早く太刀を楯で受けなかったら、すべての邪魔はたちどころに片づいていたことだろう。ところが、最前からセオドアの胸のなかにプスプスくすぶっていた剛勇が、ここでいっぺんに爆発して飛びだした。かれは猛然と相手の武士に斬ってかかった。侍の誇りと怒りが、果敢な行為に強力な刺激となった。斬り合いは烈しかったが、長くはなかった。セオドアは相手の武士に、三カ所ほど深傷を負わせた。そして出血のため力尽きて、相手はついに刀を捨てた。最初の斬り合いにぶったまげて逃げだした案内役の百姓は、さっそくこの急をマンフレッドの家来たちに告げた。家来たちは主人の命で、イサベラの追手に、付近の森のなかに分散していたのである。知らせを聞いた家来たちが、急いで倒れた武士のところへ駆けつけてみると、負傷の武士は城へきた客の大将であることがわかった。セオドアは、マンフレッドへの怨みはともかくも、自分のえた勝利、倒した相手への憐憫、そんな感慨で胸がいっぱいであったが、相手の身分がわかり、しかもマンフレッドの家来ではなくて敵方の武将だと知らされたときには、いっそう胸を打たれた。

かれは手早く武具をぬがせるマンフレッドの家来どもに手つだって、傷口から流れる血をとめるのに懸命につとめた。そのうちに、負傷の武士も口がきけるようになり、かすかな、たどたどしい声でいった。「敵ながら天晴れの義俠人じゃな。イヤそもそも、われら両人とも粗忽であった。わしはそこもとを暴君の手先とあやまり、そこもとも同じ誤りをされたとお見受けいたす。――今さら詫びても後の祭。……はや末期じゃ。……イサベラが近くにあらば……呼、呼んで下されい。……い、いわねばならぬ、大、大事がござる……」

「ヤ、はや御最期か！」と従者の一人が、「ヤアたれぞ十字架を持っておらぬか？　アンドレア、御引導御引導！」

「水を持ってこい」とセオドアがいった。「咽喉をしめしてさしあげろ。おいらはその間に急いで姫を――」

セオドアはそう言うなり、イサベラのもとに一目散。手短にこれこれしかじか、城から来られたお客人が、時の不運で負傷となり、いまわのきわに、あなたになにか言いのこしたいことがあるといっていると語った。セオドアの声を聞いて、ヤレうれしやと心も空なるイサベラは、そのセオドアに岩屋の外へ出てこいといわれたので、びっくり仰天。聞いた話も上の空で、セオドアに手をひかれながら、この若者の剛勇の新しい証拠に元気をとりなおし、朱に染まった武士が言葉もなく地面に横たわっているところまで出てきたものの、そこに居ならぶマンフレッドの家来たちを見ると、またもや追手の恐怖が彼女にもどってきた。そのときセオドアが、この連中は武装をしていないことを彼女に見せなかったら、そして家来どもも臨終におろつかずに彼女を捕えにかかりでもしたら、おそらくイサベラは、そのままふたたび逃げ出していたろう。負傷の武士はしずかに目をひらくと、イサベラを見ていった。

「オオ、そなたか——どうかまことのことを言うてくれ。——そなたは、ヴィッェンツァのイサベラか?」

「あい。——神の御加護で御本復を——」

「そなた——そなたはな——」と瀕死の武士は、ものを言うのも苦しげに身をもだえ、「コレ見い、——そなたの父じゃぞ。——顔見せてたもれ——」

「シェー! マ、おそろしや! 今聞いたことわいのう! 見たことわいのう!」とイサベラは気もそぞろ。

「父者人! 父上さま! おまえはどうしてここへ来やったえ? サ、そのわけいうて下さりませ!——ア、ア、たれぞ助けを! 父は死にまする!」

ヴィッェンツァ侯は死力をしぼっていった。「まっことわしはフレデリックじゃ、そなたの父じゃ。——わしはな、そなたを助けにまいったのじゃ。……サ、早く別れの口づけをしてくりゃれ。……そして、どこぞへ連れて行ってくれ」

「殿さま、お気をたしかに」とセオドアがいった。「これからわれわれの手でお城へお移し申しやす」

「ナニ、城へ!」とイサベラはいった。「城より近くに助けはありませぬのか? おまえはお父上をあの暴君にさらすお気かえ? 父上が城へおいでなら、わたしゃお供はできませぬ。

――といって、このまま父者(ちちじゃ)を置き去りにはーー」

「コレ姫」とフレデリックはいった。「わしはどこへ運ばりょうとかまわぬぞ。危いことのないところへ、しばらくそっと置いてくれ。――ただの、わしの目がそなたの愛に濡るるうちは、そちも見捨てずいてくりゃれよ！　この雄々(おお)しい武士(もののふ)は、なんというお人か知らぬが、このさきそなたの潔白を守って下さるじゃろう。――のう、そこなお方、娘はお見捨てあるまいの？」

セオドアはおのれが手を下した犠牲者の前に涙を流して、かならず命にかけても姫さまはお守り申すと誓い、とにかく城まで案内することを承知させた。そこで一同して、傷の手当をできるだけしたうえで、家来の一人がのってきた馬に、フレデリックをのせた。馬のわきにはセオドアが付き添い、行列はしずかに城をさして進んだ。イサベラは苦衷をいだきながらも、セオドアから離れることは耐えられないので、そのあとから悲しみに沈みながら、トボトボとついて行った。

第四套

悲しい行列が城に着くやいなや、ヒッポリタとマチルダが出迎えに出てきた。これはイサベラが前もって家来を一人やって、一行のくることを知らせておいたのである。后(きさき)をはじめ女衆たちはとりあえずいちばん手近な部屋へフレデリックを運びこむことにし、そのあいだに医者が手当をした。マチルダはセオドアとイサベラがいっしょにいるのを見ると、ハッと顔をあからめたが、つとめてそれをかくすようにして、イサベラと抱きあい、父君の災難のことをしきりと慰めた。まもなく、フレデリックの傷の手当をすませた医者がヒッポリタのところへきて、侯爵の傷はかくべつ重傷ではないこと、また、娘と公妃たちに会いたがっている旨を告げた。セオドアは、その医者の話をきいて、フレデリックにとにかく自分が致命傷を負わせたという意識から解放されたことを知り、うそにもうれしい顔をしたけれども、そのじつ、早くマチルダのそばへ行きたい気持でウズウズしていた。イサベラは、マチルダがセオドアと目があうたびに、すぐと目を伏せてしまうし、セオドアもしきりとマチルダの方ばかり気にして見ているのを見て、なるほど、さいぜんセオドアが岩屋のなかで、べつのお方とすでに愛の約束がしてあるといったのは、さてはマチルダのことだったのかと、すぐにピンと来た。三人三様のこのだんまり劇が演じられていた間に、ヒッポリタはヒッポリタで、御自分の実の娘御を返してもらうのに、どうしてあんな奇妙な手段をとられたのかとフレデリックに尋ねたり、また双方の子供たちの間に夫がとりきめた縁組のことで、いろいろ詫びたり言訳をしたりしていた。フレデリックは、マンフレッドに対しては腹を立てていたけれども、ヒッポリタの礼儀の厚いことと慈悲心の深いことを感ずるのに吝かではなかった。それよりもかれは、マチルダの美しい容色にことのほか驚いた。この母と娘をベッドのそばに引きとめておきたいので、かれはヒッポリタに、自分の身の上話を語りだした。——自分は異教徒の獄屋につながれていた間に、ふしぎな夢を見た。囚われの身となって以来、消息をまったく聞いていない自分の娘が、さる城に拘留されて、明日をも知れぬえらい不幸な目にあっている。お父さまが自由の身になられたら、ジョッパ森の近くへきてくれ、そうすればくわしいことがわかる。——そんな夢であった。ハッと思って目がさめたが、夢のおしえた指図に従うことはできないので、鎖につながれている身がつくづく歎かわしくなった。寝ても醒めても、なんとかして自由の身になりたいと、その手だてばかり考えているうちに、思いがけない耳よりな吉報を受けた。それはパレスチナで戦っていた同盟の国の王たちが、自分の保釈金を払ってくれたという知らせであった。そこで自由の身になれたから、さっそく夢のなかで教えられた森へ出かけ、三日の間従者たちと森のなかをさまよったが、人影らしいものが見つからない。ちょうど三日目の夕方、とある岩屋にきてみると、なかに一人の隠者が瀕死の苦しみをしているのを見つけた。さっそく貴重な気つけ薬をのませてやると、聖者のようなその人は、ようやく口がきけるようになった。「みなの衆、せっかくこうしてお恵みにあずかったが、その効もない。まもなくわしは神の心を果たす満足をいだいて、永遠の眠りにつきましょう。おもえば、この国が不信者どもの餌食となったのを見て、わしがこの人里はなれたところに籠ったのも、はや五十年の昔。いろいろ恐ろしい世のありさまを見たものだが、そのおり、聖ニコラスがわが前に出現しまして、汝にひとつの明かすことあり、汝この世を去る臨終のきわのほか、このことゆめゆめ他言すべからずとお告げがあったが、今がすなわちその時ぞ。そなたは一定、神の御宣を伝うべく選ばれたお方にちがいない。よいかな、わしの屍に最後の勤行を果たされたら、この岩屋の左手、七本目の木の下を掘りたまえ。さすればそなたの苦労は――おお、もはや天なる神のお迎えがまいった、さらばじゃ！」こういって、その信心ぶかい隠者は最後の息をひきとった。――

「そこで夜の明けぬうちに」とフレデリックは話の先をつづけた。「わしらは教えられた場所を祓い清めて、指図どおりに掘ってみたところが、ナント驚いたことに、地下六尺ほどのところから一振の大太刀が出てまいってな、――その大太刀が紛う方なく今あちらの広間にある、あの品じゃ。掘り出したときに、刃渡りが鞘から少々走っておったのを、みなして力をこめて納めようとしたが、どうしても納まらん。その剣の刃に、こういう文句が記してあってな。――サ、その剣の文句は――」とフレデリックはヒッポリタを見返り、「その文句は憚ろう。失礼ながら、ほかなき御台の身分をおもえば、連れ添うお人を傷つけるような、いやなことをお耳に入れる罪は犯したくはござらぬからな」

　フレデリックがそういって言葉を切ると、ヒッポリタは思わず揺らぐ心の内。さてフレデリックは、お家に迫る悲運の決着をつけるよう、神より運命づけられたお人に相違ないと思えば、不愍いやますわが子マチルダをそっと尻目に眺めやり、無言の涙がハラハラと頬をつたい落ちた。これではならぬと御台は気をとりなおして、

「サ、お話の先を承わりましょう。神はなにごとも無益にはなさりませぬ。人たるものは神のおいいつけを謙虚にお受けいたさねばなりませぬ。神のお怒りをこうむらぬよう、ひたすらお許しを願い、御神慮に頭を下ぐるが人たるものの役目。サ、その剣の文句をお聞かせ下さりませ。われらはすなおに聴聞いたしまする」

フレデリックは今さらながら、話を深入りしすぎたことを歎いた。それにしても、ヒッポリタの威厳と我慢づよい心のしっかりしていることが、尊敬をもって心にしみこみ、御台と姫とが無言の情愛でたがいの身をやさしく思いあっているその心根が、涙を催さんばかりにかれの心を和らげた。相手がこれほどいうのに、それでも言い控えるのは、かえってよけい心配させることになると思ったので、侯爵は口ごもるような低い声で、次のような句を復誦した。――

この大太刀に適わしき甲冑のあるところ、
汝が娘、陰謀に巻きこまるる危険あり、
乙女を救い、年久しく浮かばれぬ故王の霊を鎮むるは、
アルフォンゾの裔よりほかになかるべし。

「今のその文句の中に」とセオドアが待ちきれずに尋ねた。「このお三方にさしさわることがあるんですかい？　根も葉もねえそんなことに、おかしな心遣いから、なぜそんなにびっくりなせえやした？」

「これはちと言葉が乱暴だな、お若いの」と侯爵はいった。「さっきは運に恵まれたが……」

「ナンノマア、お父上としたことが」とイサベラは、さきほどからマチルダに対する様子ぶりを見て、セオドアの親切がちと妬けていたので、「百姓の小倅の小理屈などに、お取りみ

だし遊ばしまするな。目上にたいし慮外な言い分、まだ世慣れぬとみえまする」

一座のけはいが熱をおびてきたのを心配したヒッポリタは、セオドアの暴言をとりしずめ、そなたの怒るのももっともだと目顔でなだめておいて、さて話をかえ、侯爵が城主とどこで別れたのかと尋ねた。侯爵がそれに答えようとしたおりから、部屋の外がにわかに騒がしくなり、なにごとかと立ち上がるところへ、途中で知らせを聞いたマンフレッドを先に、ジェロム神父と追手組の一部が、ドヤドヤとなだれこんできた。マンフレッドは急いでフレデリックの枕べによって、とんだ御災難をと見舞の挨拶をのべ、斬り合いのもようなどを聞いていたが、とつぜん何を思ったか、怖れと驚きに愕然として座を立つと、大声に叫んだ。

「ヤ、こやつ何者じゃ！　恐ろしや、わりゃ亡霊よな！　ウーン、わが時ついに来れるか！」

「モウシわが君」とヒッポリタはマンフレッドを両手でしっかりとかかえ、「なにを御覧ぜられました？　何をそのように目を据えて？――」

「な、なんじゃと！」マンフレッドは息もつけずに叫んだ。「こりゃヒッポリタ、そちにはなにも見えぬか？　この恐ろしい亡霊は、このおれだけに出おるのか？　おりゃ何もせぬ。身に覚えなきおれだけに――」

「マアマア、こちの人、お心お鎮めなされませいな。コレここにはこの通り、ソレみな顔知った者ばかり」

「ナ、ナ、ナント、それではアルフォンゾではなかったか？　そちも見ぬ、そこも見ぬ、……おれの迷いであったるか？」

「わが君、これこのとおり、この男はセオドア、あの不運であった若者でございます」「セオドアであったか！」とマンフレッドは悲しげに額をたたいて、「セオドアだか幽霊だか知らぬが、マンフレッドの心をいこう乱しおったわい！――しかし、かやつがどうしてここに来ておる？　しかもまた、どうして甲冑などつけて来ておるのだ？」

「なに、イサベラを捜しにまいったものと思われます」

「イサベラをか！」とマンフレッドはムラムラとして、「いや、そうであろう。それに疑いない。――しかし、おれが監禁しておいたところから、どうして逃げたのかな？　察するところ、きゃつの赦免をとりもちしは、イサベラか、さなくばこの老いぼれの売僧坊主か……？」

「殿さま」とセオドアがいった。「親が子を助けることを考えると、その親は罪になるんですかい？」

ジェロム神父は、倅が自分のことを咎めているように聞いて、目をまるくしたが、べつに咎められる筋もないので、倅がなにを考えているのかわからなかった。ジェロムは、倅がどうやって逃げたのか、またどうして甲冑を身につけてフレデリックと出会ったのか、いっこうに腑に落ちなかった。それを尋ねたいところだったが、うっかり尋ねると、また倅に対するマンフレッドの怒りをかき立てることになりかねないので、よけいなことは尋ねないことにした。マンフレッドは、神父が黙っているので、こいつ、セオドアを放すことを企てたのだな、と睨んで、こっちから声をかけた。

「ヤイ、恩知らずの老ぼれ坊主。おぬしその手で、おれとヒッポリタの大恩を仇で返したのだな？　しかもおれのせっかくの望みを邪魔するだけでは気がすまず、そのどらっ子に武装をさせ、おれの寝首をかきに城中へおびきこんだのだな？」

「殿さま」とセオドアがいった。「なんだか知らねえが、わっちのおやじのことをたいそう悪くこなしなさるが、おやじもわっちも、殿さまの御安泰を乱すような考えは毛頭持っちゃおりゃせんぜ。ヘエ、これこの通り。殿さまの御意どおりに服しているのが、どこが気に食わねえんだ、イヤサどこが無礼なんだ？」とセオドアはマンフレッドの足もとに、佩いたる太刀を恭々しく横たえ、言葉もあらためて、

「イザまっこのとおり、わが胸中を御照覧下されい。もしこの胸に不義不忠の妄念宿れりとの御疑念あらば、只今この時、この素っ首、すみやかにお討ち召されい。憚りながらわが胸三寸、殿御一門を敬わぬ心は、微量微塵も刻んではござりませぬわい！」と呼ばわった。

　この言葉を吐露したセオドアの威儀と熱意とは、そこに居ならぶひいきの人々を感心させた。マンフレッドさえ感動したくらいだったが、それでもなおまだ、かれがアルフォンゾに似ていることが心を離れず、感動は内心の不安をもって吐きだされた。

「立て立て、そちの命など、今のわしの目当てではないわい。それより、その方の来歴を語って聞かせい。一体、そちゃここにいる売僧爺とは、どのようにしてつながりがつくようになったのじゃ？」

セオドアは、「殿さま、わっちは口添えなんざいりません。来歴といやあ簡単なものでござんす。五歳のときにおふくろと、シシリーの浜から海賊船にのせられ、アルジェルへつれて行かれましたが、おふくろは一年たらずで悲嘆のあまり亡くなりやした」——聞いて思わず落涙するジェロム老人の顔には、千万無量の憂き思いがまざまざとあらわれていた。——「おふくろは亡くなる前に、なんだか書いた物をわっちの腕にくくりつけて、おまえはファルコナラ伯爵の子じゃぞと明かしてくれ——」

「そのとおりじゃ」とジェロムはいった。「わしが不埒なその父親じゃ」

「コレ、さし出口はならぬと申すに」とマンフレッドは叱りつけ、「話をつづけい」

「ヘイ。わっちはそのままずっと奴隷でおりやした。二年ばかり船のなかの親方についているうちに、海賊に勝ったキリスト教徒の船に助けられ、この船長が腹の大きな人で、わっちをシシリーの浜におろしてくれましたが、残念なことにおやじは見つからず、浜べにあった領地はおやじの留守中、おふくろとわっちを捕えて行った賊の手ですっかり荒らされ、城は焼かれて崩れ落ちたことを知ってガッカリ。なんでもおやじは残った物を売り払って、ナポリ王国の寺へ入道されたとやらで、たよりはなし。金もなければ知りびともなし、親に抱かれる喜びもさっぱり望みなし。五、六日たつうち、ようようのことでナポリへ渡る便船をえて、それからまあ自分の手で、どうやらこうやら働いて身すぎをしながら、流れ流れてここの土地へめえりやしたが、ほんにわっちはついきのうの朝まで、天道さまは貧乏と気楽しかおいらにゃ授けてくれねえものと思っておりやした。――ざっとこんなところが、わっちの来歴。今じゃおやじどんも見つかったから、こんな嬉しいことはございやせんが、どうも生まれつき不運な男とみえて、事の善悪、黒い白いは別として、殿さまの御不興を招いているのが残念でなりやせん」

　言い終わると、聴いている者のなかから、もっともだという囁きが静かにおこった。

「それだけではない」とフレデリックがいった。「いま遠慮していわなんだことを、わしから申し添えておこう。なかなか遠慮ぶかい男だが、わしは遠慮なしにいおう。かれはキリスト教国の最大勇士の一人じゃな。それに心も暖かい。わしがえた乏しい知識からいうても、かれの誠実にはわしゃ太鼓判を押すぞ。真実でなければ、自分のことは何一つ口に出さぬ。そういう男だ、かれは。わしなら、かれの生まれながらにして持っておる、あの率直を賞(め)でるな。わしを躓(つまず)かしたが、その体内を流れる貴族の血は、いずれその源をたどれた時に、じゅうぶんに煮えたぎって迸ることじゃろうよ。――ところで御城主」とマンフレッドのほうを向いて、「わしがかれを許せば、お身もきっと許してやって下さろうな。お身がかれを幽霊と間違われたのは、なにもかれの落度ではないからの」

　この痛い嘲弄は、マンフレッドには苦かった。マンフレッドは空うそぶいた。「あの世から来たものなら、怖いと心に感じさせるものがある。それは人間の力以上のものじゃ。この青二才の腕には、そいつはできぬわ」

ヒッポリタが横から口をはさんで、「ササわが君、お客人もそろそろおやすみになる時分、このへんでお暇しようではございませぬか」といいながら、マンフレッドの手をとると、フレデリックに暇の挨拶をし、一同をひきつれてゾロゾロ部屋を出て行った。マンフレッドは、自分の心の底に秘しかくしている思いがばれるような話が出なかったのに内心ホッとして、セオドアには明朝また城へ来ることを条件に（セオドアはこの条件を喜んで受諾した）、今夜は父親といっしょに修道院へ帰ることを許したのち、ヒッポリタに手をとられながら、自分の部屋へひきあげて行った。マチルダとイサベラは、これは思い思いの考えごとが多すぎた上に、おたがいになんとなくわだかまりがあって、その夜はもっと話しあいたいと思いながらも、それが果たせなかった。子供のころから心にかよいあった愛情も、今宵はなんとなく薄らいだようで、ほんの形ばかりのお義理の挨拶をして、それぞれの部屋へ別れて行った。

しかしマチルダもイサベラも、ほんとに心の底から薄情な気持で別れたのだったら、翌朝日が昇るのも待ちきれずに会うなんてことはなかったろう。二人の心は、おちおち眠ってなぞいられないような状態にあった。二人とも床のなかで、夜を徹していろいろ相手に聞きだしてみたかった問いごとを、あれこれと思い出した。マチルダは、イサベラが二度までせっぱ詰った危急の時にセオドアに助けられたことを考えると、どうもそれが偶然に起こったこととは、どうしても考えられなかった。さきほどフレデリックの部屋にいたときに、セオドアの目がじっと自分の上に注がれていたことは事実だけれど、でもそれは、ひょっとするとイサベラに対する思いを、双方の父の目から隠すためだったのかもしれない。このことはっきりさせた方がいい。彼女は、自分がイサベラの恋人に対して恋情を持ちつづけることで、イサベラへの友情を傷つけないためにも、ぜひとも真相を知りたいと思った。嫉妬はつのる一方、その詮索を正当化するために、友情の口実を借りたわけである。

イサベラも心のおちつかないことは、マチルダに劣らなかった。ただ彼女は、自分の疑心暗鬼には、一つの確証を持っていた。それはセオドアの舌と目が、かれの胸中にすでに固い約束ができていることを語っていたことである。でも、マチルダはたぶんまだ、セオドアの恋情には答えていまい。どうも今までの様子から見て、マチルダは恋を知ってはいないようだ。マチルダの考えは、あいかわらず、もっぱら天なる神の上におかれている。イサベラはひとりで悔んだ。──「なぜお諌めなどしたのであろう？　なまじ気前のよいところを見せた罰じゃ。それにしてもあの二人、いつどこで会うたか？　いやいや、そんなはずはない。みんなこちの空頼み。二人がはじめて会うたは昨夜（ゆんべ）のことであろうが、前からあのお方の心をとらえた別の仔細があったにちがいない。それならこちとて、まんざらこちが思うほど不仕合わせというでもない。これがお友達のマチルダでなければ、どうなったであろうな。ばったり出会ったお方はまるで無関心、そんなお方にこちから身をかがめて、お情けをなどといわれたものかいな。しかもあの夜は、通りいっぺんの四角四面の御挨拶。──よいよい、これからちゃっとマチルダさまに会うて来よう。マチルダさまは殿御をえられて誇らしう、きっぱりというてくれるであろ。殿方は不実なもの、──これいうて、尼になることを勧めてやりましょう。この談合はマチルダさまも喜んで下さるはず。尼寺へはいることに、こちゃもういっせつ反対はせぬと、そういうてやりましょうわいな」

そういう心ぐみで、イサベラはマチルダに胸襟をひらいて語ることにきめて、姫の部屋へ出かけて行った。マチルダはすでに朝服に着かえ、片手にもたれて物案じのようす。心のなかをそのままあらわしたようなその格好を見ると、イサベラはまた疑心が蘇って、友だちの上に置こうと思っていた信頼が、またガラガラと崩れてしまった。二人は会ったとたんにたがいに顔を染めながら、どちらも話しかけたい気持をかくしあうのに忙しかった。あたりさわりのない挨拶を二言三言やりとりしてから、マチルダがまずイサベラの城を逃げ出したわけを尋ねた。イサベラは今の自分の気持でいっぱいだったものだから、マンフレッドの横恋慕のことなどはいつのまにかどこかへ忘れて、マチルダの問いは、前の晩自分が尼寺から逃げた時のことと思って、

「あれはマルテリが、御台さまがおかくれ遊ばしたと尼寺へ知らせに来たゆえ――」と答えると、マチルダは皆までいわさず、

「いえ、それは間違いの知らせであったとビアンカが言うていた。わたしが気絶しかけたのを見て、ビアンカが『姫さまが死にそう……』と呼ばったを、お城へ喜捨をうけにきたマルテリが……」

「なぜまたあなたは気絶をば――?」とイサベラは、ほかのことには耳もかさずに問い詰めると、マチルダは顔を染めつつモジモジと、

「サ、それは父上が……罪人のお裁きに御出座になり……」

「その罪人とはどのような？」とイサベラは膝をのりだした。

「あい、若いお方で……あのお方であったかと思うけれど……」

「すりゃあの、セオドアが？」

「あい。――あのお方にはお目もじしたこともなし、また父上がなんでお怒りやら、それも知らなんだけれど、でもあなたを助けたお人とやらゆえ、父上が許されてほんによかったと思うていました」

「これはまた異なことを。わらわを助けたとは、父が瀕死の怪我をされたを助けたということかいな。みずからが父上を知って喜んだのは、つい昨日よりのこと、なんぼう親子の情にうといわらわじゃとて、あのようなイケ図々しい……イエナニ大胆不敵な若者には、腹が立ってなりませぬが、しかしまた、げんざい産みの親に手をあげた殿御じゃとて、情愛の道はまた別なもの。わたしゃあのお方を慕うておりまする。さればいのう、幼い時から口につかえていわしゃんした通り、おまえが変わらぬ友情をお持ちなりゃ、この身を幸不幸の分かれ道に立たせたあの人は、さぞ憎いでござんしょうなあ？」

マチルダはうつむく顔をあげて答えた。「イサベラさま、わたしゃおまえに友情を疑うてもらいとうない。あのお方はつい昨日まで見たこともないお方、ほんに赤の他人じゃ。昨夜お医者さまがお父上の御容態は危険を脱したというたおり、あの方はまだあなたが御親子だとは御存知なく、それを腹が立つの怒るのとは、ちと筋違いな話ではありませぬか」

「御自分で赤の他人と申されながら、ようまあ肩を持たれまするなあ。嘘なら、あちらからたんと御返礼をおもらい遊ばせ」

「そりゃまたどういうことかいな?」

「なんでもござりませぬわいな」とイサベラはしらを切ったが、セオドアがマチルダに傾倒しているという暗示を与えてしまったことを、内心後悔した。そこでイサベラは話をかえて、昨夜マンフレッドがセオドアを幽霊とまちがえたのは、あれはどういうことで起こったのだろうと尋ねた。

「ソレソレ、そのことじゃわいな。イサベラどの、おまえお城の画廊にあるアルフォンゾさまの絵姿に、あのお方がよう似てあることに気づかれなんだか? あのお方の甲冑姿を見るまえに、ビアンカにもそのことをいうてやったが、それがまあ兜をかぶられたら、テモ絵姿に生き写し」

「サイノウ、わたしゃあの絵姿はしみじみと見たこともないゆえ、おまえが御覧遊ばしたように、ジロジロと見もせなんだわいな。――マチルダどのえ、聞けば聞くほど、そなたはまあ、今危い瀬戸におられますぞや。お友達がいに御忠言申そうなら――申し、あのお方はなあ、自分は恋路に踏み迷うたと、わらわにははっきり申されましたぞえ。でもそのお相手は、どうやらおまえさまではないらしい。おまえさまは昨日はじめての御現(ごげん)……ではなかったかいな?」

「そのとおりじゃわいな。したがイサベラどの、おまえ何を根にそうきめてかかられるのか?」といってマチルダは言葉を切ったが、すぐにあとをつづけて、「あのお方は最初におまえさまに会われましたな。こちのような見栄もない女子が、なんでおまえに御熱心の殿御のお情けなどが得られましょうぞ。そんな自惚は持ちあわせませぬ。わらわの運命はどうあろうと、イサベラどの、こちゃおまえのおしあわせを祈るばかりじゃぞえ!」

根が正直のイサベラは、相手にこうまで親切にいわれてみると、とてもそれを押し返していうことはできなかった。

「なにをいうぞいな、マチルダ殿、セオドアさまが慕うているのは、おまえじゃぞえ。わらわはこの目でそれを見て、とっくりと胸に納めたのじゃ。この身のしあわせを考えて、おまえのしあわせに茶々を入れるなどとは、このイサベラはようしませぬ」

この嘘もかくしもない率直さが、おとなしいマチルダの涙をさそった。そして、ほんの一時この愛すべき二人の乙女の間に冷たい風を巻きおこした嫉妬の思いは、二人の心に生まれながらに具わっている誠実と正直に、たちどころに道をゆずった。二人はおたがいに自分の心に映ったセオドアの印象を打ち明けあった。そしてこの信頼は、そのまますなおに、自分の求めるものの譲りあいを双方が主張するという、寛容のせりあいにつづいた。そのあげく、さすがにイサベラの高潔な思慮は、セオドアが彼女に洩らしかけた、恋がたきのマチルダに惹かれている言葉を思い出して、自分の恋慕を思いきり、愛する人を親しい友に譲る覚悟をきめたのであった。

この仲のいい親睦くらべの最中へ、ヒッポリタが娘の部屋へはいってきた。

「おお、イサベラもここにいたかや」と御台はイサベラ姫にいった。「そなたは日ごろよりマチルダにいこうやさしうしてたもる上に、このあさましい一家におこることどもに、親身(しんみ)な心を寄せていてくりゃるほどに、そなたの耳に入れるは本意(ほい)でない話も、こうしてわが子とともども隠し隔てなく語れまする」

二人の姫は、御台(みだい)がなにを言いだすのかと、注意と心配をあつめた。

「そこでイサベラもマチルダも、よう聞きや」とヒッポリタはつづけた。「過ぐるこの二日の間、事しげかりしかずかずの出来事は、そもじたちも知っての通りじゃ。それによって見るに、神はいよいよオトラントの王位をばマンフレッドの手よりフレデリック公の御手に渡すべしとの御心(みこころ)と相見ゆること、両人ともによう心得ておきやれ。さればこの御台もこのところ心を砕き、一門の瓦解を避くるには、確執する両家を結ぶよりほかに手だてはなしと勘考して、わが君マンフレッドに卑見を陳じ、いとしい愛娘(まなご)のマチルダを、そもじの父御(ててご)フレデリックにさし出すことを言上(ごんじょう)しました」

「エッ、スリャこのわたくしをフレデリック公に！」とマチルダは叫んだ。「シェー、母上さま、父上にそれを言上なされましたのか？」

「オオ言上しましたぞや」とヒッポリタはいった。「わが君には、わらわの申出を懇篤に聴聞されて、只今侯爵にそのことを打ち明けにまいられたぞや」

「エ、マア、あさましや御台さま」とイサベラが叫んだ。

「おまえさまはまあ、なんということをなされました？　おまえさまの迂闊(うかつ)なお人のよさが、おまえさまはいうにおよばず、わたしのため、またこのマチルダのために、なんたる破滅を用意してきたことか！」

「ナニわらわをはじめ、そなたやわが子に破滅とは！　そりゃどういうことじゃ？」

「ああ、お情けなや！　おまえさまにはお心がお清いゆえ、人の悪心がお見えになりませぬのじゃ。おまえの殿さまマンフレッド、あの横道なお人はなあ――」

「コレ待ちゃ！」とヒッポリタはいった。「わらわの面前において、マンフレッドに不敬なものいい、許しませぬぞ。マンフレッドはわが君じゃ、わらわの夫じゃ」

「サ、それも長くは続きますまい」とイサベラはいった。「あの邪な魂胆は、お処刑うけるが当然じゃ」

「驚き入ったるその言葉」とヒッポリタはいった。「イサベラ、そもじはつねから感情の激しいお人じゃが、それほどはしたない女子とは、今の今まで知らなんだ。マンフレッドのどのような所行を人殺しじゃ、謀殺人じゃときめつけなさるのじゃ？」

「おまえさまはなあ、ソリャモウ徳の高い、あまりといえば人を信じやすいお方じゃ」とイサベラは答えた。「あのお人はおまえさまの命こそ覘わぬけれど、――おまえさまを引き離して――イエサおまえさまと縁切って……」

「ナニ、わらわを離縁！」

「母上を離縁！」

とヒッポリタとマチルダは同時に叫んだ。

「さればいのう。しかもその上、おのれの罪を仕上げるために、テモ恐ろしいたくらみ。

――サ、それはわたくしの口からは申せませぬ」

「イエモウ、それだけ聞けばもうたくさん、その上なにがあろうぞえ」とマチルダはいった。

御台はしばらく黙っていた。悲歎が言葉を封じたのである。そしてマンフレッドのこの両三日のあいまいな素振が、今聞いたことがらを動かぬものにした。

「御台さまいのう！　母さまいのう！」とイサベラは激情に狂いしごとく、御台の足もとにガッパとまろび伏し、「わたくしを信用して――わたくしを信じて下さりませ。お二人さまを傷つけて、あのようないやらしいことにこの身をまかせるくらいなら、こちゃ死んだがましじゃわいなあ――」

「エエ、そりゃまたあんまりな！」とヒッポリタはいった。

「一つの罪はどのような罪をひきだすことか！　イサベラ、立ちゃ。御台はそもじの貞節を疑いませぬぞ。おおマチルダ、この打撃はそなたには重すぎる。泣きやるな、コレ、うずうず言うなや。そなたのことはこの母に任せや。忘れまいぞ、マンフレッドはまだそなたの父御なるぞ！」

「でも、おまえはわたしの母さまじゃ」とマチルダは心をこめていった。「おまえは御貞女、おまえに罪はあるまいに。これでも文句いうてはなりませぬか？」

「ならぬならぬ、ならぬてや。いずれ万事はよしなになろう。マンフレッドはな、そなたの弟を失うた苦しみで、なにをいうたか御自分でもわからぬのじゃ。イサベラもそのへんを誤解したのでがなあろう。あのお方は心はよいお人なのじゃ。――マチルダはなんにも知らぬが、いまわれらの上には、一つの運命がさしかかっている。神の御手(みて)が伸びている。そなたを瓦解から救えるのは、この母だけじゃぞ。そうじゃ」とヒッポリタはしっかりした調子になって、「この身が犠牲になれば、四方八方、万事の償(つぐな)いになるのじゃ。スリャこれより御前へ行て、みずからより離縁を申し出(い)できましょうぞ。たとえこの身は縁切られても、どうなるものではない。わらわはあの尼寺に身を引いて、余生をわが子とわが君のため、祈りと涙のうちに送るつもりじゃ」

　するとイサベラがいった。「御台さまは、あの憎たらしいマンフレッドがいるようなこの世には、よいお人でありすぎまする。でも、そのお気の弱さがわたくしに覚悟さしょうなどとは思召しまするな。お二人の天使がたに、わたくしの申すことを聞いて頂きましょう」

「待ちゃ、イサベラ、それいうてはなりませぬぞ」とヒッポリタが叫んだ。「忘れまいぞ、そなたは身一つではござらぬぞ、りっぱな父御(ててご)がおわすのじゃぞ」

「サ、その父上は」とイサベラは御台の言葉をひきとって「――その父上は信心篤く、気位高く、とうてい無道な行ないを制することなどできぬお方。でも、やらねばならぬとなったら、一人の父親の無道な振舞を禁ずることができようか？　わたくしはそのお人の御子息と婚約をさせられましたが、そのわたくしがその父親と縁組などできましょうか？　とんでもないこと、いやじゃいやじゃ、こちゃ力ずくでも、マンフレッドのいやな床へなど引きこまれませぬぞ。エ、モ穢(けが)らわしいお人、こちゃ大嫌いじゃ。神の法も人間の法も禁じていることじゃ。――これはこれはマチルダさま、わたしとしたことがおまえの母上に悪態ついて、さぞ胸が痛んだことであろう。おまえさまの母上は、こちにも母上。——こちゃほかに母者は知らぬわいなあ」

「オオ、そうともそうとも」とマチルダは叫んだ。「この母上は二人の母。のうイサベラ、この母はいくら愛しても、愛しすぎることはないぞえ」

ヒッポリタはハラハラと落涙して、「オオ二人ともかわいいわが子じゃ、わが子じゃ、そなたたちのやさしい心根に、わらわは負けましたぞや。しかし、負けてはならぬ。道を選ぶのはわれらではない、神じゃ、父じゃ、つれそう夫じゃ。マンフレッドとフレデリックがどのような取りきめをなされたか、それ聞くまで辛抱しや。もし侯爵どのがマンフレッドの申出を受くるときは、もちろんマチルダは承服のはず。あとは神がお仲人、よきようにお導き下さる。マチルダ、そなたはどういうつもりじゃ?」と御台は足もとに無言の涙にかきくれている娘を見下ろしていったが、

「いやいや、返事はせぬがよい。この母は、そなたの父上のお喜びに違うことばは聞きとうない」

「母さま」とマチルダはいった。「このわたくしが父上母上の仰せのままになることは、疑うて下さんすな。でも、これほどのおやさしさ、これほどのお慈しみを受けるわたくしが、自分の思うことを母上におかくしなどできましょうか?」

「おまえまあ、なにをいわしゃんすぞえ? しっかりなされませいな、マチルダ殿」とイサベラはハラハラしながらいった。

「いいえ、イサベラ」とマチルダがいった。「もしもわらわが心の奥に、母上のお許しなされぬことを思うていたら、それこそだいじな両親(ふたおや)に大不孝。──それどころではない、わたしは母に叛きました。母上のお許しもなく恋を心に宿しました。それはここでは申し上げませぬ。ここでは神と母上の──」

「コリャ、娘！」とヒッポリタは柳眉を立て、「そりゃ何の言葉じゃ？　まだほかにわれらの上に新しい不幸が待ちおるのか？　そなた今恋というたな？　コレ、一門瓦解の切羽(せっぱ)の時じゃぞ！」

「あい、この身の罪がようわかりまする」とマチルダはいった。「母さまにお歎きみせるこの身が厭(いと)わしい。おまえはこの世で大事な大事な母者人、もうもうけっして、あのお方にはお目にかかりませせぬ」

「イサベラ」とヒッポリタはいった。「そなた、この不吉な隠しごとは、知っておるのであろうな。いうてみやれ！」

「マア何じゃいの、わらわに罪をいわせもせいで、イサベラ殿にいえとは、こちゃそれほど母(かか)さまに見はなされましたのか？　オオ悲しや悲しや、マチルダはみじめじゃ、みじめでござりまするわいなあ……」

「御台さま、そりゃあんまりむごいお仕打ち」とイサベラはヒッポリタにいった。「この操正しい娘ごころの苦しさを、あなたは見殺しになされるのか、不憫とは思召されぬのか？」

「わが子を不憫と思わぬとな！」とヒッポリタはマチルダを両手に抱きしめながら、「おお、この子はよい子じゃ、操正しく、やさしくて、義理わきまえた従順な子じゃ。コレ、たんだ一人の頼みの娘、母は許しますぞえ！」

二人の姫はそこでヒッポリタに、自分たちは二人ともセオドアに心をひかれていること、そしてイサベラが諦めてマチルダに男を譲ったことを打ち明けた。ヒッポリタは娘たちの不謹慎をたしなめ、相手は貴族の生まれとはいえ、あのとおりの貧しい男、それを跡取りにすることは双方の父御がまず承知すまい、といった。御台は、姫たちの恋がついきのう今日にはじまったことを聞き、さいわいセオドアがそれを感づくこともなかったらしいのを知って、いくらか安心した。彼女は二人に、今後セオドアとのいっさいの文通を避けるようにきびしく命じた。マチルダは心をこめてそれを承知したが、イサベラは二人をなるべく早く結ばしてやろうという下心から、セオドアを避ける決心がつきかねたので、返事をしなかった。

「それでは」とヒッポリタはいった。「わらわはこれより尼寺へ参じ、そうした不幸をのがるるよう、新しい弥撒をあげるようにいいつけて来ましょうぞ」

「スリャ母上さまは」とマチルダがいった。「わたくしたちをこのままに尼寺へ御参籠、お父上に一か撥かの魂胆を遂げる機会を与えなさるおつもりか？ お願いじゃ、それ思いとどまって下さりませ、こうして拝んで頼み入りまする。どうでもこちをフレデリックさまに添わせるおつもりなら、わたしゃおまえについて尼寺へまいりまする」

「コレ娘、おちつきゃいの」とヒッポリタはいった。「すぐに戻ってくるほどに。それが神の御心とわかり、そなたのためによいこととわかるまでは、母はそなたを見捨てはせぬぞや」

「そのお口には乗りませぬわいな」とマチルダはいった。「母上のいいつけなりゃ詮ないけれど、フレデリックさまに嫁ぐのは、こちゃいやじゃ。ああ、どうしよう、この身はどうなろうぞいのう？」

「エ、姦しい、なぜそのように喚きたてる。すぐに戻るというたではないか」

「母上さま、どうぞここにいて、お助け下さいまし。母上に顔しかめられては、父上のきびしさよりも、こちゃなんぼうか辛うござりまする。いったん捨てた心をば、思い出させて下さるのはおまえばかり」

「もうよいわ。二度とふたたびもとに戻ることはなりませぬぞ」

「セオドアさまを諦めることはできるけれど、ほかへ縁づかねばならぬとは。母さま、尼寺へおまえといっしょに行かしてたも。もうもう、こんな浮世からいついつまでも締め出してたも」

「そなたの運は父さましだいじゃ」とヒッポリタはいった。「それにつけても、父上より上のものを敬うことを教えておいたら、この母のやさしさを悪用しておったろう。ではまた後刻。そなたのことをよくお祈りしてきますぞよ」

　ヒッポリタが尼寺へ行く本当の目的は、じつは離縁に同意しないがいいかどうかを、ジェロムに聞くことにあったのである。彼女は前からマンフレッドに、王位を退くことをしばしば勧めていたのであるが、それが彼女のやさしい良心に、このところだんだん重荷になっていた。この遠慮、ためらいが、夫と離別することなど、ほかの事情に比べたら、なにもそれほど恐ろしいことではないと、彼女に思わせていたのであった。

ところでジェロム神父は、夜前城を退出したとき、セオドアに、なぜ自分がイサベラ逃走の黒幕だなどと、マンフレッドの面前で自分のことを責めたのだといって尋ねた。セオドアはそれに対して、いやそれは、マンフレッドがマチルダ姫に疑いをかけるのを防ぐための計略としていったのだと答え、それにつけ加えて、ジェロムの清浄潔白な生活と性格が、暴君の怒りから自分を守ってくれるものと考えたからだといった。ジェロムは自分の倅が姫君に傾いていることを知って、厄介なことになったと心から歎いたが、今夜はこれでゆっくり休め、明朝、おぬしの恋情を思いきるために大事なわけを話してやろうと約束した。このセオドアも、一方のイサベラと同じように、なにしろついきのう今日、はじめて父親の権利というものを知ったばかりであったから、自分の心にきざした恋のときめきを、親の裁断にまかせるなどということはできない気持であった。父親のいうわけを聞くことに、かくべつ好奇心も湧かなかったし、それに従おうという気にもならなかった。美しいマチルダ姫のほうが、父親の情愛などより深い感銘を、かれの心にあたえていたのである。その夜はひと晩じゅう、一人で恋のまぼろしを描いて楽しくすごした。そして翌朝、アルフォンゾ公の墓に参詣するように父からいわれていたのを思いだしたのは、朝の勤行が終わった後のことであった。

「なんじゃ、若いくせをして、その懈怠(げたい)がわしゃ気にくわん」とジェロムは倅の顔を見ると、さっそく小言をいった。

「おやじのいいつけが、もうそんなに軽う見えるのか？」

セオドアは不承不承に詫びをのべて、遅くなったのはつい寝坊をしたからだといった。

「ばかもの、誰の夢を見ておったのじゃ？」と神父からきびしくいわれて、倅は顔をあかくした。

「さあ、来い来い！」と神父はいった。「この、たわけめ、そんなことでは駄目だぞ。罪ふかい恋慕の情など、その胸から根絶やしにしてしまえ」

「罪ふかい恋慕！」セオドアは叫んだ。「へエ、あんな汚れのねえ美しさと貞淑なつつましさに、罪なんてものが宿れるんですかねえ？」

「天なる神が滅ぼすときめておられる者を愛する、これすなわち罪業じゃ。暴君の一族は三代、四代にわたって、この地上より一掃せにゃならん」

「でも神さまは、罪ふかい者を罰するためには、罪のねえ、汚れのねえ人のところへもお下りになるんでしょう？　あの美しいマチルダさまは貞淑で……」

「あのお方はな、きさまを破滅させるお方じゃ。あの野蛮なマンフレッドが二度もきさまに宣告したのを、早や忘れたのか？」

「いや、その野蛮なマンフレッドの娘御のお情けが、あの暴君の手からわっちを救ってくれたんですぜ。こいつは忘れられませんや。わっちは自分を傷つけられたことは忘れることができても、恩を受けたことは忘れられねえね」

「コレ、きさまがマンフレッド一族から受けた傷はな」と神父はいった。「きさまが考えるほど、なまやさしいものではないのだぞ。つべこべ口答えをせずと、まあこの聖像をよく拝見せい！　この大理石の碑の下には、アルフォンゾ公の灰が眠っておられる。アルフォンゾさまはの、百徳を身にそなえられた一門の御先祖、人類の喜びにおわす。さあ、石あたまの小僧め、ここにひざまずいて、父が聞かせる一場の恐ろしい話をよっく聞け。その物語を聞きわくるときは、神聖なる復讐の念以外のもろもろの雑念は、きさまの心魂から消しとんでしまうわ。南無、アルフォンゾ公！　受難の君！　さぞや御不満多きこととは存ずれど、なにとぞわれらがおろがむ誦謡のうちに、御尊影を現わしたまえ。――ヤ、たれかあすこへ来るようじゃな」

「あい、世にもあさましい女子がまいりましたぞ」といって、ヒッポリタが聖歌隊の席へはいってきた。「御坊、ただ今お閑暇でござりまするか。――ハテ、これに跪拝しているお若いお人は？　して、お二人の面に刻まるるその恐怖の色、そりゃまあどうしたわけ？　それに、なぜまたこの御墓前に？――ハハア、さては御坊も御覧ぜられましたな？」

「イヤナニ、只今御祈禱をあげておりましたところでな」

とジェロムはなにやらうろたえ気味。「嘆かわしき御領内の不幸災厄を払おうと存じてな。……ササ、こちらへおいで下され。このところ続いて起こる凶事の兆は、とりもなおさずお家に対する天帝よりの御審判、心に一点の汚れもなき御台には、どうか御審判を免れ得さするよう念じておりまする」

「その御審判を転じさせせんと、この身は日夜祈っておりまする」と信仰あつい御台はいった。

「御坊も知ってのとおり、わが君と罪もない子供らに、なんとか祝福をえさせたい、これがわらわの一生の仕事であったものを、悲しやその一人マチルダがわが手もとから去りまする。娘のことにつき、拙き心を神にお聞きとどけ願いたく、なにとぞ御坊よりもおとりなしのほどを」

「いや、あの姫さまなら、誰でも祝福を祈りますよ」とセオドアが雀躍りをしていうのを、ジェロムは、

「コレ黙らっしゃい、粗忽者」とたしなめて御台に向かい、

「御台さま、神の御力に立てついてはなりませぬぞ。神は与えたまい、神は奪いたもう。一念、神の御名を讃え、神の御心のままに従いなされよ」

「まごころこめて精進いたしまする。さりながら、この身のたんだ一つの慰めを神はお許したまいませぬか？　マチルダも死なねばなりませぬか？——御神父、御子息にちょっと席をはずして頂くように。折り入ってちとこみ入った話もあり、お耳を拝借させて下さいませ」

「イヤモウおりっぱな御台さま、お願いごとはなにもかも、神さまがお聞きとどけなさるように祈りやす」といって、セオドアは退がって行った。神父は苦い顔をした。

やがてヒッポリタは、自分がマンフレッドに提案し、マンフレッドも賛成をして、さっそくフレデリックにじかに話しに行った、マチルダ提供の話を神父に語った。神父はこの提案を好ましくないと思う色を隠すことができなかった。もともとフレデリックはアルフォンゾ公にいちばん近い血筋だし、こんども家統の継承を主張しにやって来たのだから、自分の権

利を横どりしたマンフレッドとの和睦を承知するはずはまずあるまいと、神父はそれを口実にして難色を示した。ところが、そのあとへヒッポリタは、離別の話をもちだして、自分には離別に応じる覚悟ができているが、はたして彼女の黙従が神の道にかなうかどうか、御意見をうかがいたいといわれたときには、神父の当惑は、まったく何物もこれに匹敵するものがないくらいであった。神父は御台がなによりも自分の忠告を切に願っているのを見てとって、マンフレッドとイサベラとの計略結婚に自分が反対する理由の説明はせずに、彼女の黙従の罪深いことを、どぎつい色彩で描いてみせ、もし彼女が離別を承知すれば、それこそごうごうたる世間の非難を浴びる。そんな申出は極力いやだといって撥ねつけるようにと、きびしい言葉で断じつけた。

ところで、一方マンフレッドのほうはその間に、フレデリックに自分の意向をぶちまけて、二つの縁組を提議した。思わぬ怪我で心身ともに弱っていたフレデリックは、マチルダの容色にまいっていたので、マンフレッドの提案に熱心に耳をかたむけた。力ずくではとても取り戻す望みはないと見たかれは、マンフレッドに対する怨みを忘れて、どうせ自分の娘とこの暴君と結婚したところで、そうウマウマと子供は生まれまいとたかをくくり、そのかわりこちらはマチルダと結婚すれば、王位の継承はそれだけ容易になると考えた。娘をやるという提案に対しては、一応軽く反対した。ヒッポリタが離別に同意しなければ認められないような、そんな形では困るといって、ヒッポリタのことは自分が引き受けるから、大丈夫だといった。話がトントンと運んだので、マンフレッドはもう有頂天になって、さっそくもう、倅が何人も生まれる身分になれる自分を見るのが待ちきれぬふうで、こうなれば善は急げ、なんでもいいからヒッポリタの承諾をむりやりにもとりつけてやろうという肚で、御台の部屋へと急いだ。行ってみると、后は尼寺へおわたりで留守ときいて、ムラムラときた。脛に傷もつマンフレッドは、ウヌ后め、イサベラから自分のたくらみを聞きおったな、と先回りをして考えた。こいつ、尼寺へ参籠するのは、離別に故障を立てるまで、あすこへ立て籠るつもりなのではないかな、と疑った。疑いの目は、ジェロムにも前からかけていたから、きっとあの糞坊主めが、こちらの意見に反対するばかりか、奥に尼寺へ逃げこめとけしかけたにちがいない、と気がついた。そこで、この尻尾を解きほぐして、敵の成功を粉砕してやろうと、一刻もじっとしていられず、やたけ心の何とやらで、マンフレッドは勢いこんで尼寺へ駆けつけ、ちょうどジェロムが御台に、離別はぜったいに承服してはならぬと、ひたむきに訓戒しているところへ乗りこんだ。

「ヤイ奥、そなた何用あってここへまいった？　おれが侯爵のもとから戻るまで、なぜ待たなんだのだ？」

「御相談が首尾ようととのうよう、お祈りにまいりました」

とヒッポリタは答えた。

「おれの相談ごとに、坊主のさし出口は無用じゃわい」とマンフレッドはいった。「そちがうれしがって相談相手にいたしおる、たんだ一人のこの男はな、生ある人間のなかの随一の裏切り爺じゃぞ！」

「不敬なり、御領主」とジェロムはいった。「場所もあろうに御神前において、ようも神の下僕を悪しざまにいわれたな。――じゃがマンフレッドどの、そなたの不正邪曲なもくろみは知れたるぞ。神はもとより、ここにおわする有徳の御婦人も、見通しでござるぞ。――御領主、そう顔をしかめることもござるまい。寺はな、そなたの威しなど見くびっておるでの、いまに百雷のごとき非難が聞こえようでな。マアマア、離別などという罰あたりのもくろみをドシドシお進めなされたがよかろう。そのうちに寺より宣下がくだり、愚僧がおぬしの頭に破門追放を申し渡すことに相成ろうでな」

「ヤア、無礼なる反逆人！」とマンフレッドは神父の言葉にかきたてられた畏怖を、つとめて隠しながら、「おのれ売僧の分際にて、法が決定せしこの城主を威嚇する気か！」

「憚りながら、おぬしは決定の王侯ではござらぬわい」とジェロムはいった。「ウンニャ、御城主ではござらぬわ。いうことがあらば、フレデリック殿と論談なされい。それがすんだら――」

「それはすんだ」とマンフレッドは答えた。「フレデリックはマチルダの手を受納なし、おれが世継ぎをもうけぬうちは、言い分預かりおくことに同意したわい」

マンフレッドがいっているうちに、ふしぎなアルフォンゾの像の鼻から、血のしずくがポタ、ポタ、ポタと三滴落ちた。マンフレッドは面色たちまち蒼白となり、后はその場にヘタヘタと、崩折れるように膝をついた。

「ソレ、よっく見られよ！」と神父はいった。「アルフォンゾの血はマンフレッドの血とは金輪際交わらぬと、神が見せたまいしこれが印じゃ！」

「わが君」とヒッポリタがいった。「われらも神の御心に従いましょう。日頃従順なこの妻が、なんで夫の権威に叛きなぞしましょうぞ。わらわは神の御心と君の御心以外には、なんの心も持ってはおりませぬ。ササ、あの御神前に願いましょ。われらをつなぐ絆を切るは、われらの手で切るのでござりませぬ。教会がわれらの縁の切れるのを認めれば、そのようにすればよし。みずからもはや老先も短いゆえ、このような憂きごとは早くにのいてもらいましょ。おまえとマチルダの無事安穏を祈って、この憂さを消すところは、この御神前よりほかにどこにござりましょうぞ？」

「だが、それまでそちをここには留めておかぬぞ」とマンフレッドはいった。「おれとともども城へ戻りゃれ。その上でゆるりと離別の正しい手だてを考えよう。しかし、このうるさい坊主は城へ来るな。客を遇するに厚いわが家に、裏切者を泊めるのはもう懲りごりじゃ。それからそちの神官とやらの小倅めは、わが領内より追放する。おれの思うところでは、かやつは格別神聖なる人となりでもなし、寺の庇護のもとにおくべき男でもない。イサベラと婚う者は誰にもせよ、ファルコナラ神父の俄か出来の小倅などにはやられぬわい」

「ムハハハ、一城一領の主の席に俄かに見えたる奴輩は、みんな俄か出来じゃテ。そういう不正の輩は、ことごとく枯草のごとく萎れ去って、それきり跡方も知れませぬテナ」

マンフレッドはジェロムにきっと咎めるような目を投げると、そのままヒッポリタの先に立って出て行ったが、寺の入口のところで家来の一人に、尼寺のあたりに身を隠し、城からここへ戻ってくる者があらば、すぐに知らせろ、と小声でささやいた。

第五套

神父のそぶり振舞をいろいろふりかえって考えてみると、どうもマンフレッドには、イサベラとセオドアの仲はジェロムが糸を引いていると思われる節があった。これまでの従順に似てもつかぬジェロムのあの無遠慮な出しゃばりを考えると、さらに深い不安が感じられた。だいいち、フレデリックがやってきたことと、セオドアが突然にあらわれたというこの偶然の一致には、どうもそこに一脈の相通ずるものがあることを語っているようだ。ひょっとすると、あの坊主は、なにかフレデリックから秘密の支持を受けているのではないかとさえ、マンフレッドは気をまわした。それよりまだ気になるのは、セオドアがアルフォンゾの肖像にそっくりなことであった。自分の知っているアルフォンゾは、子なしで死んでいる。フレデリックはそのアルフォンゾに娘のイサベラをやることを、前から暗々裡に黙諾していた。こういうあれこれの矛盾が、マンフレッドの心に数知れぬ苦慮をあおった。かれはこの難しい局面から自分を救う手だては二つしかないと見た。一つは、自分の封土をフレデリックに譲り渡してしまうこと。この考えにはしかし、多年の誇りと野心、子孫にそれを残しておく可能性を示した古い予言への依存、これが戦った。もう一つの手だては、イサベラとの縁組を強行することであった。かれは尼寺から城まで、ヒッポリタと口もきかずに黙々と還御の途々(みちみち)、こういう心配な考えごとに耽ってきたが、やがてかれはこの不安な問題について、后と膝づめで話し合った。そして是が非でも離別に同意するように、――それを促進するという約束だけでも后の口からひきだすように、つい口にのるような、もっともらしい論議のあの手この手を用いた。ヒッポリタのほうは、夫の喜びに添うためには、なんの説得もいらなかった。彼女はなんとかして領土を譲り渡す計画を、うんといわせるように夫に説得してみたが、その勧告も無益なことがわかると、自分の良心の許すかぎり、離別に反対しないことをあっさり明言した。ただ、夫の主張よりもべつによい根拠があってためらうのではないけれども、こちらから積極的に離別を要求することはしたくないといった。

この服従は、不十分ではあったけれども、とにかくマンフレッドの希望を高めるには十分であった。かれは自分の権力と富が、ローマの法廷で、こちらの上訴申請を容易に進められるという自信があった。そこで、フレデリックをそのためにわざわざローマの旅につれて行く約束をすることにした。かれはフレデリックがマチルダに惚れこんでいるのを知っていたから、侯爵がこちらの意見に協力する意向のほどは、その様子にあらわれると見て、それによって娘の色香を提供するかひっこめるかで、こちらの願うことは思うままになると、気をよくした。こちらの保証の見込みが立ちさえすれば、フレデリックなんかいなくても、実質的な点はこっちのものになるにきまっている。

ヒッポリタを部屋へ退(さ)がらせ、マンフレッドはふたたび侯爵の部屋へ行こうと、大広間を抜けていくと、腰元のビアンカにばったり出会った。腰元のビアンカは、マチルダにもイサベラにも信用をえている。マンフレッドは、ちょうどいい折だから、イサベラとセオドアの問題について、この女に探りを入れてやろうと考えついた。そこで広間の出窓の出っぱりのところへビアンカを呼んで、あいそのいいことをいって彼女の気をそそっておいてから、このところイサベラの情愛の動きについて知っていることはないか、といって尋ねた。

「アノわたくし、……イエ、アノ殿さま……はいはい、姫君さまにはおいたわしや、父御さまの不慮のお怪我に、イヤモウきつい御吃驚。じきに御平癒なさりょうからと申し上げましたが、殿さまにはいかが御勘考あそばしまするか？」

「いや、わしはあれの親父のことを尋ねておるのではない。だが、そちはあの姫の秘密を知っておろう。な、よい子だから、わしに教えろ。姫の秘密のなかには、若い男がおるであろう。――ハハハハ、どうじゃ、わしの申すことがわかるな」

「これはまた畏れ多いお言葉。殿さまのお心がわかろうなどとは！　はい、わたくしはお傷薬を塗ってお休みあそばすようにと申し上げて……」

「コレ、親父のことを申しておるのではないと申すに。親父の平癒したことはわしも知っておる」

「それは御重畳にござりまする。それ伺いまして、安堵いたしました。と申しますのは、姫君さまがお気を落とされてはならぬと思いましたなれど、太公さまのお顔色がすぐれず、それにつきまして去んぬる頃、若武士フェルディナンドがヴェネチアで傷つきましたみぎり――」

「コレ、どうもそちの話は要をそれる。さ、この宝石をとらせるぞ。これでちっとは気が散らぬであろう。イヤ辞儀はいらぬ。しだいによっては、まだもっともっと褒美の品をとらせるぞ。――さ、正直なところを申せ、イサベラの胸のうちは、どんなもようじゃ？」

「アレマア、わが君としたことがそのような……」とビアンカはいった。「畏まりました。それはよいとして、殿さま、これはズント内証ごと、その秘密がお守りになれまするかいな。もしも殿さまのお口から洩れますると、わたしゃもう……」

「そんなことはない、そんなことはない」

「いえいえ、そうはまいりませぬぞ。しかと御誓言を遊ばしませ。もしもこのこと、わたくしが申せしと知れなば――でも真実は真実、そりゃもうイサベラ姫が亡き若君さまに、御情愛がたんとおありだったとは思いませぬが、――でも、若君さまはあのとおりのおかわいらしいお方。わたくしが姫君だったならば――エエ、こりゃたいへんじゃ、たいへんじゃ！　マチルダさまのお部屋へ行かねばならぬ。姫にはさぞやお待ちかね、どうぞしたかとお案じならん、それでは殿さま、御免なされて……」

「待て待て、そちはおれの問いごとを少しも満足させてくれぬぞ。これまでなにか伝言とか、文のようなものを持ってまいったことがあったかな？」

「このわたくしが！　マアマア殿さま、このわたくしが文を？　こちゃお后に上がろうなどは思ってもおりませせぬぞえ。殿さま、よう思召し下さりませ。わたくしはこのような賤の女ながら、心は正直一徹。さいつとき、マルシグリ伯爵さまがマチルダ姫を御所望にて御来城のみぎり、このわたくしに何といい寄られたか、まだお聞きおよびになりませぬか？」

「たわけめ、そちののろけ話など聞くひまないわえ。そちの正直一徹など問うてはおらぬが、このおれに何一つ隠し立てせぬが、そちの務めじゃぞ。イサベラはいつごろセオドアと知り合ったのじゃ？」

「いえいえ、殿さまのお目はなんでも見通しなれど、そのことばかりは何も存じませぬ。なるほどセオドアは尋常な若者、マチルダ姫のおっしゃるとおり、アルフォンゾさまのお像に瓜二つ。殿さまにもお気づきであられましょうがな？」

「うんうん。――いや、どうも困ったやつだな。――して、どこで会うた？　いつ会うた？」

「どなたがでござります？　マチルダ姫でござりまするか？」

「違う違う。マチルダではない、イサベラじゃ。イサベラはいつセオドアと初(はつ)に知り合ったのじゃ？」

「さあ、それは。――どうしてわたくしが知りましょう？」

「いや、そちは知っておる。わしは知らねばならぬ。きっと知ってやる」

「殿さまは、あの年若なセオドアにもしや嫉妬を？」

「嫉妬だと！　違う違う、おれがなんで嫉妬をせねばならん。イサベラが嫌いでないとわかれば、わしは二人をいっしょにさせてやるつもりじゃ」

「お嫌い！　なんのなんの、わたくしは姫さまを保証いたします。セオドアさまは昔キリスト教の国々を堂々と押し歩いたような美男の若人、わたくしどもはみんなあの方に恋をして、あんなお方が御領主になればと、思わぬものは一人もなく、きっと神さまも、ああいうお方を殿さまと呼ぶのをお喜びになる時がくるだろうと……」

「なるほど、もうそこまで行ったか！」とマンフレッドはいった。「ウヌ、あの売僧めが！こりゃこうしてはおられぬわい。ビアンカ、そちはイサベラのもとへ侍りにまいれ。したが、この場のことは一言もいうではないぞ。イサベラがセオドアにどのような気があるか、よく探って、吉報をもってまいれ。そうすれば、ソレ、さっきの指環にまた添え物をとらせるぞ。よいか、あすこの回り階段の下で待っておれ。おれはこれから侯爵を見舞に行く。戻りにゆるりとそちと話そう」

マンフレッドはフレデリックの部屋へ行くと、二言三言さあらぬ挨拶をのべたのち、ちと火急なことで用談があるから、お供の侍両人にしばらく座をはずしてもらいたいといった。二人の侍が退座して、フレデリックと二人きりになると、さっそくかれはまことしやかな調子で、マチルダの話を持ちだした。そして侯爵が膝をのりだしてくるのを見すまして、じつはお二人の婚礼の式に出席するのが難しうなってな、と話しかけたとたんに、いきなりビアンカが血相かえて、部屋へとびこんできた。その顔と身ぶりには、極度の恐怖をかたる狂乱の体があった。

「殿さま、殿さま、もう駄目でござります。また、まいりました。またまた、まいりましたぞ！」

「なにがまたまたまいったのじゃ?」とマンフレッドはあっけにとられて、叫んだ。

「おう、手が! 大男の手が! ――アア恐(こわ)やの恐やの、もうもう気が遠くなりそうな。どなたかしっかりかかえて下さりませ」とビアンカは叫んだ。「もうもう今夜は御城内には眠れませぬ。どこへ行こうかいのう? 荷物はあとから届けて頂きますほどに。――ああ、こんなことなら、いっそフランチェスコと夫婦(めおと)になっていたら、思い残りはなかったに。ハア、それも仇望みになってしもうたわいな」

「コレ女子衆(おなごしゅ)、なにをそのように恐れるのだ?」と侯爵がいった。「ここなら安全だ、怖がることはないぞ」

「あい、その御親切はありがたいけれど、とてもとてもわたくしには――どうか去らして頂きまする。もう何もかも置いて行っても、この屋根の下には一時なりともおられませぬ」

「行け行け。そちの頭は狂ったのじゃ」とマンフレッドはいった。「えい、邪魔じゃ邪魔じゃだ。今大事の用談の最中。――イヤモこの女はなにかというと気絶をする女でな、ビアンカ、おれといっしょに来い!」

「いえいえ、それは御勘弁! もともとあれは殿さまへ警告に現われたもの。こちに出るはずはない。わたくしは朝に夕にお祈りをしておりまする。あのおり殿さまが、ディエゴの申したことを信じなさればよろしかったものを! ディエゴが画廊で大きな足を見たと申す、あれと同じ大きな手でござります。ジェロム御神父さまも、予言の通りのことがいずれ現われると、まいどおっしゃってでございました。ビアンカ、わしのいうことをよく憶えておれよと御神父さまは――」

「たわけたことを申すな、きちがいめ！」マンフレッドは叱りつけた。「行け行け。きさまの仲間どもに、今ぬかしたたわごとといって、威して来い！」

「まあ、何ということを仰せられます、上様」とビアンカは叫んだ。「このわたくしが何も見なんだと思召しますのか？　そんなら上様、あの大階段の下へおんみずからお越しなされませ。わたくしはな、この身が生きていると同じように、この目でまざまざ見たのでござりまするぞ」

「コレ女子衆（おなごしゅ）、そなた一体何を見たのだ、いうてみやれ。のう、何を見たのじゃ？」とフレデリックがいうと、マンフレッドは、

「これサ、フレデリック殿、お身は幽霊を信ずる、この愚かな女の迷いばなしに耳貸しょうといやるのか？」

「いや、これはただの妄想ではござるまい」と侯爵はいった。「見受けるところ、この女子（おなご）の怖がりようはまことに自然、よほど心に強い感銘あっての上の想像のはたらきと相見える。さ、女子衆、なにがそれほどまでに吃驚されたのか、いうてみやれ」

「はいはい、さすがは御前（ごぜん）さま、よう仰言って下さりました」とビアンカはいった。「まだ顔色はまっ青と存じまするが、おかげでだんだん人ごこちがついてまいりました。じつはわたくし、殿さまのおいいつけで、イサベラさまのお部屋へまいろうと――」

「コレコレ、そんな回りくどいことはどうでもよいわ」とマンフレッドが横合いからいった。

「御前が話せと申される上は、先をつづけるがよいが、なるべく手短に申せ」

「殿さまはいつも手短に手短にと話の腰をお折りになりますが」とビアンカはいった。「ほんに生まれてはじめて自分の髪の毛が——さいなあ、そこで只今申し上げましたように、殿さまの仰せをこうむり、イサベラさまのお部屋へまいろうといたして、イサベラさまはあの階段の右手のお部屋に御寝なされますによって、わたくしは大階段のところまでまいって、殿さま御配料の指環をこう眺めておりまするとナ——」

「エエ、何をじゃらじゃらと！」とマンフレッドはいった。

「いっこうに肝心なところへ来ぬではないか。娘にまめまめしく侍ずいておる褒美に、安物の指環をとらせたが、そんなことが侯爵どのに何のお景物になる？　こっちはそちの見たものが知りたいのじゃ」

「はい、それほどいえと仰せなら、これから申し上げまする。その御配料の指環をこう撫でながら、ものの二、三段も階段を上がるか上がらぬときに、戛々と鳴る甲冑の音。ディエゴが画廊のお部屋で大入道に腰をぬかしたおりに聞いたという、あの世界中がガラガラと鳴りひびくような、それはそれは恐ろしい物音が……」

「御城主、この女子の申すことは、どういうことでござるな？　この城には大入道や妖怪が出ますかな？」と侯爵がいった。

「アレマア御前さまには」とビアンカが叫んだ。「御城内画廊の間の大入道のお話は、まだお聞きおよびがござりませぬのか？　殿様よりお話がないとは、これはまた希有なこと。そんならあの、予言のことも御存知ござりませぬな？」「ヤイヤイ、下らぬことをつべこべと」とマンフレッドが横合いから、「フレデリック殿、この愚かしき女は退げることにいたそう。そんなことより大事な相談——」

「まあまあ、マンフレッド殿」と侯爵がいった。「失礼ながら、これは下らぬことではござらぬぞ。わしが森で道をおしえてもらった大太刀といい、また、あちらにござるあの大兜といい、こりゃどうやらお女中の、ただのまぼろしではないようじゃテ」

「さすが御前さまはお目が高い。ジャケズもそのように申しておりました。どうでも今月この月は、なんぞ変わったことが起こらいでは納まるまいと、こんなに申しておりまするが、わたくしなどはあの甲冑の鳴る音を聞いて、身うちにグッショリ冷汗をかいたゆえ、明日が日になにが起ころうとも、ビクともギクともするものじゃござんせぬ。——さあそこで、わたくしが上を見上げまするとナ、御前さまなら信じて下さいましょうが、ちょうど大階段のいちばん上の手すりの上に、手甲をつけた手が見えましてナ、イヤモウその手の大きいこと、大きいこと、——わたしゃ今にも気絶しそうになって、後をも見ずにこちらへ駆けつけましたが、もうもうこんなお城はまっぴら御免でござりまする。そう申せば昨朝も、マチルダ姫がおっしゃいましたが、御台さまはなにごとか御存知とやら——」

「いよいよもって無礼千万！」とマンフレッドは叫んだ。「侯爵殿、この場の様子は、家中一統申し合わせての我への侮辱と相見えた。面目なし。面目なし。股肱と頼む家の子等は、主に仇なす妄談をひろぐることに身を売るか？　侯爵殿、もはやかくなる上からは、貴殿の要求を男らしく遂行さるるか、さなくば最前提案せしごとく、われらの娘の縁取り換え、これによって領土の安泰を計るか、道は二つに一つでござるぞ。だが、よいかな、お身も腰元婢のごとき女どもの手に、やすやすと乗るような領主になられては、困りますぞ」

「アイヤ、その譏りが可笑しうござる」とフレデリックはいった。「今の今まで、それがしこの女子衆は見たこともなく、ましてや宝石をとらせたこともござらぬが。――御領主、お身はおのれの良心と罪科に責められ、それがしにまで疑いをかけられるであろうが、しかし娘御はお手もとに置かれ、もうイサベラのことなどは考え召されぬがよい。すでに審判は、わしに乗りこむことを禁じた、お身の家の上に落ちたのだ」

マンフレッドは、こういう言葉を吐いたフレデリックの断乎たる調子に驚いて、しきりと相手の心を和めるのにつとめた。ビアンカを部屋から退らせると、かれは急に例の猫なで声になって、マチルダのことをあの手この手と言葉巧みに褒めだしたので、フレデリックはまたもやよろめきだした。なんといってもこの恋はまだ日が浅かったから、心に抱いたためらいをすぐに乗りこえることはできなかったのである。侯爵はビアンカの話から、神はおのずからマンフレッドに反対を宣しておられるのだということが、充分にのみこめた。提案された縁組の話も、かれの権利主張を遠くへ押しやった。オトラントの支配は、マチルダとの縁組で付随的に継承するなんてことよりも、もっと強い誘惑であった。でもかれは、その婚約から完全に身をひいてしまう気にはまだならなかったが、ただ時をかせぐつもりで、ヒッポリタが離婚に同意したというのは、事実上ほんとうなのかどうか、マンフレッドに尋ねてみた。マンフレッドは、ほかにどこからも故障の出ないのにすっかりいい気になっていたし、女房には絶対に力ありと信じていたから、そのとおりだ、嘘だとおもうなら、家内の口から事実を聞いて安心してもらいたいと、侯爵に保証した。

こんな話のやりとりをしているところへ、酒宴の用意ができたという知らせがきた。マンフレッドは大広間へ侯爵を案内した。大広間には、ヒッポリタと若い姫たちが待ちうけていた。マンフレッドは侯爵をマチルダの隣に坐らせ、自分は妻とイサベラの間に坐った。ヒッポリタはいかにも気のおけない威厳をもってふるまっていたが、若い姫たちのほうは二人とも黙りこくって、愁いに沈んだ顔をしていた。マンフレッドは、今夜はあとで侯爵と重要な点をじっくり煮つめる肚でいたから、誰憚ることもなくひとりで陽気にはしゃぎながら、夜のふけるまで酒盛りをひた押しにつづけ、フレデリックにさかんに盃を重ねさした。しかしフレデリックは、マンフレッドが望む以上に警戒心が強く、さきの流血で貧血をおこしていると見せかけて、しばしば盃を辞退していた。一方マンフレッドのほうは、酔いがまわってもいないくせに、だいぶ聞こし召してへベレケになったふうをよそおい、前後不覚の体（てい）をよそおっていた。

夜もしだいに更けわたって、やがて酒宴もようやくおひらきとなった。マンフレッドはフレデリックといっしょに引き上げるつもりでいたところ、フレデリックは体が弱っているからちょっとひと休みしたいといい、あとでまた自分が出るまで娘に御機嫌をとりむすばせるからと、そつのない挨拶をして、部屋へひき上げて行った。マンフレッドは、ではまた後刻とこれを受けて、愁いに沈むイサベラを部屋まで送って行った。マチルダは母に侍いて、さわやかな夜の気分を吸いに城壁の上へ出て行った。

やがてのことにフレデリックは、供の侍たちもそれぞれかなたこなたに散ったので、そっと部屋をぬけ出し、御台所はお一人でおわすかと尋ねると、后の腰元の一人が、お出ましになったのは気がつかなかったが、いつもこの時刻には御礼拝所へおいでになるから、たぶんそちらにおわすだろうと教えてくれた。さきほど酒宴のあいだに、侯爵はマチルダ姫をまじかに見ているうちに、恋慕のこころがいよいよ募ってきた。だから今のかれとしては、マンフレッドがさっき保証したような身分になった后に会いたいと願っていた。さきに警告された予言のことなどは、当面の願望のなかに忘れ去られてしまっていたのである。足音を忍ばせながら、人目をはばかりつつ、かれはヒッポリタの部屋まで行って、そっと中へはいった。じつはマンフレッドが、マチルダをこちらの望みにまかせぬうちは、イサベラを手に入れることを交換条件にはしない肚でいることを見たので、侯爵は御台に離婚を承知することをすすめにやって来たのであった。

御台の部屋は、案の定、しんと静まりかえっていたから、それではやはり御台は教えられたとおり、礼拝堂へ行ったのだと思って、かれはすぐにそちらへ足を向けた。礼拝堂の扉がすこし明いていた。夜は暗く、空は曇っていた。入口の扉をしずかに押しあけると、神壇の前に、だれかひざまずいているものがある。近づいてみると、どうやらそれは女のひとではなく、長い毛織の衣を着た人で、こちらへ背をむけている。なにやら祈禱に余念のないようすである。侯爵がひき返そうとすると、その人は体をおこして立ち上がり、侯爵のいることにはかまわずに、そのままじっと瞑想三昧の体で立っている。侯爵はその奇特な僧が自分のほうへやってくるものと思って、心ない邪魔をしたことを詫びるつもりでいった。――

「御坊、失礼をいたしした。ヒッポリタのお方を捜しにまいった者でな」

「なに、ヒッポリタを！」とうつろな声が答えた。「この城へヒッポリタを探ねに来られたのか？」といって、その人がおもむろにこちらをふり向いたのを見れば、こはそもいかに、その顔は隠者の衣をまとった骸骨の、肉なき顎とうつろな穴になった二つの眼であった！

「梵天の諸神天女、われを守らせたまえ！」とフレデリックは思わず後ずさりをしながら叫んだ。

「その守りは叶うべし」と幽霊はいった。

フレデリックはその場にどうとひざまずき、なにとぞ憐れみを垂れたまえと、一心不乱に祈った。

「お身ゃこのわれを忘れしよな。ジョッパの森を憶えておろうでな！」

「ヤヤ、さてはあのときの御隠者か？」とフレデリックは震えおののきながら叫んだ。「御魂御冥福のため、それがしがなすべきことは、いかにいかに？」

「コレよっく聞け。汝囹圄の身より解かれしは、五濁の欲をば追うためなりしや？　畏くも土中にありし大太刀の、刃にきざみし神勅を、そちゃ忘念いたせしよな？」

「イヤイヤ、忘念は仕らず、忘念は仕りませぬ」とフレデリックはいった。「して御亡霊、それがしへの御用命とは何でござるな？　仕残せしことは何々と、サ、のたまえのたまえ」

「マチルダを忘れることぞ！」といいはなつなり、亡霊のすがたはかき消えた。

フレデリックの血は、血管のなかで凍りついた。ややしばらく、かれは身うごきもならずにうずくまっていた。やがて神壇の前に顔をうつ伏せにして倒れると、神々に許しのおとりなしを懇願した。一心不乱になって祈っているうちに、涙がとめどもなくあふれてきた。そして思うまいとしても、マチルダの美しい姿がふっと浮かんでくるので、かれは床に倒れ伏したまま、悔恨と恋情の戦いに身をよじりもだえた。この断腸の苦悶もまだおさまらぬところへ、ヒッポリタが燭を手にもって、一人で礼拝堂へはいってきた。御台は床の上に動きもせずに倒れている人を見ると、死んでいるものとおもって、アレッと驚きの声をあげた。その声に、フレデリックはハッとわれに返った。かれは顔じゅう涙だらけにして、いきなり立ち上がると、后の前から急いで逃げようとするのを、ヒッポリタは押しとどめ、いかにもおちついた調子で、なにがもとでそのように取り乱されたのか、あのような体を拝見したのは、どういうまわりあわせなのか、そのわけ聞きましょうとことばしずかに問いかけた。

「ヤ、こりゃお后！」と侯爵は驚いたが、骨身をとおる愁嘆のために、あとがいえなかった。

「侯爵どの、神の愛のために、この場の入りわけ、お明かしなされましょう。なにやら御愁傷らしいその様子、今のびっくりなされたようなお声は、マアいかなこと。ふつつかなこのヒッポリタに、この上まだどのような歎きを神は御用意なのか。――まだお言やらぬか、侯爵どの。哀れみ深い天使の御名によってお尋ね申すのじゃ」と御台は侯爵の足もとにまろびよって、「サ、その御胸中にわだかまる御趣意をお明かしなされませいな。なにやらお見受けするに、なんぞこの后を思いやっての御様子、いえば人を傷つけることを悲しんでの御様子じゃが、さ、お話しなされませ。なんぞ娘のことで御存知のことがござりまするな？」「いえぬいえぬ、いえませぬわい」とフレデリックは后をふり切って、「おう、マチルダ！」と叫ぶとともに后をサッとそこに残したまま、逃げるように自分の部屋へ戻って行った。すると部屋の入口で、マンフレッドにバッタリ出合った。酒と恋に元気百倍のマンフレッドは、今宵は酒と音楽にもうしばらく歓をつくそうと、侯爵を誘いにきたのであったが、フレデリックは今の自分の心持とはかけはなれたその誘いに気を悪くして、手荒く相手を押しのけると、そのまま部屋のなかに逃げるようにはいったあとの扉を、マンフレッドの鼻の先に荒々しくバタンと締めて、中から閂をかけてしまった。傲慢不遜なマンフレッドは、思いもかけぬ相手の振舞に腹を立てて、ようし、こうなる上は矢でも鉄砲でも持ってこいという意気でひき上げて行った。中庭を渡っていくと、宵のうちにジェロムとセオドアの見張り役に、尼寺に立たせておいた家来にばったり出会った。家来は急いで駆けてきたので息をハアハア切らしながら、只今城内より忍びいでたるセオドアと女性（にょしょう）の者が、聖ニコラス院のアルフォンゾ公の御墓所の前で、なにやら密談中だとマンフレッドに注進をした。セオドアのほうは尼寺からあとを尾（つ）けてきたが、なにぶん夜陰のことで、女のほうは何者とも見分けがつかないという。

それを聞いたマンフレッドの心は、たちまち火がついたように燃えあがった。さきほどイサベラは、こちらが無遠慮に思いのたけを打ち明けたときに、自分をふりはらって逃げて行ったが、どうもあのとき様子がソワソワしていたのは、さてはセオドアと逢いびきをするので、気がせいていたのにちがいない。この推測は、マンフレッドを一時にカッとさせた。そしてイサベラの父親の侯爵にも憤慨を感じながら、かれはこっそりそこから聖ニコラス院へと急いだ。寺の側廊を忍び足で滑るように抜けると、窓からさしこむほの暗い月の光をたよりに、そこからアルフォンゾ公の墓所のほうへと、ヒソヒソ聞こえる自分の捜す男女のささやき声を目あてに、マンフレッドは抜き足さし足で近づいて行った。最初に聞きとれたことばは、――

「エ、そりゃわたくししだいと？　とてもとても、この縁組をマンフレッドが許しますものか」

「そうとも、こうして邪魔をしてやるわい！」と叫ぶやいなや、暴君は短刀ひきぬき、女の肩ごしに、話の相手の胸先めがけて、ズブリと突き刺した。

「あれエ、人殺し！」とマチルダは深傷（ふかで）にグッタリ落ち入りながら、「わたしゃもう天国へ……！」

「ヤイ、残忍無道の人非人、わりゃ何たることをしてくれた？」とセオドアはマンフレッドにとびかかりざま、短刀をねじりとった。

「ア、勿体（もったい）ない、その手を止めて！」とマチルダは叫んだ。

「そりゃこちの父上じゃ！」

マンフレッドは夢からハッとさめたように、胸を打ち、両手で髪をかきむしり、自分もここで自害をしようと、セオドアの手から短刀をとり返そうとした。セオドアはこの時すこしも騒がず、ただマチルダを助けようと、身も世もない歎きをこらえているところへ、声を聞いて四、五人の道僧が助けにとびだしてきた。そしてそのうちの何人かはセオドアに協力して、瀕死の姫の出血をとめることにつとめ、あとの者はマンフレッドがわれとわが身に早まったことをしないように、しっかりととり押さえた。

マチルダは自分の運命にじっとわが身をゆだねながら、セオドアのまごころを心からありがたいと思う、愛のまなざしで感謝した。でも、しだいに弱って口をきくのもやっとのなかから、しきりと父を安堵させてやってくれと頼んだ。

ジェロムも危急の大事を聞いて、寺へ駆けつけてきた。神父の目はセオドアを咎めるように見えたが、すぐにマンフレッドのほうをふり向いていった。

「さて暴君、神をそしり、身勝手に耽ったお身の頭に下ったこの悲劇を、目を開いてよっく見なされよ。アルフォンゾ公の血は、復讐のために神に叫んだのじゃ。神はアルフォンゾ公の御墓所のまえで、お身の血を流させた闇打で、神壇を汚させたもうたのじゃぞ！」

「アコレ、父上のお歎きを、この上うわ塗りさしょうとは、まあむごいお方！　神さま、どうぞ父上を祝福なされて、わたし同様お許しなされて下さりませ。のう、父上、おまえはわが子をお許しか？　わたしゃセオドアに会おうため、お城からここへ参ったのではござりませぬぞえ。母上からおまえのため、仲裁のとりなししやと、ここへ呼ばれてきてみたら、セオドアさまがこの御墓所の前で、お祈りあげていやさんしたのじゃ。父上さま、娘のしあわせ願うなら、許すと一言いうてたもれいなあ」

「なに、そなたを許せと。むごいことを言うやつの」とマンフレッドは叫んだ。「かりにも人を殺めた者に、許すことができようかやい。わしはそなたをイサベラと間違えたのじゃ。神はわしの血なまぐさい手を、わが子の心臓に導かれたのじゃ。――おおマチルダ、おれはこの口から、そなたを許すとはよういえぬわい。怒りに目のくらんだこの父を、そちが許してくらりょうかい？」

「いいえ、許します、許します。神さまがわたしの御証人」とマチルダはいった。「それはまあよいとして、命のあるうち尋ねたいは母上のこと。母上はなんと思われよう？ 父上、おまえは母さまを慰めてあげるであろうな、母さまを捨てはしまいな？ 母さまはな、しんじつおまえを愛しておられますぞよ。――ああ、もう目が見えぬ。わたしをお城へ運んでくりゃれ。母さまが目をつぶらせてくりゃるまで、こちゃ生きていらりょうかいな」

セオドアと僧侶たちは、尼寺へ運ぶことを彼女に懇願したが、彼女がなんでも城へ運んでほしいと頼むので、釣り台にのせて、彼女の希望どおり城へ運びこんだ。セオドアは片腕で彼女の首を支えながら、絶望的な愛の苦悶のうちに彼女の顔を打ちのぞき打ちのぞき、それでもなお、生きる希望を彼女に吹きこむことにつとめた。ジェロムは釣り台の反対側から、天国のはなしを聞かせて慰め、目のまえに十字架をかかげてやると、その十字架をマチルダは清らかな涙で洗い浄め、死出の旅路の心支度をした。マンフレッドは深い苦悩に打ち沈んだまま、絶望にうなだれながら釣り台のあとからついて行った。

城へ着かぬうちに、恐ろしい不幸を聞き知ったヒッポリタが、殺害されたわが子を迎えに飛んで出てきたが、悲しい行列を見ると、悲歎の大きさが彼女の知覚をうばい、たちまちその場に気を失って、大地に正体もなく倒れてしまった。御台につき添って出てきたイサベラ父子も、ほとんど同じ悲しみに動顛した。自分の瀕死状態に気づかずにいるのは、当人のマチルダだけのようで、彼女はなにを考えてもただもう母に対するやさしさばかり、ほかに余念はなかった。ヒッポリタが正気に返ると、マチルダはすぐに釣り台を母の前におろすように命じ、それから父のことを尋ねた。マンフレッドは釣り台のそばへ寄ったが、一言ものがいえなかった。マチルダは父の手と母の手をとると、二人の手を自分の手のなかで握らせて、それを自分の胸にしっかりと押しつけた。マンフレッドはこのやさしい孝心のしぐさを支持するに耐えられなかった。かれはいきなり地面にまろび伏すと、自分の生まれた日を呪った。こうした心の葛藤(かっとう)を、マチルダが耐える以上によくわかるイサベラは、出すぎたこととは思ったが、ここで思いきってマンフレッドに自室へ行くように命じ、マチルダを城内のいちばん近い部屋に運ばせた。マチルダよりもむしろ元気のない御台は、さっきから自分を除いた四方八方のことにあれこれと気苦労していたが、これもイサベラの配慮で、自分の部屋へやられようとするところへ、何人かの医者がマチルダの傷を診察にきた。

「なに、わらわにあっちへ行けと言いやるのか。とんでもない。そりゃなりませぬ。そりゃならぬ。そなたも存ずる通り、わらわはこの娘(こ)を甲斐に生きてきました。この期(ご)におよび、死なば諸共じゃ！」

マチルダは母の高声に目をあげたが、なにもいわずに、またその目を閉じた。しだいに微弱になっていく脈搏と、しっとりと冷たくなった手は、やがて回復の望みをすべて断ってしまった。セオドアが医者たちのあとについて他の部屋へはいっていくと、あのからだを運んでくるとは気ちがい沙汰だといって、医者たちが最後の宣告をいうのを聞いた。

「どうせ生きていて自分のものにならないなら、死んで自分のものにしてやる！」とセオドアが叫んだ。「父さま！　二人の手をつないで下さらぬか？」

神父は侯爵といっしょに、医者たちについてきていたのである。

「馬鹿め！　このうろたえ者が何をいいくさる？」とジェロムはいった。「これが縁組の時か？」

「いや、今こそその時だ！　今をおいたら、ほかにねえ！」

「コレコレ、お若いの、それはちと無分別というものだ」と侯爵がいった。「この大事の瀬戸ぎわに、そんな世迷言が聞かれると思うのか？　お手前、あの姫になんの権利があるのだ？」

「オトラントを支配する領主の権利よ」とセオドアはいった。「おれの父者のこの神父が、おれの生い立ちを話してくれたのだ」

「おぬし、よくよくたわけだな」と侯爵がいった。「オトラントの領主は、このわしのほかに誰がある。マンフレッドはあの通り人を殺めたによって、神を潰せる人殺し、その罪によって、いっさいの権利を失ったぞ」

「アイヤ侯爵どの」と、ジェロム神父は急に相手を見下ろすような態度になっていった。

「かれの申すことはまことでござる。この秘密をこんなに早く明るみに出すは、いささか本意に悖る(もと)が、この場の仕儀となっては、致しかたもあるまい。頭ののぼせた倅の申したことは、このジェロムが確証いたす。侯爵どのも御承知であろうが、先君アルフォンゾ公が聖地にむけて船出をせし折――」

「ヤイヤイ、おやじどん、この大事なときに、そんな入訳(いりわけ)ばなしをクドクドひろげるやつがあるものか」とセオドアが叫んだ。「さあさあ、父(とつ)さま、ここへ来て、姫とおれを結んでくれ。姫をおいらのものにしてやるのだ。――そいつをしてくれれば、おらもう父(とつ)さま、おめえのいうことは何でもいうままにきいてやるぜ。かあいや、あのマチルダはおれが命だ！」といって、セオドアはふたたびそそくさと奥の部屋へ戻っていくと、瀕死のマチルダの耳もとで、「どうしてもおれのものにならないのか？　せっかくのしあわせを――」

イサベラがマチルダの臨終の近いことをさして、静かにしなさいとセオドアに合図をした。

「なに、このひとが死ぬ？　そんなことがあるものか」とセオドアは叫んだ。

この声に、マチルダはハッとわれに返った。そして目をあげて、母をさがしまわした。

「おお、わたしはここにいますぞ。側を離れずにいるから、安心しや」

「母(かか)さまはよいお方。でも母さま、わたしのために泣いてくりゃるな。わたしはこれから悲しみのない国へまいりまする。イサベラ殿、久しう愛してくりゃったなあ。わたしが亡いあとは、どうかわたしの代わりになって母さまを大事にして上げてたもれや。――ああ、もう目が見えぬ！」

「おお、マチルダや、娘や！」とヒッポリタは滝津瀬の涙のうちから、「ああ、一時でもよいから、そなたを引き止めることはかなわぬのか？」

「母さま、そのようなことをおっしゃると、わたしが天国へ行かれませぬ。――父さまはどこにじゃ？――母さま、父さまを許してあげて下さりませ。わたしがこうして死ぬるのを、父さまに許してあげて下さりませ。もとはついした過ちごと。許してあげて、のう母さま。――おお、忘れていたことがある。――わたくし、セオドアさまには二度と逢わぬとお約束をしましたなあ。――それがこんな不幸をひき起こして……でも、わざとにしたことではないゆえ、許して下さりまするな？」

「さ、もうもう苦しい母の心をこのうえ苦しめたもんな。なにそもじがこの母を咎めなどするものかいな。――や、誰かある。娘が死ぬるそうな！　誰か！　誰か！」

「まだいいたいことはあるけれど」とマチルダは苦しい息の下からいった。「――もういえぬ。――イサベラどの――セオドアさま――わたしのために……」

彼女はこと切れた。イサベラと腰元たちが、亡骸からヒッポリタをひきさくように引き離したが、セオドアをのかそうとすると、かれはのかそうとしたものになぜのかす、といって怒った。かれは土のように冷たくなったマチルダの手に、なんどもなんども口づけをしては、絶望と恋慕が語りうるあらゆる表現を言葉に吐いた。

イサベラは、やがて悲歎にかきくれるヒッポリタを御台の部屋へとつれだして行ったが、中庭のまんなかでマンフレッドに出会った。マンフレッドは、かれはかれなりの考えに狂ったようになって、今いちど娘の様子が見たくなり、これからマチルダの臥せっている部屋へ行くところであった。おりから月は中天高く昇っていたので、かれは行き会った連中の沈んだ顔のなかに、自分の怖れていた出来事のあったことを読みとった。

「なに、娘は死んだか?」とかれは狂乱の体で叫んだ。その刹那、轟然たる落雷の音が、オトラントの城を礎まで揺るがした。大地は濤のように揺れ、そして人間の着る甲冑の何層倍もある鏗戛たる響が、うしろの方で聞こえた。フレデリックとジェロムは、いよいよ城の最後の日が近いな、と思った。ジェロムはセオドアをむりやりにひっぱって、いっしょに中庭へ駆けつけた。すると、セオドアの姿がそこへ現われたとたんに、マンフレッドのうしろの城壁が、ものすごい力でグワラグワラと崩れ落ちると見るや、雲突くような山のごとき巨きなアルフォンゾ公の姿が、崩れ落ちた廃墟のまんなかにびょうどうと立ち現われた。

「見よ、アルフォンゾが正嫡は、セオドアなるぞ!」とまぼろしはいった。

この言葉を宣示すると、アルフォンゾの亡霊は天も裂くるばかりの雷鳴とともに、おごそかに昇天するとみえたが、その天には、雲の絶間に聖ニコラスの御姿が赫奕と現われまして、アルフォンゾの御影を迎えると、まもなく二つの姿は光まばゆい一面の光明につつまれて、人間の目からは見えなくなった。

これを見た人々は、みな面を地にひれ伏して、神慮の然らしむるところを悟った。しばらくして、この場の沈黙をまず第一に破ったのは、ヒッポリタであった。

「わが君」と御台は力を落として悄然としているマンフレッドにいった。「人の偉さの空しさを、よう御覧なさりませ。コンラッドはあの世へ行き、今またマチルダもこの世になし！　われらはこのセオドア殿をば、まことのオトラントの主と考えまする。いかなる奇蹟がありしかは存ぜねど、運命がそのように宣するからには、われらはそれで満足。われらはこのうえ神のお怒りを受けぬように祈りながら、生きねばならぬ残り少ない余生を、しずかに送ろうではござりませぬか。神はわれらを擯けておられまする。あちらにあるあの尼寺がわれらの隠れ家、あれよりほかにいずれへのがれられましょうぞ？」

「罪なくして、よくよくそなたもふしあわせなお人よのう。そのふしあわせも、みなこのおれがかずかずの罪ゆえ」とマンフレッドは答えた。「そのおれの心も、そなたの信心ぶかい誡告でようやく開かれた。できることなら――いや、できまいな――そなた怪訝な顔をしておるが、おれに最後の正しいことをさせてくれ。この頭の上に恥を積むのがせめても咎める神にさしだす、おれのとっておきの償いじゃ。おれの越し方がこのような審判を招いたのだ。おれの懺悔を罪ほろぼしにさせてくれい。――いやしかし、この城を乗っ取ったことと、わが子を殺したことに、なんの罪ほろぼしがあろうぞ？　しかもわが子を殺めしは、所もあろうにあの御墓所とは。――コレサ方々、おれの罪科の目録をつくり、血にまみれたるこの記録を、未来の暴君の戒めにしてくれい！

「アルフォンゾはみなも知らるる通り、聖地でみまかった。――ここはお身たち、一言ありたいところであろう。イヤサりっぱな最期ではなかったと言やるのじゃろ。——まさにその通りじゃ。そうでなくばこのマンフレッドが、この苦い杯をかすまで飲もうわけがない。——わしの祖父リカルドは、アルフォンゾの侍従であった。先祖の罪には蓋をしておきたいが、それも今となっては無益。アルフォンゾは毒を盛られて死んだのじゃ。贋の遺言書には、リカルドを跡目とするとしてあった。リカルドはこの罪に一生追われた。だがかれは、コンラッドも失わず、マチルダも失わなんだ。それからみると、わしは簒奪者の代償を全部払っておるわけだ。おのれの罪につきまとわれたリカルドは、自分がオトラントに行って住むようになったら、寺を一宇、それに尼寺を二つ建てると、聖ニコラスに誓った。この奉納は嘉納されて、聖ニコラスが夢枕に立たれ、リカルドの子孫は、男子居城の間にかぎり、正統なる持主が成人して城に住めるようになるまで、オトラントを治むべしとのお告げがあったが、悲しいかな、男子にも女子にも、けがれし一門のうち、残れるものはこのおれ一人。そのおれのしたことは、この三日の間の出来事が語って余りあり。この若者がいかなる次第でアルフォンゾの相続なのか、わしは知らぬが、しかしべつにそれは疑わぬ。この領土はかれのものだ。わしは明け渡す。——だが、アルフォンゾに跡目があったことは、おれも知らなんだ。——いや、神の御意志を疑うわけではない。わしもリカルドに召さるるまでは、貧と神頼みに憂き世の年貢をおさめたいものじゃ」

「さてどんじりは、わしがいう番かい」とジェロムがいった。「アルフォンゾは聖地にむけて船出をしたとき、あらしに遭って、シチリアの浜へ流れ着いたのじゃ。殿もお聞きおよびのことと思うが、そのときリカルドとかれの一味をのせた別の船は、アルフォンゾから離れてしもうての」

「そういうことよ」とマンフレッドがいった。「御坊、いまわしのことを殿と呼んだが、イヤハヤ、宿なしには過分の呼び方ぞ。まあ、よい。それはそうしておいて、話をつづけられい」

ジェロムは思わず顔を赤くして、話をつづけた。

「さて三月（つき）のあいだ、アルフォンゾ公はシチリアで風待ちをしておるうちに、土地の娘でヴィクトリアという美しい女子（おなご）を見染められての。なにぶん信心の篤（あつ）い方じゃによって、娘を慰みものなどにはされんで、正式に縁組をされたが、しかし、いったんおのれが弓矢に誓った誓言の手前、この恋似合わしからずと考えられて、正妻として認めはしたものの、聖戦（十字軍のこと）から還るまで、この結婚は秘しておこうと決心された。そこで公は、妊娠中の彼女をのこして出征し、その留守中に、彼女は女の子を産みおとしたが、この女も頼む夫が死んでリカルドが後継者になったという致命的なうわさを聞くまでは、母親としての苦労はほとんど知らなんだのだ。友もなく、頼るものを失った女子（おなご）に、なにが出来ましょう？当人の証言をあげてもよいが――いや、たしかな書いたものがござるのでな――」

「それにはおよぶまい」とマンフレッドはいった。「あの恐怖時代、そのありさまは今も目にある。千の文書よりも、お身の証言がたしかな証拠じゃ、マチルダの死、そしてわしの追放――」

「まあまあ、そのようにお気を焦られますまい」とヒッポリタがなだめた。「御神父は君の歎きを呼び返すつもりはないのじゃほどに」

そこでジェロムは話をつづけた。

「さて、要もないところは飛ばすとして、そのヴィクトリアが生んだ娘が成人ののち、縁あって愚僧と縁組をいたした。ヴィクトリアは他界いたし、秘密はわが胸中に鍵かけて、そのまま久しう秘しておりましたが、そのあとはセオドアめが語りました通りにござりまする」

神父は話を打ち切った。力を落とした連中は、それぞれ崩れ落ちた城の残っている部分へひきあげて行った。翌朝、マンフレッドは御台の同意をえたうえ、領主の権利放棄に署名をして、夫妻はめいめいに修道院で受戒を執した。フレデリックは新しい領主に、自分の娘イサベラを提供した。これにはヒッポリタのイサベラに対するやさしい心の協力が、大きな促進力になったのである。ただし、セオドアは、まだかれの悲しみがあまりに生ま生ましすぎたので、そうおいそれと別の愛に心を許すというわけにはいかなかった。そういうかれが、自分の魂を領している悲しみにいつまでも浸っていられる、そういう相手と暮らしていくよりほかに、自分の幸福はないことがわかったと自分にいい聞かせるようになったのは、愛するマチルダのことをよくイサベラと話しあうようになってからのことであった。

ヴァテック

ウィリアム・ベックフォード著
矢野目源一訳

初出版において、扉、奥付など記載箇所により『ヴァテック』の表記が「ヴァテック」「ヴァテック」など不統一ですが、本書においてはタイトルは『ヴァテック』、本文中は「ヴァテック」で統一します。

＊哈利発(カリフ)ヴァテックはアッバシイド朝九代の王でモタッセムの息(こ)、ハルウン・アル・ラシッドの孫に当る、年齢(とし)少くして王位にのぼり、まことに英邁(えいまい)の君であつたゆゑに人民からも御代の栄(さかえ)は永く、泰平にうちつゞくものと望み仰がれてゐた。王は威(ゐ)ありて猛(たけ)からずいつも晴々と拝されるのであつたが、一度何事かで逆鱗ましましたとなると、その片方の眼はそれはそれは恐ろしい光を輝かせて、誰でも正面からそれを見返へしてゐることが出来ないほどであつた。

だから、この眼で睨み据ゑられたならば最後で、忽(たちま)ち睨み倒(たふ)されるばかりか、そのまゝで息を引取つてしまふものさへある。王が滅多なことで怒を発せられないのもひとつはかうして領国内の人民を根絶やしにしたり、宮殿を人外境にすることを恐れての上のことであつたかも知れない。

王は女色と美食に溺れてゐた。その豪奢(がうしや)はきはまりなく、放縦(はうじゆう)はとどまるところを知らない。王の考へでは、あのオマアル・ベン・アブダラチッツのやうに極楽の後生を願ふためには、この世を地獄と観じて苦行すべきものであるなどとは思つてゐなかつた。

豪奢(ぜいたく)な点では、先代の諸王達もとてもこの王に敵(かな)はない。アルコルレミの宮殿といふのは「＊斑馬(はんば)の丘」の上に父王モタッセムの建てたもので、サマラアの全都を一望のうちにをさめる、宏壮を極めた宮殿である。が、しかしこれとて若い王にとつて貧弱だと思はれたのでさらに新(あら)たに五つの大宮殿の造営に着手した。そしてその宮殿は各々五感の一つを愉(たのし)ませるやうに造りたてたのである。

新宮殿のうちの第一の宮には夥多の食卓の上にいつでもあらゆる種類の料理が盛り上げてある。夜となく昼となく、後から後からと料理の冷めるに従つて新らしいのと取換へられることになつてゐた。美酒、甘露のたぐひは百の泉から滾々と涌き出してゐる。まことに酒池肉林の楽を極めたものと言へやう。

第二の宮殿は音楽の殿堂である。こゝには当代名誉の楽人及び詩人の合唱隊が集められてある。その各々が得意の技を競ひ合ふこともあれば、また一団となつて四辺もひびけと歌ひ囃すこともある。

第三の宮殿は、眼を娯します御殿である。その装飾の美しさはもとよりのこととして、あらゆる国々から将来した珍宝が山のやうに積まれて各々整然と順序よく陳列されてある。有名なマニの揮毫になる画廊や、今にも動き出さうとするかのやうな、入神の彫像がならべられてある。巧みに配置された遠見の景色が、彼方に眼をたのしませてゐるかと思へば、こゝには鏡の魔術が快く眼を欺いてくれる。そして一方にはまたあらゆる地の宝が貯へられてある。つまり珍奇な物に熱中することの人に超えて激しいヴアテックは、この宮殿に足を入れたものが、およそ好奇心を満足させることが出来るものならば何一つとして欠かすまいとしてゐるのであつた。

第四の宮殿は香料の宮殿である。こゝでは広い宮殿が夥多の部屋に分たれて、その一つ一つの部屋には薫香の炬火の燈明が真昼もそこに燃やされてゐる。人がこの場所のあまりにも快い陶酔に疲れれば、宏い遊苑の中に降り立てばよい。しかしこゝにもあらゆる花々の茂みから立ちのぼる匂ひが、清い爽かな大気の中に漂ふのに身を包まれるであらう。
第五の宮殿は阿房宮である。こゝには三千の美姫が粧ひを凝らして「天女*」のやうに妍しく嬌艶である。カリフに許されてこゝに入つたものは誰でもこの美女達から心をこめた待遇を受けないものはない。

　かうしてヴアテックは心のまゝに逸楽を恣にしてゐながら、王はさらに人民に厭はれてゐなかつた。遊楽に耽る豪邁な王者は、少くとも遊楽を敵視する賢王と同様によく国を統めることのできる王者だと人々が信じてゐたからである。

　しかし、ヴアテックの一刻も停滞してゐることが出来ないやうな、激しい気性では、いつまでもこんなことをして好い気持になつてゐられるわけがなかつた。無聊を慰めるために、父王在世の時代から研鑽をつんだ学問によつて王は大変博識であつた。かれは遂に今ではこの世のものでない学術までも知りたいと願ふやうになつてゐた。

　かれは学者達と議論をたたかはすことが好きであつた。しかし学者達は王の議論の矛盾を深く論難する必要がなかつた。といふのは或は賜によつてその口を緘ませられ、王の意見に反するものは牢にぶちこまれたからである。これは熱心な学者の逆上を引下げるために仲々よく効く療治であつた。

　ヴアテックはまた神学の討論に交ることを願つてゐた。しかもこれは王が認めてゐる王統派と一つに見られる仲間とではない。王は正統派に反対する教義のすべての熱心な信奉者をあつめる。そしてこれを処刑することを楽しみにしてゐた。とにかく如何なる犠牲を払つても、かれは常に自分を正当だと思はなければ気がすまなかつたからである。

大預言者マホメットは、神の子の名代として歴代のカリフを立てゐるものであるが、第七天にあつて、その聖統のうちの一人のかうした不信な乱行に腹を立ててゐた。

「あれは棄てておくがよい。」と大預言者は或時、侍立してゐる天使達をかへり見て言つた。「かれの痴行と神を恐れぬ所行が、どこまで募るものか篤と見て居ることにしやう。あまりのことなれば、そのときこそは天の罰がある。このごろかれはニムロッドの真似をして塔を築かうとしてゐる。それをわざと助けてやるやうにするがよい。ニムロッドの塔は将来の洪水を恐れてのことであつたが、かれの塔は天の秘密をみきはめやうといふ暴慢をきはめた好奇心の烏滸の沙汰である。かれがいかにあがいて見たところで、おのれの運命が知れやう筈はないわ。」

天使達は唯々として命に服した。工人が一日のうちに塔を一尺あまり積んだ時には、夜のうちにこの二倍が自然と積み重ねられてあつた。かうした速かさで建物の出来上るのが、ヴアテックの慢心にはまことに心持がよかつた。非情のものでさへも、王の意図に力を添へやうとしてゐると思ふからである。あれほどまでの学問がありながら、狂気や邪智の人の一時の勝利が、やがて悪い応報の萌芽となることに、どうして気がつかなかつたのであらう。

始めて塔の一万一千の階段をのぼつて、下界を眺めたときには王の心の驕は頂上であつた。人が蟻と見え、山脈は貝殻のやう、都城はさながら蜂窩である。この高さにのぼることが出来たといふのも、みんな自分の手で成就した自分の偉大さであると考へると王は気が遠くなるほど嬉しいのである、かれは自分自身を崇めたい心持になつた。眼を上げて空を眺めると星辰は地に立つて仰いだ時と同じやうにいつも変らず遠く杳かである。しかし王は宇宙にくらべて自分のいかにも微少であるといふ不本意な認識を、他の人の眼から見た自分の偉大といふことに置換へて慰めてゐた。そればかりでなく肉眼のとどく限りよりもさらに遠くを見ることが出来ると信じてゐる自分の精神の光をたのんで、星辰によつて運命を判断することが出来ると自惚れてさへゐた。

　そのためにかれは毎晩のやうに塔の頂上にのぼつて時を過してゐた。占星術の深秘に通暁してゐると自ら許してゐる王は、ある時星が不思議な出来事を予告する兆を認めたのであつた。それはやがてこの国に一人の異人がまだ話にも聞いたことのないやうな国から使者として来る筈であるといふ星兆であつた。そこで王は外国人に対して一層の注意を増しはじめた。かれはサマラアの街々に喇叭を吹いて法令を触れまはらせた。この国の臣民は誰にでもあれ、旅人を妄に家にとどめたり、宿をしたりしてはならぬ。一応は宮殿に届出で一々吟味したものでなければならぬといふ法令である。

　この布告があつてから間もなく一人の男が立ち現れることとなつた。それは二目と見られぬやうな物凄い形相の男であつた。宮殿へ召連れてゆく兵士達も、途中恐ろしくてこの男の顔を仰いで見ることが出来なかつた。流石の王でさへもこれには驚かされた。しかしこの意外な恐怖はすぐに喜悦とかはつた。それはこの異相の男が、今まで見たこともないやうな珍しいものを王の前にならべて見せたからであつた。

まつたくこの男の持つて来た品物ほど珍奇しいものはどこへ行つても得られるものではなかつたであらう。宝石という宝石は素晴しく立派なもので、それに精巧な細工を施し、その一つ一つに添へてある羊皮紙の巻物には、各々瓊の魔力が書いてある。その他、それを身体につけさへすれば、自然と歩けて草臥れない股引であるとか、手を動かさずに物を切ることが出来る短刀であるとか、振り上げさへすればどんなものでも真二つにすることができる剣などがあつた。そしてすべてに、いままで人に知られてゐなかつた宝石が夥しく鏤められてある。

その数々の宝物のうちで一際王の心を惹いたのは眩しく光り輝いてゐる両刃の剣であつた。カリフはこれが欲しくてたまらなかつた。そしてこれに刻んである怪しい文字を後でゆつくり読んで見やうと考へながら、王は値段を訊ねても見ずに、宝蔵中の金貨をことごとく持出させて異邦の商人の前に積み上げた。ところが異人はさらに驚く気色もなく、それを尻目にかけて黙りこんでゐるばかりであつた。

ヴアテツクの方ではこの男の無言を自分に咫尺してゐる恐懼のためだと解釈したので、ことさらに寛仁の態度を示して、御座所まぢかまで招きよせて直々に言葉をかけやうとした。王はこの男の素性や生国や品物の産地などを訊ねて見た。

さうすると、この男は、――いやむしろ怪物といつた方がさらに当つてゐやう――返事をする代りに黒檀よりも真黒な額を横に三度振つて、便々たる太鼓腹を叩くこと四度、燃えさかつてゐる炭団のやうな両眼をくわツと見開いて緑色の縞琥珀のやうな歯並をむき出して傍若無人な洪笑（たかわらひ）をした。

　王はあまりの無礼にムッとしたが、我慢して同じことをくりかへして訊ねた。ところが返答の仕方は依然として前と変りがなかつた。今度はヴァテックが本当に腹を立てて大喝した。

「予が誰であるか弁（わきま）へぬのか。無礼者奴（め）。」

　王は警護の武士にむかつて、この男が何か物を言つたことがあつたかと訊ねて来た。するとかれ等はこの男が何か言つたことは確かに言つたに違ひなかつたけれど、とりたてて申上げるほどの筋道のあるものではなかつたといふのであつた。

「それなら、彼奴（こいつ）の口を割つて見るのが第一だ。」

　ヴァテックは繰返した。

「唖でなければ話が出来るはずだ。此奴が何処の何者で、不思議な宝を何処から持つて来たか、いやだと言つても言はせて見せる。いつまでも強情をはり通して黙つてゐるなら、思ひ知らせてやることがある。」

　王はひどく憤慨しながら、例の危険な眼光を見知らぬ男に投げつけるのを抑へることが出来なかつた。ところが相手は一向平気なもので、何の手答へもない。

　この場に居合せた廷臣達は色を失つてゐた。人を人とも思はない無礼な商人の平然たる様子は、かへつて傍で見る方で震へ上つてしまつた位であつた。かれらは顔を地に伏せたまま水を打つたやうに静まりかへつて控へてゐた。そのときカリフの声が破鐘（われがね）のやうに響きわたつた。

「立て。臆病者。この無礼者をひっ捉へて牢屋へ叩きこんでしまへ。腕節の強い兵卒共を以て厳重に窮命させろ。金は遣はして置け。その代りきつと返答をさせるのだぞ。」

声に応じて人々は八方から折かさなつて旅人をとり抑へた。そして太い鉄の鎖で高手籠手に縛り上げると、大きな塔の中にある牢獄の中に引いて行つた。七重の鉄の格子には猪の牙のやうな長い鋭い刀尖を植ゑて八方からとりかこんである。

王はまだ怒りがをさまらない。口をきかうともしない。たゞ不承々々に食卓にだけはついたが、いつも三百種も料理を運ばせるものを、わづか三十二皿にだけ手をつけたのであつた。こんな減食は例のない事である。それがため王は眠りつくことが出来ない。それに王の心にとりついて離れない焦々した想ひがこれに加はつて一層悶々の情にたへない様子であつた。

夜の明けるのを待ちかねて、かれは牢獄に飛んで行つた。頑固な怪人に対してさらに新しい努力を試みるためである。しかし来て見ると鉄の格子は微塵にうち破られ、番兵はことごとく殺されてゐて、牢獄には怪人の影も形もない。これを知つた王の憤怒の恐しさは筆にも言葉にもつくされない。まるで狂人のやうに猛り狂つてゐた。かれは自分のまはりに殺されてゐる番兵共の死骸を烈しく足蹴にかけて一日中打擲の手を休めなかつた。廷臣達や大臣は王を和めやうとして骨を折つたが何の甲斐もなかつた。あまりのことにしまひにはかれ等は口々に叫び出した。

「王様は御乱心なされた。カリフ様の気が狂はれましたぞ。」

この大騒ぎの声はやがてサマラアの都中に繰返されてひろがつて、遂にカラチス女王の耳にも入ることとなつた。ヴァテックの母后である。女王は驚いて、とるものもとりあへず駆けつけて来た。息子の王の心を正気にとりもどすためである。母の涙と愛撫とはやうやくのことで、さしもに荒れ狂つてゐた、カリフを落ちつかせることが出来た。そして母の歎願に動かされて、おとなしく宮殿へ連れ戻された。

　そこでカラチスは安心して引上げてしまふやうな人ではなかつた。王を臥床（ふしど）につかせてから、その傍に坐つて、王の心持を鎮めるやうなことを言ひつゞけてゐた。

　これほど巧（たくみ）に王を和（なだ）めることが出来るのはカラチスをおいて他にはなかつたであらう。ヴアテックは女王を母として敬愛してゐるばかりではなく、また人に超えて優れた天禀（てんぴん）を賦与（ふよ）された婦人として崇拝をかたむけてゐた。彼女は希臘（ギリシヤ）人であつた。そして優秀なギリシヤ民族特有の学識とギリシヤ気質とを善い回教徒に順応させるやうに王に教へたのも母の后であつた。天文学による占断もさうした学問の一つであつた。カラチスは実にこの道の蘊奥（うんあう）を究めてゐた。女王が先づ第一に心を用ひたのは、星が約束をしたといふ事柄を王に想ひ起させることであつた。そしてさらによく天文を稽（かんが）へて見ることを言葉をつくして説きすゝめた。

　始めて口がきけるやうになつたカリフは長太息をした。

「寡人（わたくし）は大阿呆でございます。自分で犬死をさせた番兵共を四万度も蹴りつけながら、あの怪人を星の告知で来た者であるとは一向に心づきませんでした。さうと知つたらあんな酷い取扱をする代りに恩愛を加へて手許に止めておく筈でありました」

「過ぎたことは仕方がないではありませんか」

とカラチスは答へた。

「それよりも将来のことを想つて見ることです。あなたがそれほど残念に思ふその男にまたいつどこで出会はないでもありますまい。剣の刃の上に書いてあるといふ文字を読んで見たら何かの手懸(てがかり)が得られるかも知れません。まづ何よりも充分に食事をして静かに眠つた方がいゝでせう。明日になつたら何かの方法を考へて見やうではありませんか。」

　ヴアテツクはこの賢明な言葉に従ふこととした。それでかれは心も爽やかになつて眼をさました。そして直に不思議な剣を持ち出せた。輝く刀身はあまりに眩しいために色硝子をすかして眺めるのである。そしてかれはその文字を読み解かうとした。けれどもそれはつひに無益であつた。かれはいかに額を叩いてみても一字も知つてゐる字はなかつた。

　折よくここへカラチスが来合はせでもしなからうものなら、王はこの蹉跌(さてつ)のために業を煮やして再度の狂乱におち入るところであつた。

「辛抱が肝心です。」と女王が言つた。

「あなたはありとあらゆる学問を身に備へておいでです。たかゞ言葉の知識などは生(なま)学者に任せておけばよい。この未知の国の言葉を読み解いたものには、あなたから相当の褒美をとらせるといふ布告を出させたらいゝでせう。さうすれば、あなたが自ら手を下さずとも、こんな見たことも聞いたこともない言葉でも万一読めるものが居ないとはかぎりますまい。」

「お言葉ですが」と王は言つた。「しかしそれの満足な答へが得られるまでは散々似而非(えせ)学者どもに押し寄せられることでございませう。褒美ほしさの一心から、人前で学問のあることを見せたさによい気になつて喋言立てられることは堪りませんからね。」

さう言つてしばらく考へてゐた彼は言葉を足した。

「わたくしはこんな不都合な目にあふのはいやですから、満足な答へのできなかつたものは殺させることに致しませう。本当に読めたものか、出鱈目であるか位はわかるでせうから。」

「それはさうですとも」とカラチスは答へた。「しかし知らなかつたものを殺すといふのは、あんまり罰がひどすぎると思ひます。そんなことをすればかへつて善い結果になりません。それよりもたゞその者達の鬚を焼いて罰したらどうでせう。鬚を失はせたのは国家にとつて人民を失ふよりは勝しでせうから。」カリフはまた母后の意見に従つて宰相を呼び出して命じた。

「さてモラカナバッド。サマラアの都を始めとして国中の町々へ叫使を用ひて告げ知らせたい一儀がある。他でもないがあの剣に書いてあった難かしい文字を読むことの出来るものを募らうといふのだ。首尾よく読めたものには然るべき褒美を与へ、不出来のものは罰としてその鬚を焼くこととする。またこの外にあの異人の消息をもたらしたものには五十人の美しい女奴隷とキルミト島の杏を五十箱つかはさうといふのだ。予はどうにかしてあの異人に逢ひたく思ふから。」

王の臣民達は上を見習ふ下で、女とキルミトの杏とが大好物であつた。この御布告をきいて蟲唾を走らせたのも無理ではない。しかし誰もその募に応じやうとするものがなかつた。異人の行方はさらに知れてゐなかつた。ところが王の募集した第一の件の方となると、これとは打つて変つて大繁昌である。学者、物識(ものしり)、それから自惚(うぬぼれ)一点張の先生達が一廉(ひとかど)の学者気取で、鼻高々と乗りこんで来ては、どれもこれも鬚を失くして帰るといふ騒ぎである。宦官達は鬚焼で目の廻るほど忙しい。そのまた移香がたまらないとあつて後宮の妃嬪たちから、こんな仕事は他の人にさせるやうにと抗議が出たりした。

　さうしてゐるうちに、或日の事、今までに来た博士達よりも、一尺半も長からうという鬚を生やした一人の老翁が出頭して来た。廷臣達はこの人を案内しながら、いづれも小声で囁き交はすのであつた。

「あゝ気の毒なことだ。こんな見事な鬚を焼くとは実に勿体ない。」

　王までも同じことを考へながら様子いかにと見てゐると、老翁は何の苦もなくその文字を読んで一字一字と説き示すことが出来た。その銘に、

「われらは無尽の宝蔵に於て作られたるものなり。たゞしわれらの通力はその極微なるものにして、かの地上に於ける最大の君主に相応はしきもののみをあつめたる宝庫の宝には及ぶべくもあらず」と書いてあることがわかつた。

「うむ。よし。其方はまことに中分のない出来栄である。」とヴアテツクは思はず叫んだ。

「予にはその文字の意のあることが充分にわかつた。さあ。この博士(せんせい)に今の言葉数だけの衣装と金貨を褒美として差上げてくれ。お蔭で心持が清々(せいせい)した。」

　かう言つてヴアテツクは老翁を陪食の席に列しさせた。そしていつまでも滞在をしてゐるやうにとすすめるなど、下にも置かぬ歓待をした。

翌日になるとカリフはまた老翁を召した。

「其方が読んでくれたことをもう一度読んではくれまいか。この言葉にはじめに好いことを約束しておきながら後ではどうも思はしくなくなるやうに見えて、一円合点がゆかぬ節がある。」

そこで老翁は勿体らしく緑色の眼鏡をかけた。見ると驚くべきことには剣の上の文字は昨日とすつかり取換つてゐるのである。かれは驚きのあまり、顔色を変じて、鼻の上の眼鏡をとり落したほどであつた。

「どうしたのだ。何をそんなに驚いて居る。」

「陛下、剣の文字が変つて居るのでございます。」

「何変つてゐる？　それはかまはぬが、出来るならばその意味をきかせてほしい。」

「されば、かうでもございませうか。」と老翁は説明した。

「知らざるまゝにあるべきを知らんとして、力に超えたる事を企てんとする不逞の輩に禍あれ。」

「禍を思ひ知れとは、貴様のことだ！」

王は逆上して大喝した。

「怪しからん奴だ。さつさと出て失せろ。昨日の出来栄に免じて鬚の半分だけは助けておいてやる。」

老翁はまことに賢明であつた。王に対して不快な真理を告げたため不興を蒙つたのであるから、長居は無用と早々に退出して、その後は一向に影も見せなくなつてしまつた。

ヴアテックは直に自分の短慮を後悔せずには居られなかつた。その後絶えずこの文字に気をつけて見ると、まつたく毎日それが変ることがわかつた。しかもそれ以来は誰も読み解かうとする人は来ないのであつた。かういふ不安があるので、王は落ちつきを失つて無暗に怒つてばかり居る。眩暈や逆上に悩まされながら、身を支へてゐるのがやうやくである位、それでも塔へのぼることは毎日欠かしたことはなかつた。何かの示視を星辰のうちに読み取りたいと願つてゐるのであるが、しかしそれも空な希望であつた。王の眼は頭の中の妄想にかき曇らされて物の役に立たない。黒い雲が深く天を閉してゐるのを見るばかりで、前兆は最も不吉なものであると想はれた。

心労につかれ果てて王はすつかり意気を沮喪してしまつた。熱が出て食欲は失くなり、平常地上唯一の健啖家が、いまは一転して大酒呑みとなつてゐた。この世のものとも思はれない渇きがかれを苦しめるので、王の唇は漏斗のやうに夜昼のわかちなく、酒の滝を吸ひこんでゐなければならない。そこで哀れな王は何をしても一向に面白くないので、五官をたのします宮殿も閉ぢさせ、政治のごときはなほ更もつて興味を失つてゐる。王者の尊厳をしめすことも、民を裁くことも捨てて顧みないのである。かれは内殿の奥深くにたれこめて日を暮してゐる。妃嬪達は一心に王の不例の平癒をいのり、王に飲料をさゝげて倦むことがなかつた。

とりわけて母后カラチスの心痛は烈しかつた。日毎に宰相と一室に閉ぢ籠つて王の病気を癒すことの手段をめぐらしてゐた。母后の見るところでは、王は必ず妖術にかかつてゐるに違ひないと思つてゐた。それで二人はあらゆる魔法書を繰つてその呪咀を解く方法を見つけやうとしてゐた。また一方ではしきりにあの恐ろしい異人を探索してゐた。あの異相の男こそ魔法使に違ひない。

こゝにサマラアの都から二三里ほどのところに百里香や麝香草におほはれた高い山がある。美しい平地がその頂上を飾つてゐる。香気の高い花の咲きみだれた灌木の叢や、椰子や香柏や枸櫞の類の森林が、椰子や葡萄や柘榴の樹と入り組んで、如何にすれば舌と鼻とを一緒に悦ばせるかといふことを競つてゐるかのやうに見える。地上にはいたるところに香菫の花が咲き匂ひ、十字花の茂が甘い香を漂してゐる、四つの清らかなる泉に涌き出す水は十軍の兵士の渇をとゞめることができやうと思ふほど滾々とあふれて、エデンの園に灌ぐといふあの四つの聖河をまのあたりに見せるかとばかり、その緑の岸辺には鶯が薔薇の誕生を愛人のうたを、花の色のうつらふことを歌ひつれ、斑鳩は快楽の夢の明け易いうらみを囁き、雲雀は歌声も朗らかに天地を輝かす天の光を頌へてゐる。とにかく世界のうちでこの処ほど小鳥の囀りの賑かなところはない。小鳥の群はいろいろな声でさまざまの熱情を歌ふ。心のまゝに啄む美しい果物がその元気を倍にするのであらう。

人々は時々王をこの山に案内した。こゝの新鮮な空気と四つの泉の水を思ふさまに飲ませやうといふつもりである。王の一行はたゞ母后と妃たちと数人の宦官だけである。人々は手に手に水晶の盃に忙がしく水を掬つて王に捧げてゐるつもりでも、際限なしに飲む王の速力には敵ひさうもなかつた。時とするとかれは地面に匐伏(はらばひ)になつて水を吸ひこむこともあつた。或日も王がいつものやうに永い間かういふ惨めな恰好をしてゐると一つの嗄(しは)がれた太い声がかれを呼びかけた。

「威厳と権力に誇る王がいつから犬の真似をするやうになつたのだ。」

これを聞くとヴアテックはハッとして頭を上げた。さうするとかれの眼の前にはあらゆる苦悩の基となつたあの異人が立ちはだかつてゐたではないか。

一目みるなり王は我にもあらず烈しい怒を胸に燃やした。

「やい。悪魔。何をしに来たのだ。予を水袋にしてもまだ飽き足りないのか。見ろ。いくら飲んでも喉が渇いて死にさうなのだ。」

「それならば、これを飲むがよい。」

異人は赤味がかつた液を満した瓶をさし出しながら言つた。

「喉の渇きがとまつたら心の渇きも止めるために言つてやる。この俺は印度人(インド)だ。しかも誰れも知らない国から来た者だ。」

誰も知らない国から！　この言葉はカリフにとつて光明であつた。これこそ王の希望の一部分の成就である。それでかれは、やがてはすべての事が心に叶ふやうになるものだと喜び勇んで、その魔法の薬を躊躇なく一息飲に飲み干した。たちまちにして王は気分の爽になるのを覚えた。口の渇は拭つたやうに跡方もなく、いつになく身体さへ軽々となつたやうに思はれた。王は有頂天であつた。いきなりかれはその印度人の首玉にとびついて、口を開(あ)けて涎(よだれ)をたらしてゐる汚い唇に接吻をした。それがこの上もなく美しい寵妃達の珊瑚(さんご)の唇にするのと何等選ぶところのない熱烈さであるから驚く。

もしカラチスが傍から言葉巧みに王の心を静めなかつたならば、こんな馬鹿げた恐悦はいつ終るかわからなかつた。母后はしきりにサマラアの都へかへることを王にすゝめた。

そして伝令を先に飛ばして異人が姿を現して王の病気を癒したことを声をかぎりに触れたてさせることも忘れなかつた。

都の人々は我先にと家をとび出した。大人も小人も群をなして、ヴァテック王と印度人を見やうとして駆けて行つた。いづれも口々に、異人が王の病気をなほしたばかりか、あれほど頑固に黙つてゐたといふかれが、王に物を言ひかけたといふことを我先にと吹聴してまはるのであつた。

この言葉は、やがて人々の挨拶に代り、その日の夕方に催された都の人の祝宴の席上に言ひ囃された。詩人達はその言葉を今日のおよろこびごとを題材にしたすべての歌の折句(ルフラン)にまで詠みこむといふ騒ぎである。

またカリフの方では久し振りに官能の宮殿を再び開かせたが、王の足は何処よりも先に食物の宮殿に向けられたのであつた。

かくて大饗宴は開かれた。

印度人を正賓として、文武百官ことごとくその席に連(つらな)ることを許され、山海の珍味は山のやうにつみ上げられた。王の豪華のゆるすかぎりの長夜の宴が、酒池肉林の間でどよめき渡つたのである。

さて、酒も肉も一わたり主客の間にめぐつたころになると、又しても最先に王の心につき上つて来たのは、例の印度人の素性に対する好奇心である。しかも印度人は王も廷臣も一向に眼中にないらしく、あらゆる無作法のかぎりをつくして傍若無人に振舞ひ、手あたり次第に料理をむさぼり食ひ、大盃を飲み干して人間業とも思はれない健啖振を示してゐた。

カリフはこの印度人が星の告知にあつたとほり、人に知られてゐない国から来たものであるといふことを知つてゐるので、かれがどれほど狼藉のかぎりを尽しても、つとめて機嫌を取るやうに、目にあまる数々の仕草を苦笑しながら意に介さないやうに見せることをつとめてゐた。

しかし人食ひ鬼のやうなかれの貪欲を見てゐるうちに、カリフの心に浮んだのは、もし宴会が終つてこの礼にならはない賓客が自分の寵姫たちの閨殿（ハレム）へ乱入したら、それこそ大変なことになると思つたことであつた。

王は宦官の長をそつと招き寄せて閨殿の扉を強い兵卒共に守り固めるやうに申しつけた。

それから王は客人に向つてつとめて顔色を和（やは）らげて見せながら言葉をかけた。

「客人は御満足のやうに見える。さあ、これからおん身がもたらした宝の国の物語をききたいものだ。臣下のもの一同もおんみの物語を興（おもしろ）がることであらう。」

このとき突然爆発するやうに起つたのは印度人があたりの人の肝を冷やすやうな大声で笑つた声であつた。縞瑪瑙（めなう）のやうな歯をむきだし狼のやうに口を開いて笑ふおそろしい渋面は、身震の出るほど恐ろしかつた。

「ワハハハ……痴呆者奴。俺のことなどが貴様にわかつてたまるものか、ワハハハ……」

王の眼が恐ろしい例の光を輝かした。先程から我慢に我慢をかさねて、王としては一世一代の忍耐をして来た後である。あまりといへば暴慢な仕打であつた。王はすべてを忘れて逆上した。

「やい。この下郎をひつ捉へろ。」

声に応じて四方八方から折重なつて印度人を中にとりこめやうと、人々が馳寄ると、印度人は身体を丸くかゞめた。そして見るまに一つの大きな球に変つたのである。

アツと驚く人々の眼の前を球は恐ろしい速さで転がり始めた。前代未聞の不思議な光景がこれから展開される。人々は球を追つて右往左往に走りまはる。広い宮殿の中の隅々にいたるまで球は人々を愚弄するやうに或は早く或はおそく転々として捉へることが出来ない。これを捉へやうとした人々は、いづれも互につまづいたり、鉢合せをしたり人から踏みつぶされたりして名状すべからざる混乱におち入つた。カリフ自身も誰よりも熱心にこの後を追かけてゐた。不思議な球は扉があつても壁があつても縦横自由に通り抜けてゆく。そして下を転がるばかりか、時には低く宙を飛んだりする。

やがて球は宮殿からサマラアの町へと転り出した。後からは王を始めとして文武の百官がときの声を上げて追跡する。そしてこれに町の群集が加はつたのであるから、騒ぎは一層大きくなつた。球は人々の足の間を抜けて追ひ迫つた者を顛倒させ、頭に衝突しては、気絶させ、倒れた人の上に後から押されて倒れる人、群集にふまれて悲鳴を上げる阿鼻叫喚、サマラアの町全体は引くりかへるばかりの騒ぎとなつて、混雑のために命をおとすものが数限りなくあつた。

しかし、中でも一番熱心な追跡者はカリフ自身であつた。サマラアの町を出外れるころになると球は一層の速力を増した。王はすべての人よりも足が早かつた故に、今ははるか後にサマラアの人々の騒ぎが蜜蜂の大群の唸声のやうに聞えるところを、王は球に追ひ迫りながら走つてゐた。

都の郊外は広い曠野に続いてゐた。何里も何里も疲れを知らない球と王とは競走をしてゐた。やがて曠野が尽きると、そこは深い地の裂目が出来てゐた。球は王を飽くまで嘲けるやうに一つ大きく斛返り(とんぼがへ)を打つと、サツとばかりに底の知れない地の裂目の中に躍込んでしまつた。

もし王が異常な力を出してふみ止まらなかつたら、かれもまた底知れぬ奈落へ落ち込んでしまつたであらう。

王は息切れのために気絶しさうになりながら、崖のふちに身をかゞめて深い底を凄まじい憤怒の眼で見下ろして見ると、何とそこには印度人が元の姿になつて泰然として坐つてゐるのが見えた。そして相変らず呪咀のやうな笑声が地の底から聞えて来た。

どんなに口惜しくても、翼がない身には飛び降りることは出来ない。絶望に身悶えしながら、なほも目を定めてよく見ると、印度人は一つの大きな黒檀の扉の前に坐つてゐるのであつた。手には黄金の鍵を持つて、それを王に見せびらかすやうに振り乍(なが)ら、破鐘のやうな声で叫んだ。

「馬鹿者奴。どうして俺が捉へられやう。われこそは魔神ジアウールである。この黒檀の扉を見ろ。これが地下の宝物の国の門なのだ。貴様がこの国に入りたければ、俺を喜ばすやうな供物をするがいい。さもなければ貴様は一生、小ぽけな地上の国の腐つた宝の番人でもして終るのだ」

　そして天地は忽(には)かに闇にとざされて再びジアウールの声を聞くことは出来なかつた。王は何者かに喰ひ裂かれるやうな心を抱いて、力なく此処を立去るより他はなかつた。悪魔の要求した犠牲とは何であるか。王は母后の意見を求めやうとした。そのうちに王の安否を気遣つた臣下の者達がやうやくこゝまで追ひ付いて来た。

「腰抜奴。貴様達の面(つら)を見るのも胸糞が悪い。」

王の不興を蒙ることは死を意味する。人々は葬式の伴をするやうに、首をうなだれたまゝ、黙つて王のあとに従つて再びサマラアの町に引返した。

　王は一言も言葉を発しない。宮殿へ帰ると人々を避けて塔の上にのぼつてしまつた。そして今日の出来事を深い瞑想の中に思ひうかべながら、遥かに曠野をこえて魔神の飛び込んだ地の裂目の方を眺めてゐた。そのあたりと思はれるところからは赤い凶々しい光が巨きな箒(はうき)星(ぼし)のやうに長く尾を引いて斜めに天に連つてゐた。そして息づくやうな赤い光は、王の心に、悪魔が催促する犠牲の血の色を想はせてゐた。

王は眉根に深い皺をよせながら、長い間考へ沈んでゐた。夜の空は高く星辰は青く、天地はたゞ寂々として横はつてゐた。

やがて王の口辺には残忍な微笑が浮んだ。それは悪魔に犠牲を供へる素晴しいかんがへが浮んだからである。王はその兇悪な思ひつきを大声で見えない悪魔に約束しやうかと思つて、また谷からほとばしる赤い光の方を眺めた。するとこれに喜んで答へるかのやうに、その光は一揺れ揺れて燃え上ると見るまに深い夜の空に消えたのである。王ははじめて安堵して塔を下り、久し振りの円(やす)らかな眠を眠つた。

その翌日、意外な布告がサマラアの都の人々を喜ばせた。それは王の病気が全快した祝に重立つた朝臣や貴族の子供達のためにあらゆる競技の会を催して、サマラアの町の者達にも見物を差許すといふのであつた。場所は町の郊外の曠野と定められ、優勝者には王みづから賞品を授与するといふのである。

久し振りの寛仁な王の布告に、人々は歓呼してこれを迎へた。昨日の不幸は忘れたやうに、昨日不慮のわざはひにあつて足腰の立たなくなつてゐるものを除いた外の全部の住民は雀躍して続々と行列をつくつて郊外をはるか離れた曠野へ遊山の気分で出かけて行つた。老いたるも若きも、男も女も小児達も口々に王の徳を頌(しょう)しながら嬉々として定めの場所に赴くのである。果物や菓子を売るもの、甘露水を商ふものの、屋台車が何台となく、この行列に続き、競技の始まる前、人々の群集するあちらこちらには道化や奇術つかひが各々得意の業を演じて町の人々をよろこばせてゐた。

そのうちにドツと人々の喝采する声が起つた。今日の競技に出場を許された貴公子たちが到着したからである。いづれも目もさめるやうな美しい晴の衣装を飾つて、これも劣らず美々しい服装をした貴い身分の両親に附添はれて次々に乗込んで来たのであつた。宰相モラカナバツドの二人の息子もこの中に居た。いづれも太陽のやうに美しい男の子である。どの親も我が子の花やかな姿を見て満足と誇りとに顔を輝かしてゐる。

町の住民たちも目ひき袖ひきして、美しい公子たちの品評に余念がなかつた。

やがて十五歳をかぎりに選ばれた少年五十人は一列にならんで王の前に平伏した。王は故らにあふれるばかりの温容を示して、少年達の感激するやうな有難い言葉をかけるのであつた。

定めの時刻が来ると、それぞれの競技が始められた。競射、相撲、槍投げありとあらゆる貴族の子弟が心得てゐなければならない運動や武術が行はれた。そしてそのたびごとに王は手づから優勝者に賞品を授けた。金銀の飾物や宝石の類を惜気もなく、若い勝利者に賜はるたびに親も子も光栄のために上気し、人民達はそのたびごとに喝采して王の寛宏をほめ上げてゐた。

やがて曠野も黄昏れて、白い霧が浮みのぼるころ、今日一番の呼物の競走が行はれることとなつた。優勝者には真珠で一面に縫ひつぶした立派な衣装を与へることが王から申し渡された。そして一同のものに見物してゐる場所を動かないやうに命令して置いて、王は自ら決勝点まで先にその賞品を持つて馳け出した。それは前日、魔神が王に語つた地の裂目の断崖のふちなのであつた。人々から遠くはなれてその場所まで馳けて行つた王の姿が霧を通して小さく見えるあたりから、合図のしるしに賞品の衣装を振つたのを見ると、五十人の貴公子は若い牡鹿のやうに駆け出した。やがて第一着の少年が、勢あまつて王の横を駆け抜けると、そこには奈落が口を開いてゐた。二着も三着も、同じ運命である。しかも地の底からは相変らず血に餓ゑた魔神の声がうめき出て、

「もつと寄越せ。もつと寄越せ。」

と繰返してゐた。そして後から後からと駆けて来た少年達は先着の者の行方を疑ふひまもなくことごとく地面の中に吸込まれてしまつたのである。

最後の五十人目の少年が悲鳴を上げて落ちこんだのを見届けると、王は今にもジアウールが黄金の鍵を持つて地下の宮殿に自分を迎へに来ると思つてゐた。

ところが又しても兇悪な魔神のために、王は欺かれたのであつた。地の裂目は音もなく両方から合はさつて何事もなかつたやうに平地となつてしまつた。

王は憤怒のあまり失神してその場に悶絶した。

やうやく人々がたゞならぬ事が起きたと気がついて大声を上げ乍らこの場に駆けつけて来た時は、地上にはカリフ一人が倒れてゐて、他の少年達は何処へ行つたのか影も形もなくなつてゐることを発見した。

人々の介抱によつて生気づかされた王は、まづ第一に左右から少年達のことを訊ねられるのであつたが、王はたゞ空虚（うつろ）な眼をして何も知らぬ何も知らぬ、と繰返すばかりであつた。

それならば愛児達は揃ひも揃つて神がくしにでも出会つたか、天狗にでも攫はれたかまさかに王の兇悪なたくらみが失敗に終つたといふことを知るものは一人もなかつた故に、とにかく不慮の災によつて失はれた愛児を歎く悲しみの声が一団となつて天へのぼるのであつた。今日の祝ひに来る時のあれほどの華かな賑ひに引かへて、帰るときの人々の悲しみは筆にも言葉にも尽しがたい。眼の中の珠を、老後の杖柱を、家門の誇を失つたあはれな貴族たちは言ふにも及ばず、サマラアの町の人々も、愛児を失つた人々を悼む思ひで声もなく打沈みながら三々五々一刻も早く家にかくれたいと路をいそぐのであつた。

もしカリフが人に超えて落胆してゐて意気の銷沈してゐることを示してゐなかつたら、人々は王の悪計みを感づいたかも知れないのであつた。心に疑ひを起しかけた臣下の者も王の憂愁に閉ざされた顔色を見ては、まつたくの災難のために少年達の姿が見えなくなつたと思はなければならなかつた。

就中、痛々しく見えたのは善良な宰相であつた。花のやうな二人の息子を同じ日のうちに失つて、涙もかれはててゐるやうに見えた。かれはその後長い間、悲しみのうちに引籠つて参内しなかつた。

憤懣やるせないカリフの狂気は、前の印度人失踪のときよりも甚だしかつた。いくら近臣の者に当り散らして見たところで自分の悶々たる情を慰めることは出来ないといふことだけ気がつくやうになつてゐたのは、宮廷に仕へる者達の命拾ひといはなければならない。再び寝食を廃した狂乱の日が続いてゐる。王は塔へ閉籠つたまゝ、朝儀をかへり見やうともしない。

そして夜になるのを待兼ねて、星を観測するのである。しかし何時も何時も王の血走つた眼で睨みつけてゐるのは深く暗い夜の空ばかりであつた。

今度は女王カラチスは、わが子に附切りであつた。一度ならず二度までも魔神ジアウールの約束に失敗したことを何とでもして取かへして見やうと、こゝに母后はあらゆる玄秘の学問を用ひて、魔神と交通しやうとし始めたのである。

この塔は元来天体の観測に建てられたものであつたが、久しい以前からカラチスはこの中の一室を、暗黒魔法の行(ぎやう)を修するに必要なあらゆる品物の蒐集をしてゐた。毒蛇、毒蟲の類はもとより、嬰児の生肝や埃及王(ファラオン)の木乃耳(みいら)や怪鳥の黒焼や毒草のあらゆる種類をそなへて、身の毛もよだつほど恐ろしい魔法を修行するのに余念がなかつたのである。

そして、この仕事を手伝はせる侍女といふのがいづれも片眼の唖の黒奴ばかりで、夜の怪鳥のやうな声で笑ふ他には何事も言はず、女王の指図のまゝに手足のやうに働くのであつた。

或る新月の夜ヴアテツクが疲れて眠つてゐる傍で女王は高く輝く星にむかつて魔法を行つてゐた。二人の黒奴女の侍女が黙々として毒草を焚いて、胎児の心臓を煮てゐた。烈々たる炎の中からいやな臭ひが高く天に上つて行つた。大空では悪魔が喜ぶのであらうか、大声で笑ふやうな声が聞えてゐた。女王は杖を取つて魔法の輪を描いた。するとそこから猛烈な勢で円く炎がほとばしり始めた。魔法はますます玄秘に入らうとしてゐた。

このときはるかに下の方のサマラアの町では塔の上に炎々と燃え上る火焔を見た。大塔の炎上である。人々がさう信じたのも無理はなかつた。塔全体が一本の燃える炬火のやうに見えたからである。

愛児を喪つて家に引籠つてゐた宰相モラカナバッドも、カリフと母后カラチスが塔に籠つてゐることを知つてゐたので、大塔炎上と聞くより大王の身の一大事と思つて、自分の悲しみなどは忘れて家を飛び出した。そして忽ち軍兵共を指揮して消火を命じた。しかし一万一千段の頂上に水槽を運ぶのである。一気に駈け上るさへ人間業でないのに、まして水槽の水をそこまでこぼさずに持つてゆけるであらうか。しかし今は躊躇してゐる場合ではない。忠良な兵卒の一隊が蟻のやうに塔の階段をかけのぼり始めた。そして何百人かは途中で力尽きて倒れ、倒れるとともに流星のやうに螺旋階段の間から落ちて地階の石だゝみの上に微塵に粉砕した。

それでも三十人ほどの兵卒はやうやく大王の母子が居る頂上に、ほとんど空虚になつた水槽を持つてかけ上つて来た。その物音をきくとカラチスは意味ありげな目くばせを啞の侍女たちにした。侍女達はまた直に女王の意を知つて互に顔を見合せて気味悪く笑ひあつた。

そして第一の兵卒が息も絶々になり乍ら、頂上へ通ふ階段から姿を現はすと、侍女達の手には棍棒がひらめいて、王を思ふ一心でかけ上つて来た兵卒はそのまゝ気絶してしまつた。そして次々に現はれた兵卒共は悉く黒奴女の棍棒に脳天を見舞はれて、見る見る中に塔の頂上に三十個の動かぬ身体を横へた。

それから、その後に続く者がないことをたしかめるとまたカラチスの合図で塔の頂上と下の階段を通ずる鉄の扉は厳重に閉された。それから今度は倒れてゐる兵卒共の上から、死人の膏を取つて作つてあつた油をふりかけて、これに火を移した。黄色い濃い煙が一団となつて天へ昇つた。普通の者だつたらこの死骸の焼ける臭だけで気が遠くなることであらう。それを何が嬉しいのか唖の黒奴女は手を叩きながらキキキと気味の悪い声で笑ふのであつた。

深い眠りの中に死んだやうになつてゐたカリフは、あまりの臭気に、この時眼を醒した。そしてあまりにも物凄いこの場の光景に茫然として眼を瞠つてゐた。

そのとき、真暗な空の奥から幾万とも知れぬ怪物が一斉にどよめき笑ふ声がして、濃い煙が吸ひこまれるやうに消えてゆくと、それとともに焼けてゐた兵卒共の死骸は跡方もなく消えてゐた。

そして塔の頂上一面に、どこからともなく大食卓が現れて、その上には夥しく盛上げた山海の珍味が所狭きまで並べられてあつた。美酒も氷菓も美しい色で、見る人の嗜欲をそゝる。塔の上の空は今まで闇黒に閉されてゐたのが拭つたやうに晴れ渡つて、青い花を撒いたやうに星が数限りなく輝いて、夜風は形容することのできない香気に匂ひ漂ふのであつた。

ヴアテツクは今までの不興な断食を忘れたやうに、卓の上へ並べてある料理をむさぼり食つてゐた。その味の甘美なことは今までにどんな美食の経験でも味はつたことのないものであつた。王が有頂天になつて、この不思議な料理に舌鼓を打つてゐる間に、カラチスは食卓の上に置いてあつた、銅の腕環*に彫りつけた魔法の文字で書いてある手紙を読み解かうとしてゐた。

しばらくして女王は容を改めて、ヴアテツクに言つた。

「カリフともあらうものが口腹の楽にばかり耽るといふことは恥づべき事です。こゝに魔神ジアウールがあなたに送つて来た素晴しい約束が書いてあります。」

「あの悪魔奴が何を言ふか。」

王は魔神の名を聞くとともに、新しい憤怒に身をふるはせた。

「お黙りなさい。」と母后はたしなめた。

「この文字をアラビアの言葉になほすならば、かう書いてあるのです。」

「汝等の志、殊勝である。魔神ジアウール汝の犠牲を嘉納し、汝に地下の宮殿を開かんとす。汝、族の装ひして次の望の夜、東の方*イスタカアルに赴け。途中いかなる難儀に会ふとも人の住家に停まることなく、ひたすらに目的の地に急がざれば、地下の宮殿の扉は汝に開かざるべし。もしわが命に違ふことなくば、*ジヤン・ベン・ジヤンの富も、*シユレイマンの呪符も、*アダム以前の諸王の豪華もことごとく汝がものとならん。」

これを聞くと、憂ひにとざされてゐたヴアテックの心はにはかに晴々となつてゆくのを感じた。歌ひ出したいやうな上機嫌で、それから母と子とは笑ひ興じながら美酒をくみ交はして夜もすがら歓をつくしてゐた。

夜が明け放れると、王は塔を降りて宰相を呼び出した。

「さて、モラカナバツドよ、予はイスタカアルに旅をすることとなつた。早速諸役人に命じてその用意をさせなければならぬ。また卿は、予が留守の間、予に代つて怠りなく政務を見る役目を申付ける。」

「御言葉ではございますが御巡狩ならば兎も角も、左様の土地への長旅はいささか心得がたき儀と存じます。御留守中如何なる変事が……」

「黙りなさい。卿はたゞ命ぜられた通りを行へばよろしいのだ。」

宰相は平伏した。そして直ちにカリフの旅行のことが発表された。にはかに宮殿の中は旅に必要な諸般の用意で大騒ぎが始つた。

かうして王の出発の準備が着々として出来てゆくうち、カラチスは冥途の魔神になほ一層残酷な犠牲をさゝげるために悪魔の饗宴を催さうとした。それには選りすぐつて容色の優れた婦人達を招く筈であるので女王はそのために国中の美女を探し求めた。召に応じて全国から集つて来た傾国の美姫が一堂に会したのであるからその饗宴はいやが上にも華かに百花撩乱たる眺であることはいふまでもない。しかし宴酣になる頃に及んで兼ねて女王から申付けられてゐたとほり宦官達は秘かに食卓の下に蝮蛇を放したり、蠍を一杯に入れた壺を其処中にうちまけたりしたので人の忌みきらふ恐ろしい毒蟲が時を得顔に猛威を逞しうして見るからに惨鼻の極みである。

雪をあざむく玉の肌が処きらはず嚙まれさされて、誰も身動きをするひまもなく息を引とつて行つた。カラチスは冷かにこの場の有様を尻眼にかけてゐた。その間にも猫が鼠をなぶるやうに女王は手づから調合した解毒剤などをわざと使つて見たりして傷の手当になぐさみに試みてよろこんでゐた、この善い女王は何かしてゐなければ我慢ができないほど怠け嫌ひなのであつた。

ところがヴァテックは母后の勤勉には似もつかず、例の官覚の宮殿へ入浸りであつた。久しい以前から朝儀にも寺院にも王の姿は見えなくなつた。

サマラアの都の大半は上に倣つて淫風がふき荒み、残る半分だけがやうやく腐敗の弥漫（びまん）してゆくのを慨（なげ）いてゐた。

かうしてゐる間に、大祝日にメッカの都へ遣はされた使節が戻つて来た。それは信仰の篤い長老（ムーラー）の一行である。かれらは使命を果して、*神聖なカハバを払つた御幣を一本持ち帰つて来た。これは地の最高の王者にまことに相応（ふさは）しい贈物である筈であつた。

この時王（カリフ）はかういふ使節達を迎へるにはふさはしからぬ場所に居たのであつた。王は宦官の長が部屋の前の帳（とばり）のかげから叫ぶのを聞いた。

「エドリス・アル・シヤフエイ上人様、ムハテツデイン様の御入（おんいり）、メッカから御幣をおもちかへりでございます。それを陛下に献上遊ばされたいと御意あります。」

「こゝへ持つて来い。何かの役には立たうから。」とヴァテックは言ひ放つた。

「勿体ないことを仰せあります。」

宦官は我を忘れて叫んだ。

「こら、言葉を返すな。いやしくも王に向つて何事だ。汝（きさま）の有頂天になつてゐる聖人共とやらは此処で沢山だ。」

宦官は呟きながら出て行つた。そして尊い鹵簿（ろぼ）の人々をこゝへ案内して来なければならなかつた。尊敬すべき長老達の間には一種の神聖な法悦がみなぎつてゐた。

その上長途の旅で疲れ切つてゐるはずであるのに、ほとんど奇蹟のやうな敏捷(すばしこ)さを以て宦官の後に従つて歩みを運ぶのであつた。官覚の宮殿の宏壮な玄関を入つて来た長老達は王(カリフ)が自分達を普通の大使などと同じやうな謁見の間で引見されるのではないといふことに得意になつてゐた。やがて一行は奥庭を深く導かれた。こゝまで来ると絹の帳(とばり)を透して碧(あを)や黒の大きい美しい眼が稲光のやうに輝いて一行の通るのを隙見してゐるのが見えたやうに思はれた。王の御前にまかり出る恐懼措(お)く能はざる心にも尊い使命は畏まれて、一行は正しく列をつくつて涯(はてし)の知れないやうな小さい廊下を進んで行つた。そして遂にカリフの待つてゐた小さい部屋の中に案内された。

「生神様には御不例と拝されました。」

エドリス・アル・シヤフエイは小声で伴侶(つれ)に囁いた。

「いや御礼拝の最中でゐらせられるのでせう。」とアル・ムハテツデインは答へた。

ヴアテツクはこの会話を耳にすると声を荒らげて、

「予が何処に居やうと差支へはあるまい。遠慮なくこゝへ来るが好い。」と云ふなり垂帳(とばり)の蔭から手だけを出して神聖(ありがた)い御幣をうけとらうとした。一同のものはそこへ平伏した。狭い廊下に整然と半円を作つてならんで平伏すると頭がつかへるほどである。エドリス・アル・シヤフエイは恭(うや〳〵)しく香をたきこめた布をほどいて並の人の眼には拝むことさへ出来ない御幣を捧げて一行のうちから進み出ると歩調(あしどり)もつゝましやかに礼拝所だと思つてゐた室の方へ近づいた。高僧の驚駭(おどろき)は何といつてよかつたらう。ヴアテツクは嘲笑を浮べながら、震へる手からその御幣を引奪るやうにすると、床の上まで垂れさげた碧い帳に蜘蛛の巣のからんでゐるのを無造作に叩いて見せた。

　あまりの事に呆然となつて長老達は平伏したまゝ、頭を上げるものもない。はじめて彼等はあるがまゝのものを見た。ヴアテックが隔ての帳を物憂げに引いて部屋の中の光景を曝け出して見せたからである。長老の涙は床の大理石を濡した。アル・ムハテツデインの如きは腹立と旅の疲労で逆上してそのまゝそこへ卒倒した。カリフはそれを情容赦もなく打擲したり笑ひ罵つたりして乱暴のかぎりをつくしながら「おい。お黒人。」と王は宦官をよびかけた。「この上人様達に*シラツの酒でも御馳走するがよい。誰よりも宮殿の内部がよく見られたといふのでさぞ得意だらう。こんな名誉は又とあるものではない。」王は御幣を人々の眼の前に投げつけたまゝ、カラチスのところへこの場の次第を笑草にしやうとして出かけて行つた。

　宦官が長老達を慰めるのは並大抵の骨折ではなかつた。中でも二人の羸弱い長老はこの場を去らずに死んだ。その他の老僧は罰当りの行ひのまきぞへにされたのを悲しんで陽の光をみることも厭ふかのやうに這ふやうにして各自の臥床に帰つてまた起きやうともしなかつた。

　その夜、ヴアテックと母后とは今度の旅行について天文を稽へるために塔の頂上に上つた。星宿の位置はこの上もなく良く思はれた。王は自分の心を悦ばしてくれる楽しい眺めにいつまでも耽つて居たいやうに思つた。かれは塔の上のまだ先日の犠牲の血の乾かない場所で機嫌よく食事をした。その食事の間にまたしてもどこからともなく大気を震ひ戦かすやうな洪笑の声が聞えて来た。王はこれを聞いて幸先よしと大喜びをした。

宮殿の中は上を下への大騒動であつた。燈火は昼夜を皎々と照り映えてゐる。道具類を急造する鉄砧と鉄鎚の音が耳を聾するばかり、何事か甲高く叫び交してゐる宮女達の声、いろいろな品物に飾をつけながら歌つてゐる宦人達の声、すべて夜の自然の沈黙を破るものばかり、これがまた王には限りなく愉快であつた。宛然すでにシユレイマンの帝座に揚々として君臨するの思ひがする。

人民の方でもこれを喜んでゐた。誰も彼も仕事に精出して、何を始め出すかわからない気紛れな国王の苛政を一日でも早く逃れたいの一心であつた。

さていよいよその翌日がこの狂気じみた王の出発ときまつた日にカラチスはこの旅が成功に終るやうにくれぐれもわが子に申し含めておかなければならないと考へた。女王は繰返し繰返し不思議な羊皮紙に書いてあつた命令に従ふことを念を押した上で、特にこの旅行の間に他に逗留するやうなことがあつてはならないとくれぐれも注意するのであつた。

「あなたはどうも御馳走と女達には目のない方だから、それが気懸でなりません。あなたの召連れてゆく大膳職のものはみんな腕利きの厨人揃なのですからそれで満足をなさい。また輿や車で扈従をする三十何人かの妃たちは宦官の長でさへ被布を取つてみたこともない美女ばかりです。私がこゝに残つてゐるのでなかつたらあなたを充分後見してあげるところです。地下の宮殿に行つて見られるとはほんとうに羨しい。われわれのやうなものにはさぞ面白いことでせう。私は洞窟ほど好きなところはないのです。死骸や木乃耳の好きなのもそのためでせう。あなたがシユレイマンの呪符を自由にすることとなれば、金銀珠玉のおびたゞしい地下の国のことは心任せになるのです。早速地を開いて、私を迎へによこすやうに腹心の小鬼に申付けることを忘れないで下さい、私はその鬼に私の箱をもたせてゆきます。命がけで集めた毒蛇の膏は魔人（ジアウール）へのよいお土産（みやげ）です。あれはかういふお菓子が大好物なのですからね。」

カラチスがこんな風に王を励ますやうに語つてゐたとき、太陽は四つの泉の山の彼方に落ちて、これに代つて月が東の方に昇つて来た。

月が中空（なかぞら）にかかつて皎々と照り渡るのを仰ぐと思ひなしか今宵はとりわけ美しく大きく見えた。これを見ると妃達も宦人達も扈従（とも）のものも等しく、そゞろ心になつて一刻も早くと旅を思ふのであつた。街衢（まち〳〵）にも歓呼の声と喇叭（らつぱ）の音が鳴り響いた。月の光に照らされて輝きわたる乗物の上にかざした天蓋の羽や、羽毛飾をつけた人々の美しさには眼も眩むばかり、街の広場は宛然（さながら）に東邦の鬱金香（チューリップ）の一時に妍（けん）を競ふ花園にもみまがふばかりであつた。

王（カリフ）は盛装して、左右の手を大臣と宦官の長に取らせて塔の大石段を静々と下に降り立つた。群衆はこれを見て土下座をした。美しく装つた駱駝（らくだ）まで王の前に膝をついた。この光景（ありさま）の神々しさにはカリフ自身も足を停（と）めてしばらく悦（よろこ）ばしげにあたりを見渡した位であつた。人々は王の威容に水を打つたやうに静まり返つてゐた。たゞこの中で響くものは先駆（さきども）の宦人の警蹕（けいひつ）の声ばかりである。四辺（あたり）に気をくばつて注意を怠らない扈従（とも）のものたちは妃達の乗つてゐる大輿の中でひどく一方に傾いてゐるのがあるのを発見した。それは不良の輩（ともがら）が巧に忍び込まうとしてゐるところであつた。それは大奥附の典薬の指図で苦もなくつまみ出された。

一方でこんな小さい騒ぎが持上つてゐても、荘重なこの場の尊さを擾(みだ)すことではなかつた。ヴアテツクは賢げに月に向つて礼拝をとげた。法典の博士達はこんな偶像崇拝を片腹痛く思つてゐた。奉送のためその場に居合せた大臣も貴族も同じく苦々しく思つてゐた。

そのうち塔の頂上から、朗らかな喇叭と笛の音が起つて、出発の合図を告げた。その曲調は整然と律呂にかなつたものであつたけれど、何処かに妖しい調子がまじつてゐるやうに聞えたのが不思議であつた。これはひそかに騒ぎに交つてカラチスが魔人(ジアウール)の讃美をうたつてゐたのであつた。黒人の巫女はこれに低音を合せてゐた。正しい回教徒はこれを聞いて凶兆をもたらす夜の蟲(むし)の呟くのではなかろうかと心配して、しきりに王に向つて潔斎をすゝめるのであつた。回教天子の大旆(おほはた)がひるがへつて、王に従ふ二万の長鎗の穂先が輝いた。王は威厳を示して、路に敷きつめた錦を踏んで輿に上つた。人民の歓呼はしばらくは鳴りも止まない。やがて行列は粛然として進み始めた。人々は静まり返つてたゞカトウルの広場の叢の中で啼(な)いてゐる夜の蟬の声がきこえるばかりである。行列は昧爽(よあけ)前に六里ほどを優に進んだ。暁の明星がまだ天の一方に光を放つてゐるとき、盛大をきはめた行列は*テイグリスの川岸に到着した。こゝに天幕を張つて日の暮れるまで休息するのが風習(ならはし)である。

三日の間は同じやうにして過ぎた。が、四日目になると、穏やかならぬ空模様はだんだんと凄じくなつて、百千の火柱にはためき渡つた。霹靂(へきれき)は凄じい雷鳴をとどろかして、キルカツスの宮女たちは醜い宦人にとりすがつて生きた心地もなかつた。カリフは急に官覚の宮殿が恋しくなつて来た。王はどれほどグルシツフアの大都に難をさけやうと思つたか知れない。

そこに行きさへすれば知事が望みのものを捧げて伺候する筈である。しかし王はいつかの手束(てがみ)のことがあるので宦臣たちの諫めるのもきかずにビシヨ濡れになるのを我慢してゐた。王は今度の計画で胸が一杯である。希望が勇気をふるひ起させる。そのうちに行列は道に迷つてゐた。何(ど)の辺を進んでゐるものかと地理の学者方(せんせいがた)が召し出された。雨に濡れた地図の哀れなことは人々のみじめな有様にも劣らない。加之(そのうへ)、人々はハウルン・アル・ラシツドの治世以来長途の旅をしたことがないのであつた。方角に迷ふのも無理はなかつた。ヴアテックはあれほど天(そら)の道には暁(あか)るくてゐながら、地上の道では自分が今立つてゐるところさへ知らないのであつた。王の逆鱗は雷(かみなり)よりも恐ろしい。気ばかり焦立たせて臣下のものに吐鳴(どな)り散らしてばかり居たが、その言葉はいづれも文学的の耳にとつて結構な文句である筈がない。とうとうかれは誰の言葉にも耳を藉(か)さうとしなくなつた。王は行方(ゆくて)の断崖絶壁をふみこえてゆけばロクナバツド*へ四日でゆけると言ひ張つた。かうなるといくら誰が何と云はうとも無効(むだ)であつた。王の決心は梃でも動かすことはできない。

　生れて以来(から)こんな境遇(め)に遭つたことのない妃や宦官は山の峡道の光景に震へ上つてゐた。恐ろしい谷が嶮しい小径の下に深く口を開いてゐるのを見ただけで何とも云ひやうのない悲鳴を上げた。日が暮れてもまだ一行は岩山の頂上に着くことが出来ない。折から吹き募る烈風は輿や車の幕を寸断に吹きちぎるので哀れな妃たちは恐ろしい嵐の真中に投げ出されたも同様であつた。空は烏羽玉(うばたま)の闇をとざして荒れ狂ふ夜に一層の物凄さを加へてゐる。今は声も絶々に小姓や若い女達の泣叫ぶのが嵐を縫つてきこえるばかりである。

不幸の上の不幸には、遠くから野獣の吼える声が聞えて来た。やがて森の奥からは爛々と眼を光らして出て来るものがあつた。悪魔でなければ虎の眼に疑ひはない。先に立つて懸命に道を拓いてゐた兵卒共はこの急を報ずる隙もなくこの毒牙にかゝつて斃れた。人々の狼狽は極度に達した。狼や虎やその他いづれも肉食の猛獣は見る見るうちに朋を呼んで八方から襲ひかかつて来た。彼処でも此処でも骨を嚙み砕く音がしてゐた。そのうへに空からも恐ろしい羽搏が聞えて来た。禿鷹が新手に加はつたのである。

この恐ろしい報知はやがてそれから二里ほど後に進んで来た国王と妃たちを取囲んだ行列の本隊まで伝はつて来た。女達に心をこめて侍かれてゐたヴアテツクだけは未だ何事も知らなかつた。フランギスタンの珐瑯よりも色の白い二人の侍童に煽がせて王は前後も知らず眠つてゐた。そしてシユレイマンの珍宝が輝いてゐる夢をみてゐると、突如、宮女達の悲鳴によび起されてかれは飛上つた。眼がさめるとジアウールが黄金の鍵を捧げる代りに色を失つて狼狽してゐる宦官の長を見た。

「陛下」と世界中の王のうちで最も強い君主の忠臣は叫んだ。

「一大事でございます。野獣が襲つてまゐりました。乱暴な獣たちが今にもこゝへ押よせてまゐりましたら陛下を死んだ驢馬ほどにも心得ぬでございませう。駱駝が褻れて居ります。荷物を沢山積んでありました三十頭は曳手ごと食はれましたさうでございます。大膳職の方々を始め、食糧方の者達まで同じやうな目に遭つて居ります。予言者のお助けがなければこの後の食事にも差支へるといふ事でございます。」

王(カリフ)は「食物(たべもの)」を失ふときいてすつかり色を失つた。かれは怒号してわれとわが身をうちたゝいた。宦官の長は王の有様が正気の沙汰ではないのを見ると、両方の手で耳をふさいで、せめては後宮の騒擾(さうぜう)からまぬかれやうとした。闇が深くなるにつれて阿鼻叫喚の地獄は一刻ごとに烈しくなつていた。宦官の長は敢然として一世一代の英雄となつた。

「さあさあ皆さん一大事ですぞ」とかれはある限の声をふり絞つて叫んだ。

「力を協(あは)せて、皆で火を焚いて下さい。聖教の生神様をこのまゝで居て獣奴等(けだものめら)の餌食にしてはなりませんぞ。」

妃達のうちには我儘で強情なものが居ないでもなかつたが、この時だけは誰れでも素直に命令に従つた。またゝくひまに、女輿車(をんなのりもの)の中にはことごとく火が点された。即座に一万の炬火は火を吐いた。人々は一人のこらず太い松明(たいまつ)で武装をした。炬火は棒の先へ麻屑をつけたのに油を浸して火をつけたので、岩角に照り映えて昼間のやうな明るさになつた。火花の渦巻が四辺をこめて盛んに立昇つた。すると突風がそれを八方に吹き散らして、羊歯(しだ)や棘(いばら)の叢に燃えつかせた。たちまちにして野火は怪(おそ)ろしい勢で燃えひろがつてゆく。見ると、いたるところ、住処を追はれた毒蛇が進退谷(きは)まつてのたうちまはつたりしてゐる。火に脅えた馬は鼻息も荒く面(おもて)を風にむけて高く嘶(いな)き乍ら、暴れ出して誰彼の見境もなくふみにじり蹴倒すのであつた。

その時、行列がその傍を進んでゐた香柏の森に火がうつつた。道の上の枝がこんもりと茂つてゐたので、あなやと思ふ間もなく宮女の輿を覆つてゐる薄紗や錦にも火がもえ移つた。

あわて、転がりだした妃のうちにはそのはずみに首の骨を折るものさへあつた。ヴアテックはそれまでたゞいらいらしてゐるばかりで数知れぬ瀆神(とくしん)の言葉を吐き散らして居たけれども、かうなつては他の人と同じやうに厭でも玉歩を土に塗(まみ)れさせなければならなかつた。

これほど悲惨な有様が又と世にあるであらうか。花のやうな宮女達は雨のために出来た深い泥濘の中に陥りこんだ。恨めしくも、恥かしくも、腹立たしいことのかぎりである。

「まあ妾(ひと)を歩かせるなんて」と一人が言ふ。

「足を濡れさせるなんてあんまりですわ。」とまた一人が柳眉を逆立てる。

「この衣服(きもの)の汚れやうはどうでせう。」とこれも泣声で叫ぶのである。そして妃達は声を揃へて宦官の長を責めたてた。

「あのろくでなし奴。何だつて炬火なんか焚かうなんて言ひ出したのです。こんな態(ざま)を人に見られる位なら虎に喰(く)はれて死んだ方がよつぽど好かつた。何といつたつてもう取返しがつきはしない。どいた兵や人足や駱駝牽き風情に肌をみられた上、それを自慢さうに吹聴されたらどうでせう。それにあいつ等に顔まで見られてしまつたぢやないか。」

こんな事を口々に叫び立てながら、それでも淑(しとや)かな妃は輿車(くるま)の中に顔を伏せてゐるが、勝気な女は宦官の長につかみかゝらうとした。しかし妃達の気質を熟知んでゐる狡猾な宦官の長は何にも言はずにそのまゝ、仲間の宦官たちと一緒に炬火をふり照して鼓(つゞみ)を鳴らしながら一目散に雲を霞と逃げ出してしまつて居た。

山火事は土用の晴天の太陽のやうにギラギラと輝いた。その熱さ苦しさは実に焦熱地獄とはこのことを言ふのであらう。勿体なくもカリフは泥にまみれて、無下の人と異るところがなくなつて了つた。王は気が遠くなつて来た。一歩も前へ進むことができないで進退谷まつたと見えたときエチオピア生れの一人の妃が（王の蒐集は多方面であつたから）唯一人勇ましくも王を横抱に抱へ上げて肩に背負ひ上げた。そして火が八方から迫つて来るのを見て、重荷を物ともせず矢のやうに駈け出した。他の妃たちも危急の場合なので思はず脚が利いて、根かぎりエチオピア生れの妃の後を慕つて走つて行つた。護衛のものもこれにつゞいて足を空にして追ひかけた。駱駝牽は駱駝を急がせるので上を下へと騒ぎたて乍ら解斗をうつて転げまはつてゐた。

人々はやがてさきに猛獣が虐殺を恣にしてゐた場所に到着した。猛獣は充分に思ひがけない御馳走にありついたので、その後からこんな大騒ぎをして多勢の人々が近附いてくるのを聞いて逸早く退散した後であつた。けれども宦官の長はあまりに餌食を詰めこんで身動もできないでゐる二三疋の野獣が逃げ残つてゐるのを捕へることが出来た。かれはそれを器用に皮を剝いだ。一刻も早く焦熱地獄を脱れ出やうと落ちのびて来た人々も、こゝでやうやく足を停めた。人々は寸断にされた美しい巾を拾ひ蒐めたり虎狼の餌食の残骸を葬つたり、何十羽となく禿鷹をうちおとして飽くことを知らない仇敵を退治したりした。そしてわづかに難をのがれた駱駝の数を算へさせた後、やうやくの事で妃たちを輿中に収容した。王の幕舎はなるべく凹凸の少ないところを選んで樹てられた。

ヴアテツクは羽の蒲団に手足を伸してエチオピア生れの妃に運ばれる途中で荷物のやうに

振廻された疲労を回復しやうとしてゐた。誠に屈強な乗物もあつたものである。休息ができるといつもの通りの空腹といふ段取となる。王は食事を命じた。しかし、王のために銀の竈で焼く結構な麺麭も、美味しい菓子も、琥珀色の糖果も、シラツの葡萄酒も、雪を盛つた壺も、テイグリスの川岸に熟つた立派な葡萄もいまは跡方もなくなつてゐるのであつた。宦官の長が苦心してやうやくのことで王にすゝめることのできたのは狼の炎肉と禿鷹の蒸焼と、苦い草と、毒茸と、薊と蔓陀羅華の根といふ恐ろしい献立であつた。止むことを得ずこれを口にした者がいづれも咽喉は痺れ舌がはり裂けるやうな思ひをしたのはあたりまへである。それで唯一の飲料といふのが粗悪な焼酎の二三本の瓶なので、これも道化役が上靴の中に忍ばせて来たものを徴発したのであつた。王は鼻をつまんで恐ろしい渋面を作りながら咀嚼こなしてゐた。しかしそれでもかれは食の進まないことはなかつたらしい。食後の消化をよくするためにいつものやうに一眠りした位であつたから。

そのうちに黒雲は地平線の上に姿を消した。今度は陽の光がヂリヂリと照りつけて来た。岩の上にてりかへす日の光の熱いことといつたら垂幕でとりかこんであつてもカリフは焼き殺されるやうに思ふのである。その上青い銀色をした蝥蠅の群は遠慮会釈もなく処きらはず螫しちらしてそれが飛び上るほど痛い。万事休矣。王は床を蹴つて起き上つた。気も狂はんばかりになつて、どうする事もできない地団太を踏むより他に仕方がなかつた。それであるのに無神経な宦官の長は真黒に蝿にたかられたまゝ、泰然として鼾をかいてゐた。この汚い蟲はかれの小鼻にとまつてしきりにお世辞を使つてゐた。侍童衆は持つてゐた扇を投げすてた。人々は半死半生である。今にも絶え入りさうな声で王を呪ふ声がする。王が臣下の直言を聞いたのは生れてからこれが始めてであつた。

そこでかれはまた魔神に向つて散々に罵倒を浴びせた。マホメットに対してすこし弱音を洩し始めた位である。

「こゝは何処だ。この岩角、この谷の物凄さはどうだ。予はとうとう恐ろしい*カフの山に来てしまつたのだらうか。*シモルグといふ大鳥がこの不信心な冒険を罰しやうと予の眼を抉りに来るのではないだらうか。」

かう云ひながら王は幕舎の窓から覗いて見た。噫。そこにどんな光景が展らけてゐたであらう。一方には黒い砂漠が涯もなくひろがつて居る。また一方には峨々たる大巌が屏風のやうにきり立つて、今だに舌がひりひりする鬼薊が一面に蔓つて居る。一目見たとき王が荆棘の生ひ茂る中に恐ろしく巨きな花が咲いてゐると思つたのは荘麗を極めた行列の道具の破片や錦の寸断れたのであつた。王は岩の破目をみつける度に清水の流れる音が聞えはしまいかと耳をかたむけた。しかし聞えるものは人の唸声ばかりである。云ひ合せたやうに皆はこの旅行を呪つて水を飲みたがつて狂人のやうになつてゐた。そして聞えよがしに故意と叫ぶものなどもあつた。

「何の因果でこんなところへ連れて来られたんだ。陛下はまた塔でも打つ建てようといふお心算かもしれないが、悪くするとこのまゝこゝは、カラチスさまの大好物の*アフリット奴の住処（すみか）になることだらう。」

カラチスといふ名前を聞いてヴアテックは自分が手交（わた）されてゐた書簡のことを想ひ出した。それによればどんな苦しい境遇（め）に遭はうとも断じて進んで行かなければならないことが書いてある。王がまたこれをとり出して読んでゐると、歓ばしげな叫声と手を拍（た）く音が聞えて来た。途端に幕舎の垂帳（とばり）がサツとひらいて宦官の長と近臣の連中の顔が見えて、一尺許（ばかり）の身丈をした*二人の侏儒（いつすんぼふし）を引き連れて伺候した。侏儒は手に手に大きな籠に一杯の瓜や柑子（かうじ）や柘榴の果実（み）を入れて、涼しい声で歓迎の言葉を弁じたてた。

「私どもはこの岩山の頂に草の庵（いほり）を結ぶものでございます。鷲も羨む住居のほとりに涌く清水（みづ）は斎戒沐浴の便宜（たより）によろしく、ひたすら看経（かんきん）に心を澄すものでございますが生神様に恐悦を申上げやうためかやうに推参いたしましてございます。主人エミル・フアクレツデインも謹んで神の子マホメツトの御名代たるカリフさまを拝みたいと申して居ります。私共はこの身体こそ御覧の通りの見苦しいものではございますが、人の善いのだけが取柄であると主人にも目をかけて召使はれ、この淋しい荒山に困難する旅人を救ひますのをつとめと致して居ります。昨夜も看経に余念のない折柄、にはかの山風は灯を消し家を揺つてその物凄いことと申しましたら、一刻（いつとき）あまり恐ろしい暗闇の中に震へて居りますうち、はるかに聞えてまゐりました物音は、たしか岩山をふみわけてゆく*カフイラの鈴と存じました。やがて人の悲鳴、獣の吼（ほゆ）る声、軍鼓の響がきこえてまゐります。恐ろしさに歯の根も合ひませぬ。私共はあの*デツジアルが殺戮の天使をひきつれて鉄棒を振つて荒れ狂ふかと思つて居りますと、血の色をした火の手が遠くの空を焦がして立ち上つて夥しくこのあたりにまで火の子を降らしました。魂も身にそはずとはこの事を申しませうか、思はず跪いて有難い御経をひらいて、白昼をあざむく光をたよりに読みました条にはかう書いてあつたのでございます。

「人は天道の恩寵をひたすらにより頼みまゐらすべし。聖予言者を外にして救あることなし。カフの山はあせなむ世なりともアラーの御力は金剛不壊なりと知れ。」

　この言葉を誦し終りますと心はおのづから神々しく澄みわたりました。沈黙が深い色を湛へて居ります。そのとき一つの声が天にあつて響くのを明にこの耳に聞いたのでございます。

「わが神の篤信なる「僕」に奉仕へる者よ。履をはいて、急ぎファクレッデインの住む幸福なる谷へ降れ。さて客を迎へることの厚いファクレッデインの心願を成就すべき時の到れることを告げよ。この山に踏迷ふものはまことの信者の支配者カリフである。」

　喜び勇んで私はこの尊い任務を急ぎました。主人も謹み畏れて手づからこれらの瓜や柑子や柘榴の実を採られたのでございます。やがて百頭の駱駝に泉の水を汲みのせて御目通りにまかり出ることと存じます。主人は陛下の御衣の裾に唇礼して主人の邸へ御臨幸を仰ぐでございませう。見苦しくはございませうが、この荒れはてた砂漠の中にたゞ一つ鏤められて居ります長者の家は鉛の中に緑玉があるやうなものでございます。」

　侏儒は言ひ終つて胸の上に両手を組んで深い沈黙を恭々しく示した。

　その長広舌の間にヴァテックはもう籠の中のものを取上げて居た。そして話が終るまでには果実はいくつも王の口の中に消えてゐた。しかしかれはそれを食べてゆくうちに不思議に敬神の心持が起つて来た。王は聖典(アルコラン)と砂糖とを一緒に求めた。

王はこのとき侏儒が入つて来たので思はず下に置いた手束(てがみ)がまた目に入つた。かれは再びそれを取上げた。そしてカラチスの手蹟(て*)で赤い大きな文字でかいてある文句を何心なく読み下すと王は高い処からつき落されたやうな気がして思はず身を震はせた。

「年老いた神学の博士と身長(せたけ)のわづかに一尺ばかりのその使者とに気をおつけなさい。虚偽(いつはり)の信心振を信じてはなりません。持つて来た瓜を食べる代り、その侏儒を鉄串でつき通すがよい。もしあなたが心弱くもかれ等の家へ足を入れるやうな事があつたら地下の宮殿の扉は閉ぢ、大地震が起つてあなたの身体は寸断されてしまひます。あなたの五体は汚辱をうけ、蝙蝠(かうもり)はあなたの腹に巣をかけることでせう。」

「なんだ。こんなに訳の分らない話があるものか。」とヴアテックは思はず叫んだ。

「いろいろな瓜の成熟(な)つてゐる美しい谷間があつて、疲労(つかれ)を回復することが出来やうといふのに、何を苦んで砂漠の中で渇き死ぬ馬鹿があるものか。ジアウールも黒檀の扉もあるものか。憎い奴だ。よくも予(おれ)にこんな待ち呆けを食はせをつたな。しかも予(おれ)を指図しやうと云ふのは誰だ。誰の家へ立ちよつては成らんといふのか。一体何処へ行つたら予のものではない場所があるんだ。」

こんな独言を一言ももらさずに聞いてゐた宦官の長は王の言葉がこゝまで来るに及んで熱心に喝采した。すべての妃たちもこれに賛成した。

救ひの主であるといふわけで一同から侏儒の歓待されることといつたら一通ではなかつた。

この二人を撫でたりさすつたり、小さい座布団の上に載せて小さい身体ながら釣合のとれてゐるのを感心したり、どこからどこまで見やうとしたり、外見だけピカピカする装身具だの飴だのをやつたりして大騒ぎをされた。しかし侏儒は大真目でこれを辞退した。二人はカリフの床によぢのぼると、一跳はねて王の背中にとびのつて祈禱の言葉をカリフの耳へ注ぎこむのであつた。小さい舌はまるで丸葉柳の葉のやうである。うるさいのでとうとうヴァテックの癇癪玉が破裂しさうになつたとき、王の一行は全員こぞつて驩呼の声を上げてエミル*のファクレッディンの到着を告げた。百人のよぼよぼした老翁が百頭の駱駝と百部の聖典を携へて来たのである。人々は急いで手を洗ひ身を浄めてビスミラア*を唱へ始めた。ヴァテックはうるさい勧告者を持てあまして、これもまた人々の例に倣つた。

人の好いエミルは極端に信心深く其上辞令家でもあつたので王を迎へた欣をのべたてるのが二人の小さい先触より五倍も長たらしく、五倍も面白くなかつた。カリフは聞いてゐてジリジリしてきた。

「マホメットの愛によつて！　ファクレッディン、もう沢山だ。さあ其方の緑の谷間に行つて、天が下しおかれた美しい果実を賞玩しやうではないか。」

「さあ」といふ言葉をまちかまへたやうに一行は進み始めた。老翁達はすこし遅れて後から来た。しかしこれはヴァテックが密かに年少の侍童に命をふくめてかれ等の乗つて来た駱駝をつゝかせてゐたからである。それで駱駝が跳ねたり飛んだりして老人の駱駝牽が困り切つてゐるのを眺めるのは正に珍中の珍であつた。またそれがをかしいといふのですべての女乗物の中からはどつとばかり笑ひ囃す声がしばらくは鳴りも止まなかつた。

人々は勇み立つてエミルが岩をけづつて設へてある大階段を谷の方へと降りていつた。こゝまで来ると小川の流れる音や、樹の葉の戦ぎが手にとるやうに聞えて来た。行列はやがて花の咲きみだれた灌木の間の小径を魚貫つて進んだ。小径をゆきつくすと椰子の樹の大森林がある。截石で造つた高楼がその葉がくれに見えた。この建物は九つの堂塔をそびやかし、九つの青銅の扉を飾つてゐた。その上には次のやうな言葉が七宝で鏤めてあつた。

「立ち寄らば一樹の蔭。」

扉の前には太陽のやうに美しい九人の侍童が真新しいエジプトの麻の衣服を着て立つてゐた。心からうちとけてこの一行を迎へる親切はまことに甲斐甲斐しい。そのなかでもとりわけて美しい四人の少年が走り出て手輿の上にカリフをのせた。これに次ぐ他の四人は宦官の長を担ふこととなつた。かれはこんな安楽な住居に入れると思ふとうれしくて身内がゾクゾクした。そしてあとの一行は他の侍童たちにいたはられることとなつた。

そのあたりに男気がなくなつたとき、厳めしく閉されてゐた大扉が滑かに右の方へ廻つてその中から一人の楚々とした若い娘が夕暮の微風のまゝに灰色がかつた金髪を吹きなびかせて歩み出た。七曜星のやうな一群の侍女たちが足を爪立ててそのあとに従つてゐる。娘たちは後宮の宮女の居る幕を垂れた乗物の間をかけまはつた。そしてその主人らしい娘は品よく首をかしげながら言葉も淑かに挨拶をした。

「御妃様。さきほどからお待ち申上げて居りました。おやすみ遊ばすお牀ものべてございます。お部屋には素馨の花を撒かせておきました。おやすみの間は鳥の羽扇で蟲を追つてさしあげやうと存じます。どうぞお出で遊ばしますよう。優しい御足や象牙のやうな御身体には薔薇の水をお沐浴ひになつて下さいませ。香の燈の静かな光で、召使のものにお伽の物語をいたさせませう。」

妃たちはこの親切な申出をきいて大喜をした。そしてその令嬢に案内されて長者の閨殿に入つた。しかし、いまは一寸カリフの方へもどつて語らなければならない。

王は大きな堂塔の広間に来てゐた。百千の水晶の燈明が白昼をあざむくばかり、同じく水晶の壺には立派な氷果が盛つてあつて、珍味佳肴の堆くならべてある卓の上に輝いてゐる。とりわけて王が賞美したのは巴旦杏の液汁をかけた米飯や泊夫藍を入れた羹や、クリームをかけた小羊の肉などであつた。王は充分に食事した。御機嫌斜ならずエミルにむかつて親しい言葉を報いてゐる。そして王の所望をもだしがたく侏儒は立つて一さし舞をまつた。この小さい信心家は生神様の仰とあれば何事も拒むことができないのであつた。たうとう王はソフアの上に横になつて生れてから始めてのやうな静かな眠に落ちていつた。

この堂母の下には安らかな静寂がひろがつて居て、わづかに宦官の長がしきりと口を動かしてゐる音ばかりがきこえてゐた。山の中で難儀をした苦しい断食を回復しやうとして一心不乱に食べてゐるのである。かれは眠つてしまふには惜しいほど上機嫌でその上働かずに一刻もヂツとしてゐることのできない性分なので直に閨殿へいつて妃たちの世話をしやうと考へた。メツカの香脂が満足に薫つてゐるか、妃たちの眉や、その他のお化粧が申分なくできてゐるかを検分しなければならない。一語(ひとくち)にいへば婦人達に必要なすべての細々(こまごま)とした役目をひきうけやうとするものである。

宦官の長は永いこと閨殿の扉がある処がみつからないで捜しあぐんで歩いてゐた。カリフに眼をさまさせてはならないので、人を呼ぶことができない。邸の中はひつそりとしてゐる。かれはホトホト当惑した。そのとき人の囁く声が耳に入つた。これは自分の仕事にたち帰つた侏儒の声であつた。生れてから聖典(アルコラン)*を九百九度目に読むところである。二人は丁重に宦官の長を迎へて御経をきかせるつもりであつた。しかしこちらではいまそんなことをしてゐるひまはない。侏儒は少し機嫌を損じた様子であつたがそれでもかれが捜してゐる室へゆくみちを教へてくれた。

しかしそこまでゆくのには真暗な廊下を百以上も通つてゆかなければならなかつた。それを手探で進んでゆくとやつと細い廊下のはづれに宮女たちの賑かな話声をきくことができた。かれはやうやく蘇つたやうに、大股に歩を早めながら叫んだ。

「あゝ、貴女がた、また御寝にはならなかつたのですな。私は何も怠けてゐたといふわけではないのです。ほんのすこしばかり陛下(おかみ)のお残肴(あまり)を頂戴して居りましたやうなわけで。」

二人の黒人の宦官がこの高調子を聞くと、何事かとバラバラと剣をもつて飛び出して来た。しかしすぐに誰も彼も安心した。

「誰かと思つたら、あなただつたのですか。」

なるほどかれが肉色の絹の垂帳のある方へ近寄つて見ると、美しい燈の光がそこから洩れて、濃い色をした雲斑石の卵形の浴槽があつた。荘麗な幕が美しい襞をつくつてこの浴槽をめぐつてゐる。半ば開いた幕の間からは若い妃たちの一群がうかがはれた。その中にかれは永年育てあげた若い女達がしなやかに手をさし伸べて匂の水を抱かうとするかのやう、疲労をやすめるのに余念もなく戯れてゐる様子を認めた。優しく悩ましげなその眼差、耳に口をよせてさゝやく言葉、可憐な内証話の合間に洩す微笑の媚めかしさ、それに立ち罩めた薔薇の香芬などすべて艶情をそゝる風情である。それは宦官の身でさへもそゞろ心になることをやうやく抑へてゐることができるほどであつた。

しかしこの宦官の方はすこぶる謹厳であつた。そして勿体振つた様子で左右をかへりみながら、この女達に沐浴を終つて念入に化粧するやうに命じた。エミルの愛娘ヌロニハルは羚羊のやうに温和しいが、また悪戯のすきな少女であつたので、この横柄な命令を聞くと一人の侍女に合図をして天井から絹の紐で吊されてある鞦韆を静かに降させた。侍女たちが急いでこの仕度をしてゐる時、ヌロニハルは手真似で浴槽の中の女達にそのわけをのみこませた。誰もこんなに心持のよい場所から追立てやうとするのに腹を立てゝゐたので、その企てを宦官の長に感づかれまいと、何かたくらみの支度のできるまでのかれの手を離させまいとしてわざと髪の毛をもつらしたり、そのほかいろいろ悪戯をしてかれを手古摺らせてゐた。

それをかれがとうとう忍耐ができなくなつたところを見計つて、さもつゝましやかにヌロニハルはそこへ進み出た。

「御前さま、陛下の宦官長ともあらう御身をもつてこんなにいつまでもお立ち遊ばしたまゝでは恐多いことでございます。どうぞこの椅子におかかり遊ばして高貴の御身をお休め下さいませ。もしお役におたて下さいませんと椅子が泣いてしまひますわ。」

かれはこの巧言にまんまと釣りよせられて言葉も優しく返事をした。

「貴方さまは小官の眼の悦でゐらせられます。小官は蜜のやうなお唇から流れ出したその御親切に甘えることにいたしませう。実以てわたくしは貴女さまの妍やかな御様子に、気が遠くなるほどでございます。」

「さあ、それではどうぞこれへおかけ下さいませ。」と美少女はかれを偽のソフアの上に坐らせた。さうするとたちまちにして、その道具は稲妻のやうに動き始めた。妃たちは、皆裸のまゝ浴槽のなかから飛び出して来て夢中になつて力をそろへて鞦韆をゆするのであつた。見る見るうちに鞦韆は見上げるばかりの高い天井の下を大きく、飛び上り飛び下つたりしてゐた。可哀さうな宦官の長は息が止まりさうである。鞦韆は今浴槽の水の面をかすめるかと思へば、たちまちに天井の玻璃窓に鼻をぶつつけさせさうに跳ね上る。いくらかれが破鍋をたゝくやうな声でわめき散らしても、ゆるさばこそ、妃達はドツとばかりに笑ひはやしてさんざめくばかりである。青春と快活に酔つてゐるヌロニハルはこれまでに普通の宦官には慣れてはゐたけれど、かれほどの尊大振つた厭な人間は見たことがなかつたので、その気味をよがることは人一倍であつた。ヌロニハルは波斯の詩をもぢつて歌を唱つた。

「優しく翔ける白鴿よ

きみが忠実なる恋人に
うれしき眼をばたまへかし
さへづりかはす鶯よ
われはおんみの花薔薇
うれしき歌をうたへかし」

妃たちも奴隷もこの諧謔には腹をかゝへて笑ひ転げながら、綱をふり切つてしまふほど鞦韆を揺りうごかした。哀れな宦官の長は亀の子のやうに浴槽の真中へと墜落した。人々は皆思はず声を立てた。するとたちまちに今まで人に見えなかつた十二の小さい扉が開いた。人々は手当次第にかれの頭の上から巾をなげつけて燈火をふき消すとそのまゝ大急ぎで扉の中に姿をかくした。

悲しむべき生物は暗闇の中で首まで水に浸つて堆く投げこまれた帛のなかでもがいてゐた。そしてその上業腹でたまらないのは八方からしきりに笑ひ声がきこえることである。躍起となつてもこゝから這ひ出さうとすればするほど失敗する。浴槽の縁がこはれたランプの油で濡れてゐるので手が滑るのである。バババルクは幾度も高い堂母にひびきわたるやうな重い音をさせては水の中に落ちこむのであつた。その度毎に例の忌々しい笑声がどつと起る。こんな場所にはとても女が住んでゐるとは思はれない。まるで魔の住所である。かれは暗中模索をすることを思ひあきらめて、ぢつと物悲しげに浴槽の中に浸つたまゝで往生してゐた。たゞ思へば思ふほど腹がたつので、ひとりで憤慨するばかりである。それを意地の悪い隣人達は寝ながら拝聴と洒落れこんでゐる様子である。朝が来て、かういふ結構な有様である鹿爪らしい宦官の長を驚かした。やつと人が来て帛に埋れてゐたかれを引上げた。まさに半死半生の体である。水は骨身にしみこんでゐた。カリフはさきほどから、あちらこちらにかれを捜させてゐた。やつとのことで跛を引きながら歯をガタガタいはせながらかれが罷り出ると、ヴアテツクは頭から叱りつけた。

「そのありさまは何だ。誰に汝は塩水を振舞れたのだ。」

怒の収まらないかれもいきなり叱られただけになほ不平であつた。

「陛下のやうな大王でゐらせられる方が、長者と申す不届者の老耄の家へ御妃方までお入れになるといふ御所存がうかがひたいと思ひます。まあどんな行儀のよい娘が居ると御思召でございますか。あの者どもは臣を麵麭の皮かなぞのやうに水に浸けましたり、一晩中軽業師のやうにわたくしを鞦韆の上でなぶりものにいたしましてございます。これは陛下の御妃方にとりましてまことに容易ならん手本と考へます。わたくしが永年の間、礼儀作法を教へましたのもすつかり水の泡でございます。」

ヴアテツクはかれが何をいふのやらさつぱりわからなかつたので委細の話をさせた。しかし王はこの下郎を憐れむどころか、鞦韆の上にのせられてゐるかれの滑稽な恰好を想像してみると失笑ださずにはゐられなかつた。その上かれを散々にひやかしたので口惜くて堪らずに危く主従の区別を忘れるところであつた。

「お笑ひになりたければたんとお笑ひなさいまし。今度は陛下がヌロニハルにひどい目にあはされる番でございますぞ。まつたく彼女(あれ)はその位のことは致し兼ねません。陛下だとて容赦はいたしますまいから。」

しかし王は別に気にも止めなかつた。けれどもそれはやがて思ひ当ることがあつたのである。

主従がこんなことを云ひ合つてゐると、ファクレッヅディンが伺候してヴァテックを祈禱と水垢離(みづごり)に迎へに来た。そして無数の小川が流れてゐる広野に案内した。カリフは水の冷くて気持のよいのはよろこんでゐた。しかし祈禱の方は退屈でたまらなかつたので、王は気晴(きばらし)に広野の中を歩いてゐる回々教の遍路僧や、行者や、比丘(びく)達を眺めることにした。王は天竺から来た波羅門や托鉢僧や、願人坊主などをしきりに面白がつてゐた。この連中はみな旅の途中(みちすがら)に長者の家の客人となつてゐるのである。この人々はいづれも思ひ思ひの奇妙な苦行(ぎやう)を行つてゐた。太い鎖をひきずつて歩いたり、猩々(ひひ)をひつぱつてゐるものだの、鞭でわれとわが身を責め苛んでゐるものなどがあつた。すべて得意の苦行を行つてしたり顔でゐるのが笑止であつた。中には樹にのぼつて片脚を宙に浮かせながら下に燃してある焚火の上に身を揺つて遠慮もなく鼻の先を炙つてゐる。それかと思へば一方では虱(しらみ)を可愛がつてゐるものがある。虱はおろそかならずこの愛撫に答へてゐた。

行脚僧や隠者や回教僧などはこの他宗の旅僧たちの仕業をみて苦々しく思つてゐた。それをわざとこの場所につれて来てゐるのは生神様(カリフ)の威勢に圧せられて、かういふ馬鹿気た行を改めて早速回教に改宗するやうになるかも知れないといふつもりでもあつたらしい。こゝで真の信仰のために一言なかるべからざる筈のヴアテックはその旅僧たちを道化役のやうに思つてゐてヴイシユヌやイクスホラなどに宜敷云つてくれなどと冗談を云つてゐた。中でもセレンデイプの島から来た見るからに滑稽な風采をした肥つた老人を捉まへてからかつた。

「これこれ、汝の神々の愛によつて、何か面白い解斗でもしてみせるがいゝ。」

侮辱をうけた老人は本当に泣き始めた。見るも汚ならしいその泣態には流石のカリフも閉口して面をそむけた。このときまでヴアテックの後から傘をさしかけて扈従して来た宦官の長は王に向つて、

「陛下、このやうな下賤のものにお近づき遊ばしましては恐れ多いことでございます。こんなものを呼び集めるとは不届も甚しいではございませんか。犬畜生にも劣つてむさくるしい仏教徒の道化芝居などをもつて天覧を汚すとは以ての外のことでございます。小臣がもし陛下でありましたら長者奴の土地から閨殿から家財のこらず焼き払はせるでございませう。」

「余計なことを言ふな」とヴアテックは答へた。

「予には面白くてたまらんのだ。どんな毛族共が住んでゐるか、充分に見届けぬうちは断じて此処を引き上げることではない。」

カリフは歩を進めるに従つてさまざまの哀れなものが眼の前にあらはれて来た。盲人、隻眼、鼻欠、耳無などすべてファクレッデインの憐みの心を動かしたものばかりである。かれは伴につれた大勢の老人に手伝せて、かうした不具者に一人一人琶布と膏薬をわけてやつ

てゐた。正午頃になると不具者ばかりのすばらしい分列式が広野も狭しと犇(ひしめ)くのであつた。盲人(めくら)は道をさぐりながら盲人同志でつれ立つて来た。跛者は跛の類をもつて集り、隻腕(かたてんぼう)はまた同じやうな道伴(みちづれ)と残る隻手で仕方話をし合つてゐる。大きい滝のほとりには聾(つんぼ)が群れてゐた。中でもペギユから来た聾は世にもまれな美しい大きい耳をもちながら、聴くことのたのしみには耳の不自由な他の連中にも遠く及ばぬ金(かな)聾であつた。またあらずもがなの贅物を因果としよひこんでゐる連中がゐた。こゝには甲状腺腫(ふとくび)、佝僂(せむし)、鬼頭(おにあたま)などがゐて、中にはわざとその角をピカピカにみがき立てたりしてゐるのがあつた。長者(エミル)は尊い賓客を迎へた祝として盛大な饗宴をもつてできるかぎり人々に振舞はうとした。芝の上には長者の一声で、夥しい毛皮や敷布などがならべられた。いろいろの色をした回教徒にとつての正餐*が次々と運び出された。いまゝでいつになく見苦しいほど寛容をしめてゐたヴアテツクは回教信者が眉をひそめていやがるような料理をわざと注文したりする性の悪い悪戯を忘れては居なかつた。

やがてこの聖(きよ)い集会のすべての人々は熱心に食事を始めた。カリフはそれを見るとしきりに人の食べてゐるのが羨しくなつた。王は宦官の長がしきりに諌めるのも斥(しりぞ)けて同じくこゝで食事をすることを所望した。直に長者は柳の木蔭に食卓の仕度をさせた。一番始めに運ばれたのは魚の料理であつた。これは高い山の麓の金色の砂の上を流れて来た小川でとれたものであつた。それが獲れるかたはらから焼いて、シナ山中で蒐めた香草で味をつけた御馳走であつた。長者(エミル)の家はその信心深いことにも劣らないほど豪奢でもあつた。

やがて間皿(アントルメ)が運び出されたころ、にはかに琵琶琴★の美しい調が山の上から起つてそのあた

★琵琶の祖といわれるアラビアの撥弦楽器、ウードのことと思われる。

りに木魂(こだま)しながらきこえて来た。カリフは驚いて首をあげた途端に、一束の素馨の花が王の顔の上に落ちて来た。つゞいて多勢の笑ひくづれる声が、罪のない悪戯を囃したてた。気がつくと叢のかげに姿の美しい五六人の娘たちが牝鹿のやうに跳ねまはつてゐた。匂のよい髪の薫(かをり)がヴァテックの鼻を掠めた。王は恍惚となつて食事もそのまゝにして宦官の長に云つた。

「妖女(*ペリィ)が天降つたやうだ。あの身の軽い様子をみろ。真先に立つて谷川の岸を勇ましく走つてゆく娘だ。しきりに振りかへつては美しい衣装の襞を気にしてゐる。叢に被布をひきかけまいとしてゐる仇気(あどけ)ない様子はどうだらう。予に素馨(はな)を投げたのは彼の娘であらうか。」

「正しく彼女(あれ)にちがひありません。」とかれは答へた。

「陛下を岩の上からでも投げ落しかねまじき女(もの)でございます。小官(わたくし)は彼女(あれ)を見識つて居ります。親切にも鞦韆をかしてくれました顔馴染のヌロニハルと申すものでございます。」

「さあ、陛下」と宦官の長は柳の枝を折りながら言葉をつゞけた。

「陛下に対して無礼をふるまひましたことを、きつと思ひ知らせてやることでございませう。長者(エミル)とても言訳はなりません。何故と申しまして、宿(やど)の世話は別としても、山の上に若い女達を放して置くなどとは以ての外でございます。荒い空気は気を荒くするものでございます。」

「黙れ。罰当奴(ばちあたりめ)。予の心を山の上まで引いてゆくほどのものに対してその言草はつゝしんだらよいぞ。そんな事を言ふひまに何故彼女(あれ)の眼をつくづくと眺められるやうに、彼女(あれ)の気息(いき)を吸ひ入れられるやうに取計らはうとしないのだ。彼女(あれ)はいかにも身軽さうに艶やかな姿をして草原をかけていつたなあ。」

かう云ひながらヴアテックは双手を丘の方へむけてさしのばした。そして曾ておぼえない昂奮をもつて高く眼を上げた。王は自分を擒にしたその娘を見失ふまいとして一生懸命であつた。しかしその後を追つて見送ることは、丁度、元気のよい、カシミールの空色の胡蝶を追ふよりもむづかしいことであつた。

ヴアテックはヌロニハルを見るだけでは満足ができなくなつて、その声が聞きたかつた。それで娘の声をき、出さうとして一心に聴耳をたてた。そのうちに王はやうやうのことでヌロニハルがその伴侶に云つた言葉をきくことができた。王に素馨の花をなげつけた叢のかげで囁く声をきいたのである。

「カリフ様といふものはまつたく御立派ね。けれど私、あのグルチエンルツの方がずつと可愛らしいと思ふわ。あんなきらきらした印度の刺繍より、あの人の優しい髪の毛の一総の方がずつとすきだわ。王様の御宝蔵で一番綺麗な指環より、あの人に指のさきを痛いほど噛んでもらふ方がうれしいと思ふのよ。ストレメエメ。何処にあの人を置いて来たの。どうしてこゝには来ないの。」

心が心でないカリフはなほもよくその事を聞きたいと思つたことであらう。しかし娘は奴隷たちをつれて遠くの方へ行つてしまつた。片思ひの大王はその後を見えなくなるまで見送つて居た。そして丁度、夜、道に迷つた旅人が方角を見定める星辰の光を村雲におほひかくされたときのやうに、そのまゝ、そこへ立ち尽してゐた。暗夜の幕が王の前に降りて来た。

凡百（すべてのもの）が味気なく見えて来た。すべての光景が一変したのである。

小川の水音（せゝらぎ）までも今はかへつて王の心に憂悶をもたらすやうに聞える。燃える胸に抱きしめた素馨の花の上には涙が飜（こぼ）れる。かれはまた想ひ出のために小石さへ拾ひあげた。今まで知らなかつた情熱の始めて燃え上つた場所である故に。幾度となくこゝを立ち去らうとしながら、なほ王は去りがてぬ思がするのであつた。かれは優しい物倦（う）さにくづをれて、小川の岸に身を横たへながら、眼は絶えずうす青い山の頂を眺めてゐた。

「情（つれ）ない岩よ。何故そのやうに中を距てるのか。彼女（あれ）はいま何をしてゐるのだらうか。寂しい小径をすぎてゆくのは誰だ。あゝ、もしや今ごろはグルチエンルツの果報者と山の洞窟の中に迷ひこんでゐるのではなからうか。」

そのうちに夜露の結びそめるころとなつた。長者（エミル）はカリフの健康を気遣つて王に輦（こし）をすゝめた。ヴアテツクは魂のぬけがらのやうになつて人々のなすがまゝになつてゐた。そしてまた御座所の間につれ帰られて、人々に侍（かしづ）かれて夜を過すこととなつた。

しかしこの物語ではカリフの方は新しい恋心に身を委ねさせておいて、岩の上を通つて、グルチエンルツに落合つたヌロニハルを追ふこととしやう。グルチエンルツといふのは長者（エミル）の兄のアリ・ハツサンの一人息子である。広い世界にもまたとあるまいと思はれる優しい美少年である。アリ・ハツサンが息子をフアクレツデインに托して前人（ひと）の渡つたことのない海へむかつて船出したのはもう一昔のことである。グルチエンルツは種々の文字を優れて正しく書くことができた。そして世にも美しい亜剌比亜模様（アラベスク）をもつて鞣紙（もみがみ）を彩ることもできた。

その声の美しさにいたつては琵琶を合せてうたふのが人の心に沁みわたるほどで、＊メジノウンとレイラの恋や遠い昔の悲しい恋人たちのことを節おもしろく歌ふときには誰一人として涙を流さないものはなかつた。グルチエンルツの作る詩（うた）は（メジノウンのやうにかれもまた詩人であつた）女の心に身を滅ぼすやうな恋の悩みと逸楽を堪へがたくした。女といふ女は夢中になつてこの少年を可愛がつてゐた。それで十三になるこの年までも閨殿（ハレム）から引き離すことができないのである。この少年が立つて舞ふときは、その身の軽るさ、春の微風に舞ひ上る鳥の羽のやうであつた。しかし若い女たちと腕を優しく組み合はせて踊るのは上手でも、その細腕では狩猟をして鎗を投げたり、叔父の牧場に畜はれてある荒馬をのりこなしたりすることには不向きであつたが、不思議と弓を射ることだけにかけては天晴（あつぱれ）な腕前をもつてゐた。もしこの少年がヌロニハルを結びつけられてゐる絹の鎖を断ち切ることができたら、同じ年配の少年達は誰一人として弓をとつてグルチエンルツを凌ぐものはなかつたであらう。

父親の二人の兄弟の間には互にその子を婚（めあは）す約束ができてゐた。そしてヌロニハルはこの従弟を自分の眼よりも可愛がつてゐた。二人の交情（なか）の睦じいことは他の見る眼も羨しい位であつた。二人は好きなものまでが同じであつた。何（ど）んな事をするにも二人一緒であつた。切（き）れの長い悩ましげな眼も、髪の毛も色の白さもみな同じやうに似てゐた。グルチエンルツが戯れに従姉の衣装を身に被（まと）つて見せると従姉よりも女らしく見えるのであつた。もし何か用事でもあつて閨殿（ハレム）からファクレッデインのところへ一寸の間出かけてゆくときにはまるで牝鹿をはなれた内気な仔鹿であつた。こんな風でも鹿爪らしい老翁たちによく悪戯をした。

時々老翁が腹に据ゑかねて叱りつけると、少年は夢中で閨殿にかけこんで垂帳をひきまはしてヌロニハルの腕の中に泣きながら顔を隠すのであつた。ヌロニハルは他の人の徳を好むよりも、はるかにこの少年の過失の方がすきなのであつた。

却説。ヌロニハルはカリフを野原へ残したまゝ、グルチエンルッと一緒になつて、柔い草が一面に敷きつめられてゐる、フアクレッデインの住居の谷間を蔽ふ山の上をかけまはつてゐた。太陽はいま地平線下に沈みかけてゐた。そしてこの若い人たちは生々した想像を高く翔ばせて、妖女がすんでゐるといふシヤデユキアンやアムブレアバッドの塔を落陽の美しい雲の中に眺めてゐた。ヌロニハルは山腹に坐つてグルチエンルッの匂のよい頭を膝の上にひきよせてゐた。しかしヌロニハルは思ひがけなくもカリフを迎へて、四辺を払ふ王の威風のきらびやかさを一目みてから、何となく熱い胸を躍らせてゐるのである。自分の容色を誇る心はどうしても王の眼を惹かせずにはゐられなかつた。ことに王が自分の投げすてた素馨の花を拾ひ上げるのを見たときには彼女の自惚の心はひどくよろこばされた。丁度そのときグルチエンルッが自分が摘んで従姉に与へた花束のことを訊ねたのでヌロニハルは途方に暮れた。それに答へるかはりに少年の額に接吻をしたばかりで急いで立ち上つて、そのあたりを昂奮して歩きまはつてゐた。

そのうちに夜の色はあたりをこめた。夕陽の純金は血のやうに赤くなつた。炎えさかる炉のやうな色がヌロニハルの上気した頰に照り映えてゐた。可憐なグルチエンルッはこれを見てとつて、愛する従姉が何故にこれほどまでに昂奮してゐるのかと想ふと、魂の底までも身震の出る思ひがした。

「さあ帰りませう。」と少年は温和(おとな)しい声で促した。

「空をごらんなさい。何か凶(わる)いことが来るとあらはれてゐるやうです。こゝにある羅望子(てふせんもだま)だつて葉の揺れ方がいつもとは異(ちが)ふやうぢやありませんか。夜風が心を凍らせるやうですね。ね。帰りませうよ。今夜は何て気味の悪い晩なのでせう。」

　かう云ひながらかれはヌロニハルの腕をとつて引つ張つて歩いた。娘の方では足を運ぶにも上の空であつた。あやしい想が千々に乱れて心の中を往来してゐる。日頃、大好きな忍冬(すひかづら)の花が咲きみだれてゐるところも、目に入らぬ位であつた。しかしグルチエンルツの方では追ひかけられた野獣のやうに一人で駈けてゆきながらも、どうしてもその花を摘んでゆかないではゐられなかつた。

　侍女たちは二人がこんなに急いでやつてくるのを見て、いつものとほり、二人が舞踏をしに来たと思ひ込んで、すぐに手と手をつなぎ合せて円形を作つて待つてゐた。しかしグルチエンルツは息を切らして草の上に昏倒した。それをみて一方ならず慌てたのは陽気な侍女たちであつた。ヌロニハルも今まで駈けつゞけて来たのと、心の中の嵐とでこれもほとんど気を失ふばかりになつて少年の上に倒れた。ヌロニハルは少年の冷くなつてゐる手をとつて胸に入れて暖めたり、かれの顳顬(こめかみ)を香膏でこすつたりして介抱をした。少年はやうやくのことで生気づいた。そしてヌロニハルの衣服(きもの)のなかに顔を埋めて、まだ閨殿(ハレム)には帰らないでと、しきりに頼むのであつた。これは厳格一点張の師伝(せんせい)のシヤアバンに叱られるのが恐かつたのである。ヌロニハルの定められてある散歩の時間を狂はせたといふだけでも小言をいはれると思つたからである。皆は円くなつて芝生の上に坐つて、それからいろいろ無邪気な遊戯を始めた。附添ひの宦官たちもすこし離れたところへ車座になつて話をしてゐた。かうして誰も彼も嬉しさうであるのに、ヌロニハルだけは物思はしげに鬱（ふさ）ぎこんでゐるので、これを見た乳母は面白い物語を始めて彼女を慰めやうとした。それでいつかグルチエンルツもその話にひき入れられて面白さうにきゝ惚れてゐた。少年はやうやく安心したらしく一緒になつて笑ひ興じ乍らそろそろ小さい悪戯が始まつて侍女や、宦官たちをこまらせて嬉しがつてゐた。

　さうしてゐるうちに月が昇つてきた。今日の清宵（ゆふべ）はことに美しかつた。あまりの心地好さにこのまゝこゝで食事をしやうといふことになつた。宦官たちは早速に瓜を採つてくるものもあれば、また花のやうな乙女の連中の上から傘のやうに枝をひろげてゐる樹を揺つて、新しい巴旦杏を雨と降らせたりした。菜膾（サラダ）をつくるのが得意なストレメエメは大きい陶器の鉢に味のよい野菜を盛りつけた。それから小鳥の卵や、凝乳（チーズ）や、香橙（かうとう）の果汁や胡瓜の輪切りなどが並べられた。それをとりまいて一同はコクノス*の匙で思ひ思ひに楽しい食事を始めた。

　しかし腕白なグルチエンルツはいつものやうにヌロニハルに抱かれて、ストレメエメが何か食べさせやうとしてもわざと小さい唇を閉ぢて、従姉の手からでなければ何も食べやうとしなかつた。まるで蜜蜂が花の蜜に酔つてゐるやうにヌロニハルにとり縋（すが）つてゐた。

　かうしてみんなが賑（にぎや）かに打興じてゐるとき、一番高い山の嶺に一つの光物が見えた。この光の照らしてゐる静かな輝は、もし月が地平線の上に出てゐなかつたら、月の光と見間違へたかも知れない。この光景には一同の者もすくなからず驚かされた。あの光は何であらうか。その光の清く水色に澄みわたつてゐるのを見れば火事とも思はれない。またこんな荘厳な流星はあるものではない。この妖しい光怪はいま影がうすれたかと思ふとまた前よりも勢ひよく輝きだしたりする、はじめは、それが岩山の絶頂にぢつとしてゐることばかり思つてゐると倏忽にして光物は峰を離れて椰子の樹の茂みに入つた。またそこから急流の方へ飛んでゆくと、しまひには狭い真闇な谷間の入口にいつて停つた。臆病なグルチエンルツはあまりの恐しさに身を震はせた。少年はしきりにヌロニハルの袖をひいて家へ帰らうとせがんでゐた。侍女たちもおぢけづいて帰ることをすゝめてゐた。しかし長者の娘だけはどうあつてもあの変化のあとを追ひかけて正体を見きはめなければこの場を立去るまいと思つてゐた。

かうして人々が罵り騒いでゐるときにはかに例の光物から非常に眩しい火の条がほとばしり出たので人々は一時に大声をたててそこを逃げだした。ヌロニハルも思はず数歩後の方へ引退かうとしたが、すぐにふみ止まつて、今度はそのまゝ光る怪物の方へむかつて足を進めた。火の玉は谷間に依然として停つてゐた。そして厳かな沈黙のうちに燃えつづけてゐた。流石にヌロニハルは手を拱いてしばらく躊躇した。目に浮ぶのはグルチエンルツの恐れをのいてゐる様、生れて始めて経験する深い寂寥、または人に迫るやうな陰々たる夜気などがそれからそれへと自分を脅すのが感じられた。彼女がいくら思ひきつて帰つて来やうとしても輝く火の玉がいつでも眼の前に見えてゐるので、自分ではどうすることも出来ない衝動のやうなものに駆けられてヌロニハルは茨や蔓草をふみこえて、いつもならばとても足をふみ入れることもできない障害を、物ともせずに進んでいつた。

やうやくのことで谷の狭間まで来てみると濃い暗闇がたちまちに身のまはりをとりまいてた〻杳かに遠い弱い光を放つてゐるのが見えた。谷川の流れ落ちる響も椰子の葉の戦(そよぎ)も、樹の幹に巣つて陰気なけたたましい声を立てる夜の鳥も一つとして恐しく心をおびやかさないものはない。絶えず毒蟲をふみつけはしまいかとビクビクしながら、これまで人に聞いた悪い魂や物凄い天狗(*グール)のことが今更のやうにおもひ出されて来て、ヌロニハルは時々足をすくませるのであつたが、さらに好奇心に駆り立てられて、曲りくねつた小径を勇ましく進んで行つた。この時までは何辺を通つてゐるか、おほよそわかつてゐた。しかしいまは道に迷つたと見えてどつちへ進んでよいか見当がつかなくなつてしまつてゐた。

ヌロニハルは歎息した。

「どうして妾(あたし)は自分の家の明るい室(へや)に居(い)なかつたらう。さうすれば今ごろはグルチエンルツと一緒に楽しい晩をすごしてゐられる筈だのに。あの子は妾(あたし)のやうにこんな淋しいところで迷ひ児になつたらどんなに恐がる事だらう。」ヌロニハルはそれでも進み続けていつた。すると眼の前に忽然として岩を刻んだ石級(いしだん)が現れた。すると光妖(ひかりもの)の方でもにはかに輝きを増した。ふり仰いでみるとそれは頭の上の方の山の絶頂にか〻つてゐるらしかつた。乙女(をとめ)は思ひ切つてその階段を登つていつた。そして好い程の高さまで登つてゆくと怪しい光は洞のやうなもののなかから洩れて来るのが見えた。そこからは哀れな床しい物の音(ね)が聞えて来る。この声は墓場でうたふ歌によく似た節廻しであつた。それから浴槽のなかに水を注ぎこむやうな音がきこえて来た。見ると岩の破目のあちらこちらに太い蠟燭がたてられて煌々と光輝いてゐた。この有様には何とも知れぬ恐ろしさが身を凍らせるのであつたが、なほ上へ上へと登り続けてゆくとやうやく洞穴の入口にたどりついた。

ヌロニハルは夢に夢をみる心持で洞の内部を覗きこんだ。水を湛へた黄金の浴船からは、清々しい薫りが立のぼつて薔薇の香水の雨のやうに面をうつのである。優しい楽の音があつて洞穴の中を鳴り響いてゐる。浴船のそばには王様のきるやうな衣装が置いてあつた。ヌロニハルはこの豪奢な光景に思はず讃嘆の眼を放つてゐるとハタと音楽の調べが止んだ。そしてどこからともなくこんな声がきこえてきた。

「おい、何処の王様を迎へるといふんでこんな燈火をつけたり、風呂や衣装の仕度がしてあるんだ。こゝにある衣装はよほどの尊い身分のものでなければ用のないものだ。しかも地上を治めるばかりのありきたりの王のものではなくて、呪文の魔力まで支配の出来る大王様の御召ぢやないか。」

「これは長者ファクレッデインの美しい愛娘のためなんだ。」と別の声がしてこれに答へた。

「何だつて！　そんならあの弱つぴりの、尻のすわらない、女の腐つたやうな小倅と一緒に暇をつぶしてゐるお転婆娘のためだといふのか。こいつは驚いた。」

「それがどうしたといふんだ。」と第二の声が応じた。

「カリフがこの娘にお思召があるやうになつたら、まさかあんな野郎と下らないことを喜んでゐるわけがないぢやないか。なにしろカリフは世界の支配者だ。これからアダムより昔の帝王(シュルタン)よ財宝を心任せに遊ばさうてほどの方だ。この王様は身の丈が六尺もあつて、その眼でみられたら若い娘の骨の髄まで沁みわたらうといふものだ。どうして彼の娘(こ)は自分の身の誉になることだし、王の思慕(おもひ)をはねつけることなんかできるものか。あんな餓鬼の玩具(おもちや)なんか軽蔑しやうぢやないか。そこでこゝにあるすべての富が、*ジアムシツドの宝珠の玉が揃つてあの娘(こ)のものになるんだ。」

「なるほどさういやあ汝(きさま)のいふ通りさね。」と始めの声が云つた。

「そんなら己(お)れはイスタカアルに行つてこの御両人をむかへるやうに、地下の火の宮殿の準備(したく)をしておくとしやうぜ。」

話声が止んだ。蠟燭の灯はひとりでに消えた。そして真の闇がいままでの明るさにとつてかはつたかと思ふ途端に、ヌロニハルはいつか父の閨殿(ハレム)に帰つてゐて、長椅子の上に身を横へてゐた。そこで手を鳴すとすぐにグルチエンルツや侍女たちが走り出て来た。人々はヌロニハルを見失つてしまつたことを悲しみ嘆いてゐたところであつた。宦官を八方に手配(てわけ)して探しに出したりして大騒動の最中だつたのである。シヤアバンもこゝへ出てきて早速ヌロニハルの軽挙(かるはづみ)を叱つた。

「お嬢様のはしたないことをなされるには困つたものです。いきなりこゝに帰つてゐらしたからには贋鍵(にせかぎ)をもつておいでと見える。それとも妖精(すだま)にでも可愛がられて合鍵をもらひなすつたか。わしはあなたの通力を試して見たい。早く天窓(あかりまど)の二つある室へお入りなさい。グルチエンルツをつれられることはなりませんぞ。さあ、お歩きなさい。お嬢様。わたしはあなたを二重の塔に籠めて置かうと思ひますぢや。」

　これを聞いてヌロニハルは昂然と頭を上げた。そして不思議な洞窟で怪しい対話をきいたときから、驚きのために見開かれたまゝの黒い眼をシヤアバンにむけて、

「お黙り。」とヌロニハルは一つきめつけた。

「そんな言葉は奴隷にむかつていふがいゝ。かりそめにも主人に対して、すべてのものを召使ふものに対して無礼ではありませんか。」

　このときあわたゞしく人の叫ぶ声が聞えた。

「カリフ様のお越しでございます。カリフ様がおいでになります。」

　直にすべての垂帳(とばり)が絞られると、奴隷達は二列になつて平伏した。可哀さうなグルチエンルツは台の下に身をひそめた。さうするとまづ黒人の宦官の一隊が入つて来た。金糸を刺繍した紗の衣の裾を長く後にひいて、宦官達は手に手に香炉をさゝげて沈香の甘い香匂(にほひ)をあたりに薫らせてゐる。つゞいて勿体ぶつた様子をして宦官の長が進んで来た。かれはこゝに王が訪問されるのを内心あまり快く思つてゐないので頭をふつてゐた。ヴアテツクは綺羅をつくした装束ですぐこのあとに従つて見るからに気高く悠揚として迫らない様子で歩を運んで来た。もしかれが世界の大王でさへなかつたならば、人々はその風貌の美しいのを口を揃へて賞(ほ)めそやしたことであらう。王はヌロニハルに近づいた。そしてわづかに垣間見た乙女の輝く眼をぢつと眺めたときにはかれはほとんど我を忘れてゐた。ヌロニハルはそれを見てすぐに眼を伏せた。しかし処女らしく胸のさわぎをつゝみかねてゐる様子がヴアテツクの心を

なほのこと燃え上らせるのであつた。

かういふ事情にはよく通じてゐる宦官の長は、すべての人に遠慮をするやうに合図をすると、誰かかくれてうかがふものはないかと室の隅々を走りまはつて仔細に人をあらためてゐた。すると台の下から人の足がのぞいてゐた。かれは遠慮会釈もなくそれを引きずり出した。見るとそれはグルチエンルツの足だつたので、かれは少年を肩にかついで厭らしい愛撫の数かぎりをつくしながら室を連れ出さうとした。少年は泣き叫んでしきりに身を踠(もが)いた。両方の頬はまるで柘榴の花のやうに紅潮(あかく)なつて涙に濡れた双の眼は口惜さに輝いてゐた。絶望のうちに少年がヌロニハルに送つた意味ありげな流目(ながしめ)には流石にカリフも気がついた。

「あれがあなたのグルチエンルツとやらですか。」

「大王陛下。わたくしの従弟(いとこ)をお赦し下さいませ。彼(あれ)は無邪気なおとなしい子でございます。陛下が御腹立を遊やすほどのものではございません。」

「心配をしないでもよろしい。」と微笑を含みながらヴアテツクは答へた。

「彼(あれ)は確かな処に預つておく。宦官の長は大変子煩悩で、いつも飴や砂糖の菓子をもつてゐる男です。」

ファクレツデインの嬢(むすめ)は途方に暮れて、グルチエンルツが運ばれてゆかれるのに一言も言ふことができなかつた。しかしヌロニハルの胸の波うちやうに心の中の煩悶がよく表れてゐた。それでヴアテツクはなほの事我を忘れさせられて最も烈しい情熱の逸楽にすつかり身を任せた。乙女はたゞわづかに力弱い抵抗をしたばかりである。その時、長者(エミル)は急いでこの室に入つて来てカリフの足許に平伏すると、額を床にすりつけた。

「生神様はどういふお思召でこんな賤しいものを御相手になされます。」

「然うではない。長者。」とヴァテックは答へた。

「予は彼女を予が位まで引上げたく思ふのだ。すなはち予が女御と冊る所存である。卿の家の名誉は子々孫々に伝はることになるのだ。」

「あゝ。陛下。」とファクレッディンはわれとわが髪の毛をかきむしり乍ら答へた。臣が番ひました約束を破らなければなりませんのならば陛下に二心のない臣の命をいまこの場でお召し下さい。ヌロニハルは臣の兄アリ・ハッサンの息グルチエンルッに婚はす固い誓言がとりかはしてございます。二人とも憎からず思ひ合つて居ります。互に行末を契つて居ります。かういふ神聖な婚約を破ることは思ひも寄らぬことでございます。」

「何をいふのだ。」とカリフは烈しくこれを遮つた。

「卿はこの神のやうな美人を彼女よりもはるかに女々しい夫に任せやうといはれるのか。予がこの美しさをあんな惰弱なものの手に萎れさせると思つてゐるのか。そんな事はない。これは予の腕の中で生きるのだ。これは予の意志である。おんみは遠慮して居るがよろしからう。今宵はこれの麗しさを充分に欣び祝ふのであるから邪魔をしないで欲しい。」

　辱めをうけた長者はそのとき剣をひき抜いてヴァテックの前にさし出して首をさしのべながら固い決心の色を浮めて言つた。

「陛下。不倖なこの家の主をまづお斬り下さい。長生すれば恥多しとやら聖予言者の御名代が歓待の尊い掟をお破り遊ばすのを生きながら見るに忍びません。」

ヌロニハルはこの場の光景にたゞ驚き惑ふばかりであつたが、さまざまの激情が胸に一杯になつて、繊弱い(かよわ)乙女の身一つには一刻も耐へられなくなつて、そのまゝそこへ気を失つて卒倒した。ヴアテツクの方でも従来にない手ごはい抵抗を主人から受けたので驚くとともに、腹が立つて来て頭からフアクレツデインを怒鳴りつけた。

「早く孃(むすめ)を介抱しろ。」

王は例の恐ろしい眼差を投げつけながら足音も荒く此処を出ていつた。不倖な長者(エミル)はその場に睨み倒されて死ぬほどの膏汗(あぶらあせ)を流した。

一方グルチエンルツはやうやく宦官の手を逃れて、またこゝへ帰つて来ると、フアクレツデイン父娘(おやこ)が死んだやうになつてゐる。かれは声を限りに救助(たすけ)を呼びたてた。可憐な美少年はヌロニハルを抱きかゝへて、しきりに生気づかせやうとした。顔の色をかへて息する間もないやうに愛人(こひびと)の唇(くち)に接吻をするのであつた。かれの唇の優しい暖かさはつひにその甲斐があつてヌロニハルを蘇らせた。

フアクレツデインはカリフの毒眼からやうやく生気づいたとき、床の上に起直つてまづこの恐しい暴王が居ないのをたしかめると、シヤアバンとストレメエメを呼びよせて、隅の方へ連れていつてこの二人に云ひふくめた。

「まあ、聞きなさい。大変な事ができてしまつた。これには少々荒療治をしなければなるまい。カリフがこの家に飛んだ迷惑なことを齎(もた)らされたのだ。われらはその御威勢に抗ふことは出来ない。あの眼で睨まれたら今度こそはわたしは死んでしまはなければならん。幸にアルラカンからいつぞや比丘(びく)が魔酔の粉薬をもつて帰つて来てある。あれをこゝへもつて来ては呉れまいか。一服盛れば三日の間死んだやうになるといふことだから、この二人に服(の)ましてみやうと思ふ。さうすればカリフも二人を死んだものと思ふに違ひない。そこで二人を葬ると見せかけて、この砂漠のとりつきにある、わしの侏儒(こびと)の庵に近いメイムーネ上人の洞の中へ運びこむことにする。それで人の居なくなつた折を見すまして、シヤアバンよ、そなたは腕節の強い四人の内官と力をあはせて一ケ月分ほどの食料をもつてその柩(ひつぎ)を湖のそばに運んでもらひたい。一ケ月のうち始めの日は大騒ぎでつぶれる、五日位は悲嘆に暮れてゐるだらうし、十四五日といふものは何かと追想に耽つたりする、そしてあとの日数はカリフの行列が出発をする準備にかゝると思つて、わしはヴァテックさまの御滞在の日数を計算した。さうなれば危難はのがれられるといふものだ。」

「それは好(よ)き御考でございます。」とストレメエメは言つた。

「出来るかぎりの方法(て)をつくすことでございます。ヌロニハルさまは妾がお見上げいたしましたところではカリフさまに御思召がおありになるのではないかと存じます。王様が永い間御滞在になりますうちには、グルチエンルツさまの御仲も御仲でございますが、きつとこの山の中にいつまでも御嬢様をおひきとめして置くことができなくなるかも知れません。妾どもはお嬢様にもグルチエンルツさまと御一緒に真実(ほんと)におかくれ遊ばしたやうに思はれるやうにしてしまひませう。それでこの岩山は、御二人が生きてゐらしたとき、恋のための小さい罪障を償ふところで、また妾どもはみんな悲しみのあまり殉死をしたと申上げることにいたしませう。それに御二人はまだあなたさまの侏儒を御覧になつたことがないのですからさぞ異常な人物にお思ひになるでせう。またあの人たちの御説教はお二人のお発明にもなることでございます。こんな上手な計略はまづございますまい。」

「成程。そなたの思ひ着きはまた格別念入なものだな。」とファクレッデインも感心した。

「それなら善は急げといふことがあるから、すぐにとりかかるとしやう。」

人々は直にその粉薬を探しに行つた。そしてそれを氷菓の中に混ぜておいた。ヌロニハルとグルチエンルッは恐ろしい混合物があらうとは神ならぬ身の知る由もなく、すゝめられた氷菓を平気で食べてしまつた。一時間ほど経つと二人は胸先に疼痛をおぼえて、動悸が烈しく搏ち始めた。やがて身体中には麻痺が伝つて来た。二人は身を起すと辛じて寝台の上にのぼつて布団の上に倒れた。グルチエンルッは力限りヌロニハルを抱きしめながら、

「あゝ身体が冷えてぞくぞくする。私の胸に手をやつてごらんよ。氷のやうになつてゐるだらう。ああ、あなたもやつぱり冷たくなつてゆくんだね、カリフの恐ろしい眼で二人とも睨み殺されたんぢやないだらうか。」

「妾も、妾も死にさうなの。」とヌロニハルが消え入りさうな声で答へた。

「抱きしめて頂戴。せめてあなたの唇の上で息を引取りたいのよ。」

心の優しいグルチエンルッは深い歎息を洩らした。二人の腕が力なく垂れ落ちるとそのまゝ一言も口がきけなくなつて、死人のやうに倒れたまゝ動かなくなつてしまつた。

そのときけたたましく急を告げる叫声が閨殿（ハレム）から起つた。シヤアバンとストレメエメは甚だ巧妙に悲嘆の芝居をやつてゐる。長者（エミル）はもともと余儀なくこんな苦肉の策に出たのを悲しんでゐるのだから毒薬の効果（きゝめ）を始めて眼前（まのあたり）にしてもことさらに悲しんでゐる人の態（ふり）をする必要はない。人々はいままで照り輝いてゐた燈火を消した。二つのランプが悲しい光で、人生の春もなかばに凋（か）れてしまつた二つの花のやうな顔を照してゐる。急をきいて四方から駈せ集つて来た奴隷たちも眼の前の光景に思はず足をすくませた。時を移さず死装束が運び出される。二人の身体を薔薇の水で灌（あら）ひ浄めると、雪花石膏（せつくわせきかう）よりも純白な裳（もすそ）の長い衣裳を着せ、美しい髪の毛は一束につかねて、この上もない好い香料をもつて匂はせた。

二人の頭には素馨の花の冠がかぶせられた。それはつねづね二人が好きな花であつたからである。この時、カリフもこの悲しい出来事をきゝつけて室の中へとびこんで来た。顔色を蒼（あを）ざめさせたその物凄い形相は、夜、墓原をさまよひ歩くといふ羅刹（おに）に髣髴（そつくり）であつた。この場合の有様を一目見て王は我が身も人目もすべてをわすれた。いきなり奴隷たちの中央に躍りこむと寝台の脚下に身を投げ伏して幾度となく胸をうつては自分を恐ろしい殺人者（ひとごろし）だと名乗るのであつた。そしてありとあらゆる呪ひをわれとわが身に浴せかけてゐた。しかし王が震へる手先でヌロニハルの蒼白い顔を被つてゐる帛（きぬ）をもちあげて、本当の死に顔を見届けたときには思はず悲痛な叫声をはりあげて前後も知らず屍のやうに倒れてしまつた位であつた。宦官の長は苦蟲をかみつぶしたやうな世にも恐ろしい渋面をつくつた。そして直に王を抱へ運びながら呟いた。

「だからわしが云はぬことか。ヌロニハルに苦まされる時がきつとあるといつたのだ。」

カリフが連れ去られてしまふと長者(エミル)は棺柩(ひつぎ)の用意をさせた。何人も閨殿に入ることを禁じられてすべての窓は閉され、音曲の道具はことごとく砕かれた。死者の冥福を祈る誦経が始まつて、この陰気を昼につゞく夜になると人々の愁嘆、流涕(りうてい)は目も当てられなかつた。ヴアテツクは黙々として悲嘆に沈んでゐる。あまりに狂乱と悲憤の発作が激しいので、やうやく鎮静剤をすゝめてかれを仮睡させておかなければならなかつた。

次の日の昧爽(あさあけ)に御殿の門の大扉が左右に開け放たれて、葬列が粛々と山をさして進み始めた。*レイラア・イルレイラアの哀号はカリフの耳へも入つた。王は懸命に心の痛手を抑へてこの葬式の後を追はうとした。もし王のひどい憔悴の身にまだ歩む力があつたら誰もこれを諫めることはできなかつたらうと思はれる。しかしかれは一歩(ひとあし)あるいたばかりで卒倒した。王は臥床に入らなければならなかつた。

そこで王は数日の間を昏々として他(よそ)のみる眼も憐れに横はつたまゝでゐた。これには長者(エミル)さへも哀れを催した位であつた。

行列がメイムーネの洞に到着すると、シヤアバンとストレメエメはすべての人を謝して送り返へした。たゞ腹心の四人の内官が残されて止まることとなつてゐた。そして洞の外へ置き去りにしてあつた棺のそばで少時(しばらく)休んでから灰色の苔の蒸してゐる湖のほとりに運んでいつた。こゝは鷺(さぎ)や鵠(こうのとり)が群れ寄つては絶えず青い魚を漁つてゐるところである。

二人の侏儒も長者に云ひふくめられて時をうつさずこゝで柩を守る人たちに落合ふことと

なつた。そして早速、内官たちの手をかりて籐や蘆（あし）で諸所に草の庵を結んだ。かういふ仕事にかけては二人は見事な腕前をもつてゐたのである。それから食料を納（い）れる小屋と自分達のための須弥壇（しゆみだん）と木片の三陵塔（ピラミッド）が出来上つた。この三陵塔は正確に積み重ねた薪で焚火の用意であつた。この山の窪地は寒いのである。

その日が暮れて、人々は湖のほとりに二つ大きい篝火を焚いた。柩の中から二人の美しい骸を引き出して同じ小屋の中の乾葉の臥床に横はらせた。二人の侏儒は朗らかな鈴をふるやうな声で聖経（アルコラン）を誦し始めた。シヤアバンとストレメエメはすこし離れたところに立つて気遣はしげに薬の効力が薄れてくるのを待つてゐた。そのうちにヌロニハルとグルチエンルツは力なく両手をさしのばした。眼をあけて見ると、身のまはりがいつもと異つてゐるのでひどく吃驚した。二人は起き上らうとさへした。しかしその力はなかつた。二人はまた木の葉の臥床の上にくづをれた。これを見るとストレメエメはすぐに長者（エミル）からわたされてゐた気付薬を二人に飲ませた。

この時グルチエンルツは起き上るなり、烈しい嚔（くさめ）をした。そしておびえたやうに飛び起きるとそのまま戸外へ走り出してむさぼるやうに空気を深く吸ひ入れて叫びだした。

「あゝ呼吸（いき）がつける。耳がきこえる。空一面の星が見える。まだ生きてゐたのだ。」

この懐しい声をきくとヌロニハルも木の葉をはらひ落してグルチエンルツを抱きしめやうと走り出した。二人の着てゐた長い衣裳と花冠と露（あら）はな足とは二人の眼にはじめて映つたものであつた。ヌロニハルは両手で顔を覆つてすべてのことを想ひ出さうとしてみた。妖しい浴室、父の絶望、それに就中(なかんづく)ヴアテックの気高い面輪が心をめぐる。又グルチエンルツと一緒に気分が悪くなつて死にさうであつたことが思ひ浮められる。しかしかういふ心像はみんな頭の中で混乱した。見たこともないこんな池や、静かな水に影をうつす篝火や、青ざめた地面の色や、怪げな小屋や、寂しい声をたてて風に揺れてゐる青葉や、侏儒の声に交つてきこえてくる鸛(こうのとり)の陰気な啼声などを考ると死の天使*がどこか新らしい世界の扉を開いてくれたのではないかと思ひまどふのであつた。

一方グルチエンルツは烈しい危惧の念(こゝろ)におそはれて身を顫はせながら従姉の身体にとりついてゐた。かれも此処は幽鬼の国であると思つたのである。そして姉従の黙つてゐるのを恐がつてゐた。

「ねえ。話をして下さいな。」と少年はたまりかねて言つた。

「こゝは何処なのでせうね。燃える薪をかきおこしてゐる幽霊が居やしないの。モンキイル*やネキイルが出て来てこの火の中に抛(はふ)りこむんぢやないかしら。この湖には恐ろしい死の橋*が見える？　この静かな水は落ちこんだら最後何百年もつゞけて落ちてゆく奈落の淵をかくしてゐるんではないでせうか。」

「いゝえ滅相な、若様。」とストレメエメが二人に近寄つて来て言つた。

「御安心遊ばせ。妾どもの霊魂(たましい)を若者たちの御跡を慕つてゐるやうにいたしました壊滅(ほろび)の天使が申して居りましたが、お二人が柔い煩悩の多い生活を遊ばした罰として、これからこの淋しい処にばかり居らして永い年月をお送りにならなければなりませんさうでございます。

こゝは陽の光がわづかに射しますばかり、花も実も結ばぬさうでございます。あれ、あすこに居りますのが妾どもの番人でございます。あれが何でも用事を足してくれます。妾どものやうに不信心でありましたものの魂は死んでもまだあのやうな醜い姿をしてゐなければなりません。こゝでめしあがるものといつてはお粥ばかりでございます。それからお二人の麵麭はいつもこの湖を閉してゐる霧に湿つてゐることでございませう。」

こんな悲しい前途を聞かされると二人の若人は堪へきれなくなつて涙に咽んだ。そこで二人は誠しやかにその役になりすましてゐる侏儒の前に跪いて、彼等二人のいつものやうに弁舌爽やかな長談義をきくこととなつた。それによれば数千載の後には神聖な駱駝が来て、信仰者の天国へつれてゆく筈であるといふことであつた。

説教が終ると今度は水垢離である。そしてアラアの神と、聖予言者を讃美した。それからわづかばかり食事を摂ると人々は各々枯葉の寝床にひきとつた。ヌロニハルとその小さい従弟とは死んでも同じ小屋に起臥することができるのがせめてものよろこびであつた。二人はいままで充分に眠つてゐたので、夜も尽ら過去のことを語り明すのであつた。そして二人は幽鬼の恐ろしさに互に抱擁つてゐた。

翌日の朝は暗くて雨が降りさうな空模様であつた。侏儒はお寺の塔の代りにしつらへた竿の先にのぼつて祈禱の時を告げ知らせた。たちまち一つの修道会ができ上る。それはストレメエメとシヤアバンと四人の内官と魚を漁り倦いた五六羽の鵠と、それに若い二人である。二人は物憂げに小屋から足をひきずつて来た。二人の心は憂悶に沈んだ優しい調子を帯びて熱烈に祈禱をした。これがすむとグルチエンルッはストレメエメや他の者達にむかつて、どうして皆が自分たち二人のために都合よく死なれたものかを訊ねてみた。

「妾どもは悲しさのあまりおあとを慕って殉死をいたしましたのでございます。」とストレメエメは答へた。ヌロニハルはいままで随分いろいろの事が起つてゐたがどうしてもあの不思議な幻のことだけは忘れることができなかつた。そこでヌロニハルが叫んだ。

「そんならカリフさまは！　あの御方も悲しがつてお薨れになりはしないでせうか。こゝへおいで遊ばすことはないかしら。」

侏儒がこのとき口を出した。真顔になつて答へるのである。

「ヴアテツクさまは救抜の期のない罪に堕されてゐらせられます。」

「それはいかにもその通りかもしれない。」とグルチエンルッは叫んだ。

「さうなればこんな嬉しい事はない。私たちをこんなところへよこしてお粥ばかり食べさせるやうにしたり、お説教をきくやうにさせたのもみんなあの恐ろしい眼玉のお蔭なのだから。」

一週間は池のほとりで同じやうにして過ぎた。ヌロニハルはこんな退屈な死によつて失はれた栄華のことが想れてたまらない。グルチエンルッは侏儒と一緒になつて蘆の籠をあむのが面白くて夢中である。

こんな無邪気な有様が山腹で経ぎ去つてゐる間に長者のところにとどまつてゐるカリフの方にも別な光景が表れてゐた。王はやうやく生気づくと、思はず近侍のものが飛び上つたやうな声を出して叫んだ。

「ジアウールの外道奴。汝はよくも予の大事なヌロニハルを殺したな。予はもう汝を捨ててしまふ。

改めてマホメットに御宥恕を願ふことにする。予がもうすこし愚でなかつたら彼女をお守り下すつたに違ひない。さあ、予に身を浄める水をもつて来い。それから、あの心の正しいファクレッヅインをここへ招んで来い。予は彼と一緒に居て心を慰めたいのだ。予は祈禱をしやうと思ふ。それから二人で哀れなヌロニハルの墓所へ参詣しやう。予は自分の罪障を償ふためにこの山の上で隠者となつて、日を送るつもりだ。」

「それならばそこで何を召食つておいで遊ばします？」と宦官の長が横鎗を入れた。

「そんな事は知らん。予が欲しうなつたときは、汝に申付けるであらう。あゝ、しかし、何日になつたら食物が咽喉を通ることであらうか。」

丁度このときファクレッヅインが入つて来たのでその会話はそのまゝになつた。ヴァテックは長者を一目みるとその首へ飛びついて抱擁した。そして滝のやうに涙を流し始めた。長者も王の信心深い言葉には嬉し涙を流して、王の改宗を小声で喜びを言つてゐた。事こゝにいたつては王が山へ参詣しやうといふのを止めることができない。二人は各々輿にのつて出発した。

長者はカリフに注意を怠らないでゐたけれども、ヌロニハルの埋めてあるといふところを、王が爪で引掻くことだけはどうしても止めさせることができなかつた。それにかれをこの場所から引離すのは容易なことではなかつた。王は毎日こゝへ詣でることを厳かに誓言した。しかしカリフがまさか此処よりは先に行かないだらうと思つて安心する外はない。それに王はメイムーネの洞の中で祈禱ばかりしてゐるだらうと思ふのである。湖は殆んど岩の中にかくされてあるやうな位置にあるから万一にも発見されるやうなことはまづないと言てよい。長者はヴアテツクの行動(おこなひ)を見てすつかり安心した。王の決心には揺ぐ気配もない。この山に詣でる有様はいかにも敬虔(けいけん)で、いかにも痛悔が表れてゐる。翁たちはこれを見て随喜(ずいき)の涙を流してゐた。

それと異つてヌロニハルの方ではあまり満足ではなかつた。グルチエンルツを愛してゐるけれども――そしてヌロニハルの愛情をますやうに人々が少年のそばに随意にさせてあるのであつたが――たゞ人形のやうに可愛いゝと思ふばかりである。それはジアムシツドの紅宝石を得たいと思ふ念(こゝろ)には及びもつかないのである。それにヌロニハルは今のやうな有様に不審を抱かずにはゐられない。死んだ筈の人が生きてゐる人と同じやうな必要を感じたり、思想(かんがへ)を抱いたりするといふことがどうしても腑(ふ)に落ちない。或る朝、この疑ひを晴さうとして、グルチエンルツの傍を静かに起上ると、まだ熟く睡つてゐるのを見すまして少年の唇に一つ接吻(くちづけ)をして池の岸を辿つて行つた。するとその道は一つの岩山の麓に通じてゐて、その山の頂も登れば登れさうであつたのでヌロニハルは一生懸命になつて山を登り始めた。そして頭の上にうち展けた穹(そら)が見えて来たときには狩に追はれた牝鹿のやうに駆け出した。彼女は羚羊(かもしか)のやうに軽々と岩角をふみ越えて、上へ上へと登りながら、時々檉柳(やなぎ)の木陰で息を入れた。

ヌロニハルはこゝに坐つて辿るともなく記憶を辿つてみた。どうも一度来たことのあるやうなところである。その時忽如としてヴァテックの姿が眼の前に現れた。

王は焦躁と昂奮のあまり夜の明けないうちから戸外をさまよつてゐたのである。かれが思ひがけなくヌロニハルに出会つたときには驚いてそのまゝ棒立ちになつたのも無理はない。かれは進んでこの蒼ざめた顫へる姿に近附かうとはしなかつた。しかし王は瞳を凝らして何時に変らぬ乙女の美しさにしみじみと見入るのであつた。

しばらくあつてヌロニハルは半信半疑の眼を美しく見ひらいて、王にむかつて口を開いた。

「陛下。あなたさまも妾どものやうにお粥をいたゞいたり、御説教を聞いたり遊ばしにお出でなのでございますか。」

「可愛い、亡霊よ。」とヴァテックは叫んだ。「あなたは口がきけるのか。あなたはいつまでも艶でやかなものだ。その輝く眼もちつとも変りがない。それではあなたは手にもとられるのか。」

王は力のかぎり嬢を抱きしめながら、繰返し叫んだ。

「お、、これは彼女の体ではないか。暖い血が通つてゐる。さてさて面妖なこともあるものだ。」

ヌロニハルはつゝましやかに、

「御存知のとほり妾は、あなた様が忝けなくも妾のところへ御光来遊ばされましたその晩に歿りましたものでございます。従弟の言葉では陛下の片方の御眼の光にうたれて殺されたと申しますが、妾は夢にもそんなことを思つて居りません。妾にはそれほど恐ろしいとお見上げ申しません。それでグルチエンルツも妾と一緒に死にました。それから二人はこんな寂しいところに連れて来られて毎日粗末な食事をいたして居るのでございます。我民（あなた）さまも、もしやお崩御（かくれ）遊ばして妾どものところへいらつしやいましたのでせうか。ほんとうにあの侏儒（こびと）や鵠をさぞ煩（うるさ）く御思召すことでせう。

それより何より残念でございますのは、陛下と妾のものになる筈でございました地の下の宮殿の宝を失つたことでございます。」

王の心がすでに久しく遠ざかつてゐたこの地下の宮殿といふ名をきくと思はずカリフは愛撫の手をとどめた。ヌロニハルの言葉の不審を訊ねやうためであつた。そこで彼女はその幻のことから、引きつづいての妖事（ふしぎ）、また仮死の一部始終を落もなく物語つて、自分が脱け出して来た贖罪の場所の光景（ありさま）を真顔になつて説明する様子は、熱心に耳を傾けてゐなかつたら噴飯（ふきだ）してしまつたらうと思はれる。ヴアテツクはヌロニハルの語り終るのももどかしく双手に彼女をかき抱いた。

「おゝ、それでこそすつかり彰露（よめ）た。予の眼の光明（ひかり）よ。二人とも死んでなんかゐないのだ。みんなこれはわれらの仲をひき離さうとしてあなたの父親が書いた狂言であつた。

それでよくわかつたが、ジアウールも二人が一緒に旅をすることを望んでゐるといふのは嬉しいことだ。火の宮殿にわれらを迎へてくれるのも遠いことではないと見える。予には前世界の王たちの財宝よりもあなたの美しい身ひとつの方がはるかに有難いのだ。予はそれを思ひのまゝにして見たい。地の下へもぐりこむ前に、幾月も幾月も青天井の下で暮すことにしやうではないか。グルチエンルツとやらいふ幼孩のことは忘れてしまふがいゝ。それに……」

「陛下、彼をひどい目にあはすことばかりはおゆるし下さいませ」とあわたゞしくヌロニハルが王の言葉を遮つた。

「よし、よし、予はいつかも心配しないやうにといつたではないか。乳と砂糖で捏ね上げたものを予は格別気にもとめてゐない。彼は侏儒に預けておけばいゝ。（序でだから話すことにするが、あの侏儒を予は以前から識つてゐる。）あなたと一緒に居らせるのは勿体ない位のものだ。それから予はあなたの父親のところへは帰るまいと思ふ。客を歓待する掟を破るとか何とか他の翁たちまで一緒になつて耳許で怒鳴り立てられるのには閉口する。あなたが世界の帝王と祝言するのを少年の皮をかぶつた小娘に嫁くよりはるかに不名誉だといふやうな口吻なのだ。」

ヌロニハルは王の爽かな言葉には逆らふことができない。たゞ心の中では自分に慕ひ寄る帝王がもうすこし熱心にジアムシッドの紅宝石のことを思つてくれればいゝと思つてゐた。しかしそれにはそのときが来さへすればいゝのだと思つてゐた。そしてひどく人の心を惹きつける従順な色をあらはして何事も王の意に従つてゐた。

これを見てとつたカリフは、もうよい時分とメイムーネの洞の中に眠つてゐた宦官の長をよび起した。かれは丁度ヌロニハルの幽霊に鞦韆にのせられて揺さぶられてゐる夢をみてゐたところであつた。そのひどい揺れやうといつたら、いま山の頂に振り上げられたかと思ふと今度は深い淵に足がさはるほどであつた。ところが主君の声に夢を破られると飛起きて息を切らして駆けて来た。そして今夢に見たばかりの亡霊がそこに立つてゐるのを見ると吃驚仰天して危く気絶するところであつた。

「ウワッ」かれは叫びながら十歩ばかり飛び退（すさ）つて眼を抑へた。

「陛下は食尸鬼（はかおに）のまねをなさるのですか。しかし忘れてもヌロニハルなどを召食らうなどとなすつてはいけません。小官を苦しめました手並では陛下の方があべこべにとつて食はれるかも知れません。」

「馬鹿なことを云ふな、やがて汝（きさま）にも合点がゆくであらうが、予の腕の中にゐるのは正真正銘のヌロニハルだ。しかも無事で生きてゐるヌロニハルだ。さあ、これからすぐにこのあたりの谷間に天幕の用意をするのだ。予はこの美しい鬱金香（チューリップ）の花と一緒にこゝに住む。予はその色香を一段と晴れやかにさせることであらう。すべてわれらの快楽（たのしみ）に不都合のないやうに取計つておけ。それからのことは追つて沙汰をするから。」

この不祥（ふしやう）な出来事の報知はやがて長者（エミル）の耳にも入つた。折角の策略も水の泡に帰したのを見て長者は自分の顔を灰で塗りよごして悲嘆にかきくれてゐた。信心深い他の翁たちもこれに倣つた。長者の家は恐ろしくとり乱された。すべてが投げやりにされたまゝである。旅人を迎へるどころではない。いまは施しの膏薬を煉（ね）るものさへない。以前この家にひろがつてゐた活々した慈悲の力がなくなつて、こゝに住んでゐるものはたゞ顔を一尺ほどしか露はしてゐない。すべて歎息や益(やく)もない繰言を呟くばかりなのである。
またグルチエンルツの方では従姉がいつの間にか姿を消してしまつたのでその驚きは一方ではなかつた。侏儒も茫然として手の下しやうがない。それでもストレメエメだけは発明なうまれつきなので、もしやといふ疑(うたがひ)を起してゐた。人々はグルチエンルツを慰めやうとしていろいろな気休めを云つて聞かせてゐた。ヌロニハルには山の中の何処かできつと会へるに違ひないことだの、そこには香橙や素馨の花が地に敷きつめてゐて、この小屋よりはるかに心持のよい寝牀(ねどこ)になつてゐることだの。

そこで琵琶を弾いたり、蝶を追ひかけて遊んだらなどと口をそろへて云つてゐた。

ストレメエメがしきりに話の中の山の描写につとめてゐると、四人の内官のうちの一人が来て、ストレメエメを傍へつれていつて、ヌロニハルが脱けだしたことの顛末を告げた。そして長者からの新しい内命を伝へた。ストレメエメはすぐにシヤアバンと侏儒に相談して、荷造を始めることとなつた。それを大きな端艇につみのせて、静かに一行は岸を離れた。

グルチエンルツは皆の者のいふ通になつてゐた。しかし一行の船が湖の上をすべつて一つの岩窟の中にくぐり入つて其暗闇のなかを進んでいつたときにはグルチエンルツは烈しい恐れにとらへられて悲鳴を上げた。それは生きてゐる間、その従姉と一緒になつてあんまり我儘が過ぎたのが今になつて報いが来たと思つたからである。

この間にカリフと、王の心を治めてゐる者とは幸福な日を暮してゐた。宦官は天幕を張らせて、この谷間(たにあひ)の二つの入口を印度の布を二重にした立派な垂帳で距てるやうにした。そして手に剣をもつたエチオピア人の奴隷に守らせてある。この美しい囲廊(かこひ)のうちの芝生をいつでも綺麗にして置くためには白人種の奴隷が金鍍金(めつき)の如露で水を撒いてまはるのであつた。王の幕舎のそばでは絶えず羽の団扇で風を起してゐる。柔い日射が薄紗を透してこの春宮を明るくしてゐた。そしてカリフはヌロニハルの美しさを心ゆくばかり楽んでゐた。

王はその声や琵琶の音色にきゝ惚れて欣(よろこび)に酔つてゐた。ヌロニハルの方ではまた、王が語つて聞かすサマラアの町の光景や不思議なもので一杯になつてゐる王のことなどを聞いてよろこんでゐた。そのうちでも、魔の珠の出来事や、黒檀の扉のそばに立つてゐたジアウールの見えた地の裂目の話などは何度でもきゝたがつてゐた。かうして蜜より甘い歓語(さゝめごと)で日が暮れて夜になるとこの恋人同志は大きい浴船に二人で沐浴をした。浴船の黒い大理石はヌロニハルの肌の白さを浮き上らすやうに見えた。

宦官の長は――いまではこの美人に対して機嫌をなほしてゐた――凝りに凝つた料理に心を配つてゐた。何時の日にもなにか新しい料理が出来てゐないことはない。シラツの町に人を遣つてマホメット*の生れない前から貯へられてあつたといふ芳醇な美酒を探させた。人々は岩を刻んで造つた竈(かまど)でヌロニハルの手づから捏ね上げられた牛乳の麵麭を焼くのであつた。その風味のよいことは大変ヴアテツクの御意に叶つて、他の女達がこしらへてくれたすべての珍味を忘れた位である。こゝに哀れを止めたのは他の妃達で、いまも長者(エミル)の家に置去りにされて、悲嘆にくれるばかりであつた。

宮女ディラランはこれまでは王の寵妃であつた。が人一倍烈しいその気性ではこの衰へた寵遇がひどく悲しいのであつた。王に愛せられてゐる間に、デイララにもヴァテックの途方もない思想が浸みこんでしまつたので、イスタカアルの墳墓や、四拾本の円柱のある宮殿を早く見たいといふ願に燃えてゐた。その上、ペルシヤの道士の間に生育つたので、カリフが火の崇拝に身を委ねやうとするのを見てよろこんでゐたのであつた。それであるのに王がいま自分の競争者と一緒に淫楽に耽つて、だらしのない生活を送つてゐるといふことは二重の悲みを齎したわけである。ヴアテックの一時の信心はまた一層心配である。これはなほ困ることなのである。デイララは遂に女王カラチスに手紙を書かうと思ひ立つた。それにはすべての事が都合よく運んでゐないこと、羊皮紙に書いてあつた条件が一つとして満足に行はれてゐないこと、聖浄の気のみちみちてゐる長者の家で、飲食をしたり、宿泊したり、大騒ぎをしたりしてゐること、かういふ状態で果しがなかつたら前世界の王の宝はいつになつても得られないであらうといふことを心配してゐる旨を書いたのである。この手紙は山の上の森林で樹を伐つてゐた二人の樵夫に托される事となつた。この二人はサマラアへゆく間道を通つて十日ばかりの間に都へ着く事ができた。

太后カラチスはモラカナバッドと将棋を戦はせてゐた。そこへあわたゞしく一封の密書をもたらした二人の飛脚が来た。この数週以来といふものは女王はさらに塔を顧みなかつた。彼女がわが子のために天文を観象すると何故かいつも星辰が混乱してさらに見当がつかないからであつた。どれほど護摩を焚いても、塔の上に横になつて瑞兆の夢を見やうとしても、それはたゞ鹿の肉片とか、花束とか役にも立たない夢ばかりなのであつた。女王はこれにひどく気を腐せてゐた。自分で魔法の薬を煉つて用ひてみるのであつたが、さらに験が見えないのである。かうなると女王はモラカナバッドばかりが頼である。彼はまことに気の好い、正直な打ち解けた老臣であつたが、それでも女王の傍に居るときだけは一刻の油断が出来なかつた。これまでヴアテックのところからは杳として何の消息もなかつた。それで誠しやかな流言が盛んに都中に拡まつてゐた。カラチスがこの手紙の封をどんなに手に取る間ももどかしく裂き破つたか、そしてそれを読んでわが子の意気地のない行為を知つたとき、どんなに憤慨したかといふことは想像に難くはないであらう。

「あゝ、あゝ。」と女王は嘆息した。

「彼が火の宮殿に行けない位なら私は死んだ方が勝しだ。ヴアテックがシユレイマンの玉座にのぼれるといふのなら私は火の中へだつて飛びこんでみせる。」

女王はすつくと立上つて魔法のやうな身振で趾をつまだて、一旋回したその物凄さ、モラカナバッドは思はず逃腰になつた。女王は速刻、見上げるばかりの巨駱駝アルブファキの仕度をすることを申しつけた。そして鬼のやうな形相をしたネルケスと情知らずのカフールとを召した。

「私はこのほかに従者をつれません、火急の用事でゆくのですから業々しい行列は控へることにします。卿はくれぐれも人民どもに気をつけて下さい。私の不在中は思ふさま税金をとりたてることになさい。私たちには入用があるのです。それにどんな事が起らないとも限りませんから、充分ぬかりなくやつて下さい。」

その日の夜は真の闇夜であつた。カトウルの平原からは身体に毒な風が吹いて来た。よくよくの急用でもなければ、まづ逡巡(しりごみ)をして旅をするのを控へるやうな晩である。しかしカラチスにはかへつてこんな不吉な光景がひどく嬉しいのであつた。ネルケスとても同気相求むる手合である。それにカフールは疫病が三度の飯より好きだといつた工合で、二人の樵夫(きこり)に案内された世にも優雅な一行は朝になつてある大沼の岸辺に到着した。それから発散する息のつまりさうな悪臭には、これがアルブファアキのやうな駱駝でなかつたらそれこそ一堪(たま)りもなくコロリと斃(まゐ)つてしまつたに違ひない。樵夫は三人の貴夫人にむかつてこんな処でお寝(やす)みにならないやうにと口を酸(すつぱ)くして述べたてた。

「何、眠るのだつて！」とカラチスは叫んだ。「結構な心懸ですね。私なんか夢占をするときでなければ眠つたことはないのだよ。私のお伴侶(とも)はね、忙しいから一つしかない眼をつぶつてゐる暇なんか御生憎ださうだよ。」哀れな杣(そま)はやうやくこの連中には敵(かな)はないことがよくわかつて来た。呆気にとられた口がしばらくふさがらない。

カラチスは駱駝から降りた。女王の尻にのつてゐた二人の黒奴女も従(つ)いて降りた。三人は肌着一枚になつて照りつける陽も物ともせずに、毒草をつむので走りまはつた。沼の岸には毒草が盛んに繁つてゐた。この用意はエミルの家の者を殺(みなごろし)にするためであつた。

そのほか誰でもイスタカアルへ旅立つのをすこしでも阻むものにはこれを用ひやうといふのである。樵夫たちは恐ろしい三人の悪霊が駈けまはるのを見て身の毛もよだつ思ひをしてゐた。その上カラチスが時刻は正午の石も焼けくづれる暑さの中を旅をつゞけるやうにと云ひ出したときには二人はほとほと途方に暮れた。かれ等は言葉をつくしてその無謀を諫めて見た。しかし女王の命令に従ふ外はなかつた。

アルブフアキは寂しいところが大好きであるので、すこしでも人里(ひとざと)らしいところがあると高く嘶(いな)いてみせた。さうするとカラチスは駱駝を巧にあやしながら、すぐにその首を他(わき)へ施(めぐ)らしてやつた。そのために樵夫は途中ではすこしも食物の得られないやうな場所ばかり通つて行かなければならなかつた。天から人間へお遣はしになつたやうな山羊や牝羊は——そしてその乳でも飲んだらすこしは元気づきもしたのであらうが——この醜い獣と、その背中にのせてゐる魔性のものを一目見ると逸足をだして逃れ走つた。カラチスにとつてはかういふ並の食物は一切必要がなかつた。久しい以前から、食物の用を弁じるある仙丹を煉つたのを寵愛の唖の女と頒(わ)けて嘗(な)めてゐたからである。

夜も更けた頃時(ころほひ)アルブフアキは突然立ち止つて蹄(ひづめ)で地を叩いた。カラチスはこの意味を知つてゐた。これはやがて近くに墓原があるといふことである。成程、蒼白い月の光にすかしてみると長い塀が蜿蜒(えん〱)として見えてゐた。半ば開いたその扉の高さはアルブフアキに乗つたまゝ楽に通れる位であつた。可哀さうな東通(みちしるべ)どもは、いまは最期と観念して、カラチスにむかつて、こゝにこのまゝ葬つてくれと息も絶々に頼んだかと思ふとそのまゝバツタリと倒れて死んだ。これはカラチスにとつてかへつて都合のよいことであつた。ネルケスとカフールとは奇妙な様子をして、この哀れな男の愚かな死様を興(おもしろ)がつて墓原の景(けしき)や、塚穴を眺めて悦に入つてゐた。丘の斜面には少くとも二千を超える墓が立つてゐた。カラチスは心の眼に浮ぶ美しい荘大な空想の景に心をうばはれて、こんな平凡な景には眼もくれないのであつた。

女王はこの場の難儀を切り抜けることを思ひついた。

「きつとこんな立派な墓原には」と彼女は独言をいつた。

「食尸鬼が出るに相違ない。この族輩はなかなか物識なものだから、ついうつかりして案内の畜生を死なせてしまつてさつぱりわからなくなつた路を一つ食尸鬼に訊ねることにしやう。で、その餌にはこの新仏がお誂へ向きなものだ。」

まことに賢明な独白である。女王は手まねでネルケスとカフールに命をふくめた。それは墓石を叩いて二人の美しい啼声をきかせるやうにといふのである。

黒奴女はこの命令をきいて、食尸鬼と一緒になれるといふので大喜びで、意気揚々と出かけていつて、墓石をコツコツと叩き始めた。二人がさうして叩いてゐるうちに地面の中からは重い響がきこえてきて、砂がムクムクと動いたかと思ふと新しい屍にひきよせられた鬼の群が四方八方から鼻をうごめかしながら姿を現した。鬼達はゾロゾロと白い大理石の棺の前に集つて来た。こゝにはカラチスが不幸な案内人の樵夫の屍骸の間に坐つてゐたのである。

女王は客人をもてなすのに丁重をきはめた。

御馳走が終ると女王は用向を話した。さうして知りたいと思ふことはすぐに聞くことができた。女王は時を移さず出発しやうとした。

黒奴女は丁度鬼たちと情意投合が成立ちかけてゐるところであつたので、手まねで身振に力を罩めて、せめて明日の朝まで待つてくれるやうに懇願した。しかしカラチスは情事や自堕落を蛇蝎のやうに忌みきらつてゐる、謹厳そのものといつた風なので、頑として二人の乞を聞き入れなかつた。

そして自分が最先にアルブファキに乗りうつると二人にもすぐに乗ることを命じた。四日四晩の間といふものは昼夜兼行で旅を急いでゆくと、五日目になつて女王の一行は山路と半焼になつた森林に出た。そして六日目には美しい垂帳の前に到着した。女王の一人息子が色に溺れてゐるところをかくす垂帳である。

これは夜の白みそめるころであつた。番卒共は見張の役にありながら、気をゆるめて鼾をかいてゐた。それがアルブファキの烈しい足音をきいて驚いて跳ね起きた。人々は女王の一行を見ると黒い奈落から出て来た幽霊かと思つたので蜘蛛の子を散らすやうに一散に逃げて転つた。ヴアテツクは丁度ヌロニハルと一緒に沐浴の最中で、宦官の軽口をきいては、それをまぜ返してゐたところである。けたたましい番卒の叫声に何事かと王は水から躍り出した。しかしカラチスの姿を一目見ると、そのまゝ首をちゞめて天幕のなかに駈けこんだ。女王は黒奴女とアルブファキに乗つたまゝ、薄紗も垂帳も見境なく散々に蹴散しながら突進した。ヌロニハルは流石に良心がとがめるかして、愈々天罰が降りて来たものと覚悟してカリフの胸に艶めかしく縋りついてゐた。カラチスはまたカラチスで、駱駝から降りもせずに見るも汚らはしいこの場の仕儀に一層猛りたつた。

「二面四足の怪物！　何といふ醜態です。えゝ言訳がありますまい。開闢以前の王様の王笏でも手に入れることかと思へばこんな小女郎に逆上切つてゐるとは何といふことです。すこしは恥もしりなさい。あなたが現を抜かしてジアウールとの約束を破つたのはこんな女の切端ですか。此女のために大事な機会を棒に振つて、あれほど私がよくよく書いておいた心得を何と思つて忘れたのです。こゝがあなたの旅行の目的地と思つたら大間違だ、その痴女を振り切つて、水の中へ叩きこんだら、私についてすぐに来るがいゝ。」

　これを聞くとヴアテツクも勃然として怒を発して、いきなりアルブフアキの横腹を蹴破つて、黒奴は申すに及ばず生みの母まで一緒にその中へ叩きこまうとしたとき、ジアウールやイスタカアルの宮殿や魔法の剣や呪符のことが稲妻のやうにかれの頭をかすめた。ヴアテツクは動かしがたい決心の色を浮めて母に対つて穏やかな調子で言つた。

「恐れ入りました。いかにも御言葉の通りにいたします。しかしヌロニハルを水の中に打込むことは見合はせませう。此女は砂糖漬の梅よりも甘いのです。此女はいたつて紅宝石を好んでゐます。殊に望みのジアムシツドのはもうとうから魔神と約束ができてゐるさうですから、此女は召連れることにいたします。シユレイマンの王の榻の上でこれと寝るのです。それでなければ寡人には眠ることができません。」

「それを聞いて私も安心しました。」

　カラチスははじめて駱駝から降りて、それを黒奴女にひきわたした。

　このときまでどうなることかと生きた心持もなく縋りついてゐたヌロニハルは、はじめて少し安堵の思ひをした。そしてカリフにむかつて優しく言葉をかけた。

「お慕はしいあたくしの心の王様、わたくしは何処までもお伴をさせていたゞきます。あなた様のためならばアフリトのカフの国の果までもシモルグの巣に登るのでも可恐くはございません。この女王様を別にしたらその巨鳥が一番恐いものでございますけれど。」

「善哉。」とカラチスは感心した。

「この女子はなかなかの智慧者で気性もしっかりしてゐると見える。」

ヌロニハルは確にこの両方を兼ねてゐた。しかし幾程気丈のやうでも時々は、可哀い、グルチエンルツの面影や二人で過した楽しい優しい日のことを想はずにはゐられなかつた。さういふときは涙がいつか眼瞼を濡らしてゐた。カリフは眼敏くこれを見てとつた。その上ヌロニハルはあらうことか声をたてて嘆息を洩らした。

「あゝ、可哀いゝ従弟、今ごろはどうしてゐるでせう。」

これをきくとヴアテツクの眉は曇つた。カラチスはすかさず尋ねた。

「どうしてそんないやな顔をするのです。彼女は今、何といつたのです。」

「つい一寸少年のことでも想ひだしたのでせう。此女を愛して居りました、悩ましい眼をした髪の毛の柔い美少年があつたのです。」

「彼はいま何処にゐるのです。」とカラチスは言つた。

「そんな美しい少年なら是非に識合になりたいと思ふから。それといふのは。」と彼女は声をひそめた。

「いゝ意想があるのですよ。それは外でもありませんがこゝを発つ前、ジアウールの機嫌をとつておかなければなるまいと思ふのです。初恋の悩みに身も魂もうちこんでゐる美少年の心肝(きも)を御馳走してやつたらさぞあれはよろこぶでせう。」

ヴァテックは浴船から立ち出ると宦官に命じて、行列の人数を調へ、宮女(との)たちを集め、後宮の調度その他をとりそろへて三日のうちに出発のできるやうに準備をさせた。カラチスは独りで天幕のうちに引籠つてゐた。

ジアウールは彼女の夢に現れて、しきりに彼女の希望を励ますのであつた。目がさめてみると、女王は足許にネルケスとカフールが一つの報知を齎(もた)らしたことを手真似でしらせてゐた。この二人はアルブフアキを小さい湖のほとりに、毒のある灰色の草を食べさせにつれていつたことから、ゆくりなくもサマラアの塔の頂上に置いてある水漕の中の*青い魚と同じやうな魚を見つけたことを語るのであつた。

「おゝ、さうだつたか。妾はこれからすぐに其処へ行つて見やう。そして術をつかへば、予言をする魚どもから真実(ほんたう)のことがわかるわけだ。きつといろいろの事を知つて居やう。是非とも犠牲にしてやらうと思つてゐるグルチエンルッとやらの居所をきく便宜(たより)もある。」

女王はすぐに黒い行列と一緒に出発した。人は何か悪い企てをするとなるとすぐにそこまで行けるものであるが、カラチスと黒奴女もやがてのことに湖に到着した。そして三人は魔法の護摩を焚いた。これはいつも肌身はなさず持つてゐたのである。それから衣服を脱ぎすてると身に一糸もつけない裸となつて、水の中に首までの深さを浸つた。ネルケスとカフールはカラチスが妖しい呪文を唱へる間、炬火をふり照らしてゐた。さうすると忽然として湖水中の魚といふ魚は烈しく鰭(ひれ)をふりながら水の上へ頭をさし出した。そして魔法の力に是非もなく哀れにも口をそろへて云つた。

「わたくしどもは頭から尾鰭まであなたさまに捧げてゐます。わたくしどもに御用と仰言るのは何でございます。」

「これ魚たち。」とカラチスが云つた。

「そなたの輝く鱗にかけて願ひがある。あの年若いグルチエンルツは今何処に居る。」

「この岩の向う側に。女王様。」と魚は一斉に叫んだ。

「これで御免をかうむりませう。私たちは永い間、外で口を開いてゐることができません。」

「さうであつた。私はそなたたちが長話に慣れてゐないのを知つてゐる。まだ沢山にきゝたいことはあるけれど、それではもう休んでもよろしい。」

　これを聞くと水面にはかに静かになつて魚は急に影を潜めた。

　カラチスはこの計画に夜叉(やしゃ)のやうな心になつてゐるのでソレといふと忽ち岩角(いはかど)をふみこえて木蔭に眠つてゐる可哀い、グルチエンルツの居るところまで来た。二人の侏儒はその傍で見張をしながら祈禱の文句を口に念じてゐた。この矮小な人物は何か善い回教徒に仇をする者が近寄るのを奇妙に嗅ぎつける天賦の性質をもつてゐたので、このときも二人はカラチスの来るのを感じてゐた。カラチスは思はず足を停めながら独言を洩した。

「あの小さい頭を柔軟(しなやか)に傾けたところはどうだらう。あれがきつと目指す少年に違ひない。」

侏儒はカラチスがこんな結構な考をめぐらす間もあらせず、いきなり飛び懸つて力まかせに引掻くのであつた。ネルケスとカフールはさては主人の一大事と二人の侏儒を一抓(ひね)りに捻(ひね)りつぶした。その力の強いことといつたら、二人の侏儒がこの悪魔のやうな女の九族までも呪はれるやうにとマホメットに祈りも果てず死んでしまつたほどであつた。

　こんな珍らしい摑み合ひの騒ぎが谷間に響きわたつたのに驚いたグルチエンルツは眼をさまして、傍にあつた無花果の樹にとびつくなり、それを伝つて巌(いは)の天辺(てつぺん)にのり移つて、息もつかずに駈け出した。そして終(つひ)には根(こん)がつきてそのまゝ気絶をすると、常在(つね)に少年を慈んで守護をしてゐる年老(と)つた天使に拾はれることとなつた。この天使は嘗(か)つて残酷なジアウールが、神を蔑(ないがしろ)にしたカリフの捧げた五拾人の少年を、恐ろしい地の裂目の中でとつて喰はうとしたときも、空中に輪を描きながら魔神に襲ひかかつて攫つてきてしまつたのであつた。天使はこの腕白盛の少年達を雲より高い巣の中で養ひ育ててゐた。

　これは世界中の鳥の巣をみんな集めて来てもこれより大きくはあるまいと思ふほどの巨きな鳥の巣で、始めこれを造つた大鵬(ロック)を追ひ出して、天使も少年と一緒にこの中に住んでゐるのであつた。

　この安全な隠家は沢山の旗流(ふきながし)を吹きなびかせて、天(あま)の邪鬼(じやく)や天狗が来ることのできないやうになつてゐた。その旗の上には稲妻のやうに輝く黄金文字(きんもじ)*でアラアの神や聖予言者の名が銘(しる)されてあつた。それで未だ自分の仮死の迷想(まよひ)を解くことのできなくなつたグルチエンルツはいまやうやく永遠に平和な国に来ることができたと思ひこんでゐた。グルチエンルツは幼い友達の愛撫をすこしも恐れなかつた。すべての少年達は尊い天使の巣の中に集つて、この新規な友人の美しい眼瞼(まぶた)や、清らかな額を我勝(われがち)に接吻をするのであつた。ここでかういふ風に地上の苦悩からも、女部屋の猥(みだ)りがましさからも、粗暴な内官からも、女達の無節操からもさつぱりと離れて暮してみると、こゝほど善いところは又とあるまいと思はれた。いつか日は過ぎ月は重なり年は積つて、いつまでも他の少年達と同じやうに幸福な平安な時が流れていつた。それはこの天使が養ひ子たちに、人の世の浮雲に似た財宝などを積ませない代りに、いつまでも少年の心で居られるやうな天恵を与へたからであつた。

カラチスは今までつひに獲物を取逃したことがなかつたので黒奴の女に対して烈しい憤怒を燃して、少年を直に捉まへなかつたこと、何の役にも立たない侏儒を面白がつて捻り殺したことを責め立てるのであつた。それでも女王は天幕のある谷の方へ怒りながら帰つて来るより外に仕方がなかつた。そしてわが子がまだ愛人の傍から起き出してゐないのを見て、また彼女はヴアテツクとヌロニハルに対して機嫌を悪くした。たゞわづかに明日こそはイスタカアルに赴く日だと思つてひとり心を慰めるばかりである。そしてジアウールの親切でエブリス大王さへ拝まれやうといふのであつたから。しかし運命はまつたく別のことをふりむけた。

その日の夕暮方、女王はお気に入りの宮女デイララを呼びよせて四方山(よもやま)の話に興じてゐると、宦官が周章(あたふた)と伺候して、サマラアの方角に当つて空が燃えてゐるやうであるのは、何か不祥な事が起つたのではないかといふ報知を齎らした。そこでカラチスは早速、観象儀と魔法の道具をとつて星辰(ほし)の高さを量つて稽(かんが)へると、困つたことにはサマラアの都に恐ろしい謀叛が起つたことが知れた。それは王弟モタヴエケルが、自分の兄が人々の心に撒いた恐怖を利用して人民を煽動して皇居を奪つたのみか、まだヴアテックに忠義をつくして、わづかな手勢をひきつれたモラカナバッドが立て籠つてゐた巨塔をとりかこんだものであることがわかつた。

「これは大変が出来た。」とカラチスが叫んだ。「私はあの塔も、唖も、黒奴女も、木耳乃も失はなければならないだらうか。中でも私の実験の部屋はあゝやつて幾夜も幾夜も閉籠つたところであつたのに！　それにせめてあの軽率な息子の先途も見届けることでも出来たなら。否々、私はお人好になつてはゐられない。私は即刻にモラカナバッドを救ひに行かう。この恐ろしい魔法で、謀叛人どもの頭の上から釘と焼鉄の雨を浴びせてやらう。塔の丸天井の下にある毒蛇や痺鱝の室を開放してやる。久しく食物に饑ゑてゐるからさぞ気が立つてゐることだらう。まあどんな逆襲をくはせるか見てゐるが好い。」

カラチスはわが子のところへ駈けつけた。王はヌロニハルを侍らせて、桃色の天幕の中で心静かに酒盛に寛ろいでゐるところであつた。

「大食をちとおつゝしみなさい。」と女王はいきなりきめつけた。「妾が用心してゐなかつたら、すんでのことにあなたは肉饅頭だけの支配者になるところだつた。あなたの「神に仕へる者」は誓を棄てて、弟のモタヴエケルが今では斑馬の丘の主人です。もし私が塔の中にわづかばかりの備へをして置かなかつたら、これも敵の手に落ちてしまつたでせう。いまは一刻も猶予はしてゐられないから、たゞ四言だけ云ひ残しておきます。なにはともあれ、あなたは天幕を畳んで、今宵のうちにこゝを発足して、どんな所へも無駄口を叩きに寄ることはなりません。例の羊皮紙に書いてあつた約束は反古になつたけれども、まだ少しの望はあります。あなたは歓待の聖法を見事に破つてのけられた。長者（エミル）の塩や飯を食（は）みながら、その嬢（むすめ）が誘拐（かどわか）すなぞは、さぞジアウールの気に入るでせう。これから先も、あなたが多少づゝなりとも罪を犯せば犯すほど都合がよくなるのです。さうすればあなたはシユレイマンの宮殿へ大手をふつて行くことができるでせう。それでは御機嫌やう。アルブフアキも黒奴どもも戸の外で待つてゐます。」

カリフはこれには返す言葉もなかつた。そして母の旅の恙（つゝが）ないことを祈つてそこそこに晩餐を終つた。王は真夜中に軍笛や喇叭の調とともにこゝを打ち立つことになつた。しかしどれほど太鼓をうち鳴しても、悲のために眼を泣きつぶして、一本も余さず毛がぬけてしまつた長者（エミル）や翁たちの泣き叫ぶ声は耳について離れなかつた。ことにヌロニハルにとつては、これを聞くと胸のはりさける思がした。彼女はやうやくそれが聞えなくなつたところで蘇生のおもひがした。

カリフはヌロニハルと一緒に王の輦（こし）に並んで坐つてゐた。二人はやがて自分達の身をとりかこむ壮麗な光景をそれからそれへと想ひめぐらしては睦まじく打興じ合つてゐた。その他の妃たちは顔色なく網代（あじろ）の車をうたせて行つた。しかしデイララはイスタカアルの高楼で拝火の密儀を執行ふ日の来ることを楽しみに何事もぢつと胸にをさめて耐へ忍んでゐた。

それから四日目には一行はロクナバッドの微笑む谷まで進んで来た。こゝは春がいま闌(たけなは)である。花盛の扁桃の樹の珍らしい枝振が蒼穹に対して、また一つの天(そら)を浮み出させてゐた。地には風信子(ヒヤシンス)が黄水仙の花が咲き乱れて、甘い香気が立ち罩めてゐた。こゝにはまたその数(かず)、幾千万とも知れぬ蜜蜂と、それにもまけない位の沢山の回々教の行者たちが住んでゐた、見ると小川の岸には蜂窩(はちのす)*と祭壇が代る代るに造られてあるのである。その清浄なことと真白い色とは高い香柏の深緑に一層引立てられるやうに見える。信心深いこの隠者たちは各々小さい花園(その)を耕すことを楽みにしてゐた。いろいろな果実が枝もたわわに熟(な)つてゐる。とりわけて香瓜は波斯(ペルシャ)中でも一番名物なのである。またこの人々が曠野の中にところどころ、雪よりも白い孔雀や、斑鳩の類(たぐひ)を飼つてよろこんでゐるのも見かけられた。そのうちにも王の行列はかういふ生活の人々の方に近づいて、先駆の兵卒が声高く叫んだ。

「やあやあ、ロクナバッドの住民共よく承(うけたま)はれ。回々教の御支配者様のお通行(とほり)である。早々泉の岸に土下座をして、汝等如きものに拝ませられる有難い御威光を神様に御礼申し上げるがよろしからう。」

哀れな行者たちは皆、聖い熱心に充されて、にはかに祭壇に燈明を上げるやら、黒檀の見台の上に聖経をくりひろげたりした。そして手に手に無花果や蜂蜜や香瓜を入れた籠を携へて、恐る恐るカリフの御前に伺候しやうとしてやつて来た。この連中の行列が歩調をそろへてくる一方では、王の行列の馬や駱駝や兵卒共は盆地に咲いてゐた鬱金香(チューリップ)や、その他の花を散々にふみ荒してゐた。隠者たちの眼は片方ではこの狼藉に花をあはれみながら、片方ではカリフと天を仰ぎ見るのであつた。ヌロニハルは美しい景にゆくりなくも少女のころの懐しいさびしさを想ひ起して、ヴアテツクにしばらく足をとどめるやうに願つて見た。しかし王はジアウールに云はせたらこゝもまた人の住居ではなからうかと気がついたので、先駆のものに命じて、隠者を打擲させることにした。行者達はこんな乱暴な命令が行はれるので、しばらくは開いた口がふさがらない。人々は熱い涙を流して泣いた。それをヴアテツクは宦官に蹴散らさせた。そこで王はヌロニハルと一緒に輦から降りて、心のまゝに曠野の中を花を摘んだり、他愛もない睦事に笑ひさゞめいて散策をした。しかし蜜蜂は善い回々教徒であつたので、自分達の大事な主人の恥辱を復讐しなければならないと考へて、この二人を螫さうとして怒り狂つて襲つて来た。幸と天幕の用意がしてあつたので、二人はあわてゝその中に駈けこんで、辛うじて難をさけることができたのである。

肉付のよい肥つた孔雀や斑鳩なども宦官にかかつては逃れることができなかつた。たちまち鉄串にさされて炙られたり、シチユにされたりした。人々は愉快に飲食しながら勝手放題に神を瀆してゐた。そのときシラツ中のありとあらゆる*ムウラーや、シエイクやカデイや僧官達が大勢一緒に――この人々はきつと途中で隠者に会はなかつたに違ひない。――花の紐環やリボンや銀の鈴などで飾りたてた騾馬に国中で一番に好いものを山と積んでこゝに到着した。代表者たちはカリフに献上するものをならべて、願くは一度行幸をたまはつて永く自分たちの町々や聖寺院の名誉としたい旨を申出した。

「うん、その儀ならば」とカリフが言つた。

「まづ見合せるとしやう。わざわざ持参したものだけは受納してとらせる。そして予はこのまゝこゝに居させてもらひたい。それは予が誘惑に抗(あらが)つてゐなければならんのは心苦しいからなのだ。しかし卿等のやうな尊いお方をこのまゝ徒歩でおかへし申すのはあんまり無躾ではあるし、それかといつてお見受けしたところあまり馬にのることが御上手とも思はれないから、予の召連れたもの共に申しつけて卿等を驢馬の背中に縛りつけるやうに取計らせやう。そして予の方へ背中をそむけないやうに気をつけさせやう。扈従(とも)の者どもは礼法といふことをよく心得て居る。」

一行の中には仲々鼻柱の強いシエイクもあつて、ヴアテックを気が狂つてゐると臆する色もなく抗議をのべるものもあつた。宦官の長はこの者達には特別に目をかけて綱を二本にしてしつかりと縛りあげた。そしてその驢馬を針の先で片端から突きさした。一行の出発は早駈であつた。驢馬が跳ねまはつたり衝突(ぶつか)りあつたりする有様はまことに天下の偉観であつた。ヌロニハルとカリフとはこの忌はしい光景を高見で見物して大喜びであつた。老人達の中には乗物ごと小川の中に転り落ちるものがある。これをみて二人は手を叩いて笑ひ囃した。お蔭で足を折るものや、手を挫くものや、歯をうち折るものや、もつと非道(ひど)い怪我をしたものなどがあつた。

王は二日の間をロクナバツドで楽しく暮した。かれを煩(うる)さがらせる使節はもう何処からも来なかつた。三日目には再び行進が始まつて、シラツを右に見ながら、これも後にしてやがて広い野原にさしかかつた。眺めると行手(ゆくて)にはイスタカアルの山々の黒い山頂が地平線の涯(はて)

にあらはれて来た。

この景色をはるかに望んだカリフとヌロニハルは二人の心の中に充ち溢れる喜悦（よろこび）を抑へることができなくなつて輦の上から地面へと飛び降りた。そして王の声のきこえるほどの処に居たものを飛び上らせるやうな歓呼の声を上げたのである。

「それではいよいよ光の宮殿に行けるのか。」と二人は互ひに問ひ互ひに答へた。

「それともシエツダツドの苑（その）よりも美しい花園に行つて見ませうか。人間なんて哀れですわね。」

こんな風に二人は恣（ほしいまゝ）に推量をひろげていつた。しかし全能の神の秘密はこの二人には遂に隠されてあつたのである。

しかしながらこのときまで、まだわづかにヴアテックの行為を守つてゐた善の天使は第七天に在（おは）すマホメットの傍へ参向した。そして謹み畏れて白（まを）すやうには、

「慈悲広大の予言者よ。願くは仁慈の御手を垂れて御名代を救はせ給へ。さもなくば、かれは我等の敵なる悪魔の設けたる罔罟（おとしあな）に落ちて救抜の期はつひに失はれるでございませう。ジアウールは地獄の猛火の宮殿に待ちかまへて居ります。かれが一度足を踏み入れましたら未来永却浮み上ることはありません。」

マホメットは神の怒をもつて答へた。

「あれはあのまゝでよろしい。しかしわしは爾（おんみ）が今一度、かれの企図（くはだて）を思ひとどまるやうに力をつくされるのには異存がない。」

この言葉を承（うけたまは）つて善の天使は一人の牧羊者（ひつじかひ）に姿を変じた。憐みの志の深いことはこの国のすべての聖道者に勝つてゐるといふ名聞（きこえ）の高い羊飼である、それに姿をかへた天使は小山の中腹にむれて遊ぶ白い牝羊に近く坐つて、不思議な楽器に歌を奏し始めた。その哀切な調（しらべ）は人の心に浸み入つて悔恨の情を動かし、浮々した想思（おもひ）を斥（しりぞ）け去る。太陽でさへもこの力強い歌声には暗い雲のかげに身を隠して、水晶よりも澄みわたつた小さい湖がにはかに血の色に変つたのである。カリフの盛大な行列の人々は皆、我知らず小山の方へ引寄せられた。すべての人々はさしうつむいて、気が挫けたやうになつた。各自（おのおの）みづからの罪業を省（かへりみ）て身を責められるのである。デイララの心は怪しく震へた。宦官の長は痛悔の色を浮めて、いままで我意を募らせて、罪もない宮女をいじめたことを心に詫びてゐた。

ヴアテツクとヌロニハルは輦のなかで色蒼ざめて、眼ばかりを物凄く光らせながら互にみづからの心が責められるのであつた。王は悪逆無道の数々と、神を蔑みした大それた望を、またヌロニハルはわが家の不幸と、グルチエンルツを失つたことを思ひわづらつてゐる。彼女はこの恐ろしい音楽を聞いてゐると、自分の父の絶息する悲鳴のやうにも思はれ、ヴアテツクにはそれがジアウールの人身御供にした、五十人の少年達の泣声のやうに聞えて来る。かうした苦悶を身内に罩めながら、二人も識らず識らず牧羊者（ひつじかひ）の方へ引き寄せられるのであつた。その男の相貌（かほ）をみると何処か人を威圧する風があつて、流石のヴアテツクも生れて始めて顔色を失つた。ヌロニハルは覚えず両手で顔を覆つた。音楽は歇（や）んだ。天使はカリフに言葉をかけた。

「愚かな王よ。御身に天から下しおかれたことは人民統治の権力であつた。それを御身はどれほど使命(つとめ)を果されたか。御身の罪はやがて極まらうとするものを、いま罪業の淵に趨(はし)らうとする。御身も知つての通り、この山の彼方にはエブリス*と悪霊どもの統(すべ)しめす国がある。御身は邪(よこしま)な幻に過(あや)まられて進んで悪魔に身をわたさうとしてゐるのだ。今こそ神の恩寵(めぐみ)がこれを最後に御身に示される時である。悪いことは云はぬ。御身の兇悪な意図(くはだて)を捨てなさい。こゝから歩みを廻らして、ヌロニハルはまだ余命を保つてゐる父の許に帰すがよい。それからあの塔は忌はしいものをのこらず、そのまゝに取毀(こは)して、御身の帷幕からカラチスを遠ざけるのだ。人民に対しては公正に予言者の聖職を尚(たふと)び、人の鑑(かゞみ)となる行為をもつて瀆神(とくしん)の贖(あがなひ)をなすべきである。以後御身は淫楽に耽ることをふつつりと改めて、敬神の念(こころ)の篤(あつ)かつた祖先の菩提所に詣でて、罪業の数々を歎くがよい。太陽を隠してゐるこの雲を見ろ。再び陽の光が輝くまでに、改心ができぬとあらば大神の神愛は未来永劫は失はれるものである。」

ヴアテツクは恐怖に捉はれて、身をよろめいた。そしても少しの事で牧人の前に平伏するところであつた。これは人間の姿をかりた神の示顕(じげん)であると思つたからである。しかし王の衿恃(ほこり)はこれを遮つた。かれは不敵の面持に頭を昂然とひき上げて、例の恐ろしい片方の眼で真向から睨みつけた。

「誰であらうとも予にむかつて無益の諫言(かんげん)は無礼であらう。汝(きさま)は予を欺(だま)せるつもりで居るが、かへつて汝(きさま)が欺されて居るのを知らんのだ。予のしたことがそれほど罪悪であるなら神の恩寵(めぐみ)が降りやう筈がないではないか。汝のやうな腰抜共が聞いたら震へ上るやうな通力を求めるためには血の海も泳いで来た予だ。港を眼の前にみながら逡巡（しりごみ）する馬鹿があるか。まして予は生命よりも大切な、この女を汝達の神の慈悲とやらと取かへられるものと思ふか。太陽も何を愚図々々してゐる。早く現（で）て予の行先を照すのだ。その路が何処まで行つてゐやうと何の恐しいことがあるものか。」

大胆不敵に云ひ放つたこの言葉には流石の天使も身顫（みぶるひ）をした。そして王はヌロニハルの腕の中に身を投げかけると、ふたゝび街道に馬をすゝませてゆくことを命令した。

人々は唯々としてこれに従ふことができた。惹きよせるものはもう何もなかつたからである。太陽はまたもとのやうに強い光に照り輝いた。牧人は悲しげな叫声をあげると、そのまゝ姿は消えて見えなかつた。しかし、天使の音楽の忘れることのできない印象はヴァテックの従者の心の中に強く残つてゐた。人々は互に恐怖の眼を見交すばかりであつたが、夜になると待ちかねたやうに殆んどすべての従者は逐電した。それであれほど堂々たる行列であつたものが、今では僅に宦官の長と数人の忠義一徹の奴隷たちとデイラと同じく魔術の信仰に従つてゐた数へるほどの宮女たちばかりとなつたのである。

カリフは陰府（よみぢ）の精霊どもに威令を行ふ野心に満されてゐるので、こんな逃亡者などを更に眼中においてゐなかつた。王は血が沸きかへつて、夜どうしても眠ることができない。ヌロニハルにいたつては、あらうことか王にも優（まさ）つて気を焦躁（せ）かして無暗に行列を急がすやうに王を督促してゐた。そしてかれを夢中にさせるために限りなく優しい抱擁を惜まないのであつた。ヌロニハルはもう自分が*バルキスよりも偉い者になつた気である。そして自分の玉座の階（きざはし）の前に平伏してゐる精霊たちを眼の前に想ひ浮（うか）めてゐる。かうして二人は月の光をたよりに細長い二つの岩戸がみえるところまで来た。これは谷の入口の門のやうに立つてゐた。そして谷の路の尽きるところに広漠なイスタカアルの廃墟が横（よこた）はつてゐるのである。山の絶頂と思はれるあたりには諸王の奥津城（おくつき）の拱門（アーチ）が望められた。夜目にもしるきその物凄い影は身の毛もよだつばかりである。一行はまるで人気のない小さい二つの村をすぎていつた。わづかにこゝに残つてゐた二三人の老いさらぼいた老人が馬や輦の通るのを眺めて魂も身にそはず、地上に跪（ひざまづ）いて大声を上げた。

「はてさて面妖な。半年も前からわし共を苦しめてゐる悪霊がまた現れたか。あゝ、わし共の身内のものは怪しい変化（へんげ）や、山の下から聞えて来る気味のわるい物音におびえて、わし共を捨てゝ逃げていつてしまふたのぢや。」

この嘆息はカリフにとつて、いかにも凶々（まがまが）しく聞かれたので、王は哀れな老人たちを容赦もなくふみにじつて、なほ馬をすゝめて黒い大理石の露台の前に到着した。かれはヌロニハルと一緒に輦を降りた。二人は今更のやうに躍る心を抑へて、そのあたりの風物を驚きの眼を瞠（みは）つて、ジアウールの出て来るのを待つてゐるとわれ知らず身顫が出て止まらないのであつた。

しかしまだ何事もきこえて来ない。たゞ物悲しい沈黙が尾上（おのへ）の大気にみなぎつてゐるばかりである。月の光は隈もなく、宏い露台にたちならぶ雲までも届きさうな高い円柱を照してゐる。数かぎりのない悲しげな燈明台はこれを蔽ふ屋根さへもない。そしてその大斗（だいと）は世界のどんな年代記にも録されてゐないやうな建築であるが、むなしく夜禽の棲処となつてゐる。夜の鳥は大勢の人の近よる気配に驚いて、鋭い啼声をたてて飛び立つた。

宦官の長は恐ろしさに胴顫ひをしながら、ヴァテックにむかつて燭を点すことと、何か食物を摂ることを嘆願した。

「不可ん。不可ん。」とカリフは答へた。「今はそんなことを思つてゐる時ではないのだ。そこへぢつとして控へて居れ。そして予が命令を待つてゐるのだ。」かうしつかりと云ひ足すと、王は片手をヌロニハルにさしのべて巨きい欄干のある石級をのぼつて露台の上に出た。これは四角の大理石を敷きつめて、平らな湖の水の面のやうに草一本生えてゐない。右手の方には宏い宮殿の廃墟の前に立ちならんでゐる燈明台がある。宮殿の壁は種々の画が一杯に画かれてある。正面には半獅半鷲の怪物や豹などを組合せた四つの怪獣の巨大な像が据ゑてある。またそこから程遠からぬあたりに、丁度その場所に特によく月の光のさし入るやうなところにジアウールの剣に書いてあつたやうな文字を読むことができた。これもまた絶えず文字の変化する不思議な力をもつてゐた。そして最後にはアラビアの文字となつてあらはれた。カリフはとりあへず急がはしく読み下すと次のやうなことが書いてあるのであつた。

「ヴァテックよ。汝はわが羊皮紙の約束を忘れたれば、正に送りかへさる、ことに相当せり。然れども汝が匹偶に免じ、彼女を得んとしてなせるあらゆることに免じてエブリスは宮殿の扉をひらくことを許し、地下の火は汝をもつてその崇拝者の数に加ふることを許すものなり。」

王がこの言葉を読み了(を)へるや否や、物見台が背をよせさけてゐた山はにはかに鳴動した。そして燈明台の列が二人の頭の上から倒れかかつて来るやうに見えたかと思ふと、巌は展(ひら)けてその奥には磨き上げた大理石の階段が地の底までも届くかと思はれるばかり深く降つてゐるのが見えた。一段毎にかつてヌロニハルが幻の中で見たやうな二本の大きな蠟燭が置かれてあつた。龍脳(りゆうなう)を含んだ香気の煙が丸天井のもとに渦をまいて立つてゐた。

ファクレッデインの嬢(むすめ)は、この凄じい光景に驚くかと思ひの外、かへつて新しい勇気をふるひ起して、照る月や大空には眼もくれず、さつさと大気の浄い空気を離れて、地獄の瘴気(しやうき)の中へ躍りこんだものである。神を神とも思はないこの二人の進んでゆく歩調にはいかにも思ひ上つた、動かすことのできない決心が表れてゐた。降つてゆく階段に皎々(かう〳〵)と照り燿(かゞや)く燭の光に二人は互に惚々(ほれ〴〵)と眼を見交した。こんな花やかなわが身をかへりみては、自分たちも精霊になつてしまつたやうに想はずには居られない。このなかでたゞ一つの気懸といふのは階段がいつ終るとも知れないことであつた。二人は一刻の間ももどかしく、しきりに気を焦(あ)躁(せ)らせて急いで降りてゆくと、ある処まで来て、それから先は歩くのだか底無の奈落に落ちてゆくのかわからないほど速く降つてゆくのであつた。そして気がついた時には、もう二人は黒檀の門の前に在つた。カリフにとつては忘れることの出来ない門である。そしてそこに手に黄金の鍵をもつて待ちうけてゐたのは別人ならぬジアウールであつた。

「おお、よく来てくれた。これといふのもマホメットを抹殺して痛快にやつつけてのけられた結果だ。」魔神はみるからに恐ろしい笑を浮めて二人を迎へた。

「それでは宮殿を御案内申すとしやうか。爾は正に一席を占められることになつたのだ。」

かう云ひながらジアウールは七宝の錠前に鍵をふれた。すると二つの扉は盛夏三伏の霹靂よりも烈しい響をとどろかして左右にパッと開いた。そして二人が足を踏み入れた刹那にも同じやうな響がしてふたたび扉はハタと閉されてしまつたのである。

カリフとヌロニハルは呆然として顔を見合せた。丸天井はそびえ立つて、その広さその高さには始めはどうしても曠野としか思はれなかつた。やうやくすべてのものの巨きさに眼が慣れてくるにつれて、二人は円柱の列や拱廊の連りが眼路にも及ばないあたりまで立ち列んでゐるのが見えた。そしてその涯には太陽のやうに輝く一点があつた。丁度落陽が海の上に光を流す時のやうに。

床の上には金粉と泊夫藍がまき散らされてあつた。立ちのぼる床しい薫には二人は気もそゞろになる位である。二人は奥へ奥へと進んで行つた。数かぎりない香炉には龍涎香と沈香が炷いてある。円柱の間には食卓が設けられて多趣多様の料理と、ありとあらゆる美酒が水晶の瓶のなかに照り栄えて供へてある。また妖鬼の男女が踏みならす足の下から起つて来る音楽にあはせて一団となつて猥らな舞ををどりくるふのであつた。

涯もなく広いこの室の中央には無数の人間が往きつ戻りつしてゐる、男も女も右の手を胸の上にあてたまゝ、歩きまはるばかりで、何物にも心を惹かれない様子である。そして深く黙りこんでゐるすべての人々は死屍のやうに色蒼ざめ、眼を深くくぼませて、暗い夜、墓原でみる燐火のやうに光らせてゐる。深い物思に沈むものがあるかと思へばまた憤怒に泡を吹いて毒矢に傷いた虎のやうにやたらに駆けまはるものがある。それで人々は互に避けあつて、群集のうちの一人でありながら各自はまるで孤のやうにさまよふのであつた。

かうした不吉な連中を眺めたヴアテツクとヌロニハルは身もすくむ想がした。二人はジアウールに対つて、どうしてこんな風で居るのかとしきりに聞きたがつて、この歩きまはる亡霊が何故、そろひもそろつて右の手を胸から離さないのかを問いたづねた。

「何もそんなに一々驚くには当らないではないか。」とジアウールは荒々しく答へた。「今に悉皆わかる時が来る。それよりも一刻も早くエブリス大王の御前にいそいで参ることにしなさい。」

三人はこの人群をわけてなほ奥深く進んだ。しかし二人は始めの大胆にも似げもなく、もう右や左の広間や画廊の光景を眺めやうといふ勇気がなくなつてゐた。その室々は炬火の光と、穹隆の半ばまでピラミツドの形に火炎を上げる烈火のために白昼のやうに輝いてゐた。三人は遂にそのうちのある場所に到着した。そこには黒みがゝつた赤と黄金の色の錦の長い垂帳が八方から荘重に垂れ下つてもつれてゐた。こゝには音楽の斉唱も、舞踏の響も、さらに聞えて来ない。光もはるかに射して来るやうに照入つてゐるばかりである。

ヴアテツクとヌロニハルはこの垂幕を抜けて豹の皮の敷きつめてある巨きな玉座の室の中に足を入れた。するとこゝには髭の長い老翁や、甲冑に身を堅めた夜叉王や、数かぎりない冥官が綺羅星の如く、珠玉の階の下に平伏してゐた。そして、一際高く火の球の上に座をかまへた魔王エブリスの姿が二人の眼の前にあつた。かれの風貌は恰(あたか)も二十歳の青年の如く、その高貴な面差(おもざし)は汚(けが)らはしい毒気のために凋(しぼ)んでゐるやうに見えた。絶望と憎上慢(ママ)の色は明らかに爛々と見開いた巨眼のうちに描かれてあつた。それでも波うつ髪の毛にはまだ光の天使であつた名残をとどめてゐた。雷電のために黒ずんではゐるが、その花車(きやしや)な手には青銅の王杖をかまへてゐた。それは*ウランバッドの怪物や羅刹や奈落の乱神どもを慴伏(せふふく)させるものであつた。

この光景(ありさま)にカリフは悉(まつた)く色を失つて、思はず床の上へ平伏した。ヌロニハルはあまりの事に胆をつぶしながらも、常々思ひ描いてゐた恐しい巨人の姿とうつて変つた、このエブリスの美しさにはたゞたゞ讃美の眼を瞠(みひら)くばかりであつた。大王エブリスは思ひもかけぬ優しい声で二人に言つた。しかもそれは魂の底に黒い憂愁をたゝへた人の声音である。

「塵の身の人間共よ。予は御身等をこの領国へ迎へ入れる。御身等は予を崇めるものの数に加はるのである。御身等の眼にふれるかぎりこの宮殿にありとあらゆるもの、例へば、開闢以前の帝王の宝も、雷電の剣も、呪文も魔符(ふだ)もことごとく御身等の心任せである。この魔符(ふだ)をもつて居れば、この宮殿に路を通じて居るカフの山の地下の宮殿までも悪霊どもに開かせることができるのだ。そこに行つて見れば、御身等の飽くことを知らぬ好奇心をどのやうにしても満すことができやう。御身等二人には*アヘルマンの城砦(とりで)にも、また御身等が人間の父と呼ぶ卑しい動物の創造以前にこの世に住んだ獣類や理性をそなへた生物の姿をすべて壁に描いている*アルジエンクの殿中にも立入ることを許してある。」

ヴァテックとヌロニハルはこの訓令に慰められてはじめて安堵の思をした。二人は勢込んでジアウールを催促した。

「さあ、早く貴い魔符の在所に案内しろ。」

「よろしい。ではかう御出でなさい。」と奸悪な魔鬼が人の悪い形相をして答へた。

「われらの大王の約束のあつたものはことごとく御身達のものと極まつた。いや、それよりもまだ好いものがある筈だ。」

そこでジアウールは内殿に続く長い廊下を二人の前に立つて案内した。かれは大跨に先頭に立つて歩いた。不倖な二人の新参者は手の舞ひ足の踏むところもなくこの後に従つた。やがて三人は広大な殿堂の中に到着した。見上げるばかりの円屋根が高く聳えてゐる。広間のまはりには青銅の扉が五十、いづれも鋼鉄の海老錠で堅く閉されて、鬼哭啾々たる暗黒がこの場所を領してゐる。そして香柏のやうな朽ちることのない木で造つた床の上には前世界の高名な帝王達の肉の衰へ落ちた身軀が横へられてある。かつては地上至らぬ隅なく全世界を領有した王者である。しかしこれらの帝王たちはいづれも自らの悲運を意識するだけの生命を保つてゐた。その眼にはまだ哀れな動作が残つてゐて、互に物憂げに眼を見交はしてゐた。そしてこゝでも各自の手は胸の上に置かれてゐるのである。王の足のところには各々統治の年代記や、その権勢や驕慢や罪悪の歴史が銘されてある。大王ラーアッド、大王ダーキ、そしてまたジヤン・ベン・ジヤンと称せられた大王などはカフの山の奈落に悪魔を幽閉して、遂には全能の神を疑ふまでに傲り驕つたものたちであつたが、これらはいまこゝに横つてゐる諸王のうちでも特に傑出した大王と数へられた。しかし予言者のシユレイマン・ベン・ダーウツドに及ぶほどの権勢をもつたものは一人もなかつた。

その明智によつて非常に高名なこの大王は最上の高御座に安置されてゐるので、ほとんど円天井に届きさうであつた。しかも大王は他の何人よりも一層すぐれて生命の力を保つてゐるやうに見えた。そして時々深い歎息を洩したり、胸に右手を置いてゐるのは他の王と同様であつたけれども、その面差は幾分か晴やかに見えた。かれはしきりに格子の扉をすかして仄かに見える黒い水の瀑の響にきゝ入るやうにしてゐた。この他には物音といつては何一つ聞えない静寂がこの物凄い場所を領してゐた。そして青銅の壺が一列に玉座のまはりに列んでゐた。

ジアウールはヴアテツクにむかつて、

「さあ。この玄秘の壺の蓋をとつて見ろ。こゝにあるすべての扉を砕き去る呪文の魔符をとり出して、扉のうちにある宝物と、これを護る鬼達の支配者になつたらどうだ。」

カリフはこんな気味のわるい道具立にすつかり気を呑まれて蹣跚ながら王の傍へ近づいた。するといまゝで気が動顚してゐて、気がつかなかつたが、死んだものとばかり思つてゐたシユレイマンが長嘘を洩したので恐ろしさに息の根が止まりさうになつた。そのとき一つの声が予言者の乾びた口から出て、こんな言葉を言ふのであつた。

「わしが在世のをりには綺羅びやかな宝座に即いて居つた。右の方には一万二千の黄金の座があつて、大僧正、予言者の群が居流れて、わしの教を聴聞し、左の方にはその数に等しき白銀の座があつて賢人、博士の群が威儀を正してわしの審判を助けて居つた。かうしてわしが蒼生のために裁断をしてゐる時には、絶間もなく頭の上を小鳥の群が飛び翔つて陽の光を遮ぎる宝蓋を造つたものだ。わしの民草は栄えに栄えた。わしの宮殿は雲まで届いて居つた。そこでわしは至高神のために世界の不思議と称へられた殿堂を建立した。

しかしわしは愚にも婦女子の愛に耽つた。わしの好奇心はもう世俗のものでは飽き足らぬやうになつてしまつた。わしはアヘルマンや埃及王の公主の勧告を容れて、火と星辰を崇めた。そこでわしは聖都をすてて、こゝイスタカアルに、精霊どもに命じて、壮麗な宮を造らせて、その各々を一つの星に献げた燈明の戍楼を起した。しばらくの間、わしはこゝで宝座の壮麗と、花やかな快楽に溺れてゐることができた。人間は申すに及ばず精霊さへも意のまゝになるのである。そこでわしは考へた。――わしをとりまいてこゝに横つて居る君主たちもみな左様であつたが――神の罰などは眠つてゐると同然であると。かう思つたのがわしの命運の尽であつた。わしの宮殿は霹靂火のために微塵に砕かれて、たちまちわしはこの処へうち込まれたのだ。しかしわしはこゝに住むもののやうに、ことごとく希望を奪はれてゐるのではない。光の天使がわしに知らせてくれたことがある、それはわしの青春いをりの信仰に免じて、いまの苦悩も尽きる期がある。すなわちこの瀑が――わしはかうして滴を数へてゐるが――流れ止むときである。しかし、あゝ、何時になつたらこれほどまでに望んでゐる日が来ることであらう。わしは苦しい。わしは苦しくて堪らない。わしの心臓は無慈悲な火炎に焼かれてゐるのだ。」

かう云ひながらシユレイマンは愁訴のしるしに天にむかつて隻腕をさしのばした。そしてカリフはその胸が水晶のやうにすき透つてゐるのを見た。猛火につゝまれた心臓がそこにありありと見えるのである。あまりといへば恐ろしいこの光景にヌロニハルは気を失つてヴァテックの腕の中に卒倒した。

「おゝ、ジアウール。」と不幸な王は叫んだ。

「何といふところに連れて来たのだ。早くこゝから出してくれ。予は汝との約束をみんな破棄る。ああ。マホメットよ。わたくしどもにはもう御哀憐が望めないのでありませうか。」

「さうだ。それはならぬのだ。」と兇悪な悪魔は空嘯いた。

「こゝは絶望と神罰の住家であることをよくおぼえて置くが好い。エブリスの崇拝者の何人でもと同じやうに汝の心もいまに火をつけられるのだ。恐ろしい宣告を下されるにはまだすこしの日数がある。せめて汝の意のまゝにこの時を費ふがよい。黄金の山の上に寝るのもよからうし、地獄の悪鬼を使ふのもこの広い地下の宮殿を思ふ存分に駆けめぐるのも面白からう。どんな扉でも開かないところはない筈だ。しかしこの已は用事があつて忙しいから、このまゝこゝへ汝を置いてゆく。」

かう云つて魔神の姿はかき消すごとく見えなくなつた。

カリフとヌロニハルの意気は銷沈の極に達した。涙も流れない。立つてゐることがやうやくのことである。しばらくして二人は悲しげに手をとり合つた。

そしてよろめきながら鬼気の人に迫つてくるもの悲しい広間を出た。何処へゆくかもしらないのである。しかしすべての扉は近づくに従つて自然と開いた。悪魔は二人の足もとに平伏した。財宝の庫は眼の前に展けた。しかしこの二人にはもう好奇心も矜持(ほこり)も貪婪(どんらん)もない。どれほど妖精の歌ひ囃す歌をきいても、処狭(せま)きまでにならべたてた豪奢な食事を見ても一向に心が動かない。

二人は行くともなしに室から室に、広間から広間に、行廊から行廊へとさまよひ廻つた。すべて涯もなければ限もない。陰々たる光がいたるところを照してゐる。何処にいつても同じやうに物悲しく壮麗なばかりである。そしてどんな場所にも匆惶(そうくわう)と駆けめぐる人々が居て、休息と慰藉(なぐさめ)を探して歩いてゐた。しかしそれは到底得られるわけがなかつた。業火に燃える心の疼痛(いたみ)を軀(からだ)の中にもつて廻るからである。相互の眼は怨めしげに語り合ふ。

「お前がわたしを迷はしたのだ。お前こそわたしを腐らせたのではないか。」

不幸な人たちはみな路をさけて通つてゆくので、二人は傍(わき)の方へとりのこされたまゝ蹉跎(あしずり)して悶え悲しみながら、やがては自分達も恐怖にとらへられたこんな人々と同じ運命になる時を待つばかりであつた。

「あゝ、どうしたらよいのでせう。あなたの御手から手を離してしまふ時があるのでせうか。」

「あゝ、あゝ。」とヴアテックも嘆息した。お前の眼のうちから、あれほど心のまゝに汲みとつた快楽(たのしみ)も亡びてしまふのか。二人で過した嬉しい時が悲しみの種(たね)と変る日が来るのだらうか。こんなおそろしい処へつれて来たのはあなたの所為(せゐ)ではない。これといふのもカラチス奴が青春い予を堕落させるやうになつた神を蔑にした教訓の故なのだ。そのためにたうとう二人の破滅の基となるやうなことになつたのだ。あゝ。せめて彼奴もわれわれのやうに苦しませてやりたいものだ。」

悲痛な言葉とともにカリフは烈火をかきたててゐた一人のアフリットを呼んでサマラアの宮殿から女王カラチスを攫つてこゝへつれてくることを命令した。

それからカリフとヌロニハルは黙々とした群集にまじつて歩み続けた。そしてある行廊の果から聞えて来た人声をきゝつけたとき、はじめて足を止めた。この不倖な者たちも、二人と同じやうにまだ最後の判決が下らないものと見えた。空谷の跫音とは正にこのことであらう。二人はなつかしい人声のする方へひきつけられて行つた。やがてその声は一つの小さい方形の室から洩れて来るといふことがわかつた。室の中の長椅子の上には四人の立派な顔立をした若い男と一人の美人とが坐つてゐて、燭の灯のもとを愁はしげに語らふのであつた。その人々はみな寂しさうな萎れた様子をしてゐた。中にも二人の男は特に優しく抱き合つてゐた。カリフとファクレツディンの嬢が入つてくるのを見ると五人のものは慇懃に身を起して一礼すると自分達の座を譲つた。それからこの仲間の中でもすぐれて高貴にみえた一人の青年がすゝみ出てカリフに言葉をかけた。

「お若い方。あなたもやつぱり、わたくしどもと同じやうに恐ろしいことを待つてゐらつしやる方だと存じます。あなたはまだ、御手を胸の上に置いてゐらつしやらないのでもわかります。もしあなたがわたくしどもに共通な罰を受けるまで、待つてゐなければならない恐ろしい時間をすごすために、わたくしどもの居るところへおいでになりましたのならば、こんな地獄へ落ちこんでいらつしやるやうになつたあなたの身上話をおきかせ下さいませんか。わたくしたちのもまた聞いていたゞきませう。それは世にも奇らしいことばかりでございます。自分の罪を思ひ返してみますことは――いまとなつて後悔しても仕様がありませんが――わたくしどものやうな不倖なものに似つかはしいたゞ一つの仕事でございませう。」

カリフとヌロニハルはこの申込を承諾した。そしてヴアテツクは歎息をしながら、人々にむかつて今までの一部始終を落もなく物語つた。かうしてカリフの罪深い懺悔が終ると、若い貴公子はその後につゞいて自分たちの身の上話を次のやうな順序で語り始めた。

二人の親友の公子、アラシーとフイルーが地下の宮殿に幽閉された物語。

公子ボルキアロクが地下の宮殿に幽閉された物語。

公子カリラアと公主(ひめぎみ)ヅルカイが地下の宮殿に幽閉された物語。

そして三番目の公子が話をしてゐた最中に、にはかの大音響がひびきわたつて、言葉を遮つた。その響は丸天井を揺りうごかして、屋根をひとりでに開かせた。するとその後からすぐに一つの妖雲が舞ひ降りて来て、次第にうすれてゆく雲のなかからはアフリットの背に負はれたカラチスの姿があらはれた。流石の鬼もこの重荷にはひどく辟易(へきえき)してゐた。女王はヒラリとその背中をとび降りた。そしてわが子の方へ近づくなりかう言つた。

「あなたは一体こんな小(ちひ)ぽけな室で何をしてゐるのです。悪魔が服従するところを見ると、見事あなたは前世界の帝王の玉座に即いたとばかり思つて来ましたのに。」

「やい。性懲もない化物奴。」とカリフは答へた。「汝が予を生んだ日が呪はしい。この鬼について予言者シユレイマンの殿堂にいつて見ろ。汝があれほど望みぬいてゐた宮殿とは一体どんなものだか見てくるがいゝ。そしてこの予がどの位、汝に習つた瀆神の学問を憎んでゐるかゞよく解悟るだらう。」

「さてはそなたは持ちつけもしない魔力を握つたので頭の調子が狂つたと見える。」とカラチスは平然として答へた。

「もとより私は予言者シユレイマンさへ拝めば他のものには用はない。しかしそなたには一言言つておくことがある。ラアへ帰ることはできないのださうだ。他でもないがアフリットが云ふのには、そなたも私も二度とサマラアへ帰ることはできないのださうだ。それなら私はすこしばかり用事があるから、これをすませてからにしてもらひたいと頼んで私は早速われわれの塔へ火をかけて、生きてゐるものをすつかり焼き殺すことにした。唖も黒奴の女も痺鱝も毒蛇も散々いままで役には立つたが助けるわけにはゆかなかつた。それにあの宰相も私をすてゝモタヴエケルにつかなかつたら、同じ運命はまぬかれることはできなかつたらう。宦官の長はノメノメとサマラアへ帰つて来て、好い気なものでそなたの妃たちを人に頒けてやつたりしてゐるのだ。時間があつたら散々に苦しめてやつたものを、急いでゐたものだからたゞ絞め殺すだけにしてやつた。それから今度はそなたの妃たちの番だ。罠にかけて、私のところへ呼び寄せておいて、黒奴女に手伝はせて生埋にしておいた。黒奴女も最後の御奉公に死花をさかせたといふものだつた。それからデイララのことだが、あれは私も眼をかけてゐたものだつたが、この近くの魔術師のところへ奉公して天晴な性根をみせてゐる。おつつけこゝにも来るやうになるだらう。」

ヴアテックは至らぬ隅なき母の無道に憤怒の言葉も頓には出なかつた。王はアフリットに命じて彼女を目通りから遠ざけさせた。そして言葉もなく怏々として深い物思に沈みこんだ。この場に居合した人々もこれをどうすることもできなかつた。

しかし一方カラチスの方ではシユレイマンの殿堂の中へ怯めず臆せず入つていつた。そして予言者の歎息するありさまなどには眼もくれず、いきなり壺の蓋をなげすてゝ、呪文の魔符を手にとつた。そして未だかつてこの殿中では響きわたつたことがないやうな大きな声を励まして、悪魔の群を叱咤して、玄秘の宝や、宝蔵を開くやうに号令した。その宝といふのは流石の悪魔自身もまだ見たことがないのであつた。女王はエブリスとその重だつた臣下の者の外には知るものもない急な階段を伝つて、魔符の力で地の底まで降りていつた。氷のやうな死の風サンフアールの吹いてゐるところである。どんなものを見ても、豪胆な女王はびくともしない。たゞわづかに、こゝに居るものたちが、皆言ひ合せたやうに右の手を胸にあてがつてゐる奇妙な恰好ばかりが不快に思はれたのであつた。

女王が深淵から出てくると、エブリスは彼女の前に姿を現はした。しかしこれだけの魔王の威厳にあつても女王は顔色一つ変へもしなかつた。そればかりか落着払つて挨拶をするといふ度胸さへ示した。尊大なる帝王はこれに答へて言つた。

「女王よ。御身の知識と罪悪とは予が領国にあつても正に上席を占むべきものである。残つて居る時間を有効に使ふがよい。やがて火炎と苦悩が御身の心臓を捉へるやうになれば、御身は忙しくなることであらうから。」

　魔王はそのま、玉座の室の垂帳の中へと姿を消した。

　カラチスはしばらく呆然としてゐた。しかし往けるところまで往つて見ろといふ意気込で彼女はエブリスの言葉に従ふことにした。そこでカラチスはすべての妖鬼の合唱隊と悪魔をよび集めてその崇敬をうけた。女王はかうして、意気揚々と勢威をしめして香木の煙のたなびく中を悪霊の歓呼――いづれも女王の旧知ばかりである――の声に迎へられて歩きまはるのであつた。彼女は遂に大王(ソリマン)の一人を玉座からひきずり下して、自分がその座に直らうとした。そのとき一つの声が死の淵の底から凛(りん)としてひびきわたつた。

「事ここに極(きは)まる！」

　見る見るうちに驕慢な女王の額には苦悩の皺が刻まれた。カラチスは悲痛な叫声を発した。自分の心臓が烈火となつたのである。女王は永久に取り去ることのない手を胸にあてた。

　ひとたびこの狂乱に投げ入れられると、これまでの野心深い目的も、人間には秘められてあるべき筈の学問の渇きも何も彼もうち忘れて、女王は妖鬼が自分の足許にささげた献物を蹴散した。そして自分の誕生の時と、自分をこの世にもたらした母胎とを呪ひながら、彼女は一瞬間の休息も永久に失ふこととなつて走りまはるのであつた。

　このことがあつてから少時(しばらく)して同じ声はカリフにもヌロニハルにも四人の公子にも公主(ひめぎみ)ヅルカイにも取消すことのできない判決をつげ知らした。さうしてこの人たちの心にも火焔が燃え始まつた。この時である。人々が天から授けられた最も尊い賜である「希望」をことごとく失つてしまつたのは。不倖な人々は険しい眼を投げ合つて離れ離れとなつた。ヴアテックはヌロニハルの眼のなかに瞋恚と復讐の炎を眺め、ヌロニハルは王の眼のうちに嫌悪と絶望とを見てとつた。二人の親友の公子は今まで優しく抱き合つてゐたものが、相互に身を震はして別々となつた。カリラアとその妹姫も互に呪の身振をとりかはした。その他の二人の公子も恐ろしく苦い顔をして、はり裂けるやうな叫声を出して、二人が感じた厭悪の情を表はし合つた。そして各自は呪はれた群集のなかに飛びこんで永遠の苦悩のなかをさまよつたのである。

これは放恣な欲情と暴戻な振舞とのまことに然るべき天譴であつた。これが盲目な好意心の懲罰であつた。つまりこの人たちは創造者が人間の知識に許してある分限を超えて趨らうとしたからである。最も純潔な精霊に護られてゐる「智恵」を欲しがつて、無暗と募らせる野心は愚かな知見の誇を得るばかりで、しかも人間の本体は貧しく無智なものに過ぎないといふことを知らしめた応報なのである。かういふわけで哈利発ヴアテック王は虚しい栄花と禁断の力とにあこがれたばかりに、千百の罪に汚れて、みづからさまざまの悔恨と際涯のない苦悩の餌に身を委ねるやうになつてしまつたのである。

それにひきかへて、身分こそは低けれ、辱められたグルチエンルツの方はかへつて、幾百年の静かな平和と、小児の幸福にひたつて過すことができたといふことである。

略註

（本文中の＊印は編集部で追加しました）

哈利発

イスラム世界の支配者に与えられる称号。政治権力と宗教上の権力をあわせもつ。アラビア語の khalifa から。

斑馬の丘

ヴァテックの父王モタツセムは洛中に十三万頭の斑馬を飼つて、それに日毎に土を運ばせて定めの場所に積ませ、遂にサマラアの全都を見下す丘を作つて広大な宮殿をその上に建てたことは彼の事蹟の一つである。（Herbelot, p. 752, 808, 985; Anecdotes Arabes, p. 413）

ホウリ Houris

天津乙女の謂（いひ）である。彼女等の涼しい黒瞳 Hur al oyun からかく名付けられる。信奉者の幸福を掌（つかさど）る天女である。

天使が造塔を助力すること

波斯人は天使（ジェンニ）を善天（ペリー）と悪天（ディウ）にわけてゐるがいづれも建築の術にかけては甚だ優秀な技能をもつてゐるとせられてある。エジプトのピラミッドもソロモン王の殿堂も天使の助力を得て成つたと伝へられてある。（Herbelot, p. 8; Al Koran, ch. XXXIV）

鬚を焼くこと

鬚を失ふといふことは古代からひどく厭はれてゐたことである。問題の解けなかつた罰としてこれを焼くといふことは「千一夜譚」の中にも随所に出てくる布告の条件である。

腕環

古代東洋に於て腕環は王権の表象として尚(たふと)ばれた。(Herbelot, p. 541)

イスタカアル Istakhar

この都市は古代の波斯首都(ペルセポリス)であつた。キスクタツブがこゝに都を奠(さだ)めて火の元素を祀(まつ)る殿堂を建て、みづからは城外の山腹を掘り下げて、かれとその後継者との奥津城(おくつき)をつくつたところであると「レブタリク」の著者が書いてゐる。波斯の伝説によればこの都市は世界がジヤン・ベン・ジヤンに統治されてゐるとき、精霊の手によつて建設されたものであるといふ。(Herbelot, p. 327)

ジヤン・ベン・ジヤン Gian Ben Gian

天から追放されて地獄に籠められた魔王エブリスの治世以前二千年の間悪霊を支配してゐた帝王である。(Herbelot, p. 396)

シユレイマンの呪符 Talismans des Suleiman

東洋に於ける最も有名な呪符のうちで悪魔や巨人の武器と魔王をうち破るといふのが即ち mohu. Solimani である。アダム以後の世界の第五代の君主ソリマン・ジアレツドの盾と指環は元素は云ふに及ばず悪魔はすべての創造物を意のまゝにするものと伝へられる。(Herbelot, p. 820)

アダム以前の諸王

本書には前世界の王と訳した。けだしアダムの出生を以てこの世界とする故である。この王達の数は七十二を以て算せられ、アダムの出生に先だつ世界に住んで居た理性動物の種族を統治してゐたといはれる。ソリマン・ラーアッド、ソリマン・ダーキ、ソリマン・ジヤン・ベン・ジヤンなどが最も著名である。

神聖なるカハバ

メッカの聖場にある南北二十四キユービットの石の殿堂である。こゝには金の繍のある華麗なダマスク産の黒帛を吊してある。これは年毎にとりかへられる定で、カリフによつて奉献されるものである。(Sale, preliminary Discourse, p. 152)

シラツ Shiraz の葡萄酒

シラツは種々の葡萄酒の名産地である。特にこゝの赤葡萄酒はキスミツシユの白葡萄酒よりもはるかに尊重されるものである。

テイグリス Tigris 河辺の野営

東洋では多人数の旅をするものはなるべく河に近いところに露営する。そして夜、やゝ暑熱のうすれる頃までを待つて、さらに前進するのが慣例である。

ロクナバツド Rocnabad

清流に名高きところ。

宮女が他人に顔を見られたことを憤る条

ペルシヤの婦人は多くの人に顔を見られることを、身体のいかなる部分を見られるよりも厭ふ風習がある。

カフ Caf

この山は実際は高架索(コーカサス)に他ならない。古昔は指環が指をめぐつてゐるやうに地をとりまく世界の涯であると考へられてゐた。(Herbelot, p. 230)

巨鳥シモルグ Simorgue

これは波斯の伝説の怪鳥である。理性を賦与されてゐるのみか、如何なる国の言葉をもよくするといはれてゐる。これは悪魔の化身のごときものである。この鳥のみづから語るところにすればこの世界は七千年毎に起つた大変革が十二度あつて、その間に住むもののなかつた世界が七度あつたといふ伝説がある。

アフリツト Afrites

これはメデユザやラミアの類で、魔族のうちの最も獰猛(ねいまう)なものである。

侏儒

東洋諸国の豪華のうちに語られる面白い人物である。これはよく王の小姓などにされてゐるが、それよりも重要な役目は道化である。もし侏儒が啞であつた場合には更に珍重される。身体の大きさが人並でないために、また宦官などにも用ひられてゐる。

カフイラ Cafila の鈴(すず)

カフイラとは隊を組んで駱駝にのつてアラビアの内地を旅行するカラヴアン（隊商）のことである。その一番の先頭は身分の高いものの馬の輿がゆき、それにつゞく宝物を背負ふ駱駝には振分にして左右一つ宛の鈴が結びつけてある。この鈴の音は随分と遠方から聞えるさうである。その他の駱駝には足と首に小鈴をつけてある。これは熱と疲れとに足をひきずつてゆくとき、気を引きたゝせるためである。

デツジアル Deggial

この言葉の本来の意味は「噓言者」「詐欺師」に当るものであるが、こゝでは一つ眼の怪物として表はされる。これが足をとゞめるところには必ず「破壊」がともなふ。たゞメッカ府とメジナ府の霊場だけは侵すことができない。

赤い文字

古代に於ては赤色の文字はすこぶる重大な恐るべき意義をもつ場合に用ひられた。スイダスに従へば魔法の秘儀にも同じやうに用ひられたとある。

長者 Emir

この称号は回教徒の身分の高きものに許されるもので、「福者」の義であるが、本書ではわれわれの耳に親しい「長者」といふ名称とした。

ビスミラア Bismillah

この言葉は「恩寵いや深き神の御名に於て」といふことである。

聖典を九百九度目に読むところ云々

マホメット教徒は聖典を読み返した度数をもつて誇とする。二万度以上も反読すれば、博士として通るのである。

ヴイシユヌ Visnou とイクスホラ Ixhora

ともに印度人の崇敬厚き神々の名である。ヴイシユヌは原理の保護神である。

回教徒の厭がる料理云々

かれ等は屠殺に際してビスミラアを唱へてない獣の肉には箸をつけることを恐れる風習がある。

妖女 Péri

波斯語でペリとは人間と天使との間に連鎖をつくる生物の美しい種族を云ふ。アラビア人はこれを Ginn 所謂 Genü と名付ける。所謂 fée, fairy と同じものである。

メジノウン Medjnoun, とレイラ Léila

アラビア人の間に持囃されるこの二人は最も美しい。純潔な、熱烈な恋人として伝へられる。詩人たちは競つてこれを歌つたものである。

コクノス Cocknos の匙

コクノスは鳥の名。その嘴は磨いて珍重される。そして屢々匙などに用ひられる。

天狗

Ghoul 或は Ghul とはアラビア語では甚だ恐ろしいものを意味するのであるが、転じて森林や墓原やその他寂しい所に住んでゐる怪物で生物を寸断にしたり、屍体を掘り出して食つたりする。天狗の宛字は妥当を欠くの嫌があるが、この名が耳に親しい故にこゝに用ひた。

ジアムシツド Giamchid の宝珠玉

この大王はピシヤデアの王統の第四世の王であつた。タハムラートの兄弟か甥に当る王である。かれの名前の Giam 又は Gem 及び Schid は古代波斯語で日輪を指すものである。かれの治世の最も壮大な紀念碑たるべきものはタハムラートが礎をおいたイスタカアルの都城の建築であつた。Gihil 又は四十本の巨大円柱の故をもつて Tchil-minar として知られてゐるイスタカアルは希臘人にはペルセポリスで通つてゐた。伝説によればアレキサンドル大王がペルシヤ王の宮殿を焼いたときジアムシツドの七つの巨大な堂塔もともに灰燼に帰したとある。ジアムシツド王は高亜細亜の七大国を領して権勢ならびなく遂にあまりに増上慢に長じて神罰を蒙るにいたつた。ジアムシツドの珠の爵(さかづき)のことはオマアカイヤムの詩にも歌はれてあるが、この宝珠は Schebgerag 即「夜の炬火」といはれた紅宝石である。波斯には火の崇拝が行はれてゐた。宝石の持つてゐる神秘の力を信じてゐる古代人にとつては、特に波斯では紅玉をもつて宝石の首位に置いてあつた。

レイラア・イルレイラア Leillāh-Illeilah の哀号

この哀号は「わが神の外に神なし。」といふ意味で烈しい感動をあらはすときに発せられる。西班牙(スペイン)ではムーア人と境を接してゐたため、この哀号がいつか移入して来て「ドン・キホーテ」の中にも出てゐる。

死の天使

これは天使アズラエルのことである。死者を導いて、かれらに定められたところへ東道の主人をつとめる天使である。

モンキイル Monkir とネキイル Nekir

これは恐ろしい形相をした二人の黒面の天使である。信仰の巡察使である。もしもこの天使を怒らせたものは赤熱した鉄の矛をもつて成敗されることがある。

死の橋

この橋のことをアラビア語では al Sirat といふ。地獄の淵の上にかかつて居て蜘蛛の網よりも細く、剣の切尖より鋭い。しかしマホメットの天国へ通ふにはこの外に途はない。善人は毫もこれを恐れる要がない。しかし悪人は真に転落へ沈むといふ伝説がある。

マホメツト出生以前の古酒云々

予言者は飲酒を禁じた。故にマホメツト教の及ぶところには酒はない筈である。しかしかれの出生以前から貯へられてあるものは手に入れることができるわけである。

青魚

千一夜譚の中にもこれと同じ色が出てくる条があるが、いづれも人語を操る力が賦与されてゐる。

アラア Allah の予言者の名を銘した旌旗

「わが神の外に神あるべからず。而してマホメツトは神の予言者なり。」といふ言葉の書き銘して（しる）ある旗は回々教の寺院の中に祀られてある。貴人の薨去（こうきょ）に際して棺の前にこれを捧げて厳かに練つてゆく風習がある。

小川の岸の蜂窩と祭壇

蜜蜂は聖典（コーラン）の中にも名を挙げてゐられるほどの清浄な昆虫であると尊ばれてゐる。ロクナバッドの川岸は多くの祭壇があることよりも蜂窩の多いので有名である。

シエイク Cheik カディ Cadi ムウラー Monllah

シエイクは僧族中の長老、カディは都市の長官、ムウラーは僧正。

エブリス Eblis

アダムを崇めなかつたので地獄に堕された天使の名。

バルキス Balkis

これはシバの女王のアラビア名である。かつて南の国からソロモンの栄華と明智を慕つて大王の朝廷を訪れて、かれの殊遇（しゆぐう）をうけた才色兼備の高名な女王のことである。聖典（コーラン）のうちには女王をもつて拝火教の信仰者の一人に数へてある。

ウランバツド Ouranbad

この怪物は空を飛行する悪龍としてあらはされてゐる。これはまた常に毒蛇や大蛇（をろち）を食べてゐる rakshe と同じ種類に属してゐる。Sohan は馬首にして四眼あり、軀は火焔の色をした龍である。syl は人面の見毒蛇（バシリスク）でこれを見たものは立ちどころに毒を蒙る。またこの他に ejder と呼ぶ怪物などがあるが、みなウランバッドの種類である。

アヘルマン Aherman の城

ペルシアの神話に従へばアヘルマンは不和闘争の悪魔である。古代波斯の物語にはこの城砦のことがよく出てくる。こゝでアヘルマンの配下の魔鬼どもがかれの命令をきいて世界中に奸悪(かんあく)の種子を播(ま)きに出懸ける。

アルジエンク Argenk

これはカフの山を領してゐる大魔王である。この宮殿の中には七十二人の古王(ソリマン)の像とかれらに隷属してゐたさまざまの動物の姿を描いた壁画がある。中には人間とは似てもつかない生物で多頭の巨人や千手の魔人や多身の怪人などがある。かれらの頭はすべて甚だ異様である。象に似たもの水牛に似たもの猪の如きもの、または更に端睨すべからざる形象のものが充満してゐるといふ。

右手を胸に置くこと

これは元来は挨拶の礼法である。この物語では身も心もエブリスに献(さゝ)げた恭敬なる態度と身内の火のくるしみを抑へることを表はす。

死妖姫

J・シェリダン・レ・ファニュ著
野町二訳

第一章　ものおびえ

名家の何のといふわけではないが、スティリアでは妾どもはむかしのお城――国のことばでシュロッスといふ――に住んでゐる。世の中もこのあたりまで来ると、僅かばかりの収入が仲々ものをいふ。年八、九百ポンド相当の金でも入らうものなら、もうとても大したもので、実収とてさしたることのあるわけではない、その妾どもでも国にゐさへすれば、結構、金持仲間に入れてもらへた。父は英国人で、じつのところを申せばこの妾も英国風の名前を頂戴してゐる、でも父のその国へは今までつい行かずじまひになつた、何はともあれこのさびしい未開の土地では、何もかもがびつくりするほど安価なので、これ以上沢山のお金があつたところで、愉快な暮しにも贅沢にも、大して加へるところはあるまいと思ふ。

父はオーストリアのお勤めで、引退してからは恩給と親ゆづりの財産で暮すこととなり、そこで、この嘗ての日の封建居城を、少しばかりの領地ともども安い値段で買ひとつたのである。

こんなに絵のやうに美しい、こんなにさびしい場所はまたとあるまい。城は森の中、小高い丘に立つてゐる。非常に古めかしい狭い路が、吊上げ橋の前を通つてゐる。この橋はわたしの知るかぎりでは、一度も引き上げられたことはない。濠にはすゝきの類がごちやごちやと游ぎ、あまたの白鳥が帆船のやうに悠々と浮んでゐる。水のおもてにはまつ白な、艦隊のやうに群生した睡蓮が漂つてゐた。

かういふものの上方高くわたしたちの住む城（シュロッス）は、数多い窓にかゞやく正面を、塔やまたゴシック風の礼拝堂を、聳え立たせてゐるのである。

城門の前を絵のやうな小径が、うねりながら森の方へつゞいてゐる。右の方には丈高いゴシック風の橋。その下を流れる小川は深い蔭につゝまれ、曲りくねり茂みの中に消えてゐる。

実にさびしい場所だと申し上げたが、ひとつ御想像願ひたい。玄関の大広間の戸口に立つて往還路の方を見はるかす――と、この城を包む深い森は、右に十五哩（マイル）、左に十二哩もつゞいてゐるのだ。人の住む場所とては一ばん近くの村里でも、左のかた七哩ほどもへだつてゐる。由緒ある古城――今も人の住んでゐる――といふとシュピールスドルフ老将軍の城が一ばん近くにあるのだが、それとて、右の方にかれこれ二十哩も馬車を走らせなければならないのである。

人の住む、とわたしは言つた。といふのは、三哩ほども西の方、シュピールスドルフ将軍の城の方角に当つて、一つの荒れ果てた村があるからのことだ。そこには、今はもう吹き飛んで屋根もない奇妙な小さな教会があり、その教会の翼廊には今はあと絶えたカルンシュタインの一族、――深い森のたゞ中に立つて、今は静寂を守る荒廃の町を見晴らしてゐる、同じく人気絶え果てた城（シャトオ）を領してゐた、あの誇り高きカルンシュタイン一族の崩れかゝつた墓の数々があるのであつた。

この人の心うつ憂鬱な場所が、たゞ荒れはてるがまゝになつてゐる、そのわけを釈くひとつのもの語りが今に伝へ残されてゐる。やがてそんなことについてもお話し申し上げる機会があらう。

さて、こゝで申し上げておきたいのは、この城に住む一家の人数がどんなに少いかといふことである。たゞし、これは召使たちや、城（シュロッス）附属の建物に住むかゝり人、などは取り除いてである。と聞いてはお訝りにもなられよう——父はこのうへなく心やさしい人ではあるが、寄る年波は争はれない。この物語りの起つたときには、わたしは十九歳になるかならぬであつた。その後もう八年の月日がたつ……お城に住む家族は二人きり、わたしと父とだけだつたのだ。母はスティリアのひとで、わたしの幼い頃もうこの世にはゐなかつた。幸ひわたしには気だてのいゝ保姆が、ほんのよちよち歩きのころからついてゐてくれた。いつの時代を思ひ起してみても、この保姆の肉つきのよい、人のよささうな顔が家のつきものになつてゐない時を考へることすらできない。これがマダム・ペロドンで、ベルン生れのひとであつた。この気だてのよい婦人が大切に育てゝくれたからこそ、母のないわたしのうつろな心もいくぶんは補はれるといふものであつた。実をいへば母については、ずつと幼いころに亡くなつたもので、ほとんど記憶に残るものもないほどだつたのだ。食卓につくときはこのマダム・ペロドンがいつも第三人目のひとであつた。四人目はマドモワゼル・ド・ラフォンテーヌといふ婦人、学問の「お仕上げ」の先生であつた。このひとのことばはフランス語かドイツ語かであつたが、マダム・ペロドンはフランス語のほかにまづい英語を、これにつけ加へて父とわたしとはいつも英語を話してゐた。それにはこの言葉を忘れてはしまはぬやう、また愛国的な気持も手伝つてゐたことは争へない。その結果はといふとまるで物語のバベルの塔で、よそから来るひとはみんな腹をかゝへて笑ふのだつた。しかし今は、それをそのまゝ写し出すことはやめにしよう。――この他には、わたしとほゞ同じ年恰好のお友達が二、三人、時をり訪ねて来ては、しばらく滞在して行つた。時にはそのおかへしとして、わたしの方からも出かけることがあつた。

　かういふのがわたし達おきまりの社交範囲といふわけであつたが、もちろん、時々は「お隣り」の人たち、といつてもその住居まで七、八里（リーグ）はあつた、こゝとしてはまあ近距離といふわけである――かういふ人達からの時をりの訪問を受けることもあつた。――それこれのことはあつたにしても、わたしの生活はかなり孤独なものだといふことは争へない。

　二人の女家庭教師（グヴェルナント）がわたしを抑へつける力はまあ、やつとやつとといふくらゐであつた。お察しもつくやうにわたしは相当な我儘つ子ではあつたし、片親にひとり娘といふわけで、ほとんど何でも思ふまゝにさせられてゐたのである。

　いまだに拭ひ消されぬ恐ろしい印象をこの心に刻みつけたはじめての事件が起つたのも、かうした、ずつと幼いころのことで、これはわたしの思ひ出し得るかぎりの一番古い記憶でもある。取るにもたらぬやうな出来事ではあり、いまこゝに記さずとも、と思はれる向きも恐らくはあらう。しかし、これをこゝに述べる理由はぢきお分りにならう。子供部屋――とは呼ばれてゐたものの、わたしがひとり占めしてしまつてゐた、――これは城の上階にある大きな部屋で、勾配の嶮しい槲の木の屋根がついてゐる。どう考へても、まだ六歳にはなつてゐなかつたらう、ある晩のこと、わたしはふと目をさました。横になつたまゝあたりを見まはして、部屋つきの女中がゐないのに気がついた。乳母の姿も見えないもので、わたしは、おいてきぼりになつたのだなと思つた。でも、ほんのちよつともおびえてゐたわけではない。わたしは仕合せにも、お化け噺だとか、妖精の物語だとかいふものが耳に入らないやう、注意に注意して育てられて来たのであつた。そんなおはなしを聞かされて大きくなるものだから、子供達は、夜になつてドアが突然ぎいと鳴つたり、蠟燭が消えかゝつた拍子にちらついて、寝台の柱の影が壁で踊つたりわたしたちの顔の方へにゆつと近よるやうな気がするとき、思はずも蒲団を引つ被つてしまふのである。――たゞわたしは、おいてきぼりの感じから腹が立ち、また侮辱を受けたやうな気持になつた。で、それからしくしく泣きはじめた。勿論間もなく声を振り絞つて泣きわめく大騒ぎの前触れである。ところが、驚いたことにちやうどそのとき、いかめしげな、しかも非常に美しい顔が寝台の傍らからこちらをじつと眺めてゐるではないか。それは若い婦人の顔で、その人は寝台の傍に膝をつき、両手をベッドの蔽ひ布に入れてゐた。一目見てぎよつとはしたものの、眺めるうちだん〳〵えもいはれぬ気分になつて、やがてわたしはしくしく泣きをやめた。婦人は両手でわたしを撫でさすつてゐたが、やがてベッドの中に入つて来てわたしに添寝をし、にこ〳〵しながらわたしを引きよせた。ぢきわたしの気持は落ちついて来て、またうとうとと眠りにおちた。突然わたしは、自分の胸深く鋭い二本の針が突きさゝつたと思ふやうな痛みを身に感じて、眼をさまし、大声をたてゝ泣いた。婦人はびくつ、とからだを動かし、わたしの顔をじつと眺めてゐたが、やがて滑るやうに床に下りて、寝台の下に――とわたしは思つた――隠れてしまつた。

このときはじめてわたしはおびえを感じ、あらんかぎりの力をしぼつて叫び泣いた。乳母も、部屋つきの女中も、女中頭も、みんな駈けつけて来た。そしてわたしの話を聞くと、一応は問題にもせぬやうな顔をし、わたしをなだめすかすのであつた。しかし子供ごころにもわたしは、みんなの顔が蒼ざめ、いつにもなく心配げなのに気がついた。みんなが寝台の下をのぞきこみ、部屋の中をぐるぐる見まはし、テーブルの下をしらべたり、調度棚を引つぱり開けたりするのを見てゐた。女中頭は乳母にさゝやいてゐた。「あのふとんの窪みに手をあて、ごらんな。誰かしらが、たしかに寝てゐたにちがひないよ。まだぬくもりが残つてる……」

わたしの覚えてゐるところでは、何でも部屋つきの女中がしきりにわたしをなだめ、三人が一緒になつてわたしの胸部をしらべたやうだ。そこが痛かつたのよ、と訴へたのだけれども、そんな傷などあと形もない、と誰もかれもが断言した。

子供部屋つきの二人の召使とその女中頭とは、その一夜さ部屋で寝ずの番をした。そのとき以来といふもの、誰かしら召使が一人、子供部屋で必らず夜明しの番をするのであつた。これはわたしが満十四歳になる頃までつゞいた。

このことがあつて以後長い長いあひだ、わたしは神経過敏の状態をつゞけた。医者がやつて来た。中老の、やゝ蒼い顔つきの人である。このお医者さんの陰鬱なむつつりした顔つき、疱瘡で少しばかりあばたになつてゐる、そして栗色の仮髪（かつら）、――わたしはまざまざとその顔を覚えてゐる。——しばらくのあひだ、お医者さんは一日おきにやつて来ては投薬して行つた。勿論薬を服まされるのは、わたしは決して好きではなかつた。

この変怪を見たつぎの日、わたしはすつかりおびえ切つてゐて、日の光がまぶしく射してはゐても、ひとときも一人ではゐられなかつた。

次に記憶に鮮かなのは、父が部屋まで来てくれたことである。父は寝台の傍に立ち、元気よく何のかのと乳母に質問を浴せてゐた。答の一つを聞いたとき、からからと大声で笑つた。そして、わたしの肩を叩きキスしてくれたうへ、決しておびえたりしないやうに、何でもない夢なんで、悪いことなんか何もないのだ、と言つて聞かせるのであつた。

しかしそんなことではわたしは、ちつとも元気が出ては来なかつた。不思議な婦人の出現は夢ではないといふことが、わたしにはよく分つてゐた。ますますおびえ上るばかりであつた。

部屋つきの女中はこんなことを言つた。部屋に入つて来てわたしを眺め、添寝してくれてたのはこの女中だつたので、その顔がお嬢様に分らなかつたといふのは、きつと夢見心地でゐらしたのでせうと。わたしはこれを聞いて少しは元気を出し、乳母もこれに裏書きしてくれたものの、この話にはどうも腑に落ちかねるところがあつた。

またもうひとつのことも覚えてゐる。その同じ日のうちに、黒の法衣を着けた神々しい老人が乳母や女中頭と一緒にわたしの部屋に入つて来た。そして二人と少しばかり言葉をかはしたあとで、大変やさしく話しかけてくれた。その老人の顔つきは穏やかにもまた懐かしいものであつた。彼は、これからみんなでお祈りをするのだ、といひ、わたしの両手をあはせてくれ、みんながお祈りをしてゐる間にかういひなさい、と教へてくれた。「主よ、イエスの御名により、われらのためすべてよき祈りを聞き入れたまへ。」たしかかういふ言葉であつた。自分でも何べんも繰り返しこの祈りを口にした覚えがあるし、また乳母はその後何年ものあひだ、お祈りのたびごとこの言葉をわたしに言はせたものであつた。

黒の法衣を着た白髪の老人の考へ深いなつかしい顔つきは、いまでも手に取るやうに眼のまへに浮ぶ。荒けづりな、天井の高い、いちめん褐色のこの部屋に、彼はじつと立つてゐる。三百年もの歳を経た古風な家具類が、その身のまはりに見える。小さな格子窓からは弱々しい光が、この蔭つぽい雰囲気の中に射し込んでゐる。老人はひざまづき、わたしたち三人も一緒に膝をついた。彼は真摯な震へる声を挙げて、長い長いあひだ――とわたしは思ふのであつた――祈りつゞけてゐた。……この出来事以前のことは、わたしの記憶には全くない。その後しばらくの期間のことも、同じく忘却の淵に沈んでゐる。たゞ、いまわたしが述べたさまざまの場面は、闇黒の中にたゞひとつ光り動く走馬燈の絵のやうに、いきいきとわたしの記憶の中に立ち現はれて来るのである。

第二章　賓　客

これからいよ〳〵申し上げるお話は、きはめて奇怪である。わたしの真摯をつゆ疑はぬお気持でなくば、この物語を信じていたゞくのは到底むつかしいことであらう。しかもこれは真実どころではない、わたしが現にこの眼で見、知つてゐる事柄であるのだ。

それは気持のよい、とある夏の日の夕べであつた。父はいつものやうにわたしを散歩に誘つた。さつきお城（シュロッス）の前を走つてゐると申し上げた、あの美しい森の小径を歩いてゆくのである。

「シュピールスドルフ将軍は予定より大ぶん遅れるさうだが、」と、歩みながら父はいふのであつた。

何週間かにわたる訪問をわたしたちは将軍から受けることになつてゐた。次の日がちやうどその来訪の日と、わたしたちは心待ちに待つてゐたのである。若い婦人が一人、一緒に来る約束になつてゐた。その婦人は将軍の姪で彼の後見を受けて居り、ラインフェルト嬢（マドモワゼル）といふ名前であつた。わたしはまだ一度も会つたことはなかつたが、大変チャーミングな人だと聞いてをり、一緒にしばらく暮すことにもなれば、どんなにか楽しからう、とわたしは心ひそかに夢を描いてゐたのである。都市（まち）や賑やかな場所に住んでゐられる令嬢方には到底わたしの失望は想像おできになられまい。この訪れと新しい友達のこととは、こゝ何週間ものあひだ、わたしには楽しい空想のたねとなつてゐたのである。

「では、いついらつしやるのでせう？」とわたしは訊ねた。

「秋までは駄目だらう。こゝ二月（つき）ほどはまあ駄目だらうね。」と父は答へた。「今となつてはお前が、マドモワゼル・ラインフェルトに会つたこともないのがかへつて嬉しいよ。」

ある。

「どうしてですの？」とわたしは訊ねた。多少気を悪くし、また好奇心に駆られもしたので

「あのお嬢さんは亡くなつたさうだ。」と父は答へた。「話すことをすつかり忘れてゐた。けふ夕方、将軍からの手紙をもらつたとき、お前は部屋にゐなかつたものだからね。」

わたしはたゞ茫然となるばかりであつた。シュピールスドルフ氏は一ばんはじめの手紙で、かれこれ一ケ月半も前のこと、令嬢の健康がどうも思はしくない、とは書いてあつた。が、何も危険な状態がさし迫つてゐるやうなことはひと言もなかつたのである。

「これが将軍の手紙だ。」と父はわたしに手渡してくれた。「たゞもう思ひ余つた、といふ風だ。その手紙を書いたときには気も上の空だつたんだらう。」

わたしたちは、鬱々と茂るしなの木、数本の巨樹が群がつたその下で、粗末なベンチに腰をおろした。森の木々にかぎられた地平線のかなた、太陽は憂鬱な光輝につゝまれて沈みつゝあつた。わたしたちの家の横をよぎり、前にも申し上げた急勾配の古橋の下を流れる小川は、いかめしい木々のあひだをうねりくねつてわたしたちのつい足先をとほり、その流れに褪せゆく空の深紅色を映してゐた。シュピールスドルフ氏からの手紙は、奇怪な、熱烈なもので、また少からぬ矛盾の箇所々々があつた。わたしは繰りかへしこれを読んでみた。二度目は父にも聞えるやう声をあげて読んだ。が、それでもなほ充分の納得は行きかねた。悲しみのためこの老人の気持はすつかり顛倒してしまつてゐるのだ、と考へる他はないやうであつた。

手紙の文面はかうであつた。

「わしは可愛い娘を亡くした。実際あれは娘だとしか思へん。ベルタの病ひもをはりの頃には足下に書翰を呈上することもできんでゐた。その頃まではわしも、あれの瀕してをつた危険なぞ夢にも思つてはみなかつた。わしはあれを失くして今、はじめてすべてが明かになつた。ぢやが、もう遅い。あれは死んだ。邪まのないおとなしやかな心に輝やかな彼岸ののぞみをいだいて、あれは逝つた。おろかにも目のくらんだわれわれのあたたかいもてなしを裏切つて悪魔めが、これをみんなやつてのけたのだ。わしは邸へ迎へ入れたのは、無邪気、朗らか、亡くなつたわしのベルタにはすばらしい友だちだとばつかり思ひこんでゐた。ああ、ああ、何てわしは莫迦だつたんか。……わしのあの子が苦しみの原因も露知らずに死んで行つたことだけは有難いと思ふ。あれは自分の病ひの性質を想像すらせず、このみじめな一件を捲き起した奴めの呪はしい情慾も悟らずに死んで行つた。わしは生き残つた年月を、怪物めの跡をつけ絶滅させてやることに向ける。きつと向ける。わしのこの正しい目的、慈悲心にも叶ふこの目的は、十分貫徹の見込があると言つてくれる人もある。唯今のところではわしを導いてゆく一すぢの光明すら無い。をゝ、わしは呪ふ、――この乃公の、思ひ上つた疑ひを、唾棄すべき己惚れを、この乃公の頑迷固陋とめくらさ加減を……だが――何を言うてももう遅い。落ちついては書けも話せもせん。心がたゞ千々に乱れて……。少し気持を取りかへして来たらばわしは早速究明に取りかゝるつもりぢや。あるひはそのためにはウインナにまでも行かなくてはなるまい。いつかこの秋のころ、今から二た月もすれば、――もし生きてれぱもつと早くにも足下のお目にかゝることも出来るべしぢや――足下会見のお許しがあればの話しぢやが……。その折になつて一切合切申し上げることにしたい。目下わしは紙面には何も書く気が起らぬ。さらばぢや。わしの為にもお祈り下されよ。」

かういふ文言でこの奇妙な手紙は終つてゐた。わたしはベルタ・ラインフェルトとは一面識もなかつたけれども、この突然の知らせはわたしの目を涙でいつぱいにした。わたしは深く失望もしたが、また他面愕然とするところもあつた。

陽は西に沈んでしまつてゐた。わたしが将軍の手紙を父に返したときは、もうたそがれの色があたりにたちこめてゐた。

やはらかなよく晴れた夕であつた。わたしたちは、たつた今読んだばかりの激烈な、また矛盾で一ぱいなあの文章の意味をとつおいつ考へながら、ゆつくりと歩を運んだ。お城(シユロツス)の前の往還道まで一哩ほどもの距離があつた。その道につく頃までには、月が輝かしく照りはじめてゐた。吊上げ橋のあたりでわたしたちはマダム・ペロドンとマドモワゼル・ド・ラフォンテーヌとに出会した。二人とも帽子も冠らず、美しい月の光を楽しまうと出て来たのである。

向うの二人が夢中で何かお喋りしてゐるのが、近づくにつれて聞えて来た。吊上げ橋のところで一緒になり、わたしたちは共に美しい夜景を賞美しようと、いま来た道をふり返つてみた。

いままで父と一緒に歩いて来た小径はわたしたちの目の前に伸びてゐた。左手の方には例の幅狭な道が、いかめしい木々の蔭を縫ふやうに曲りくねつて森の茂みに消え去つてゐる。右手の方では同じ道が、絵のやうな急勾配の橋と交叉してをり、そのすぐ傍らには、嘗てはこの険路を固め守つてゐた廃塔が立つてゐる。そして橋の向う側には、突然な丘陵がのし上つて来てゐる。上はすつかり木々で蔽はれ、その蔭の中には、蔦のからみついた灰色の岩がいくつか姿を現はしてゐた。

低い地面や芝生の上をいちめんに、薄い靄が、ひそやかな煙のやうに立ち籠めつゝあつた。そして遠く近くの距離を透明な帷でしるしつけるのであつた。あちらこちらに川の流れが、月の光をうけてかすかに光つてゐる……。

これ以上やはらかな、これ以上美しい景色は想像することもむつかしい。たつたいま聞いたばかりの知らせのため、憂鬱な感じがわたしの胸には迫つて来る。しかし何ものといへどもこの深い静謐を、またこの情景の魅せられたやうなかゞやきと茫漠を掻き擾すことはできなかつた。

父も、わたしも、うつとりとおし黙つたまゝ、足もとにひろがる夜景を眺めてゐた。人のよい教師二人はわたしたちから少し離れて、景色についての意見をかはし、雄弁をふるつて月のことを述べたてるのであつた。

マダム・ペロドンは肥つた中年の婦人で、ロマンティックな気質ではあるし、いろいろと詩的におしやべりをしては、あひの手にため息をついてゐた。マドモワゼル・ド・ラフォンテーヌはドイツ人だつた父親にいかにもふさはしく、心理学的、形而上学的、またいくぶん神秘思想的な気分も持ちあはせてゐた。そして、月がこんな強烈な光で地上を照らしてゐるときは、人もよく知るとほり、ある特殊な霊の活動がこの地上に充満してゐるのです、と言ひ張つてゐた。これほどの光耀状態にある満月はその力を種々さまざまの形で働かせるものだ、といふのである。それは夢に作用し、狂気に作用し、神経の弱い人々にも作用する。その光は肉体にもまた生命にも、驚異の力を揮つてゐるのだ、と。マドモワゼルはこんな話をした。——彼女の従兄弟に当るある商船の運転士は、ちやうどこんな晩デッキの上に寝ころがつて、真向から顔に月光を受けたまゝうたた眠りしてゐたところ、夢に、えたいの知れぬ老婆が彼の片頰を爪でひつ摑む、と見て目をさましたが、それ以来といふもの彼の顔は見るも怖ろしく片方にひきつり、その後ももとの顔にはならなかつた。

「今夜の月は、」と彼女はいふのであつた。「いはゆるOd的・磁力的な力にあふれてゐるのです。——ほら、振りかへつてお城の方をごらんなさいな、窓といふ窓がみんな銀色の光できらきら輝やいてゐるではありませんか。まるで何か眼には見えないものの手が、仙界の賓客を迎へるために、部屋部屋にみんな燈をつけたやうですわ。」

時によると精神がすつかり物ぐさになつてしまひ、自分では言葉を発する気持が起らぬまゝ、他人の話がものうい耳に快くひゞくことがある。わたしは婦人連の会話の響きをたゞこころよく耳に受けながら、ぼんやりと眺めつゞけてゐた。

「今日はまたふさぎの蟲がついたやうだ。」と、暫時の沈黙のあとで父は言つた。そして、英語をわすれないためいつも声を出して読む習慣になつてゐたシェイクスピアのひと件りを引用するのであつた。

「まこととわしは何の故にこんなにふさぎこんでゐるのか知らぬ。

ふさぎの虫でわしはもう疲れはてた。君は君であきあきしたといふし……

しかしどうしてわしがこんなものに取りつかれたか、どこで拾つて来たのか……

〔「ヴェニスの商人」発端〕

「あとは思ひ出せない。今夜は何だか大きな不幸が待ち構へてゐるやうな気がする。気の毒な将軍の手紙が、何かこんな気分とは関係があるのかもしれん。」

ちやうどこの瞬間、聞き慣れぬ馬車の轍の音、何匹もの馬の蹄鉄が道をうつ戛々といふ音がわたしたちの注意を捉へた。

橋を見おろす小高い丘からその物音は聞えて来るやうであつた。やがて馬車と供廻りとがその方角に姿を現はした。二人の騎馬の人がまづ橋を横切り、それにつゞいて四頭立の馬車、──馬車の背後には同じく二人の騎馬の人が随行してゐる。

どう見ても高貴の人の旅行馬車である。わたしたちは誰も彼も吸ひつけられるやうな気持で、この珍らしい光景に眺め入つた。わづか数瞬後にはこの光景は、更に大なる関心を呼ぶものとなつた。ちやうど馬車が急勾配の橋の頂点を過ぎたとき、先頭の馬の片方が突然ものに怯えてしまつた。そして、この恐慌は他の馬に伝染し、馬たちは一、二度後脚を上げて急跳したかと思ふと、今度は全部が一緒になつて狂奔し、前に立つ二人の騎馬手のあひだをつき抜けて、わたしたちの方角に向け雷のやうな音を立てつゝ旋風の速さで駈けて来た。この光景の興奮はその馬車の窓からは、鋭い女の叫び声が長く尾を曳いて洩れて来た。のためなほさらに耐へ難いものとなつた。

わたしたちはみんな好奇の念と恐怖とを抱いて進み出た。父だけは黙然としてゐたが、他の者は皆口々に恐怖の叫び声を挙げてゐた。

わたしたちの懸念は長くつゞかなかつた。ちやうど車の駈けて来る方角には、城の吊橋に至るすぐ手前の路ばたに大きなしなの木が生ひ繁り、それと向ひあつて古い石の十字架が立つてゐる。今や真に恐るべき速度で駈けつゞけてゐた馬どもの針路は、この十字架を眺めたとき少しばかりぐらついて、車輪は大木の根元に乗り上げてしまつた。

何が起るか、わたしにはよく分つた。とても直視する勇気はなかつたので、目を蔽ひ、頭をそむけた。ちやうどその瞬間、わたしよりは少し前に出てゐた婦人たちの叫び声が耳に入つた。

好奇心に動かされて、わたしはやがて目を見開いた。わたしの目に入つたものは、たゞ混乱そのものの姿であつた。馬のうち二匹は地上に倒れ、馬車は横倒しになり、二つの車輪は宙に浮いてゐた。男たちは馬の輓革を取りはづすのに忙がしかつた。厳めしい容姿態度をした一人の貴婦人が馬車の外へ出、立つたまゝ両手を絞りあはせてゐた。時々はその手に握る手巾をその眼にあてゝゐる。その馬車の扉口から、いま、若い令嬢が曳き出されて来た。全く生命の気もないやうに見える。父はこの貴婦人の傍に立つてゐた。帽子を脱いで手に持つてゐるところから察しても、明かに手助けを申し入れ、また何卒この城をお使ひ下さりたいと懇願してゐるのである。しかし貴婦人はその言葉もまるで耳に入らぬげに、その眼はたゞ、土手にもたせかけられてゐる、あのほつそりした少女より他は何も見えないかの様子であつた。

わたしは近よつてみた。令嬢の方は明らかに気を失つてはゐるが、たしかにまだ死んだのではなかつた。父は医術の心得があるといふのをつね〴〵自慢にしてゐたくらゐなので、早速令嬢の手頸を握つてみて、その母だと自ら名乗るこの貴婦人に、脈は微かでもあり、また不規則ではあるが、たしかにはつきり打つてゐる、と話したところであつた。貴婦人は両手を握りしめて天を仰いだ。いはば、咄嗟の感謝にわれを忘れたといふ形である。たちまちこの婦人は芝居がかつた大げさな態度で、いろいろのことを語りはじめた。たゞし、かういふ態度はある種類の人たちにはごく自然なものではあるのだらう。

この婦人はその年齢にしては仲々立派な顔かたちであつた。若い頃はきつと美しかつたに相違ない。背は高いが瘠せてはゐない。身には黒天鵞絨の服を纏ひ、顔つきはや、蒼白であつた。しかしその顔には、今は奇妙にも見えるほど興奮してはゐたものの、傲然たる威圧的な面もちがあつた。

「か丶る災厄を受くべき定めの者が世にありませうか？」近づきながらわたしは、この婦人が両手を絞つていふのを耳にした。「今、妾のつゞけてをるは生と死の旅。一時（とき）を失ふはすべてを失ふことにならぬとも限らぬ。あの子が旅に出らる丶までには、はてどのくらゐか丶ることやら。妾はあれを残して立たねばなりませぬ。一刻の遷延もあつてはならぬ。手近の村まで、そなた様、どのくらゐの道のりがござりますか。そこへあれを残して参りませう。妾はふたたびこゝに帰るまでは、あれに会ふことも、報らせを聞くことすらも叶ひませぬ。今より三月の後までは。」

わたしは父の上衣の裾をひつぱつて、熱心に耳もとで囁いた。「ね、お父様。どうかうちへお残しになるやうお願ひしてみて下さいましな。——きつと楽しい目ができますわ。ねえ御願ひですから。」

「もしも奥方が、御令嬢を私の娘、及びこの家の家庭教師マダム・ペロドンにお委ね下さり、わたくしどもの賓客として、私の責任の下に、奥方の御帰りまで留まることをお許しあるならば、わたくしども一同はこれを名誉とも恩恵とも感ずることでございませう。わたくしども一同は御令嬢をこのやうに神聖な御信頼にも適はしいやう、あらゆる注意と献身とを以て御もてなし申上げることでございませう。」

「それは妾には出来ませぬ。貴下の御親切と義俠の御心を前に、あまりつけ上つたお願ひと相成りませう。」婦人は心も上の空にかういふのであつた。

「寧ろ反対に、わたくしどもの方こそ、非常な御親切を、しかも最も必要の時、頂戴することになるのでございます。娘は丁度唯今、長い間待焦れてをりました訪問につき、甚だしく落胆いたしてをるところでございます。もしも、この若い御婦人をわたくしどもにお預けおき下さるならば、娘にとりましては、この上ない心の慰めと相成りませう。御道筋にある最寄の村と申しましても、まだ仲々の距離がございます。また御令嬢をお残しになられますやうな旅籠は一つもございません。このまゝ御令嬢に旅行おつゞけさせになつては危険なことに相成ります。若しも奥方が、仰せのやうに一刻もお留まりにはなれないのでございますれば、今宵は御令嬢をお残しになられるほかございません。しかも左様なされるのに、此処以上、注意、心遣ひを保証申し上げ得る場所はないのでございます。」

この貴婦人の態度、風采にはきは立つて注意を惹くものがあり、あたりを圧するやうなところさへあつた。またその物ごしは蠱惑的で、車や供まはりのいかめしさ以外に、人は、この婦人がきはめて高い地位の何人かだと肯くやうな印象を受けるのであつた。

さうかうしてゐるあひだに馬車はもとどほりになり、おとなしくなつた馬は、またもとの輓革につながれた。

貴婦人は令嬢へちらと一瞥を投げた。その眼ざしは思ひなしか、はじめの場面にも劣らぬやうな情愛に充ちたものではないやうな気がした。それから軽く父を手まねいて、他の者には聞えぬやう二、三歩脇へ寄り、きつとしたまた厳粛な顔つきで何ごとかを父に語るのであつた。その顔は、いままでの彼女とは別人のやうに見えた。

わたしは、父がこんな変化にはさつぱり気づいた様子がないのを実にふしぎに思つた。そして貴婦人が、耳に口をつけんばかりにして熱心にまた早口に話してゐるのは一たい何ごとだらう、と知りたくてうづうづしてゐたのである。

それもたかだか二、三分だつたらうか。貴婦人はくるりと向きを変へて、二、三歩、令嬢が横になつてマダム・ペロドンの介抱を受けてゐるはうに近よつた。貴婦人は傍らにひざまづいて、ほんのちよつとのあひだ、令嬢の耳もとで何か小声につぶやいた。何か祝禱の言葉でもあつたのだらう、とはマダム・ペロドンの想像である。それから急いで令嬢に接吻し、馬車に入つた。扉が閉まる、と物々しいお仕着せの従僕はたゞちに車の後ろへ飛び乗つた。たちまち先駆（のり）が拍車を入れ、馭者たちは鞭を鳴らし、馬は後脚を跳ねて猛烈な勢ひで駈け出す。——まもなくさつきのやうな早駆けになりも兼ねぬ勢ひである。轟々たる音をたてゝ車は走り、同じ速歩調でその後ろを二人の騎馬手がつゞいた。

第三章　語りあふことども

わたしたちはその「行列」をじつと見送つてゐた。一行は間もなく霧のたちこめた森の木（こ）の間に消え失せた。そして蹄鉄や車輪の音すらも静かな夜の空気の中に沈み去つた。すべてその出来ごとは、たゞ瞬時の幻覚のごとく夢のごとく消え去つた。それが現実のものである証拠として、たゞ、さつきの令嬢が残つてゐるだけである。彼女はこのとき眼を見ひらいた。顔はそむけてゐたのでわたしの方から見えなかつたが、頭をもたげ、身のあたりを見まはしてゐるのである。そしてわたしの耳には、非常に美しい一つの声が嘆くやうに訊ねるのが聞えて来た。「おかあさま、どこにいらつしやるの？」

マダム・ペロドンはやさしくこの問ひに答へ、元気づけるやうな言葉を二、三つけ加へた。

それから、彼女の問ひの声が聞えた。

「わたしのゐるのはどこ？ ここはどこなの？」一寸間をおいてまたいふのだつた。「馬車がみえないわ。それからマトスカや、どこにゐるの？」

マダム・ペロドンは言葉の分るかぎり、その問ひに答へてやつた。しばらくたつうち令嬢は、さつきの椿事を思ひ出して来た。そして馬車の中の人も、外部席の従僕も、たれ一人怪我はなかつたと聞いてよろこんだが、母なる人はひとり彼女を残して行つたこと、三月のほどは帰らぬこと、を聞き知つて泣いた。

わたしも行つてマダムともども、慰めのことばをかけようと思つた。しかし、マドモワゼル・ド・ラフォンテーヌはわたしの腕に手をかけて言つた。

「お行きにならないで。いまは、話相手は一人がせいぜいです。ちよつとでも興奮するとあの方は、また昏倒するやうなことになるかも知れません。」

であの人が、気持よく寝床へ入つてしまへば、とわたしは考へた、その部屋へ駈け上つて会つて来よう。

父は騎馬の下僕にいひつけて、二里ほども向うの医師を迎へにやつた。令嬢を迎へる寝室の準備もさせた。

令嬢はやつと立上り、マダム・ペロドンの腕によりかゝつてゆるゆると吊上げ橋を越え、お城の門を入つて行つた。玄関の広間には召使たちが出迎へに集つてをり、彼女はさつそく寝室に案内された。

わたしたちがふだん客間に使つてゐた部屋は長めの室で、四つの窓があり、どの窓からも濠や吊上げ橋や、またさつき申し上げた森の景色がよく見えた。

部屋の造りは古彫入りの槲板で、彫刻を施した大きな飾棚がいくつもあり、椅子のクッションは深紅のユトレヒト天鵞絨であつた。壁は一面の綴織（タペストリ）で蔽はれ、大きな金の額縁がぐるりにかゝつてゐた。その画の人物はどれも等身の大きさで、古風な非常に珍らしい衣裳のばかりであつた。人物は、狩をしたり、鷹猟をやつたり、いづれも陽気な有様が背景になつてゐた。いかめしすぎることもなく、非常に気持のよい部屋である。この部屋でわたしたちはいつもお茶を頂いた。お茶、と言つたのは、父がいつもの愛国的な気持から、コーヒーやココアを飲むときにも、この郷国の飲みものはちやんとテーブルに出しておかねばならぬ、といひつけてゐたからであつた。

その夜もわたしたちはこの部屋に坐つて燭をとぼし、夕方の出来事をいろいろと話しあつてゐた。

マダムとマドモワゼルも仲間であつた。令嬢は寝台に寝かされるや否やぐつすり眠りこんでしまつたので、この二人は、召使を一人残して階下に来たのである。

「お客さんをどう思つて？」と、マダムが入つて来るとすぐわたしは訊いた。「話して頂戴な。」

「わたし、すつかり気に入つてしまひましたの。」とマダムは答へた。「いままで見たこともないやうな美しい方ですわ。ちやうどお嬢様くらゐの年恰好で、とてもおとなしさうない、お方……。」

「まつたく美しい方ね。」とマドモワゼルが口を入れた。彼女はほんのちよつと、お客さんの部屋をのぞきこんで来たのである。

「そしてあのきれいな声！」とマダム・ペロドンが附加へた。

「馬車がちやんと元どほりになつたときね、車から出ずにずつと中にゐた女のひとに気がおつきになつて？」とマドモワゼルが訊ねた。「窓からのぞいてゐただけですけどね……。」

誰もそれには気がついてゐなかつた。

そこで彼女は怖ろしい顔をした黒人の女のことを話して聞かせた。頭には色のついたターバンやうのものを巻きつけ、目も離さず馬車の窓から外をじつと眺めてゐた。そして貴婦人たちのはうに向つて肯いたりあざ笑ふやうに歯をむき出したりしてゐた。その大きな白まなこの眼は遠目にもぎらぎらと光り、歯は憤怒の形相すさまじくぎりぎりくひしばつてゐた……。

「あの召使ひ、ひどく人相のわるい人達だつたのに気がついて？」とマダムが訊ねた。

「あゝ。」と父がひき取つて答へた。父はちやうどいま、部屋に入つて来たところだつたのである。「醜い、まぎれもないならず者の顔だ。あんなのはわしもいままで見たことがない。森の中へ入つてから気の毒に御婦人の持物を剝いでしまひはせんかと心配だ。しかし悪者は悪者でも仲々すばしつこい連中さ、何もかもすつかり直すといふのに、一分とかゝらずやつてのけたよ。」

「あんまり長い旅行なもので疲れ切つてゐたのでせう。」とマダムは言つた。「性悪(わる)な顔もしてはゐたのですが、妙に瘠せこけて、暗い顔つきに黙りこくつてゐましたよ。わたし、たしか要らぬ物好き心を起しすぎますわね。しかし、明日にもなつて、あの若いお方がよくなれれば、何もかもきつと話して下さるでせう。」

「さあ、どうだかね。」と父は、不思議な微笑を浮べて言つた。そしてちよつと肯いたその所作は、いかにも話しては聞かせぬが、まだまだいろいろのことを知つてゐるよ、といはんばかりのそぶりだつた。

でわたしはなほさら、父とあの黒天鵞絨の貴婦人とが、出発の直前、ほんのちよつとのあひだではあつたが熱心にかはしてゐたあのひそひそ話の内容を知りたくてたまらなくなつたのである。

みんなが出て行つてしまふかしまはぬに、さつそくわたしはせがんでみた。父は大してためらひもしなかつた。

「別に隠しておくわけもないよ。あの婦人は、娘を預けるなどまことに相済まん、といふやうなことを言つて、さてそれから、娘はからだが弱くて神経質だ、但し、何も発作なんかにかゝることはない――と、まあ率直にさういふのだがね――また幻覚にかゝつてゐるんでもない。実際完全に正気なんだ、とかう言つたのさ。」

「まあなんておかしなことをいふのでせう。」とわたしは口を挿んだ。「まるで要りもしないことを……。」

「とにかく、さう言つたんだ。」と父は笑つた。「で、お前が何もかも知りたいといふから聞かせるだけなんだが、それからあの婦人は言つた。『妾は生死の――と特にこの言葉に力を入れて、――緊急な用件のためこんな長旅をしてゐるのです、急いで、しかも秘密に。三ケ月も経てば子供のところへ帰つて参ります。そのあひだ中、あれは、妾たちが何者であるか、また妾たちがどこの者で、どこを目ざして旅行してゐるのか、左様のことについては口をつぐんで居りませう。』とね。これがあの婦人の言つた全部なんだ。実に完全なフランス語だつた。『秘密』といふ言葉を口にしたとき、あの婦人は、ちよつと言葉を切り、いかめしい顔附をしてじつと私を凝視(みつ)めたよ。これが、あの人にとつては非常に重要な点らしいね。お前も知つてるとほり、ずゐぶん早く行つてしまつたものさ。あの嬢さんのことを引受けなどして、じつに愚かなことを仕でかしたものだといはずに済んでくれればよいが、とね、実は心の中で思つてゐる次第なんだ。」

わたしは、といふと、何分にも嬉しい気持がさきに立つて、たゞもう彼女に会つて話をしてみたくてたまらなかつた。医師が許しを与へてくれるのを千秋の思ひで待ち焦れてゐたのである。都会(まち)なかに住んでゐらつしやるお方々には、淋しい環境につつまれてゐるわたしたちにとつて、新しい友達が来るといふことがどんな大事件であるか、御想像にもなれまいと思ふ。

医師は一時近くまでは着かなかつた。しかしわたしは寝にも就けず眠りも得せず、ひたすらそのまどろつこしい思ひを、あの黒天鵞絨の貴婦人の乗つた馬車を徒歩で追ひかけるやうなじれつたさに引きくらべてゐた。

医師が客間に下りて来ての報告は非常に幸さきよいものであつた。病人は起き上つてをり、脈搏も正しく、うち見たところ悪いところなど少しもなささうであつた。傷は何も受けてゐないし、神経に与へたショックももうおさまつた。双方がその気持なら、わたしが会ひに行つても差支へはあるまい、といふのである。かういふお許しもあつたことだし、わたしはさつそく召使をやつて、ほんの二、三分ほどお目にかゝりに行つてよろしいか、と尋ねさせた。召使は、それ以上の喜びはありません、といふ返事を齎らして帰つて来た。

お祭しのやうに、わたしは、飛びつくやうにしてこの言葉に甘えたのである。

客は、この城（シュロッス）中でも一番綺麗な部屋に寝かされてゐた。いさゝかいかめしい部屋である。寝台の足もとの方の壁には、クレオパトラが胸に毒蛇をあてた図の、暗い感じの綴織（タペストリ）がかゝつてゐた。他の三方の壁のにも、いくぶん色褪せてはゐるものの、厳かな古典の場面が織り出されてゐた。しかし部屋の中の他の装飾調度類は、いづれも金色眩ゆい彫刻や豊かな色とりどりの塗りを施してあつて、古風なタペストリの陰気な感じなど打消してなほ余りあつた。

寝台のかたはらには燭台が灯つてゐた。彼女は起きあがつてゐた。そのほつそりとした美しい軀を包んでゐるのは、さつき彼女が地面に寝かされてゐるとき母親の貴婦人が足さきに投げかけた柔かい絹の化粧ガウンで、一面に花の縫ひとりをし、縁には厚くつめ物をした絹布があたつてゐた。

わたしが寝台の傍に近づき、二こと三こと挨拶をはじめたとき、――突然その言葉を咽喉につまらせ、思はずも一、二歩あとすさりさせたものは……。

わたしがそこに見たのは、子供の頃、あの怖ろしい夜わたしを訪れたあの顔だつたのだ。その顔はいつまでも記憶に残り、この長い年月のあひだも人知れず胸に浮んで来ては、覚えずわたしを慄然とさせてゐたのである。

それは綺麗な、じつさい「美しい」顔貌であつた。いまわたしが眺めるとき、その顔は、憂愁にとざされたあの同じ表情を浮べてゐた。

しかしこの憂愁の顔つきは、ただちににこり、とほころんで、旧知を認めたよろこびが、不思議な、凍りついた微笑にあらはれて来た。

双方ともおし黙つたまゝ、たつぷり一分（ぷん）は過ぎた。たうとう彼女の方から語りはじめた。わたしはどうにも舌が動かなかつた。

「何てふしぎなことでせう！」と彼女は声を挙げた。「今から十二年ほども前、わたしあなたのお顔を夢に見ました。それ以来ちよつとのあひだもお顔はわたしを離れたことがありません。」

「じつさい不思議なことですわ！」とわたしも響きかへすやうに言つた。心の中では懸命の努力で、しばらくはわたしに言葉も出させなかつたあの恐怖の情をおさへてゐた。「十二年前のこと、幻にか、現実（うつつ）にか、たしかにお目にかゝりました。一度も忘れたことがありません。その後といふもの、わたしの目の前にはいつもそのお顔がちらついてゐたのです。」

彼女の微笑は柔らいでゐた。奇妙な感じはすべて消え去り、その微笑と靨（えくぼ）の浮ぶ両頬は、たゞ心も蕩けるほどかはゆく怜悧さうであつた。

わたしはすつかり落ちついて来た。そして型どほりに言葉を継いで歓迎の言葉を述べ、まつたくの偶然からお留り下さることになり一同どんなに嬉しく存じて居るか、また特にこのわたしにとつてはどんなにたのしいことであるか、と述べはじめた。

言葉をつゞけながらわたしは彼女の手を取つた。淋しく暮してゐる者の常で、わたしは幾分はにかんでゐた。しかし立場が立場なものでそのわたしも雄弁になり、多少図々しくもなつて来た。彼女はわたしの手を握りしめ、他の片手をその上に載せた。そして、ちら、とわたしの眼をのぞき込みながら、もう一度微笑し頰を赤らめたとき、彼女の眼には何故かきらり、と光つたものがあつた。

彼女はえも言はれぬ言葉つきで、わたしの歓迎を返した。わたしは傍らに腰を下し、なほも不思議の感じを捨て得ないでゐた。それから彼女は語るのであつた。

「夢に見たあなたの幻のこと、どうしても申し上げなければなりませんわ。おたがひそんなにはつきりした夢を見るなんて、勿論どちらも子供でしたのに、ふたりとも今の姿でおたがひを見かけたなんて、ほんとに何てふしぎなんでせう。わたし、まだ子供でしたの。六つくらゐだつたでせう。わたし、何だかごちやごちやしてよく筋もとほらぬ夢を見て、半分魘されながら目をさましましたの。気がついてみると、いつもの子供部屋とはちがつた室でした。無器用に暗い色の木で壁板をあてたお部屋で、茶箪笥や寝台があるのですの。そこらに椅子だの腰掛だのがおいてありました。寝台はどれも空のやうでしたし、部屋の中も、わたしのほか誰一人ゐないのです。あたりをぐるぐる見まはしてゐるうち、ふと鉄の燭台が目につきました。枝が二つ出てゐる、――今度見れば必らずそれと分るほどはつきり覚えてゐますわ。これが大変気に入つたので、窓のところへ行つてみようと片つ方の寝台の下へ匐ひこんでみました。ところがその下から出て来るとき、誰だか泣声が聞えるのです。まだ膝をついたまゝ顔を上げると、わたしの目に入つたのはあなたのお姿だつたのです。――たしかにこのあなた、――いまわたしが現在この眼で見てゐる、そのとほりの美しい令嬢、――金髪で大きい碧い眼をした。そして唇、――あなたの唇――いまのまゝのその唇ですわ。あなたのお顔附にわたしすつかり心を惹かれました。わたしは寝台によぢ上つて両腕をあなたにかけ、それから二人とも眠つてしまつたのでせう。突然叫び声がしてわたしは目をさましました。あなたが起き上つて大声で泣いていらつしやるのですわ。わたし怖くなつて床にすべり下り、そして、ちよつとのあひだ気を失つた、――やうに思ひます。それから目をさましてみると、またもとの自分の部屋に居るのです。その時から後、わたしは、あなたのお顔を忘れたことがありません。空似なんかでは絶対に……。あなたこそわたしの見た方にちがひありませんわ。」

今度はわたしが残り半分の、わたしの見た幻を物語る順番であつた。わたしがその話をし終へると、この新しい友達は驚ろきの気持を隠さうともしなかつた。

「どちらがよけいに怖がる筈なのか、わたしにはよく分りかねますわ。」と、彼女はかういつて、また微笑するのであつた。「あなたがもう少しお美しくなかつたら、わたし、あなたが怖くつてたまらなかつたことでせうね。でも、あなたはその通りでいらつしやるし、二人ともこんなに若いのですもの、――わたし、十二年前にお友達になつていただいたといふ、たゞそんな感じがするだけですの。何だか、あなたに親しくしていたゞく権利があるやうな気がしますわ。いづれにせよわたしたちは、小さな子供同志のときから、お友達になる運命になつてゐたのでせうね。ふしぎなほど惹きつけられてゆく気持を、わたしと同じほどにも感じてゐらつしやるかどうか……。わたし今まで友達なんて一人も持つたことがありませんの。今度こそほんとのお友達が出来たのでせうかしら……?」彼女は溜息をついた。そしてその美しい黒い瞳は、情熱こめてわたしの方をじつと凝視めるのであつた。

ところで、ほんたうのところをいふと、わたしの気持は不思議なほどこの未知の佳人に惹かれてゐたのだ。彼女の言葉どほり、わたしは、じつさい「惹きつけられ」てゐたのである。しかしまたそこには、何かしら嫌悪に似たやうなものがあつた。しかしこの曖昧な感情のうちでは、牽引の力がはるかに立ちまさつてゐた。彼女はわたしの心を喜ばせ、すつかり征服してしまつた。彼女はそんなにも美しく、また言葉に説明もできぬほど魅力があつた。

倦怠、疲労に似たものが、彼女の顔つきに現はれて来た。わたしはそれに気がついたので、あはたゞしくお休みなさい、をいふのであつた。

「お医者さんのおはなしでは、」とわたしは附け加へた。「今夜は寝ずの番の女中をおつけするやうに、とのことで、一人、準備をして待つてをります。よく気のつく、静かな者で、お邪魔にはならぬと思ひますが……。」

「まあ御親切に。でもわたし、召使ひが部屋にゐると眠れませんの。手伝ひは要りませんし、それに、打明けて申しますと、わたし物盗りを怖ぢる気持にいつも憑かれてゐるのですの。一度、邸に盗賊が入つたことがあつて、召使ひが二人殺されました。でわたし、いつも扉に鍵をかけることにしてゐます。たうとうこれが習慣になつて……。御親切に、こんなことお赦し下さいましね。鍵は穴にさしこんだまゝになつてゐますわね。」

彼女は美しい両腕でわたしを抱き、そして耳もとで囁くのだつた。「お寝みあそばせ。お別れするのは大変辛いのですわ。でも、お寝みあそばせ。あした、でも朝早くではないのですが、またお目にかゝりませう。」

彼女はほつ、と溜息をついて枕にもたれかゝつた。その美しい目は情をこめた、また憂鬱なまなざしでわたしのあとを追ふのだつた。それから囁くやうな小声でもう一度言つた。

「では、お寝みあそばせ。」

若人たちといふものは、他人を好くにも愛するにも、その折をりの激しい情緒の動くがまゝに流れてゆく。わたしは、彼女の示す明白な、たゞしわたしに適はしいとはまだ言ひ切れなかつたけれども、その愛情ですつかり夢中になつた。彼女が何のためらふこともなくわたしを受け容れてくれたその信頼は、わたしにはどんなにか好もしいものであつたらう。わたしたち二人は心からの親しい友になる定めと、彼女はすつかりきめこんでゐたのだ。

あくる日となつてわたしたちは、また顔をあはせた。このお友達はわたしにはます〳〵気に入るばかりであつた。数へきれない多くの点について……。

彼女の容貌は日中でも何ら失ふところがなかつた。たしかに彼女はわたしが今まで見たこともないやうな美しい人であつた。そして、幼い日の夢に現はれ出たあの幻の顔にまつはるいやな思ひ出は、いまだ心から拭ひ去られはしてゐなかつたが、思ひもかけぬ再会の印象、あの口も利けぬ畏怖の感じは、だんだん薄らいで消えて行つた。

彼女のはうでもわたしを見て、同じやうな激動を心に受けた、と告白するのであつた。そして、彼女に対する歎美の念に混つてわたしが心に抱いた、あの微かな反感をも同じく経験した、といつた。いまとなつてはわたしたちは、おたがひにあの瞬時の恐怖心を笑ひ草にしてしまふのであつた。

第四章　彼女の習慣——とある日の逍遥

たゞ今も申し上げたやうに、大抵の事柄についてわたしはすつかり彼女に夢中になつてゐた。

しかし、それほどにはわたしの気に入らない点も、少しばかりはあつた。

彼女は婦人としては丈の高い方であつた。まづその顔貌(かたち)から述べることにしよう。彼女はほつそりとしたからだつきで、実に優雅な容姿をしてゐた。その動作は緩慢で物倦さう——きはめて物倦さうであつたが、たゞその点だけを除けば、別に病人らしいところがその外貌にあらはれてゐるわけではなかつた。顔色は冴えて輝くばかり。目鼻だちは小さく、美しく整つてゐた。両の眼は大きく、黒くてつやがあり、また髪の毛もじつに見事であつた。肩のあたりに落ちかゝるその様子は、目もあやにふさふさと長く、たぐふべきものもないと思はれるほどであつた。わたしは両手でその髪を受けてみては、その重さにびつくりして笑つた。それは世にも細かな柔らかい毛で、色は豊かな濃い褐色、金色の光沢を帯びてゐた。わたしは好んでその髪を撫で垂らし、自然の重みで落ちかゝつて来るのを眺めてゐた。彼女が自分の部屋で椅子に凭れかゝり、あのえもいはれぬ低い声で話しつゞけてゐるときなど、わたしはたゞうつとりと聞き惚れながら、指さきではその髪の毛を束ねたり編んでみたり、ひろげて指でいじりまはしてみたりしてゐた。嗚呼！　何もかもがわたしに分つてゐたのなら！

………

　多少わたしの気に入らぬ点もある、とは唯今申し上げた。はじめての夜、彼女がすつかり心をうち明けてくれたことが、わたしの心を捕へる原因だつたとは、はじめに申し上げたとほりである。しかし彼女は自身のことについても、母親についても、またいままでの生涯についても、――つまり彼女の生活や将来や、家族の人たちのことなどについては、非常に用心深く、こゝろして口を噤んでゐるといふことが、だんだんわたしに分つて来た。たしかにわたしは思慮がなく、多分まちがつた考へ方をしてゐたのである。たしかにわたしは、あの威圧的な黒天鵞絨の貴婦人が父に与へた厳かな命令を尊重して居るべきだつたのだらう。しかし好奇心といふものは一つの情熱、おちつかぬ、前後の見さかひもせぬ情熱である。どんな若い婦人だつて誰か他の者に、自分の好奇心を冷然として却けられ、それで長く我慢してよう筈がない。わたしがこれほどまで熱心に知りたがつてゐる、たつたこれぽちのことを教へてくれたとて何の害があらうものか？　あのひとは一体わたしの思慮分別も名誉心をも信用してゐないのか。わたしが彼女の打明け話を、ただの一語、一シラブルも生ける人に洩しはせぬと厳かな誓ひまで立てたのに、なぜわたしを信用してくれようともしないのか？……

ほんのわづかの手がかりすらも与へまいとする、ほゝゑみつゝも憂鬱の影をたゝへた彼女の執拗な拒絶には、年齢には似つかはしからぬ冷たさがあつた。わたしにはさう思はれるのであつた。

この点についてわたしたちが諍ひをした、といふのでは勿論ない。彼女は事が何であらうとも諍ひなどしようとはしなかつた。いふまでもなく、無理強ひに迫るなどは怪しからぬことであつたし、無躾であると咎められても返す言葉はない。しかし実際のところわたしは、どうにも抑へ難い気持を感じてゐた。そのまゝに抛つたらかしてしまつたところで、大したさし閊への出て来ることでもなかつたのだが……。

彼女がわたしに話してくれたことを一切合切よせ集めてみても、かうしたわたしの無躾な評価からすれば、まるで皆無にも等しかつた。

結局わたしの知つたのは、きはめて曖昧な三つの点だけだつたのだ。

第一に、彼女の名前はカーミルラといつた。

第二に、彼女の属する一族は非常に高貴な且つ由緒あるものであつた。

第三に、彼女の故郷はこゝから西の方角にあたる、といふことであつた。

彼女は、一族の家名をも教へようとはしなかつた。また家の紋章についても沈黙をまもり、その領地についても、住む国の名すらも、口に出しては言はなかつたのである。だからとて、わたしが四六時中こんな事柄について、彼女を悩ませてゐたとお考へになつてはならない。わたしは好機を狙つてゐた。そして、こんな質問をするにも無理強ひあけすけにするのではなく、それとない遠まはしの方法を用ひてゐた。事実、一、二度は真正面から攻撃したこともあつた。しかし、いかな戦法を講じてみても、いつもおしまひはいすかの嘴(はし)で、詰(なじ)つてみても、賺(すか)してみても、結局はどれもこれも無駄になるばかりであつた。たゞつけ加へておきたいのは、彼女のかうした言ひ遁れはいかにも優雅なものごしで、憂鬱に、また禱るやうに為されるのだつたし、また繰り返し繰り返し、情熱的な調子すら帯びて彼女が述べ立てたのは、しんからわたしを好いてゐること、またわたしの名誉心を十分信頼してゐることなどであつた。また何べんも何べんも約束しては、つひにはわたしもすべてを知るやうになる、さうした時期がかならず来るといつたりもした。左様かやうのことなどで、わたしも気を悪くしてばかりゐるわけには行かなかつた。

　こんなとき彼女は、美しい両腕をわたしの頸のまはりに投げ、わたしをじつと抱きよせて頰をわたしの片頰に重ね、唇(くち)を耳につけんばかりに、こんなことを囁くのがいつもの癖であつた。「ね。あなたのかはいゝ心臓は傷いてゐなさるのね。力とかよわさのわたしの法則、あらがひ難い掟(おきて)に従ふからとて、わたしを残酷だなどとお考へにならないで。あなたのなつかしい心臓が傷いてはゐても、わたしの狂ひあらぶ心臓ももろとも血を流してゐるのです。この上ない屈従のうちに法悦を抱き、あなたの温い生命の中にわたしは生きつゞけるのです。そしてあなたは死ぬ——死ぬ。うれしくも死ぬ。そしてわたしの命に溶けこんでゆく。それが避けられぬふたりの運命……。わたしがいまあなたに近づくやうに、やがてはあなたが自分の番になつて、他の人たちに近づいてゆく。そのときはじめてあなたは、残酷のあの心とろかす悦びを、学び知る。しかし、それも愛なのです。……ですから、ね、ここしばらくはわたしのことも、わたしの一族の者のことも、知らうとはしないで下さいましな。たゞ愛する魂のすべてを挙げて、わたしを心ゆくまで信じてゐて下さいましな。」

こんなわけも分らぬこと(ラプソディ)をしやべつたあげく、彼女は慄へる腕にわたしをもつと〳〵強く抱きしめ、柔らかな接吻はわたしの頬の上にやさしく焼きつくのであつた。

彼女の興奮や言葉など、何もかもわたしには分らぬものづくめであつた。

こんなことは始終起るわけではなかつたが、ほんたうのところわたしは、こんな愚かな抱擁からは遁れ出たい気持をいつも感じてゐた。しかもさうしたときどき、力がわたしの総身から抜け出してしまふやうにおぼえるのであつた。かうやつてつぶやく彼女の言葉は子守唄のやうにわたしの耳にひびき、抵抗の気持など溶け去つて、たゞもううつとりとするばかりであつた。彼女が両腕を解き放つまではわたしはわれに帰るすべを知らなかつた。

こんな神秘不可思議な気分のときの彼女をわたしは好まなかつた。わたしはこころよい、ある一種異様の名づけ難い心の動揺、興奮を感ずるのである。そしてこの気持には、時として、茫漠たる恐怖と嫌悪の情が我知らぬまに混じて来るのであつた。このやうな場面がつゞいてゐるあひだ、わたしは彼女に関して何等はつきりした考へを持たなかつた。しかしわたしは、胸に抱く情愛がだんだん讃仰のこころに変つてゆき、またそれと同時に抑へがたい嫌悪の情が芽生えてゐることにも気がつくのであつた。これは勿論矛盾である。しかしかう申し上げる以外にはわたしの気持はたうてい説明の仕様もない。

十年の歳月が経過した今日、当時はそれとも気づかずに過したあの恐るべき試練、——その中での出来事や場面の数々を、錯綜する想ひ出のまゝに心に浮べ身の毛のよだつ思ひをおさへつつ、わたしは慄へる手でこの一文を草する。勿論、この物語の本筋に関しては、鮮烈な、忘れようとても忘れられない思ひ出が痛々しく心の中を走つてゐる。しかし、恐らくは何人の生涯にも、必らず或種の強い情緒を伴ふ場面場面があるものである。それにからまつてもろもろの情熱が、思ひ出すたびごと、わたしたちのうちに荒々しくまた恐るべく掻き立てられ、それでゐてありとあらゆる情景の中でも特に微かに茫漠としか記憶されてゐないやうな。

時としては、こんな感覚を失つたやうな状態が一時間ばかりもつゞいたあとで、この不思議な美しい友はわたしの手を取り上げ、やさしく愛撫しては握りしめ、これを繰り返し繰り返しするのであつた。頬は心もち赤らめ、物倦げなしかも燃えるやうなまなざしでじつとわたしの顔に見入るのであつた。彼女の呼吸はだんだん急迫して来、身に着けた衣服も荒い息づかひにつれて高まり低まりした。それは殆んど恋する男の情熱であつた。わたしはすつかり当惑した。うとましい気持に打たれながらもわたしはすつかり圧倒され、有無をもいふいとまはなかつた。まなざしもうつとりとさせながら、彼女はわたしを抱きよせ、その熱い唇の接吻でわたしの頬いちめんを蔽ふのであつた。それから殆んど歔欷にも似た口調で、わたしの耳に囁きこむのであつた。「あなたはわたしのものよ。きつとわたしのものになるのよ。そしてあなたとわたしとはいつまでもいつまでも一つになるの。」たちまち彼女は椅子に身を投げ、かぼそい両手でその目をおほひ、わたしが身慄ひしてゐるのも知らぬげにするのであつた。

「わたしたちは親身の者だ、とおつしやるのでせうか？」とわたしはいつも訊ねてみるのだつた。「ね、どうしてこんなことをなさいますの？　多分わたしを御覧になると、あなたの愛していらつしやるどなたかをお思ひ出しになるのでせう？　でもこんなことなすつてはいけませんわ。わたしどうにも我慢ができませんの。あなたがその様な顔つきをなすつたりそんな風にお話しになつたりすると――わたしには、あなたのことも――じぶんのことも、何もかも分らなくなつてしまふのです……。」

すると彼女は、わたしの激しい調子にめげて、溜息をつき、それから顔をそむけてわたしの手を離すのであつた。

かういふ意想外な愛情の表現に関して、わたしは何か得心のゆく説明を与へようと徒らに苦心するばかりであつた。わたしにはかうした態度は気取りだとか、悪ふざけだとかいふ風には到底考へられなかつた。疑ひもなく抑圧された本能や情緒が、ほんのしばしの隙を見て爆発したとでもいふものであらう。母親にあたる貴婦人がわざわざ否定して行つたのではあるけれど、さうしてみると彼女は、或ひは時折狂気の発作に襲はれることがあるのでもあらうか？　でないとすれば、偽装のうちの恋物語でもこの事件のうちにはあるのかしら？　何だか昔の物語の本で、そのやうなことを読んだおぼえもある。恋に悩む少年が海山千年の老女に助けられて、かうやつて家の中に闖入し仮の姿で求婚の思ひを遂げる、といふのだつたらどうしよう……。でも、わたしの虚栄心といふ立場からはきはめて興味そそるものではあつたけれども、この仮説にはいろいろ不便の廉があつた。

じつさい、「恋の虜(とりこ)」にでもなつた少年なら進んでしさうな慇懃の数々をわたしは受けたのだ、と申し上げなければならない。しかし情熱に魘(うな)されたやうなかうした刻刻のあひまには、長い中断の時期が存在してゐた。ごく普通平凡な生活、陽気な楽しみや滅入るやうな憂鬱や——。そしてかうした時期には、憂鬱の焰に燃える彼女の眼がわたしのあとを追つかけまはすのを感じる他には、時としてわたしは彼女にとつて無にもひとしい存在であることに気がつくのであつた。このやうな神秘的な興奮につ、まれた短い折々を除外すれば、すべて彼女の挙措態度は若い婦人に似つかはしいものであつた。のみならず彼女の身にはいつも物倦さの気(け)がつきまとつてゐたが、こんなものは、元気一ぱいの青年などには似ても似つかぬものだつたらう。

いろんな点で彼女の習慣には奇妙なところがあつた。あるひはわたしたち田舎ものの眼には、都市の淑女がたには思ひもよらぬほど奇異なものと映つたのでもあらう。おめざめは非常に遅かつた、大てい午すぎも一時頃までは寝室から下りて来ないのであつた。朝食にはチヨコレエトを少し飲むだけで食べ物には手もつけなかつた。そのあとではわたしたちは一緒に散歩に出た、が、これこそほんとの逍遥で、彼女はほんのちよつと歩けばくたびれてしまひ、さつそくお城（シユロッス）に引つ返すか、樹々の間にあちらこちらとおいてあるベンチに腰を下してしまふかであつた。たゞしこれは肉体の疲労だけで、彼女の精神は何ら影響を受けなかつた。話をするときはいつも元気よかつたし、また非常にもの分りのいゝ婦人でもあつた。

時には家郷のことに言葉が向いて行くこともあつた。でなくば何か珍らしい経験や、環境や、ずつと幼い頃の思ひ出や。かうした話を聞いてゐると、奇妙な風習を持つた人々、わたしたちが何一つそれについて聞いたこともないやうな習慣、などのことがおのづと心の中に形作られて来るのであつた。こんな断片的な話から、わたしは、彼女の郷国といふのははじめわたしが想像してゐたのよりずつと遠隔の地にあるのだと思ふやうになつた。

ある午後のこと、かうやつて二人が木蔭に坐つてゐたとき、葬列が道をとほつて行つた。葬式は森番の娘のものであつた。可愛らしい少女でわたしも何べんか会つたことがある。気の毒な親父さんは、愛娘の柩の後ろをとぼとぼと随いてゆくのであつた。娘は彼のたゞ一人の子供で、父親は見る目もあはれに悲しみ沈んでゐた。二人づつ組になつて百姓たちが、その後ろから葬歌（はふり）を口ずさみつゝついて来た。

列がとほりすぎてゆくとき、わたしは敬意を表して立ち上つた。そしてこの人々のやさしい悲しい調べに声をあはせて、讃美歌をうたつた。

友はあら〳〵しくわたしをゆすぶつた。わたしはびつくりしてふり向いた。彼女はぶつきら棒にいふのだつた。「何て耳ざはりに歌つてゐるのかあなたには分らないの？」

「大へん美しい歌ですわ、反対に。」とわたしは答へた。水をさすやうなこの言葉には当惑もし、また非常に不愉快にもなつたのだ。小さな行列の人々が、こんな言葉を聞きつけて気を悪くはしまいかと心を痛めたのでもあつた。

で、わたしはまた歌をつゞけた。そしてすぐまた中断された。「あなたの歌、まるでわたしの耳を劈きやぶつてしまひさうだわ。」とカーミルラは、怒つたやうな調子でいふのだつた。そして小さな指さきで両の耳を塞いでしまつた。「それに、わたしのお宗旨があなたのと同じだなどと、誰も知つてはゐやしないぢやないの？　あなた方の形式ばつたやり口を見てると胸がわるくなつてしまふ。わたし、葬式なんてものは大きらひ。何て大げさなさわぎつぷりでせう！　ね、あなただつて死ぬし、──誰でも死ぬし──死んでしまへば誰も生きてゐるときよりはずつと幸福よ。さ、家に帰りませう。」

「お父様は牧師さんと一緒にお墓場に行きましたわ。けふあの子が葬られるのをあなた御存じだとばかり思つてゐましたの。」

「あの子、ですつて？　わたしは百姓のことなんかで頭を使つたりはしないのよ。誰のことだか、それすら知つてやしない。」とカーミルラは答へた。彼女の美しい眼からは火花が散つてゐた。

「気の毒な女の子でね、半月ほども前、幽霊を見たつていふのですの。それ以来ずつと死ぬか生きるかの境で、たうとう昨日息を引きとつてしまひました。」

「後生ですから幽霊の話なんかしないで。今夜はきつと眠れなくなつてしまふわ。」

「疫病か熱病ひのやうなものでも、はやりかゝつてゐるのでなければいゝのですがね。何だか、どれもこれもさうした病状で。」とわたしは言葉を継いだ。「豚飼の若いお上さんが亡くなつたのも、つい一週間ほど前のことですわ。寝床の中に眠つてゐると何かしらん飛びかゝつて来て、咽喉のところを引つ摑み、それはもう息が止るほどだつた、といふのですわ。お父様のお話だと、熱病によつてはそんな怖ろしい幻想が取りついてくるのもあるんですつてね。そのお上さんは前の日にはぴんぴんしてゐたのですのに。少したつと体が弱つてしまつて、一週間と経たないうちに死んでしまひましたわ。」

「その人の葬式はもう済んでゐて欲しいわね。讃美歌も終つて。わたしたちの耳があんな耳ざはりな意味もない文句で苦しめられなくても済むといふものよ。すつかりわたし、いらいらしてしまつた。ね、こゝへ、傍に坐つて下さいな。もつと近くに寄つて。わたしの手を執つて。強く握りしめて——強く——もつと強く。」

わたしたちは少し後ろに退つてゐた。近くにはさつきとは別の腰掛があつた。

彼女は腰を下ろした。その顔は奇妙な変化を受け、ほんのしばし、わたしをびつくりさせ恐怖させさへした。その顔つきは曇つて、見るも恐ろしいほど鉛色を帯びて来た。歯は喰ひしばり、両手はぎゆつと握りあはせ、しかめ面をしたその唇は必死とすぼめてしまつてゐた。

そしてその間ぢゆう彼女は足許の地面をじつと睨みつめ、瘧にかゝりでもしたやうにとめどもなく体中をがたがた慄はせてゐた。彼女は身体中の力を振りしぼり、息もつかずに闘ひながら発作が起るのを一所懸命喰ひ止めようとしてゐるかの様子であつた。たうとう、低い、痙攣的な、苦痛の叫びがその口から洩れた。そして徐ろにこのヒステリー状態は治まつて来た。

「あゝ。あの讃美歌うたひの首しばりどものお蔭だつたわ。」たうとう彼女はかう言つた。「支へて下さいな。ずつと支へてゐて。やつと治まるやうだわ。」

さうやつて発作はだんだん静まつた。そして多分、それこれのことがわたしに与へた陰気な印象を霧散させてしまふ考へからでもあつたらう。彼女はつゞいて、いつにもなく元気づきお喋りをした。そしてわたしたちは家に帰つて来た。

母親の貴婦人がそれについて言ひ残していつた体質の弱さに関する少しでもはつきりした兆候が現はれるのを見たのは、わたしにはこれがはじめてであつた。また、彼女が癇癪めいたところを少しでも外に表はすのがわたしの目にとまつたのも、これがはじめてであつた。

二つとも夕立雲のやうに過ぎ去つて行つてしまつた。そしてその後では、彼女が怒つたやうな顔つきをするのを見たのはたつた一度しかなかつた。それについて今お話し申し上げよう。

わたしと彼女とが一緒に、長方形の客間の窓から外を眺めてゐたとき、吊上げ橋を渡つて中庭の方へ一人の男が入つて来た。これは住処定めぬ物売りで、わたしもよく見知つてゐた。

一年に二回ほどは必らずこのお城(シュロッス)にやってくるのであった。

その男は傴僂(せむし)であった。不具者通有の鋭い瘠せた顔附をし、顎には先の尖つた黒い髯をのばしてゐた。にたにた笑ふ口は耳まで裂け、その口からは真つ白な牙が見えてゐた。着物は、褐色や黒、紅、とりまぜの色で、とても数へ切れないほどの帯皮や革紐を身にしめ、その革からあらゆる種類の商品をぶら下げてゐた。背中には幻燈の箱と、それにくつつけてもう二つの箱を背負つてゐる。どれもわたしにはお馴染のもので一方の箱には火蛇(サラマンダー)が、あとの一つには曼陀羅華(マンドレーク)が入つてゐるのである。これらの伝説的怪物を見るたびに、わたしの父は噴き出してしまふのであった。この怪物は、猿や、鸚鵡や、栗鼠や、魚や、猬(はりねずみ)や、そんなものの体軀のあつちこつちを切り取つて来て乾燥させ、びつくりするほど巧みにくつつけ合せて作り上げたものだつたのである。彼はまた胡弓や、奇術道具類の入つた箱や稽古用の刀剣にお面、こんなものを帯皮に結びつけ、まだその他にもいくつも奇妙不可思議な函類を体ぢゆうにぶらぶらさせてゐた。手には銅の石突の嵌つた黒色の杖をついてゐる。お供(とも)は人馴れのせぬ瘠せた犬で、いつも彼の後にくつついて歩いてゐる。それが、吊上げ橋のところでは疑ひ深さうな顔をして、つと立止り、たちまち陰気な声を出してわうわう啼き出したのである。

さうかうするうち、この香具師は中庭の真中につつ立つて、グロテスクな帽子を脱(と)り、わたしたちの方に向ひ物々しく儀式ばつた態度で一揖におよび、さて言語に絶したフランス語、及びこれにもをさをさ劣らぬドイツ語で、立板に水とお世辞の百万遍もぺらぺらまくし立てるのであつた。それから胡弓の紐を解き、陽気な唄を引つ掻き鳴らしはじめた。そしてこれに合せて愉快さうな調子つ外れの唄をうたひ、見るからに滑稽な動作で踊りまはるので、犬のわんわん吼えるのも構はずわたしもつりこまれてつい笑ひ出した。

やがてこの男は窓の下まで進み出で、顔中を笑み綻ばし、何度も何度もお辞儀をする、帽子は左手に、胡弓は腋の下に挟み持ち、息もつかさぬ流暢さで自分めの達しましたるあらゆる遊芸の術、深く秘したるくさぐさの術をいつでもお嬢さま方の御覧に供すべきこと、それから何なりとお目にかけられる珍奇の品の数々、お慰みのさまざま、何なりとも御披露申し上げて御機嫌を取り結びませう、とながながと広告してのけるのだつた。

「御婦人のお方々様、この頃この森の界隈に狼のごとく猖獗を極めたりと聞き及びまする病除けの護符を一つお覓めあそばされませい。」と彼はいひつゝ、手に持つ帽を庭に落した。「右にも左にも、人はたゞぱたりぱたりと倒れ死ぬばかりでござりまする。こゝに持ちますこの護符、効験いやちこ、その力決して誤つなき品、たゞ針にて枕にお留め下さらば、疫病も物の数ならず、枕を高うしてお寝りなさるゝこともできようものでござりまする。」

この護符といふのは、長方形の羊皮の切れはしで、表には奥妙不可思議の呪字と図形を記してあつた。

カーミルラは立ちどころに一つを買ひ求め、わたしもそれにつりこまれて買つた。

彼は庭からこちらを見上げ、わたしたちはうち興じつゝ彼を見おろしてゐた。少くともわたしはさうだつたのだ。彼のつらぬくやうな黒い眼は、わたしたちの顔を見上げ、ふとあるものを発見した――彼の好奇の心は一寸のあひだ一つ所に留つたのである。

彼はすぐさま革製の容器を取り出した。その中にはあらゆる種類のこまごました鉄製品が入つてゐた。

「さあ御覧うじろ、御婦人方、」と彼は言つた。そしてその品物を見せびらかしながら、わたしの方を向いていふのであつた。「私めが修練習得いたしましたるさまざまこまごまの技術のうち、最もお役に立つはこの歯科の術でござります。犬め、やかましいわい！」彼は言葉を挿んだ。「黙つてをれ、けだものめ！　この犬め、御婦人方がお聞きとりにもなられぬほど喧ましく吼えまする。あなた様の高貴のお友達、お右側に居られまするお若い御婦人のことでござりまする、――お方様はいかう鋭いお歯を御持ちでゐらせられまする。長く、薄く、尖りました一本のお歯、錐のやう、と申し上げませうか、針のやう、と申し上げませうか。は、は、は！　この鋭い眼をもちまして、私めは遠くまでを見とほしまする。ちやつとおん見上げ申しまするとき、ありありとこの眼にて承知つかまつりました。もしもそのお若い淑女様に、そのお歯がお気ざはりの種となられ――いや確かに左様にてござりませう、さて然らば心配御無用、こゝに私めが控へてをりまする。手には鑢（やすり）あり、薬嚢あり、鋏（やつとこ）あり。もし淑女様のお気に召しますれば、そのお歯も私め、見ん事円満愚鈍にしてさし上げませうぞ。魚のお歯は今日より早速に廃業、美貌麗容の御婦人に適はしき御歯と変へて進ぜまする。へ、へえ？　若い御婦人様は、あの、まさかに御機嫌を……？　遠慮なし申し上げすぎましたかな？　御逆鱗に触れましたかな？」

若い御婦人様は実際、おそろしく怒つた顔つきをして、ついと窓辺を離れてしまつた。

「あの香具師めがこんなにわたしたちを侮辱するなんて！　お父上はどこに居ますか？　申し上げてきつと処罰致させませう。わたしの父だつたらきつとあの悪者めを街路の井戸にしばり上げ、荷牛追ひの革鞭でさんざ打擲した揚句に城の烙印を骨に透るまで焼きつけたでせうに！」

彼女は窓辺から一、二歩退いて坐つた。が、その怪しからん男の姿が目に映らなくなるや否や、彼女の憤怒はたちまちにして薄らいだ。怒り出すのも突然であつたが、気持をとりなほすのも急であつた。漸次彼女はいつもの調子に返り、せむしの小男やその身のほど知らずの言葉つきなどけろりと忘れるやうに見えた。

その夕、父は元気をなくしてゐた。部屋に入つてすぐ話したことは、最近の例と同じじやうな重い病件がまたぞろ起つて来た、といふのであつた。ほんの一哩ほどのところに住む、領地内の若い百姓の妹が危篤で、しかも本人の語るところではその罹病の模様も前のとすつかり同じであつた。で、いまはもう恢復の見込もなく、徐々にしかし確実に、死んでゆくところであつた。

「こんなことには勿論、」と父は言ふのであつた。「きはめて自然な原因があるのさ。この哀れな連中は迷信をおたがひに伝染(うつ)しあふものだから、誰か隣家のものがやられたとなると、さつそく似たやうな恐怖の像(こはいもの)を心に描き、これがまたあとからあとと拡がつてゆく、といふ段取りになるのだ。」

「でも、とてもこはいことですわね。」とカーミルラがいつた。

「どうしてですかな？」と父が訊ねた。

「そんなものが目に見えて来ると想像するだけでも怖くてしかたがありませんわ。本当に目で見るのと同じほどいやなことですわね。」

「わたくしどもは神の御手にあるのです。神の御許しなくては何事もこの世に現はれることは出来ません。そして、事すべてめでたく終るといふのが神を愛する者のさだめなのです。神はわたくしたちの創造主、信実にして裏切ることなきお方です。わたくしたちすべてを造りたまうた神は、またわたくしたちをお護り下さるでせう。」

「創造主ですつて！　自然こそですわ！」とこの若い婦人は、やさしい父に応へてかういふのであつた。「この地方一帯を冒してゐる例の病気だつて、自然的——自然なんですわ。あらゆるものは自然から生じます。さうではございませんか？　天上のもの、地上のもの、そしてまた地下にひそむもの、すべては『自然』の命ずるがまゝに、動き、且つ生きるのでせう？　わたしはさう考へてゐます。」

「医師はけふこゝに来てくれる、と言つてゐました。」と父は、ちよつと沈黙してから言つた。「あの人がこの病気をどう思ふか、それを知りたいと思つてゐるのです。またどういふ処置を講じたはうがよいか、……」

「医者なんて、わたしにはいち度も役に立つたためしがありませんわ。」とカーミルラがいつた。

「では病気でいらしたことおありなの？」とわたしはたづねた。

「あなたなんかより、ずつとずつとよ。」と彼女は答へた。

「ずつと前のこと？」

「ええ、ずゐぶん前のことですわ。この病気でずゐぶん苦しんだものですわ。もう何もかもすつかり忘れてしまつたけれど、どんなに苦しかつたか、どんなにからだが弱つて来たか、それだけは覚えてゐますわ。でもね、他の病気よりも苦しいなんてことはなかつたわ。」

「それはずつとお小さいときのこと？」

「まつたくね。でも、もうこんなこと話すのよしませう。お友達の気持を傷つけるつもりなんかぢやないでせう？」彼女はもの憂げにわたしの眼をのぞきこみ、片腕をまはしてわたしのからだを抱き、部屋の外へつれ出した。父は窓近の場所で忙がしげに書類をしらべてゐた。

「なぜあなたのお父様はあんなにわたしたちをお威しになりたがるの？」とこの美しい少女はため息をつき、ちよつと身慄ひしながらかういふのだつた。

「ちつともさうぢやなくつてよ、カーミルラさん。そんなこと夢にも思つてゐやしないわ。」

「ね、あなた、こはい？」

「あの可哀さうな人たちと同じにわたしもまもなく罹るといふのだつたら、本当に怕いことだとお思ひにならなくつて？」

「死ぬのがこはいの？」

「え丶。誰だつてさうでしよ。」

「でも恋人同志が死ぬやうに死ぬんだつたら……一緒に死んで未来永劫、一緒に生きることになるんだつたら……。女つてものは、世の中にゐるときは毛蟲とおんなじよ。ゆくゆくは、夏にもなれば蝶々になるんだけれど……でもしばらくのあひだは、地蟲か幼蟲(ラーヴァ)かといふわけよ――ね？――どれにもそれぞれの性質があり、食べものも異り、体つきもちがつてるつてわけ。――とビュッフォン氏は言ってるわ。隣のお部屋においてあるあの大きな書物の中で。」

その日も遅くなつてから医師が来た。そしてしばらくは一室に閉ぢこもつて、父と何かしきりに話してゐた。彼はもう六十歳も上廻つた老練の人で、頭髪には古風に金粉を撒(ふ)つてゐた。その蒼い顔はきれいに剃刀をあてて、西瓜のやうにつるつるしてゐた。二人は一緒に部屋から出て来た。そしてわたしは、父が声をたて、笑ひながらこんなことをいふのをふと耳にした。

「あなたのやうな賢人が左様のことを言はれるとは……。伝説に出る鷲頭馬(ヒポグリフ)や龍(ドラゴン)についてのお考へを伺ひたくなりますな。」

医師はにこにこ笑つてゐた。そして頭を横に振りながらからかうといふのであつた。

「ともあれ、生と死とは神秘の状態です。そしてどちらにもあれ我々は、その源泉については殆んど何等の知るところがないのです。」

二人は行つてしまつたので、もうその話を立聞きすることも出来なかつた。そのときにはわたしには、このドクトルが提供してゐた新説が一体どういふ内容のものであつたのか皆目見当もつかなかつた。が今となつてはそれもどうやらわかる気がする。

第五章　瓜ふたつ

その夕刻のこと、グラーツから絵画手入専門店の息子が着いた。色黒な、鹿爪らしい顔つきの男である。荷馬ひきの車には絵でぎつしりつまつた二つの大きな箱が積んであつた。それは十里をも遥かに越す旅程であつた。そしていつでも使ひの者が此の地方の小さな首都グラーツから着くごとに、町の新しい報せを聞かうとわたしたちはみんな大広間につめかけるのであつた。

この人の到着は、人里離れたわたしたちにはずゐぶんな刺戟となるものであつた。箱は広間に残したまゝ、召使たちはこの客の世話をやき、一同彼が夕食を終へるのを待つてゐた。それから、手助けの人たちを引きつれ、手には鎚、鑿、ねぢまはしなどを持つて、彼は広間に立ち現はれた。わたしたちはみんな、この荷解きの光景を見物しようと一同集つてゐた。

カーミルラはぼんやりと眺めながら坐つてゐた。一方、古い絵画は一つ一つと箱の中から取り出されて来た。どれも皆肖像画ばかりで、いづれも手入を受け甦新して帰つて来たものである。わたしの母は古いハンガリヤ名族の出であつたので、今度かうやつてもとの場所へかけようとするこれらの絵は、大てい母からの由緒の品だつたのである。

父は目録を手にしてこれをよみ上げてゐた。技術師がこれに相当する番号の品を引つぱり出すのであつた。これら肖像画が非常に優秀なものであるかどうかはわたしには分らない。しかし疑ひもなくどの画も大変古いものであり、なかなか珍らしいものもその中にはあつた。大抵ははじめてわたしの目にふれるもので、その点非常に珍らしかつたのである。といふのは、今までは時代とともに画面がくすぼつてしまひ、ほとんど何が描いてあるのか見当もつかないやうになつてゐたからである。

「わしもまだ見たことのない画があるよ。」と父は言つた。「上の方の片隅に名前が書いてあるね。わしに読めるところでは『マルシア・カルンシュタイン』といふのかな。日附は一六九八年とあるが、ひとつ、どんな風になつたのか見せてもらひたいものだ。」

わたしにはその画はおぼえがあつた。小さな画で、高さ一尺五寸くらゐもあつたらうか、ほとんど正方形に近く、額（がく）には入つてゐなかつた。なにぶんにも時代が古いもので、さつぱりどういふ画なのか見取れなかつたのである。

技術師は今やその画を取り出した、誰の目にもそれと分るほど意気揚々として。それは非常に美しい画であつた。人を驚倒させるに値するもの、さながら生けるがごとき画こそこれであつた。それはカーミルラの画像であつたのだ!!!

「カーミルラさん！　本当の奇蹟よ!!　あなたはこの画のなかにゐるんだわ、生きて、笑つて、今にもものをいひ出しさう！　ね、お父さま、きれいではなくつて？　それから、ほら、咽喉にある小さな黒子（ほくろ）まで……。」

でも父は、からからと笑つてかう言つただけであつた。「まつたくよく似てゐるね。」それからむかうのはうを向き、驚いたことには、ほとんど何の感動も受けなかつたかのやうに、その技術師といろいろの話をつゞけるのであつた。このひとは多少の画家でもあつたので、このたび自分の技術を通じて再び光彩燦然と陽の目を見ることができるやうになつた肖像画やその他の作品について、いろいろと気の利いた話しぶりをしてゐた。一方わたしは、その画を見れば見るほど不思議の念にわれを忘れるのであつた。

「あのね、お父さま。この画をわたしのお部屋に掛けておいてもよくつて?」とわたしはたづねた。

「あゝいゝとも。」と父は微笑しながらいふのであつた。「よく似てゐると言はれるとすつかりいゝ気持になるよ。わしがいゝと思つてゐたよりずつと美しい、いゝ画なんだね、そんなにお嬢さんにそつくりだといふのなら。」

令嬢はこの麗辞を受けようともせず、まるで耳を藉さない風であつた。彼女は椅子の背に凭れかゝり、その美しい両の眼は長い睫毛の下から、思ひに耽りつゝじつとわたしの方を見つめてゐた。彼女は恍惚の面持でにつこりと笑つて見せるのであつた。

「そうら、ね。かうやつて見れば、隅の名前もはつきり読めるでせう? マルシアではなくつてよ。たぶん金文字で彫り込んであつたのでせうね。名前はカルンシュタイン伯爵夫人ミルカーラ、つていふのよ。で、この小さなのが名前の上の宝冠よ。それから、下に紀元一六九八年つて書いてあるわ。わたし、カルンシュタインの子孫なんですの。つていふのは、お母様がさうだつたのですのよ。」

古い時代の、ずつと前の祖先がさうだつた、と思ひますわ。いまカルンシュタインの一家で生きてゐる人がゐて？」

「その苗字を名乗る人は一人もゐませんでせう。何でもずつとむかしのこと、内乱があつたとき一族はすつかり滅びたといふことですわ。でもお城跡はこゝから三哩ばかりのところにありますわ。」

「まあ、さう？」と彼女は、もの倦げにいふのであつた。「でもごらんなさいな。何といふ美しい月夜でせう。」彼女は閉めさしたまゝの広間の扉口から外の方を眺めてゐた。「内庭のまはりを少し散歩して、路や川の方を眺めてみませんこと？」

「あなたがこゝへいらつした、あの晩とそつくりね。」とわたしは言つた。

彼女はため息をつきつゝ、にこりと笑つた。

彼女は立ち上つた。わたしたちはおたがひに胴のまはりに腕をかけあつて、街路のはうへと歩み出た。

口はつぐんだまゝ、わたしたちは、ゆつくりと吊上げ橋の方へ歩いて行つた。そこまで行けば、美しいあたりの景色は目の前におのづと開けてくるのであつた。

「あなたはわたしの来た晩のことをお考へになつてて？」と彼女は、ほとんど囁くやうに語るのであつた。「わたしの来たのをよろこんでゐて下さる？」

「うれしいのよ、ね、カーミルラさん。」とわたしは答へた。

「であなたは、わたしによく似てゐるとお思ひの画をご自分のお部屋へかけてお置きなのね？」と彼女は溜息をしながらかうつぶやいた。つぶやきつゝ、さらにつよくわたしを抱きしめ、美しい頭をわたしの肩に埋めかけた。

「何てロマンティックな方でせう、カーミルラ。」とわたしは言つた。「いつでもおはなしを承はつてゐると、何かすばらしいロマンス物語から抽きだして来たみたいですわ。」

彼女は黙つたまゝわたしに接吻した。

「たしかに、ね、カーミルラ、あなたは恋してゐらつしやるんでせう。今でも胸のうちではそのことが絶えまなく動いてゐるのでせう。」

「わたしは誰に恋したこともない、これからだつてありはしない。」と彼女は囁いた。「あなたに、でなければ、ね。」

月の光を受けて、何と彼女の美しかつたこと——。

恥かしげにまたふしぎな顔つきをして、彼女はつとその顔をわたしの首筋にすりよせ髪のなかに隠してしまつた。はげしい溜息はすすり泣きのやうにさへ聞え、わたしの掌に託した片手はぶるぶると慄へてゐた。

わたしの頰にすりよせたそのやはらかい頰は、燃えるやうに熱してゐた。「懐かしいひと、懐かしいひと。」と彼女は呟くのであつた。「わたしの命はあなたの裡に、——そしてあなたはわたしのために死んで下さるのね。わたしはこんなにあなたを愛してる……。」

わたしはぎくりとして身を振りほどいた。

わたしを見つめたその両の眼からは、すべての焔、すべての意味が消え失せてゐた。その顔は全く色を失ひたゞいちづ無感動の様子であつた。

「風がつめたいのかしら、ね、あなた。」と彼女はものうげにいふのであつた。「何だか寒けがするわ。わたし、夢でも見てゐたのかしら。帰りませう。ね。ね、家に入つて行きませう。」

「顔の色がわるいわ、カーミルラ。少し眩暈（めまひ）でもするのぢやなくつて？　少し葡萄酒をめし上れよ。」とわたしはいつた。

「ええ。さうしませう。大ぶん気分がよくなつたわ。二、三分もすればすつかりなほるでせう。でも、さうね、少し葡萄酒を飲ませて下さいな。」とカーミルラは答へた。わたしたちは扉口に近づくところであつた。「もう一度だけ、ちよつとのあひだ眺めませうね。たぶん、ご一緒に月景色を見ることなんかもうこれでないでせうから。」

「ね、カーミルラさん。お気分はどう？　本当によくなつて？」とわたしはたづねた。

わたしはそろそろ怖気づいてゐた。この地方いちめんに蔓延して来たといふ、あの奇妙な伝染病に彼女もかゝつてるんぢやないかしら――。

「あなたがちよつとでも御病気になつて、」とわたしはつけ加へた。「すぐにお知らせ下さらなければ、お父様はきつと、堪へ切れないほど悲しむことですわ。この近所に大変いゝお医者さんがゐますの。さうさう、今日来てお父様と話してゐたあの人ですわ。」

「本当にいゝお医者のやうね。あなた方はどなたも本当に御親切で、――わたしよくわかつてゐますわ。でも、ね、あなた。わたしもうすつかりよくなつたの。からだがちよつと弱いだけで、何も大したことはありはしないの。わたし物倦さうだつて、いつもみんなの人がいふわ。からだを使ふつてことがどうにもわたし出来ないの。三つの子供ほどにも歩けやしないの。ときどきはその力さへ抜けて、いま御覧のとほりになつてしまつて、――でもね、結局すぐ元気が出ては来ますわ。ぢきいつものとほりになりますからね。ほら、こんなに元気になつたの、見て下さいな。」

実際彼女のいふとほりであつた。それから二人はずゐぶんいろいろのおしやべりをし、彼女は非常に元気づいて来た。その晩はもうあのばかげた夢中の――とわたしがいつてゐる――行為なんかいちども起らずに済んだ。つまり彼女の気ちがひじみた言葉つき、目つき、――わたしを困らせ時には怖気づかせさへしたあの奇妙な行ひのことなのである。

ところがその夜ひとつの椿事が倦き起つて、わたしの考へなどまるで別の方向へ引つぱりこんでしまつた。そしてカーミルラのもの倦げな気質をすら、しばしば活潑に働かせるやうなことになつた。

第六章　奇怪至極な疼痛

わたしたちが客間に入つてゆき、珈琲とチョコレエトのため席についたときには、カーミルラは飲みこそしなかつたけれども、また気持を取りかへしたやうであつた。マダム・ペロドン、マドモワゼル・ド・ラフォンテーヌが加はつて、カルタ遊びを少しした。そのうち父は、父のいはゆる「紅茶を大鉢一ぱい」飲むため入つて来た。

カルタが一しきりすんだとき、父はソファにカーミルラと並んで腰をおろし、少し心配げなおももちで彼女に、その後母親から便りを受取つたのか、と聞いてみるのであつた。

彼女は「い、え」と答へた。

父は、手紙が来るのだつたら、いまのところ、どこにあてて来るかわかつてゐるのかとたづねた。

「わかりませんわ。」と彼女は曖昧に答へるのであつた。「でもわたし、このお城をそろそろ失礼しなくては、と考へはじめてをりますの。いままでも御親切にすぎるほど、おもてなしいただいたのですもの。数限りもないお手数ばかりおかけして……。わたし明日にも馬車をたのんで、駅馬の乗りつぎで母を追つてゆかうと思ひます。結局はどこまで行けば母に会へるか、といふことだけはわかつてをりますので……。行先はまだ申し上げかねますけれども。」

「そんなことはゆめお考へなさつては不可ません。」と父は叫んだ。わたしはほつと安堵した。「さういふ風にしてお別れしてしまふことは、私たちには到底出来ませんし、それに、お母上にあなたをお渡しするのであれば格別、でなければ御出立なさるといふことにも同意いたし兼ねます。お母上が、御自身こゝへ帰つて来られるまで、といふ条件で御親切にもあなたをお残し下さつたのですから……。何かお便りでもあつたと承はることが出来れば嬉しいのですが。ところで、いまこの近隣にひろがつてゐる例の奇怪至極な病気は、ますます驚くべきものになりかゝつてゐます。で、御令嬢、お母上のお教へも頂けない以上、なほさら私として大変に責任を感ずる次第です。でも、まあ、全力は竭してみます。とにかく、お母上のはつきりした御指図なしには、出立なさつては相なりません。お別れいたすのはあまりにも悲しいことで、なかなか容易に御同意も申し上げられないほどです。」

「ありがたうございます。御親切にはくりかへし、くりかへしお礼を申し上げます。」と彼女ははづかしさうな笑を洩しながらさう答へた。「どなたもほんたうに御親切すぎるほどでしたわ。この美しいお城（シャトオ）でお世話になり、令嬢と御一緒にすごしたこのしばらくのあひだほど、しあはせであつたことは今までにもほとんどございません。」

で父は、例の古めかしい礼式に従つて慇懃に彼女の手に接吻した。彼女の言葉にすつかり喜んでにこにこしてゐたのである。

　わたしはいつものとほり、カーミルラの部屋までついて行つた。そして彼女が就寝の準備をしてゐるあひだ、坐つておしやべりをしてゐた。

「あなたはね、カーミルラさん、」とわたしはたうとう切りだした。「いつかは何もかもうちあけて下さるおつもりなの？」

　彼女はこちらを振り向いてにつこり笑つたが、何も答へらしいものは口に出さず、たゞ微笑しつゞけるだけであつた。

「御返事はなさりたくないのね？」とわたしは言つた。「あまりお気持のいゝことぢやなくつてね。わたしお聞きしなければよかつた。」

「そのこと、でもその他のどんなことでも、お訊きになるのは当然ですわ。あなたをわたしがどんなにいとしくお思ひしてゐるか、きつとおわかりになつてないのね。おわかりならば、どんな大切なことだつてあなたにおうちあけできぬことはない、と御存じになつて下さる筈よ。でもわたしは聖約で縛られてゐるのですの。どんな尼さんだつて、こんなに誓ひ畏れてはゐないでせう。でわたしはまだ、あなたにさへ、お話しすることはできないのですわ。何もかも全部お話しできる時期がもう眼近に迫つてゐます。きつとわたしを情知らずの我儘ものだとお考へでせう。でも愛といふものはいつでも我儘なものですわ。烈しければ烈しいほどますます我儘になつて行きます。あなたがまだ御存じになれないやう、どんなにわたし気を配つてゐることでせう。あなたはわたしについていらつしやらなければならない、わたしを愛しつゝ、死へ……。でなければわたしをお憎みになつて……。でも、憎んでもやはり来なければならない。死と、その後に来るものとを通じて、わたしを憎み、憎みつゞける……。わたしの無感動な性質のなかには冷淡なんて言葉はないのです。」

「ほら、ほら、カーミルラ。また例のわけのわからない譫言がはじまつたわ。」とわたしはいそいで言葉を挿んだ。

「決して。わたしは年もゆかぬばかな女ですけれどね、それに気まぐれたつぷりだけれど……。あなたには賢人のやうにお話ししますわ。あなた舞踏会にいらしたことおあり？」

「いゝえ。ずゐ分お話が飛ぶのね。でもどんなですの？　ずゐぶんすばらしいものなんでせうね。」

「もうすつかり忘れてしまつた。とほいとほい昔のことよ。」

わたしは笑つた。

「まさかそんなお年よりではないでしよ。はじめての舞踏会のお目見得もまだお記憶にうすれないほどぢやなくつて。」

「わたしすつかり思ひ出して来た——でもずゐぶん骨を折らなければ……。何もかも全部目の前に浮ぶんだけど、まるで水に潜つた海女が頭の上に起ることを眺めてゐるみたい……。濃密な、さざなみの立つ、しかし透きとほつた、何かさうしたものをへだてて見てゐるつて感じ……。その夜のこと、すつかり画面を掻き乱してその色も褪せさせてゐる、あれが、起つたの……。わたし、もう寝床のなかで殺されるかと思つた。傷を受けて……ここに。」

彼女は自分の胸に触れた。「そしてそれ以来といふもの、決してもとどほりにはならないの。」

「もう少しで死ぬところだつた、のですつて？」

「ええ。とても——情知らずの愛だつた——とても奇妙な……。わたしの生命を取つてつてしまはうといふんですもの。愛はいつでも犠牲が必要なのね。犠牲つてものは血を流さずには済まないの。でも、もうそろそろお寝みにならない？　大へん大儀になつてしまつて……。どうやつて立上つたらいゝかしら。扉に鍵もかけなくちやいけないんだけれど。」

彼女は小さな両の手を豊かな波うつ髪のなかに隠し、片頰をその上に凭せかけてゐた。その小さな頭は枕の上にのせたまま、あのきらきら光る眼はわたしが動くとほり、わたしのあとを追ふのであつた。その顔には、わたしには何とも判断のつかない恥かしさうな微笑があつた。

わたしはお寝みを言つてそつと部屋を脱け出た。胸のなかには何か不愉快な感じがうづいてゐた。

わたしは時として訝るのだつた。一体あの美しい賓客は朝夕のお祈りをすることがあるのかしら。このわたしは、とにかく彼女がひざまづくのを一度も見たことはなかつた。朝には、わたしたちの家族うち揃つての祈りが終つてずつと遅くまで階下には降りて来なかつたし、夜は夜でわたしたちがきまつて広間でする短い晩禱に加はらうと客間を離れたことは一度もなかつたのである。

いつだつたか偶然のきつかけで話に出た、彼女が洗礼を受けてゐる、といふことを耳にしてゐなかつたなら、彼女はキリスト教徒ではあるまいと疑ひこむやうになつてゐたかも知れぬ。宗教といふ話題に関しては、彼女が一言でも口にするのを聞いたことがなかつた。ただし、これは、わたしがもつと世の中といふものをよく知つてゐたなら、かうした対宗教の怠慢や反感も、これほどにはわたしを驚かしてはゐなかつたらう。

神経質な人たちに特有の警戒心は伝染る性質を持つてゐる。そして似たやうな気質の人びとならば、ほんのしばらくのあひだに間違ひもなく、さうした習慣を真似るやうになつてしまふ。わたしもいつのまにかカーミルラの、寝室の扉に鍵をかける例の習慣が身についてしまつた。わたしの頭のなかには、つまり、彼女の話して聞かせた真夜中に闖入して来る悪漢のことだとか、匐ひ込んで来る暗殺常習者だとか、気まぐれな心配がすつかり棲みつくやうになつてしまつたのである。また彼女のやつてゐるとほり、部屋中には人殺しや盗賊が「ひそみ隠れて」はゐないことを自分で自分に納得させるため、部屋中をひとわたり捜索する、といふやうなこともはじめたのである。

で、この夜も、かういふ深慮の手配を十分つくしてから、わたしは寝床に入り、すぐ眠りこんでしまつた。燈火がひとつ部屋のなかで燃えてゐた。これはずつと前からの習慣で、どんな場合にでもこれなしには眠ることはできなかつたのである。

これだけ堅固な護りを施したあとでは、わたしも落ちついて眠れる筈であつた。ところが夢のかず〳〵は石の壁をもつきぬけて入り、暗い部屋をも照し出だし、明るい部屋の光を消し、人物は好き勝手に登・退場して、鍵だの錠だのはあつて無きがごとくなのである。

この夜わたしは夢を見た。そしてその夢こそは、奇怪きはまる苦痛の始まりとなつた。わたしは夢魘といふやうな言葉でこれを呼ぶことはできない。自分がぐつすり眠つてゐたことはよくわかつてゐるのである。併しわたしは自分の部屋に居り、現実の姿のとほり寝床に横になつてゐる、といふことも同じやうによく知つてゐた。わたしはこんなことを見た、——か、見たと想像した——部屋とそのなかの家具類とはさつきわたしの眺めたまゝに、たゞあたりは真つ暗であつた。寝台の足もとのあたりを何かしらうろつきまはつてゐる。最初はそれが何であるのか、はつきりとは見わけがつかなかつた。ぢきわたしは、それが世にも巨大な猫とも見える煤、のやうに真つ黒な動物であると見てとつた。四尺か五尺の長さであつたらう。といふのは煖炉の前を踏んでとほるとき、たつぷりその敷物と同じ長さに見えたからである。檻の中の野獣のやうな、しなやかな、無気味な動作で、休みもなくあちら、こちら、と動きまはる。心のうちでは怯え切つてゐるが、声をあげて人を呼ぶ力が出ない。獣の足どりはだんだん、だんだん早くなり、それとともに部屋のなかは急速に暗黒の度を増した。たうとう本当の真つ暗闇、たゞ獣の両眼だけが暗黒のなかに光つて見える、――わたしは、その獣が軽やかにわたしの寝台に跳び上るのを感じた。二つの大きく見開いた眼がわたしの顔に近づき、そしてわたしは突然、胸部深く二本の大きな針が、一、二寸の間隔をおいてぐさ、と突き刺さつたやうな痛みを感じた。わたしは悲鳴を挙げて跳び起きた。部屋のなかにはいつものとほり、夜どほしの蠟燭が燃えてゐた。そしてわたしは寝台の足もと近く、少し右の方よりに一人の女の姿を見た。その姿は暗色のゆるい衣服をつけ、髪の毛は垂れて両肩を蔽つてゐた。石像だつてこんなには静かに立つてゐられまい。――呼吸の動きの影すらなかつた。わたしがじつと凝視めてゐるうち、その姿は少し位置を変へた。出入口の方へ近よつて、――やがてずつと扉に近づき、――かと見るまに扉は開き、その姿は外に去つてしまつた。

わたしはやつと人心地をとりかへし、息づき、からだを動かしてみた。まづ最初に思つたのは、きつとカーミルラのいたづらで、扉は閉めわすれてゐたのだらう、といふことであつた。わたしはいそいで扉をしらべた。いつものとほりそれは内側から堅く錠をおろしてあつた。わたしは怖ろしくて扉を開けもし得なかつた。髪の毛もさか立つ思ひ――わたしは寝床の中に飛び入り、頭からすつぽりと掛ぶとんを引き被つた。朝の光がさして来るまでは、わたしは生きてゐる気もしなかつたのである。

第七章　冥府への道

その夜の出来事を思ひ起すたび今日にすらなほ感ずる、あの恐怖の気持をお伝へしようとしたとて徒らであらう。夢に見てやがては忘れ去るやうな短い恐怖の念ではなかつた。その怖ろしさは時とともに深まるかのごとく、あの変怪をとり巻いてゐた部屋、家具類にいたるまで、その気持を伝染(うつ)してゆくのであつた。

次の日わたしは瞬刻たりともひとりでゐるに耐へなかつた。父に一伍一什(いちぶしじゆう)を語るが当然とは思つたけれども、さうしたくない、しかも相反する二つの理由があつた。ひと時はこんな話をして聞かせたら、父はきつと笑ひ出すだらうと思つた。これを冗談半分にとられることは、わたしには我慢できぬことであつた。またあるときは、父は、近隣にひろがつてゐる不思議な病気にとりつかれたのだと思ふかもしれぬ、といふのがわたしの考へであつた。わたしとしてはそのやうな懸念はまつたくなかつたし、父は少し前から病床に親しんでゐたので、父によけいな心配はかけたくなかつたのである。

わたしは気だてのよい二人の伴侶、マダム・ペロドンと元気溌剌のマドモワゼル・ド・ラフォンテーヌとには、ごく気兼ねなくしてゐた。二人はわたしが元気をなくし神経質になつてゐるのに気がついた。でたうとうわたしは、この胸に重つ苦しくのしかゝつてゐるその出来事を話したのであつた。

マドモワゼルは笑ひだした。しかし、マダム・ペロドンの方は何か心配げな様子に見えた。

「ところでね、」とマドモワゼルは、くつくつ笑ひながらいふのであつた。「カーミルラ嬢さんの寝室のね、あの窓の向ふのしなの木の茂つた長い散歩みちね、あすこには幽霊が出るのよ。」

「ばかなことを！」とマダムは大声でいつた。多分この話題は生憎に時宜を得たものでないと考へたのであらう。「いつたい誰がそんなことを言つたの？」

「マーティンがいふことにね、例の古い庭の門をなほすといふので、二度ほども朝まだ暗いうちに行つたといふの。するとね、二回とも同じ女の姿があのしなの木の並木路を歩いてゆく、つていふんですの。」

「勝手なたはごといはしとくがいゝわ、お天道さまが明るいうちは……」とマダムは言つた。

「まつたくね。でもマーティンはね、勝手にこはがつてしまつてるんですよ。およそばかと名のつくもので、あんなに怖がつてるのをわたし、見たことないわ。」

「そんなことなんかひと言もカーミルラ嬢さんにいつてはいけませんよ。あの部屋だと並木路は窓からよく見えるんだし、」とわたしは言葉を挿んだ。「あの人はわたしよりももつと——つてのがあるのならね、——臆病なんですから。」

その日カーミルラはいつもより遅く階下に降りて来た。

「昨夜は大へんこはかつたわ。」と彼女は、わたしたちが顔をあはすとすぐさういふのだつた。「あの可哀さうなせむし、わたしずゐぶんひどく罵つてやつたけど、あの人から買つた護符(おまもり)がなかつたら、わたし、きつと何か怖い目にあつたにちがひないと思ふのよ。わたし、何だか黒いものが寝台のまはりにやつて来るやうな夢を見てたの。そしてわたし、すつかり怖くなつて目をさますと、本当に炉棚のまへに黒い姿をしたものがゐるやうな気が、ちよつとのあひだだけど、したの。わたし枕の下に手をやつて例の護符(おまもり)にさはつてみたわ。すると、わたしの指があれにさはつた途端、その黒いものは消えてしまつたの。で、わたし思つたの、あれがあつたからいゝやうなものの、さうでなかつたら、きつと何か恐ろしいことが起つて、多分、噂の種になつてゐる可哀さうな人たちと同じにわたしも絞め殺されてゐたのだらう、つてね。」

「まあ。ちよつとお聴きになつて。」とわたしは口を切つた。そしてわたしは自分の身に起つた恐ろしい出来事をもう一度繰り返して彼女に話した。これを聞いたとき彼女は、まつたくわれを忘れるほど怖がるのであつた。

「で、あなた、そのときあの護符を持つてて?」と彼女は熱心に聞くのだつた。

「いゝえ。わたしあれを客間の花瓶のなかに落つことしてしまひましたの。でも、ひろひ出して今夜はからだにつけてゐませう。あなたが大変あれの効験(ききめ)を信じていらつしやるやうですから。」

これだけの年月をへだてた今、わたしは、どうやつてあの恐怖をおさへつけ、その夜ひとりで自分の部屋で眠つたか、今考へても了解できぬほどである。例の護符を枕にピンで留めたことだけははつきりと覚えてゐる。わたしはすぐに眠りに落ち、一晩ぢゆう、いつもよりぐつすり眠つたほどであつた。

その次の夜も同じであつた。わたしは気持よく眠つた。深い、夢のない眠りであつた。しかし目をさましたときわたしは、妙にからだがけだるく、憂鬱な気分であるのに気がついた。たゞしそれはごく軽い程度のもので、ほとんど気持よい、ともいひたいくらゐであつた。

「ほらね、わたしのいつたとほりだつたでせう?」わたしが前夜の静かな眠りのことを語るとカーミルラはさう言つた。わたしも昨夜は大へん気持よく眠れましたわ。わたしはあの護符を夜着の胸にピンでとめておいたのですの。前の晩はちよつと遠いところにありすぎましたわね。夢だけはまあ別としても、ほかのことはみんな空想のせゐですわ。前々はわたしも、何か悪い精霊がゐて、夢を見させるのだとばかり思ひこんでゐましたの。でもね、うちの医師が、そんなことはない、つてわたしに教へてくれましたわ。何か一時の熱だとか、でなくも何かほかの熱病が、よくあるやうに扉口をたたいてゐるところだ、といふのですの。つまりからだの中には入れないで素通りをし、ついでにこんな警報を残してゆくのだ、といふ話でしたわ。」

「で、あの護符は何でせう?」とわたしは言つた。

「何か薬品にくすべるか、浸すかしたものでせう。疫病の解毒になる、といふわけよ。」と彼女は答へた。

「では、ききめがあるのはからだにだけ、なのね。」

「えゝ、もちろんよ。あなただつて、悪い精霊なんてものがリボンの切れつぱしだの、薬種屋で売つてる香水なんかで退散するとはお考へぢやないでせう？　つまり、この病気といふのは空中を漂ひ歩いてゐるうちにまづ神経をつかまへ、それから脳を侵して来る、つてわけでせう。で、こんな病気があなたをつかまへてしまはないうちに、解毒剤が働いて病気を追つ払ふ、つていふ仕掛けぢやないかしら。これがつまり護符のききめなんぢやなくつて？　何にも魔術のものなんかぢやなくつて、ごく自然なものなんでせう。」

もしカーミルラのかうした考へに従ふことができたなら、きつと気も軽くなつてゐたことだらうと思ふ。でもわたしはとにかく全力を竭した、そしてあの怖ろしい印象はやゝその力を弱めて来た。

その後幾晩かわたしはぐつすり眠ることができた。それでも毎朝目をさますごとに、わたしはあの同じけだるさを身に感じた。そしてある物倦い気持が一日中わたしの心を圧しつけてゐた。わたしは自分でもまつたく別人のやうになつた、と感ずるのであつた。ある名状しがたい憂鬱がひそかにわたしの心に忍びよつて来た。わたしはその憂鬱の気持をいとほしみ、いつまでも、いつまでもつゞけたいものに思つた。ぼんやりとながら死の想ひがわたしの前に開けて来た。そしてわたしが徐々にながら滅びの道をたどつてゐるといふ考へは、穏かに、しかしどこかしら嬉しくないでもないやうな気持で、しつかりとわたしを捉へてゐた。もの悲しいものであるにはしても、これから生れ出た心の調子は楽しい甘美なものでもあつたのわたしの魂魄はその雰囲気のうちに無言のまゝよろこび浸つてゐたのである。

わたしは病気だとは認めたくなかつた。わたしは父に何も話したくなかつたし、医師を呼ぶなどといふことは論外の沙汰であつたらう。

カーミルラは今までにもないほど献身の情を示し、その物倦げな嘆賞の、例の奇怪至極な発作も、ますます頻繁になつて来た。わたしのはうが力も元気も萎え衰へてゆくにつれ、彼女は却つてその情熱を燃え立たせ視線をわたしに纏はりつかせるのであつた。わたしには一時的な狂気の発作としか思へないこんな動作は、いつもわたしをぎくりとさせるのであつた。

自分ではそれとも知らずわたしは、嘗て人間の受け苦しんだ諸々の病気中、最も奇々怪々なもの、その病も相当進んだ段階に到達してゐた。この病気の初期の症状のうちには、何とも説明のできないある魅惑があつた。その魅惑のゆゑにこそわたしは、この期の症状につきものの心も身も全く無力にするあの奇怪千万な影響力をも、ごく自然のもののやうに受容れてゐたのである。しばらくのあひだこの蠱惑は、時とともに増大した。そしてつひにある点にまで到つてはじめて、名状しがたい恐怖の情が、その中に姿を現はしはじめるのであつた。その情はだんだん深まつてゆき、そして、やがて読者もお分りになるやうに、わたしの全生命を褪色させ邪悪化してしまふことになるのであつた。

わたしがはじめて経験した変化は、むしろ快いものであつた。いつてみれば、冥府への下降の道がはじまる古伝説のアヴェルヌス、あの峠、あの転回点にもたとふべきものであつた。

ある種の漠とした奇妙な感じが、眠つてゐるあひだにわたしを襲ふのであつた。一番多いのは、気持のよい、独得な冷い戦慄であつて、水浴中、たとへば河の流れにさからつて動くとき身に受けるやうな感触であつた。これにすぐつゞいていくつもいくつも数かぎりもない夢が浮び上つて来た。もうまるでひつきりなしの、しかも非常に漠としたもので、その情景も人も、またはその行動のほんの一連鎖をも、思ひかへして描くことはたうてい不可能であつた。かうした夢があとに残してゆく印象は世にも恐ろしいものであつた。そして必らず、まるで非常な精神的努力か恐るべき危険を長時間くぐりぬけて来でもしたやうな、極度の疲労困憊感が伴つて来た。かうしたさまざまの夢のあと、目をさまして心に残るものは、どこかしら非常に暗い場所にゐて、自分の目にはそれと見られぬ人たちに語りかけてゐた、といふやうな思ひ出であつた。そして特にひとつのはつきりした声、女の、非常に深い、そして遠いところから話しかけて来るやうな……ゆるやかに、そしていつも同じやうな、言葉には尽せぬ荘厳と畏怖の念を惹き起す声、の記憶であつた。時としては、誰かの手がわたしの頬と頸をやはらかに撫でまはしてゐるやうな感じがすることもあつた。また時には温かい唇がわたしに接吻してゐるやうであつた。その唇がわたしの咽喉に近づくにつれて、更に長い、更に愛情に充ちたものとなつて来た。しかしそのやうな抱擁は、咽喉まで来ると吸ひついたやうに止まつてしまつた。わたしの心臓は動悸うち、起伏する呼吸は速く深くなつて来た。つゞいてわたしはわれ知らずも歔欷(すすりなき)し、やがてそのすすり泣きは頸を締めつけるやうな強烈な感じにまで高まつて来た。それは恐ろしい痙攣に変じ、つひにわたしは身の内の感触を失つて無意識の状態に陥つてしまふのであつた。

この奇怪な病状が起つて以来、もう三週間にもなつた。三週間目になるとわたしの病気は、つひに外観にまで表はれて来た。わたしは色蒼ざめ、両の眼は拡がり、下側の瞼にはくまが出来るやうになつた。そして長いあひだ感じてゐたけだるさは、たうとう顔つきにまで現はれるやうになつた。

父は何遍も繰りかへしてわたしに病気ではないかと聞くのであつた。しかし何ゆゑとも知らぬ不思議な気持からわたしは、まつたく病気などではない、といつもいひ張つてしまふのであつた。

ある意味からはこれは本当でもあつた。何も苦痛の感じはなかつたし、肉体的にどうかうといふことは少しもなかつたのである。わたしの病気はまつたく気のせゐか、でなければ神経のもののやうであつた。そしてわたしの受けてゐる苦痛も恐るべく物凄いものではあつたけれども、わたしは病的な隠し立ての気持から、かうしたものを誰にも打明けようとはしなかつたのである。

確かにこれは、百姓たちがウーパイアといふ名で呼んでゐる例の恐怖すべき病気ではある筈がなかつた。わたしは罹つて以来もう三週間にもなつてゐた。百姓たちの場合には、病状が三日以上つゞくことは稀であり、大ていは三日目に死がやつて来てその悲惨に終りを告げるのであつた。

カーミルラもいろいろ夢を見るとか、熱つぽい感じがするとか騒ぎたててゐたが、少しもわたしののやうな愕くべき性質のものではなかつた。わたしのは極度に愕くべき性質のものだつたのだ。もしわたしに自分の容態を判断するだけの力があつたなら、あらゆる懇請をつくして、救助の手を、助言を、求めたにちがひない。まるで考へも及ばぬ強力な麻薬がいまやわたしに働らきかけてゐた。そしてわたしの知覚はすでに痺れ切つてゐたのである。

一夜のある夢が緒(いとぐち)となり、つゞいて奇妙な事実が発見されるやうなことになつた。ある夜のこと、暗闇のなかで聞き慣れてゐたいつもの声のかはりにわたしは、美しい、やさしい、しかし同時に恐ろしいひとつの声がひびくのを聞いた。「母はそなたに警告する。暗殺者に心せよ!」同時に、思ひもかけずひとつの光がきらめいて、わたしはカーミルラを認めた。彼女はわたしの寝台の足もとに近く、白い夜着を着て立つてゐた。その顎から足さきまで、全身べつとりと血糊を浴びてゐた。

わたしは金切声をたてて目をさました。カーミルラがいま殺されかゝつてゐるといふ、たゞひとつの考へだけがわたしに取り憑いてゐた。わたしが記憶してゐるのはただ、自分が寝台から跳ね起きたことだけである。気がついてみればわたしは、広廊下(ロビイ)に立ちふさがつて、大声で救けを求めてゐた。

マダムとマドモワゼルとが、それぞれの部屋から驚愕に目をさまして駈けつけて来た。ロビイではいつも燈火が一つ燃えてゐた。そしてわたしの顔を見るとすぐ二人は、わたしの恐怖心の原因をさとつた。

わたしは、カーミルラの部屋を敲いて見ねばならぬ、と主張した。我々のノックには返事がなかつた。やがてわたしたちは無性猛烈にドアを敲き、大声を挙げて呶鳴つてゐた。わたしたちは彼女の名前を叫び呼んだ。しかし、何の役にも立ちやうがない。

一同は恐怖に捲き込まれてしまつた。扉は固く錠を下したまゝになつてゐる。わたしたちはたゞたゞ狂乱の態で、いそぎわたしの部屋まで取つて返した。部屋のなかでわたしたちは、呼鈴を長く猛烈に鳴らしつゞけた。父の部屋が近くにあるのなら、さつそく呼びに行つて助けを求めたかつた。しかし父の部屋はずつと離れてゐて、大声で呼んでも到底聞えなどしなかつた。そこまで行くのは仲々大変でもあり、三人のうち誰も、それをする勇気は持合せてゐなかつた。

左様彼様してゐるうち召使たちが階段を駈け上つて来た。そのあひだにわたしは化粧着を羽織り、室内靴を穿くだけのことはしてゐた。あとの二人も同じやうに支度してゐた。召使たちがロビイへやつて来たのを聞きつけて、わたしたちもそこへ集つた。そしてもう一度カーミルラの室前で徒らにさつきの努力を繰り返したあげく、わたしは従僕たちに、錠前をこはしてしまへ、と命令した。男たちはそれをやつてのけた。そしてわたしたちは手に手に燭を高くさし上げ、入口に立つて、部屋の内をのぞき込んだ。

わたしたちは彼女の名前を呼んだ。それでもまだ返事はなかつた。わたしたちは部屋を隈なく見わたした。何ひとつ掻きみだされたあとはない。わたしがさつき、彼女にお寝みをいつて別れたそのとき全くそのまゝの様子であつた。しかしカーミルラはゐなかつた。

第八章　探　索

部屋のなかをどう眺めてみても、わたしたちが無理にこぢあけた扉を除けば、まつたく掻き乱されたあともない。わたしたちはや、冷静になつて来た。そしてまもなく分別を取りかへし、男の召使たちにはもう下つてよい、といひ渡した。マドモワゼルはかう思ひついたのである。多分カーミルラは扉口での大騒ぎに目をさまし、何よりもまづすつかり怖気づいてしまつて、寝台から飛び下り、衣裳戸棚のなかか、でなければカーテンのうしろへ身を隠したのだらう。で、もちろん、家令や従僕たちが退場してしまふまでは姿を現すわけにはゆかなくなつたのだ、と。でわたしたちはまた捜索を開始し、もう一度カーミルラの名を呼んでみた。

それは何の役にも立たなかつた。わたしたちはますます当惑し、心も動揺して来るのであつた。窓といふ窓は全部しらべてみたが、どれもしつかりと鎖してあつた。わたしは声をあげてカーミルラに歎願してみた――もしまだどこかに隠れてゐるのならこんなに心配をかけないで、すぐ姿を現はして欲しい、と。しかしすべては徒爾であつた。わたしはやがて、彼女はこの部屋にもまた隣の化粧部屋にもゐないと確信した。化粧部屋の錠はこちら側からかけたまゝになつてゐる。むかうの部屋へ行つた筈はない。わたしはまつたく面喰つた。現在はまつたく所在不明になつてゐるが、この城内のどこかにあるといひ伝への秘密通路をでもカーミルラが見つけたのかしら？　でももうすこし時間がたてば、何もかもすつかり明るみに出ることだらう——いまのところは誰もかれもすつかり五里霧中になつてしまつてゐるけれど……。

もう朝の四時もまはつてゐた。でわたしは夜が明けるまでの時間をマダムの部屋ですごすことにした。朝の光がさして来ても、この難問はさつぱり解決の途を見出さなかつた。

あくる朝、父がその先頭に立つて、邸中は大擾乱の状態であつた。城内のあらゆる場所は残る隈なく調べられた。庭園も徹底的に捜索した。姿を消した令嬢の手がかりは杳として何ひとつ見つからなかつた。流れに網を曳いてみようといふ提案すら為された。父はすつかり頭が乱れて為すすべも知らなかつた。気の毒なこの少女の母が帰つて来たとき、何といつて事情を説明したらよからうか？……わたしも悲しみの種類こそ異なれ、ほとんど我を失つてしまひさうであつた。

午前中はかうやつて、驚愕と興奮のうちに過ぎた。午後の一時ともなつたが何の手がかりも出て来なかつた。わたしは走り上つてカーミルラの部屋に行つた。カーミルラは化粧机の前に立つてゐるではないか！　わたしはたゞ愕然とした。自分の眼を信ずることもできなかつた。彼女は黙つたまゝ、あの可愛い指でわたしをさしまねいた。彼女の顔つきは極度の恐怖を表はしてゐた。

わたしは喜びのあまりわれを忘れ、彼女の方へ駈けよつた。わたしは彼女を何べんも何べんも接吻しては抱きしめた。わたしは呼鈴をひつ摑んで力まかせに鳴らした。誰かを呼んで父の心配を安らげてやらねばならぬと思つたのである。

「ね、カーミルラ。いままで一体どうしてゐたの？　みんなあなたのことを思つて胸を痛めてゐたのよ。」とわたしは叫んだ。「ねえ、どこにゐたの？　どうやつて帰つて来たの？」

「昨夜はまつたく不思議なことだらけでしたわ。」と彼女はいつた。

「後生だから、ね、すつかりお話しして！」

「もう夜中の二時も過ぎてゐましたわ、」と彼女はいふのであつた。「わたし、いつものとほり錠をおろして、――あの化粧室のも、それから廊下の方へ出る扉も――それから寝んだの。別にとぎれもせず、夢も見ず、ぐつすり眠つてゐたの。ところが、わたし、いま眼をさましてみると、この化粧部屋の長椅子の上に横になつてゐるの。あたりを見ると、次の部屋へゆく扉は開いて、もうひとつの扉は無理矢理こぢあけてあるでせう？　こんなことが起りながらわたし、目もさまさないなんて、いつたいどうしたのでせう。これだけのことをしたのなら、大変な物音をたてた筈よ、ね。わたし他の人よりはすぐ目をさますたちなものだから。それに、目もさまさせないで、どうして寝台から此処までわたしをつれて来たのでせう？木の葉がゆるいでも目をさますわたしなのに？」

この頃までには、マダムも、マドモワゼルも、父も、それから数人の召使までこの部屋に入つて来た。もちろん、どうして、だの、まあよかつただの、ようこそお帰りで、などといふ言葉がカーミルラに浴せられた。彼女が語ることができたのは、終始たゞ、いま述べたやうなことだけであつた。そしてみんなの中でもいちばん、いつたい何が起つたのか事情を心得てゐないのが彼女であるやうに思はれるのであつた。

父はすつかり考へ込みながら、部屋の中をあちこち歩きまはつてゐた。カーミルラの眼は、何喰はぬ、暗く翳つた目つきでほんのしばし父の動作を見つめてゐるのを、わたしはふと見てとつた。

父が召使たちを引き退らせたあと、マドモワゼルは気附薬のかのこ草と炭酸アンモニアの小罎をさがしに出、あとにはカーミルラとわたしのほか、父とマダムだけしか残つてゐなかつた。父は思ひに沈んで彼女の傍により、やさしく彼女の手をとつて長椅子に坐らせ、その横にならんで腰をおろした。

「いま、ちよつと想像ごとをしてゐたのです。それについてお聞きしたいと思ふことがあるのですが、お赦し下さいますかな？」

「いふまでもないことでございますわ。」と彼女は言つた。「何でもどうぞお聞き下さいまし。すつかり申し上げることにいたしませう。しかしわたくしもまつたく惑つてしまひ、何が何だか、わけが分らなくなつてをりますの。わたくし、まつたく何も存じません。どんなことでも、おたづね下さいまし。でも、もちろん、母が申し上げた制限はお守り下さることでございませう。」

「勿論です。お母上が何も訊ねてはならぬと言はれた点には、まつたく触れる必要はありません。さて、昨夜の不思議な事件は結局、あなたが目もさまさないで寝台から、またお部屋からつれ出された、といふことに帰着しますな。加之、このことは明かに、窓もしつかりと閉め、扉は二つとも内側から錠を下してあつたのに起つた、といふ点に問題があるのです。これから、私の考へる説明を申し上げませう。で、その前に一つお訊きしたいことがあるのですが。」

カーミルラは片手をついて、すつかり元気のない様子をしてゐた。マダムとわたしとは息も継がずに耳を澄ましてゐた。

「さて、私の質問はかうです。今まで一度でもあなたが夢遊病、つまり睡眠中に歩いたりする、といふ風な疑ひを受けたことがありますか？」

「子供の頃以来一度もそんなことはありませんでしたわ。」

「でも子供の頃、夢中でお歩きになつた、といふやうなことがあつたのですな？」

「えゝ。だといふことは知つてをります。年とつたばあやによくさういはれたものでした。」

父はにつこり笑つてうなづいた。

「で、結局かういふことが起つたのです。あなたは昨夜眠つたまゝ起き上り、扉を開いたのですが、いつものやうに鍵を鍵孔に残したまゝにせず、抜きとつて外側から錠を下したのです。もう一度その鍵を抜いてそれを持つたまゝ、どこか、この階にある二十五の部屋のどれかでなければ上の階か階下か、へ行つたわけなのです。何しろ間数も沢山あれば押入れも多数だし、また大きな家具類やがらくたものも沢山あるので、この古邸のなかを一々探して歩いた日にはまる一週間もかゝつてしまふといふ有様なのです。で、私のいふことはお分りになりますな？」

「ええ。でもまだすつかりは。」と彼女は答へた。

「で、ねえお父様。目をさましてみるとこの化粧室の長椅子に横になつてゐた、といふのはどうやつて説明なさるおつもり？　この部屋はわたしたちあんなに細かくさがしまはつたのですのに。」

「この人はみんながあきらめて探しやめたあとで、まだ眠つたまゝそこへやつて来たのさ。そしてたうとうひとりでに目がさめ、自分のゐる場所に気がついて他の誰よりも一層びつくりした、といふわけなのさね。カーミルラさん。あらゆる不思議とか神秘とかいふものが、この場合のやうに容易に、また何のやましい影も残さず説明が出来るとい〻と思ひますがね。」と彼はうち笑ひながらさう言つた。「で、結局、一番自然な説明は、薬品だの、錠前の不正だの、あるひは盗賊、毒殺者、でなくば魔女、なんかの要らない説明だ、——つまりカーミルラさんも、他の誰も、少しも身の安全について心配するに当らないやうなことばかりでの説明だ。そのことがはつきりしてよかつたと思ふよ。」

カーミルラの顔つきはほれぼれするほどであつた。そのほんのりと薔薇さした色あひほど世にうつくしいものはまたとなかつた。あのいかにも上品な物倦さがあるので、彼女の美しさは更に心惹くものになるのだ、とわたしは心ひそかに思つた。たぶん父はわたしの顔を見て、二人の容貌を無言のま〻比べてゐたのだらう、こんな言葉がふと父の唇に上つた。

「うちのロオラがもつといつものやうであればね……。」そして彼は嘆息した。

この椿事はとにかくかうやつて幸福に結末がついた。そしてカーミルラは友達の手に帰つて来たのであつた。

第九章　その医師

カーミルラは自分の部屋で召使を眠らせることにはどうしても同意しないので、父はその部屋の外で眠らせるやうな考案をした。さうしておけば今度また同じやうな出あるきをするときには、必らず出口でつかまらうといふものであつた。

その夜は静かに過ぎた。翌朝早く例のお医者がわたしを診察するためやつて来た。父はわたしには一言の相談もなく迎へにやつておいたのである。

マダムがわたしについて図書室へと来た。その部屋に、前にも申したことのある、白髪で眼鏡をかけた、重々しい小柄な医師がわたしの入つて来るのを待つてゐた。

わたしは事の次第をこと細かに物語つた。わたしが話をすゝめてゆくにつれ、彼はだんだん重大な顔附をして来るのであつた。

わたしたちは、彼もわたしも、窓の横に立つて、互の顔を見つめてゐた。わたしの話がをはると彼は、両肩を壁に凭せかけ、両眼をしつかりとわたしに据ゑた。その熱心な好奇心のうちには一抹の恐怖の色が浮んでゐた。

やゝしばし瞑想に耽つたあげく、彼は、父はゐるか、とマダムに訊ねた。で、さつそく父を迎へにやつた。父はにこにこしながら入つて来てかういふのだつた。

な？」

「往診なんかお願ひしたのはとんでもない老婆心だつた、と、恐らく仰有ることでせう

しかし、医師がきはめて重大な顔つきでさし招いたとき、その微笑は影となつて褪せ去つた。

父と医師とは、いまし方医師がわたしを診てゐたあの窓横の窪みでしばらく何か話してゐた。熱を帯びた、討論的な話しつぷりである。非常に大きな部屋だつたので、わたしとマダムとは反対の側のはしで、燃えるやうな好奇心を抑へかねつ丶、一緒につつ立つてゐた。しかし一言もわたしたちの耳には入つて来なかつた。二人はごく低声に語り合つてゐたのである。そして窓のところの窪みに隠れて、医師の方はわたしたちには見えなかつた。父の方と雖も片側の手足と肩とが見えるきりであつた。その話し声は、窓ぎはの厚い壁に遮られてなほさら聞きとりにくかつたのである。

しばらくして父の顔はこちらをのぞきこむやうにした。その顔は蒼白であり、愁ひに充ち、興奮の気持をつ丶み隠しかねてゐた。

「ロオラや、ちよつとこつちへおいで。マダム、唯今のところ、お手数をかけなくともよいさうですから。」

でわたしはそちらに近づきつ丶、いまはじめて驚駭の念を感ずるのであつた。といふのもわたしは、極度にからだが弱つたのを感じてはゐたけれども、少しも病気らしい気持はしなかつたのである。そして体力などといふものは、誰しもよく考へるやうに、つけようと思へ

ばいつでも、気の向いたときつけられるものだと思つてもゐたのである。

わたしが近よると父は片手をさしのべた。しかしその顔は相変らず医師のはうを向いたままであつた。それから彼はかう言つた。

「確かに妙なことですな。どうも十分にはのみこめません。ロオラ、ちよつとこつちへ来てごらん。さ、シュピールスベルク先生の方を向いて。しやんとなさい。」

「お嬢さんははじめて怖ろしい夢を見た夜、どこか頸のあたりに二本の針で皮膚をつき刺すやうな感じがした、といはれますな。今でもまだ痛みますか？」

「いゝえ、ちつとも。」とわたしは答へた。

「指さきで、このあたりだつたと思ふ辺をちよつとさはつてみて下さいませんか。」

「咽喉のすぐ下のところですわ。——ここ。」とわたしは答へた。

わたしは朝のドレスを着てゐたので、指でさし示したあたりは着物で蔽はれてゐた。

「さ、疑ひをお霽し下さい。」と医師は言つた。「で、お父様がその着物をほんのちよつと下げてもお気にはかけないでせうね。いま罹つていらつしやる御病気の徴候を知るため必要なんですから。」

わたしは黙つてうなづいた。その場所はカラーのはしからほんの一、二寸ほど下にあつた。

「何といふ……！——まつたくそのとほりだ。」と父は叫んだ。その顔面には血の気がなかつた。

「御自分の眼ではつきり見分けられましたな。」と医師は陰鬱な勝利をもつた調子でいふのだつた。

「何ですの？」とわたしは叫んだ。何だか恐ろしくなつて来たのである。

「いゝえ、お嬢さん、何でもありません。ごく小さな、小指のさきくらゐの青い斑点です。で、さて、」と彼は父の方を向いて言葉をつづけた。「問題は、どうするのが一番よいか、といふことなんです。」

「何か危険でもあるのですか？」とわたしは、すつかり狼狽して重ねて聞くのであつた。

「何も、と私は思ひますがね。」と医師は答へた。「恢復できぬわけはないし、今すぐから快方に向つてならぬといふわけはありません。そこがつまり咽喉をしめられるやうな感じが一番はじめに来た場所なんですな？」

「えゝ。」とわたしは答へた。

「で、――できる限り思ひ出してみて下さい。――その同じ場所が、いま言はれた、つまり冷い川の水が流れて来てからだに当る、といつたやうな悪寒の中心になつてゐるわけですな？」

「さうかも知れません。たぶんさうだと思ひますわ。」

「はゝあ。分りますか？」と彼は、父の方に振り向いて附け加へた。「マダムにひと言伝へておきませうか？」

「いゝでせうな。」と父は言つた。

彼はマダムを呼んでかういふのだつた。

「お嬢さんは仲々容態がおよろしくない。大して難かしいものだとは思ひません。――しかしとにかく何等かの手段は講じなければならない。それについてはやがて説明することにしませう。で、さし当つて、マダム、ちよつとの間もロオラお嬢さんをひとりではおかないやうに気をつけてをつて下さい。唯今のところはこれだけしか指図できません。しかしこれは絶対に必要なんです。」

「よろしくお願ひしますよ、マダム。」と父はつけ加へた。

マダムは熱誠こめて父の言を肯ふのであつた。

「で、ロオラや、勿論おまへお医者さんのいふとほりをたがへず守るね。

で、御意見を伺ひたい患者が、もう一人あります。たゞ今申し上げた娘の症状とやゝ似た、――程度はずつと軽いのですが、同じ種類のものだと思はれます。若い婦人で、――いま客としてこゝに滞在してゐるのです。今夕またこの方角へ来られるとのお話ですが、ひとつい かゞですか、こゝで夕食を召上つて行かれては。そのときにその婦人にも会つていたゞけませう。あの人は午をすぎなければ階下には降りて来ないのです。」

「いや有難う存じます。」と医師は言つた。「ぢやあ、夕方の七時頃こちらへ参ることにいたしませう。」

二人はわたしにもまたマダムにもさつきの指図を繰り返した。この別れの命令をすると、父はわたしたちを残したまゝ医師と一緒に部屋を出た。二人が城の前面の草生の高台、――道路と濠とのあひだにあたる、――をあちらこちらと歩きまはりつゝ、一心不乱に話しあつてゐる姿がしばらくわたしたちにも見えてゐた。

医師は城には帰つて来なかつた。彼はつないであつた馬に乗り、別れを告げて、森のなかを東へ馬を歩ませるのが見えた。これとあひ前後して、手紙類を持つた男がドランフェルトの方角からやつて来るのをわたしは認めた。彼は馬を下り、袋を父に手わたした。

そのあひだでも、マダムとわたしとは忙がしく考へに耽つてゐた。医師も父もすつかり同意の上で、しかも大まじめにおしつけていつた、この奇妙な命令は、いつたい何のためなんだらう……。マダムはこんなことを思つてゐたのだと、あとになつていふのであつた、多分お医者さんは、何か突然の発作を懸念してゐたので、ひとりでわたしを放つておけばどんな危害が起るかもしれぬ、いや命に拘はらぬとも限らぬ、と考へたのだらう、と。

こんな解釈はわたしには浮んで来なかつた。わたしはたゞこんな風に考へてゐた——神経にさはらない考へ方で恐らくその方がしあはせだつたらう——つまり、これはたゞわたしに見張りをつけて、運動しすぎたり、熟してない果物を食べたり、若い者ならぢきしさうに思はれてゐるいろいろなくだらぬ行ひをせぬやう注意するのだらう……。

半時間ほどたつて父が部屋へ入つて来た。手には手紙を持ち、そしてかういふのであつた。

「この手紙はずゐぶん遅れたんだね。シュピールスドルフ将軍からだが、あの人は昨日くらゐこゝへ着いてゐるわけだつたのだ。或ひは明日まで来られないかも知れぬし、ことによれば今日あたりひよつくりやつて来るかも知れぬ。」

父は開封した手紙を手渡した。しかし、いつもなら誰か訪客があるときには、——ことにこの将軍のやうな親しい人ならば——非常に嬉しがる筈の父が、けふに限つてあまり浮いた顔をしてゐなかつた。まつたく思ひもかけず父は、あんな奴なんぞ紅海の藻屑にでもなつてしまへ、といはんばかりの顔つきであつた。父の心の中には、何か明言したくないあるものが蟠つてゐるのは明かであつた。

「ね、お父様、言つて下さる？」とわたしはいつた。そしてそつと手を父の腕にかけ、できるかぎり嘆願のまなざしで父の顔を見上げた。

「多分ね。」と父は答へた。その手は、わたしの眼の上に蔽ひかぶさつて来る髪の毛をやさしく撫でてゐた。

「あのお医者さん、わたしの容態が大変悪いと考へていらつしやるの？」

「い、や。あの人の考へでは、正しい方法さへ取ればぢきよくなる、少くとも一両日中には恢復の途につく、といふのだ。」と父は、や、冷淡にかう答へるのだつた。「将軍が今やつて来るのは実に生憎だ。おまへがすつかりよくなつてからの方がよかつたのだが……。」

「でもね、お父様。」とわたしは固執した。「あのお医者さん、本当にはわたしがどうだと考へてゐるのですか。」

「いや、何でもないんだ。うるさく質問責めにしてはいかん。」と父は答へた。これまでにそんないらいらした不興げな振舞は一度もしたことがなかつたのに。しかしわたしが感情を害したのを見てとつて——と思ふ——父はわたしに接吻してかういふのだつた。「一両日中にはすつかり分るよ。つまり私が知つてゐることはすつかり、といふ意味なんだ。いまのあひだは何も考へてゐない方がいゝよ。」

父はくるりと振り向いてさつさと部屋を出て行つてしまつた。しかしわたしが、この奇妙なやり口にまだ訝つたり惑つたりしやめないうち、すぐまた部屋に帰つて来た。但しこんなことをいふだけのためだつた。けふ彼はカルンシュタインの方まで出かける。馬車は十二時に待つてゐるやうさせておく。そしてわたしとマダムも一緒に乗つてゆくのだ、とのことであつた。父は用件があつて、あの勝景の土地に住んでゐる僧侶に会ひに行くのであつた。そしてカーミルラはまだこの土地を一度も見たことがないので、やがて起きてくればあとからマドモワゼルと一緒に来るやうにしてあつた。そしてあの廃墟のなかでピクニックめいたことのできるやう、食事や何かの万端を用意して来るといふのであつた。

で丁度十二時、わたしは準備をととのへ、それからまもなく、父とマダムとわたしとはこのドライヴに出かけたのであつた。吊上げ橋を越すとわたしたちは道を右にとつて、急勾配のゴシック橋を過ぎて西に向つた。カルンシュタイン城のさびしい廃墟、人住まぬ村にと向ふのである。

森野に馬車を駆る旅で、こんなに快い眺めはまたとあるまい。地面は丘や窪地となつてなだらかな波をうち、どの場所にも美しい森が繋つてゐた。手入に手入を加へた人工の栽培や刈込みの四角ばつた感じとは、まつたく異るものだつたのである。

何しろ土地の起伏がきはめて不規則なもので、道路はしばしばあちらへこちらへと方角を変へた。そのため道はくねくねと曲り、いつ尽きるとも知らぬ豊かな変化を目にしながら、こはれた窪地をめぐり、そそり立つ丘の険しい斜面の真下を通過して行くのであつた。

かういふ角のひとつを曲つたとき、わたしたちは思ひもかけずわたしたちの旧友、あの将軍に出逢はした。彼は騎馬の従僕を一人随へて、こちらへ馬を歩ませて来るところであつた。旅行鞄はまるで荷車とでもいひさうな借りものの車に載せて背後からついて来た。

わたしたちが近づくと将軍は馬を下りた。常の挨拶のあとで、彼は簡単に承諾してわたしたちの車の空いた席に移り、自分の馬は従僕に命じて城の方へ別行させたのであつた。

第十章　孤独の人

この前彼に会つてから、ほゞ十ケ月の月日が過ぎてゐた。しかしこれだけの期間は何年もの歳月にひとしいほどの外観の変化を彼に齎してゐた。肉が落ち、前々には彼の顔つきの特徴であつた人づきのよいおちつきのかはりに、陰影と憂慮にも似たものがその場所を占めてゐた。いつも人の心を射ぬくやうな力のあつた濃い青色の眼は、毛深い灰色の眉の下から今までにもない厳粛な光をもつて輝いてゐた。悲しみだけで起るやうな変化ではない。情熱こめた憤ほりの念が、明かにその背後にひそんでゐる。

まだ幾許も馬車を駆らないうち、将軍は、いつもの軍人らしい簡明な口調で、自分の孤独──と彼は呼ぶのであつた、──彼の被保護人であつた愛する姪の死によつて受けた心の打撃を語りはじめた。それから突然はげしい憎悪、憤怒の調子で、姪が犠牲となつて斃れた

「悪魔の（わざ）」をののしり、敬神の念もけし飛ぶほどのいらいらした言葉つきで、天にいかなる心あつてかゝる憎むべき肉慾の耽溺、悪魔の残虐を許しておくのであらうか、と慨くのであつた。

父は、たしかに何事か思ひも及ばぬやうなことが起つたに相違ないと考へたので、悲しみのあまり思ひ出すのも厭はしい、といふのなら格別、一体どういふ事柄がもとで、そのやうな激烈な言葉を使はれるのか委細を聞かしていただきたい、といふのであつた。

「喜んで何もかもお話しませう。」と将軍はいつた。「併し、まつたくわしの言には信を置かれますまい。」

「何故ですかな?」と父は訊ねた。

「知れたこと。」と彼は素つ気なくいふのであつた。「自分の偏見や妄想と一致せぬものは何一つ信用せぬ、といふのが世の常ですからな。わしも前はさうだつた。今は事が少しはよく分るやうになつた。」

「まあ、ためしてみて下さい。」と父はいふのであつた。「御想像になるほどの独断屋でもないつもりです。加之、閣下は十分な証拠がない限り何ものも信用せられぬといふことは、私もよく知つて居ります。で、お考へとして纏められたことには十分の敬意を持つ者です。」

「言はれる通り、わしは簡単に不可思議なもの——といふのは、わしの経験したことはまつたく摩訶不可思議のものなんだからだが——神秘なんどを信ずる気にはならなかつたのです。わしが、自分の持論には反対、全く正反対なものを信ぜざるを得なくなつたのは、まつたく常套を以て律し難い証拠が存在するからです。わしは自然力を超えたものらにうまうまと弄ばれ、してやられたわけです。」

　将軍の推理には十分の敬意を表する、といまさつき言つたばかりにも拘はらず、ここまで聞いた父が彼をちらと眺めた顔には、彼の正気を疑ふやうな色がありありと読みとられた。

　さいはひ将軍にはその目附は気どられなかつた。彼はわたしたちの前に展けてゆく林間の小径や森のながめを、むつつりとまた物めづらしさうに眺めてゐたのである。

「カルンシュタインの廃墟に行く、と仰有るのですな。」と彼はいつた。「あ、それは願つたり叶つたりだ。御存じか？　わしはその土地に少々調べたい筋があつて、連れて行つては下さるまいかとお願ひするつもりでをつたのです。この取調べには特別の目的がある。あそこには毀れた礼拝堂があつて、――たしかさうでしたな？――その中にはあの亡びた一族の墓が数多くある、と聞いてゐるのですが……。」

「ありますな。――これはなか〳〵面白くなつて来ました。」と父はいふのだつた。「あの一族の称号と領地とを御相続になるといふわけですかな？」

　父は陽気にかうしたことをいつたのである。しかし将軍は父の笑ひを返さなかつた。むつつりとして微笑すら洩らさなかつたのである。友達が冗談を言つたとき、普通礼儀をそらさぬ人ならば必らず忘れずに返すやうな笑ひさへ……。反対に彼はますます厳粛な顔つき、獰猛に近い表情すらしてゐた。心の中では、思ひ出すたびに怒と恐怖を攪き立てずばおかぬある事柄を思ひめぐらしてゐたのである。

「全く異つた事柄です。」と彼はぶつきら棒に言つてのけた。「この高位の人々の墓をいくつか曝いてみようといふ考へです。神の御恵みにより神意に叶ふ冒瀆をこの地に行ひたい。この行為により、願はくば、この地上よりかの怪物どもを追ひ払ひ、誠直なる人々が殺人ものらに襲はる丶危惧なく、安んじて眠らる丶世の中にしたい。お耳に入れようとすることは、実に奇々怪々で、わづか二、三ケ月前ならば、わし自身も鼻さきで嘲つたに相違ないと思ふのです。」

父はいま一度彼の顔を眺めた。しかし今度は何等の疑念もその眼には浮んでゐなかつた。むしろ真相の了解と、激しい驚愕にも似た表情であつた。

「カルンシュタインの一族は、」と父はいつた。「滅び去つてから長いことになります。百年もあるひはそれ以上にもなりませう。亡くなつた家内は母方がカルンシュタインの出でした。しかしその苗字も称号も遠い昔に失くなつてゐます。城は廃墟になつてしまひ、その村にも今は住む人とてありません。竈の煙が立たなくなつてもうかれこれ五十年にはなりませう。屋根一つ残つてゐるものはありませんな。」

「本当です。この前お目にか丶つて以来、そのことについては随分いろいろの知識を得ました。どれもこれもびつくりなされるやうなことばかりです。しかし、まあ、事の起つた順序どほりにひとつお話し申しませう。」と将軍は言つた。「貴方はわしの姪――わしの子供、といひたいくらゐです――あなたはあれにお会ひでしたな。あらゆる生けるものの中で、あんな美しい者は世にありませんでした。ほんの三月前にはあれは、まだ花のやうに匂ひこぼれる乙女でした。」

「まつたく、お気の毒なことでしたなあ。この前お会ひしたときは本当に美しい方でしたが。」と父はいつた。「言葉にはつくせないくらゐです。あなたにとつてどんなひどい打撃だつたか、よく分ります。」

父は将軍の手をとつた。二人はやさしく手を握りしめあつた。老軍人の目には涙が浮んで来た。流れ落ちる涙を彼は隠さうともしなかつた。彼はかう言つた。

「我々は古くからの友達です。で貴方には子供なしになつたわしの気持はよく分つてくれると思ふ。あれはわしにはなくてならぬものとなつてゐたし、またわしを大切にもしてくれたのです。あれがゐたお蔭でわしの家も明るく、日々も幸福に暮せたのでした。だがもう何もかも終つてしまつた。わしがこの地上で暮す年月ももう大して長いことはあるまい。神の御援けを得て、わしは死ぬ前に、人類のために仕事を一つして行きたい。あの悪鬼の奴等に天罰を与へ、まだ咲く花の蕾であつたわしの子供の讐をとつてやらなければならん。」

「事の起つたまゝにすべてを話さう、と仰有いましたな。」と父は言つた。「どうかひとつお話しになつてみて下さい。私の心持は単なる好奇心からではないのです。」

この頃にはわたしたちは将軍のとつて来たドルンシュタルの往還路の分れ道までやつて来た。わたしたちは別路をとつてカルンシュタインへと向ふのであつた。

「廃墟までどのくらゐありますか?」と将軍は向うを見わたしながら、気がかりさうにかうたづねた。

「一哩半ほどです。」と父が答へた。「さて唯今約束のお話をひとつ伺はせて頂きたいものですな。」

第十一章　その物語

「喜んで、」と将軍は、やつとの思ひで答へた。そして話の筋を整へるためちよつと言葉を切つたあとで、ぽつりぽつりと話し出したのは世にも奇怪な物語であつた。

「姪は令嬢への御訪問の日を心待ちに待つてゐたのです。」かういつて彼はわたしの方に向ひ慇懃な、しかし憂鬱な一揖をした。「そのうち、わしは旧友のカルルスフェルト伯爵から招待を受けました。伯爵の城はカルンシュタインとは反対の側、七里ほどのところにあります。その招待といふのは、御記憶でもありませうが、丁度そこに見えてゐた貴賓チャールズ大公をおもてなしするための数日にわたる催しに出ろといふわけだつたのです。」

「あゝ成程。実に見事なものだつたでせうな。」と父は言つた。

「王侯のやうな、といふ言葉をそのまゝでしたな。もてなしも適はしく、壮麗きはまるものでしたぢや。物語にあるアラディンの奇蹟のランプでも持つてをるのでなければとてもあんなことはできませんな。わしの悲しみの発端となつたその夜は、すばらしい仮装舞踏会が催しものとなつてをりました。庭園はすみ〴〵まで開け放たれ、木には数へ切れないほどの色ラムプ。パリの人士も見たことはあるまいと思はれるほどの打揚花火。それからあの音楽

――音楽と来たら、御存じのやうにわしはまつたく夢中なんで――心もとろけるやうな音楽でしたな。恐らく世界一の管絃団、欧洲中のありとあらゆる大劇場から引つこぬいて来た一流の歌手たち。お伽噺にでもありさうな照明の庭園をぶらりぶらりと歩いて行くと――月に照された城（シヤトオ）は、長くつらなる窓の一つ一つから薔薇色の光を投げてゐる、――突然、静まりかへつた叢からか、湖に泛ぶ小舟からか、どこからともなくうつとりとするやうな歌声が聞えて来る。こんなものを眺め、耳を傾けてゐると、さながらまだずつと若い頃の詩と空想の世界につれ戻されたやうな気がするのでしたぢや。

「花火の余興も終り、いよ〳〵舞踏がはじまるといふので、わし達はすつかり開け放して踊り手を待つ壮麗な部屋部屋に帰つて来ました。仮面舞踏会といふものは見るからに美しいものです。が、あんなに目もまばゆいやうなのは見たことがありませんでしたな。

「それは生えぬきの貴族社会のお集りで、列席してゐた中では恐らくこのわしが、たゞ一人の『何でもなし』屋さんぢやなかつたですかな。

「わしの子供は実に美しく見えました。仮面はつけてゐません。少し上気してはしやいでゐたもので、いつもの美しさにつけ加へて、言葉にも尽せぬ魅力をたゝへてゐるのです。ふとわしは、立派な服装で仮面をつけた若い婦人が、あれの方をしげしげと眺めてゐるのに気がつきました。わしはその夕べ早くのことこの婦人を大広間で一度見かけたのですが、それからまた窓下のテラスでも、ほんの数分だつたのですけれど、わし達の傍を通りながら、同じやうに姪の方をじつと眺めてゐたのです。この婦人には、典雅荘重な服装で同じく仮面の、見るからに高位の貴婦人らしく態度いかめしい婦人が附添(シャペロン)として附いてをりました。勿論仮面さへつけてゐなければ、その若い婦人が本当にわしの娘を凝視(みつめ)てゐるかどうかはすぐに分つた筈です。今になつてはじめて、確かにさうだと分ります。

「丁度このときわし達はサロンに居ました。姪はいまさつきまで踊つてゐたので、通路近くの椅子に腰をおろし休憩してゐたのです。わしはすぐ傍に立つてをりました。今申した二人の婦人がやつて来て、若い方が姪の隣りに腰をおろし、シャペロンの方はわしのすぐ横に立つて、小声に若い婦人と話してをりました。

「この婦人は、仮面で素性の分らぬのをさいはひ、わしの方にふり向き、昔馴染の友達のやうにわしの名前を呼んでなれなれしく話しかけるのでした。わしはすつかり好奇心をそそられたのです。この婦人は前にわしと会つたことがあるといふ場所をいくつもいくつも数へ上げるのでした。宮廷で、だとか、有名な貴紳の家でだとか。わしがもうすつかり忘れ切つてゐたやうな小さな事件の数々を一つ一つと述べ立てました。わしの方は確かに覚えがある。さういはれてみると思ひ当つては、記憶の中に蘇つて来るのでした。

「わしはますます堪へ難くなつて、この婦人が誰であるかを知らうとしましたのぢや。が、いくらさうやつて探りを入れても、婦人は手際よくやんわりと受けかはしてしまふ。わしの生活のいろいろなことを実によく知つてゐる、その点は、どうしてもわしの腑に落ちぬ。しかも、まあ至極尤ものことでせうが、この婦人はわしのさうした好奇心を柳に風とうけ流し、わしが一所懸命に頭をひねつてはいろ〳〵想像を逞しうするのが面白くてたまらぬ、といつた風です。

「そのうち、その若い方の婦人──その母親は呼ぶときミラールカといふ妙な名前を使つてゐました、──は同じ上品な落ついた態度でわしの娘に話しかけてくるのでした。

「ミラールカは母親がわしの昔友達だ、といふ自己紹介で近づいて来ました。仮面をつけてゐるからこその率直大胆な行き方で、前々からの友達のやうに親しげに話して来るのです。ミラールカは姪の衣裳を褒め、姪の容姿の美しさに心を打たれてゐるといふ気持を、実に巧みにほのめかすのでした。それから舞踏室のあちこちに群がつてゐる沢山の人々に愉快な批評を投げつけ、わしの可哀さうな娘が面白がるのを見ては笑ふのでした。この若い婦人は、気が向きさへすれば大変頓智もあり、いかにも生き生きして見えるのでした。そして二人は、すつかり親友になつてしまつたのです。それからこの見知らぬ若い婦人は仮面を引き下げて、目にもあでやかな顔を現はしました。わしはその顔を見るのははじめてでしたし、娘にはなほさらのことでした。初めての顔とはいふもののその美しさにはえもいはれぬ魅惑があり、ひしひしと身に迫る力を持つてをりました。娘はすつかり参つてしまつたのです。このときのわしの娘ほど、一目でこんなに惚れこんだのを見かけたことはありません。たゞ相手のミラールカ令嬢もそれに劣らず娘に夢中になつてゐる様子でした。

「その一方わしは、仮面舞踏会の特典を利用して、いろいろのことを年上の婦人に訊き正してみるのでした。

「『まつたく私を五里霧中にさせておしまひですな。』と笑ひながらわしは言ひました。『もうこれで沢山といふことにして頂いて、ひとつ、立場を同じくするため、仮面をおとり下さいませんか？』

「『憚りながら、それ以上怪しからぬ要求がありませうか？』と彼女は申すのでした。『婦人に特権を棄てよと命ずるなんて！　のみならず、仮面をとつてみても、妾が誰だかすぐお分りになると思ひますか？　年とともにすべてのものは変ります。』

「『まつたく、御覧のごとくです。』とわしは言つて一礼し、や、憂鬱な笑ひを洩しました。

「『哲学者方も申すではありませんか。』と彼女はいふのでした。『それに妾の顔をごらんになつて、何のお役に立ちませう？』

「『おためしを受けたいものですな。』とわしは答へました。『お年寄のやうなふりをなさつてもそれは無駄と申すもの。お身体つきを見れば分りませう。』

「『しかし何年といふ歳月が過ぎて居ります、この前お会ひした、——といふよりはむしろ、あなた様にこの妾の姿をお見かけいただいた時以来。——と申すのも、これこそ妾の心にかゝる点ゆゑ。そこにゐるミラールカは妾の娘です。それだけで見ましても若い筈はございますまい。歳月といふものに教へられて、人は寛大な心を抱くやうになるものですが、それでもねえ……。御記憶に留まる妾の姿と今の妾とを比べていただくのは、到底好ましいこととは申せませぬ……。閣下は仮面をつけてゐらつしやらない。御要求の代償としてこちらから御願ひ申し上げることがないではございませんか？』

「『お脱り下されませ、とのお願ひは、お情けに縋らうとの次第です。』

「『で、妾の方のお願ひは、このまゝにさせていただきたい、と申すそれでございます。』と彼女は答へました。

「『それでは、ですな、貴女がフランスの方かドイツの方か、せめてそれだけはお教へ頂だけませんか。どちらの国語も実に完全にお話しになります。』

「『閣下。そのこともお話しいたしかねるやう思ひます。奇襲をしようとのお考へで、どの点を衝いてやらうかとしきりに魂胆を砕いてらつしやるではございませんか。』

「『とにかくこれだけは否とは仰有いますまい。』とわしは申しました。『言葉をお交(かは)し申す名誉はお許しになりましたが、何とお呼び申し上げてよいやら。では伯爵夫人(マダム・ラ・コンテッツ)とでも呼び参らせませうかな？』

「彼女はうち笑つたのですが、疑ひもなくまた一つ、軽い受け流しでわたしを一本参らせるところだつたのでせう――この上もない狡智を絞つて準備した――と今はわしはさう信じてゐる――この会見が、偶然によつて変化を受けることが少しでもありとすれば、です。

「『それにつきましてはね、』と彼女がいひはじめた丁度そのとき、まだ唇も開くか開かぬのうち、その言葉を遮つた者がありました。それは黒づくめの服を着た紳士で、特に優雅なものごしで引き立つて見えましたが、たゞ一つ人を驚かす点は、まるで死人のでもあるやうな真つ蒼な顔をしてゐたことです。仮面はつけず、普通礼式どほりの夜会服を着てゐました。彼はその顔に微笑すら浮べず、鄭重な、普通には見ぬほど低いお辞儀をしていふのでした。

「『少しお耳に入れたいことがございます。伯爵夫人はそれをお許し下さいますでせうか？』

「貴婦人はつとその方をふり向き、沈黙するやうに、との意を諷して指を唇に触れました。『閣下、この席をお取りになつておいて下さいますか。二言三言申したらすぐ帰つて参ります。』

「やゝふざけ気味にこんな命令を与へてから、彼女は黒衣の紳士を伴つて傍により、数分のあひだ、甚だしく重大な顔つきで何ごとかを話してをりました。それから二人は一緒に群集のなかに歩み入り、しばらくわしは二人の姿を見失ひました。

「そのあひだぢゆう、わしは頭をさまざまに捻つて、わしをこんなによく覚えてゐて下さる貴婦人が一体誰なのか考へつかうと苦心してゐました。で姪とその令嬢との話へ口を入れて、貴婦人が帰つてくるまでにひとつ出来るならばその名と肩書、城と領地を聞き知つておいて不意打をしてやることは出来ぬものか、と思ひついたのでした。しかし丁度このとき、貴婦人は帰つて来ました。お伴には同じ蒼ざめた黒衣の紳士がついてゐるのです。この紳士はいふのでした。

「『お馬車が戸口まで参りますれば伯爵夫人にその旨お伝へに上りまする。』

「彼は一礼して退きました。

第十二章　懇　願

「『それでは伯爵夫人とはお別れの仕儀と相成りましたか、――しかしほんの一、二時間のことでございませうな。』とわしは低く一揖してかういひました。

「『それくらゐで済むのかも知れませぬし、また数週間かゝる事柄やも計り知れませぬ。あの人があのやうな言ひ方で妾に呼びかけたのはどうも運のわるいことでした。いよ〳〵妾が誰かお分りになりましたか？』

「全く分りかねます、とわしは返事をするのでした。

「『妾が何人であるかは勿論お教へいたしませう。』と貴婦人はいふのでした。『しかし、唯今すぐといふわけには参りません。多分お考へになつてゐられるよりは、もつと古くからの親友でございます。まだ今は妾の名前は申し上げられませぬ。三週間いたしますれば、あなたの美しいお城（シュロッス）を通ることになります。このお城につきましては、いろいろと聞き合せもいたしました。そのをりには一、二時間も御訪問申し上げ、旧交を温めることにいたしませう。あなた様との御交誼は、ふり返つてみますごとに数へ切れぬほどの思ひ出があとから〳〵と浮んでまゐります。ただいま、一寸した報らせが、急雷のやうに届いて参りました。妾はこれからすぐ立ち出て面倒な道をほゞ百哩も、出来得るかぎりの早馬で急ぎ参らねばなりません。困つたことが殖えてゆくばかりで……。甚だ奇妙にも思し召されるやうな御願ひをいたしたいのですが、妾が名前を申し上げられぬといふ余儀ない事情にあるため、いまもたゞためらふばかりでして。じつは、娘はまだ十分に体が恢復いたして居りません。このまへ狩を見物に出たとき、乗つてゐた馬が足をすべらしまして、まだあれの神経はその後鎮まるところへまで行つて居りません。医者の申すには、体をつかふやうなことはこゝしばらく一切してはならぬ、といふのでございます。で、こゝまで参りますのには、非常に短い行程に区切つて、一日六、七里にも足りないほどの楽な旅をして参りました。いま妾は、生、死をかけた要務に、昼夜兼行で駆けつけねばなりません。この要件の危急、重大な性質につきましては、後日お目にかゝるとき、わづか二、三週の後、もはや何を隠す必要もなく、すつかり申し上げることが出来ませう。』

「彼女はなほも言葉を継いでその懇願をつゞけるのでした。その言葉の調子には、依頼などといふよりは、むしろかうした要求がその人にあつては一つの恩恵を施すことになつてしまふ、ああした高位の人の言葉つきが見られるのでした。これはたゞしその態度の点だけで、全く無意識のこととは見えました。いひ表はす言葉そのものは、この上ないほど嘆願的なものでした。結局その内容は、その留守中令嬢の世話を預つていただきたい。是非の承知を願ふ、といふだけのことだつたのです。

「これは、あらゆる情況を併せ考へてみて、傍若無人、とまではいはないにしても、すこぶる奇妙な要求でした。彼女は、わしの側でこれを拒むことになりさうな理由は一々列挙して、いはばわしの武器を取り上げてしまひ、さてそれから全くわしの義侠心に縋るのだ、とかういひ出したわけなのです。丁度そのとき、恐らくはその後起ることになつてゐたすべてを支配する宿命によつてでもありませうか、可哀さうなわしの娘はわしの傍までやつて来て、小声で、あの新しいお友達ミラールカを招待して下さい、とかういふのです。今それを本人に打診してゐたところなんで、母親の許可がありさへすれば、令嬢の方も喜んで来るだらう、と考へたわけなのでした。

「他の時ならば、姪に、すこし待て、少くとも相手を誰であるか見きはめてからにしよう、といふところだつたのです。しかし今は寸刻の余裕も許されない、考へてゐる暇などないのです。二人の婦人がかうやつてわしを攻撃して来ました。そこで本当のことを申せば、その令嬢の洗煉された美しい顔を眺めてゐると、その顔には非常に心惹くものがあるやうだし、その高貴の生れ特有の優雅な輝きが見えてゐる、――こんなものが結局わしの心をきめさせたのです。すつかり圧倒されてしまつてわしは、至極簡単に呆気なくも、母親がミラールカと呼んでゐたこの令嬢の世話を引き受けたのです。

「伯爵夫人は令嬢を手まねきして、傾聴する令嬢にきはめて概括的な言葉で、いかに突然緊急の用件が出来て彼女が立ち出でなければならぬことになつたか、それからまた、その留守のあひだわしの世話になるやう頼み込んだことなど、を説明し、それにつけ加へて、わしが彼女の一番古くの、またもつとも尊敬に値ひする友である、といふのでした。

「わしはまあ勿論お座なりのことを言つてその場を濁しはしたものの、あとで考へてみれば、どうも気乗りのしない仕事を引き受けてしまつたものだ、と思ふのでした。

「黒服の紳士が帰つて来て、甚だ威儀を正した恰好で貴婦人を部屋から導き去つて行きました。

「この紳士の態度から推しても、どうもこのいはゆる伯爵夫人は、確かにこんな平凡な称号ではなく、はるかに高い地位にある人だといふ印象を強くするのでした。

「彼女が最後にわしに残して行つた言葉は、いままでに想像し得た部分は別として、それ以上、彼女が帰つて来るまでその何人なるかにつき調べたりなどしては不可ん、とかういふのでした。彼女を賓客としてゐるこの城の主人カルルスフェルト伯爵はその理由をよく知つてをる、とかういふのです。

「『しかしこの城には、妾も、娘も、一日以上は逗留できません。さつきのこと、一時間ほども前、妾は仮面を不用心にもはづし、そのとき、勿論遅ればせにではありましたが、あなたが妾の顔を御覧になつたか、と思ひ込みました。で妾は少しあなたとお話する機会を求めてゐたのです。もしあなたが妾を見られたとはつきり分れば、妾はあなたの高潔なる名誉心に訴へ、こゝ数週間は妾の秘密をお守り下さるやう嘆願する他ないところでした。しかし、まあ彼様のことで、妾を御覧にはならなかつたと知つて安心はいたしたのです。しかし、もし今こゝで妾が何人であるかにお気附きになられるか、あるひはまたあとで考へなほしてお気附になられるやうのことがおありならば、妾は同じやうに身を投げて、あなた様の名誉心にお縋り申すほかありません。娘もその秘密は守りませう。で、時々はそのことをもあれにお促しになつて、思はずもつい口外したりすることのないやう、御気をつけ頂くことと信じます。』

「彼女は二言、三言令嬢にさゝやき、忙がしげに二度ばかり接吻をして出て行きました。お伴は例の黒服を着た色の蒼い紳士で、二人ともすぐ人群れのなかに見えなくなつてしまひました。

「『次の部屋に行けば』とミラールカがいふのでした。『窓から大広間の入口が見えますわ。ママが行くのを見送つて接吻を投げませう。』

「わし達は勿論承諾して窓のところまで一緒に行きました。外を眺めると小ざつぱりとした古風な馬車、それには旅行従僕(クーリア)や下僕などの一隊が控へてをりました。色の蒼い黒服の紳士の瘠せぎすな姿が見えました。彼は厚い天鵞絨の外套を手に持ち、貴婦人に着せかけ、頭巾をすつぽりとかぶせてさし上げるのでした。貴婦人は肯き、たゞ自分の手に紳士の手を触れさせただけでした。車の扉が閉まると紳士は何遍も頭が地につくやうな低いお辞儀をし、車は動きはじめました。

「『行つてしまつたわ。』とミラールカは溜息をつきながらいふのでした。

「『行つてしまつた。』とわしはひとりごちました。わしが承諾を与へてからの忙がしく過ぎ去つたほんのしばらくの時間——今はじめてしみじみと思ひかへしては何てばかげたことをし出かしたのだらうと考へるのでした。

「『顔を上げてさへ下さらなかつたわ。』と令嬢は悲しげにいふのでした。

「『伯爵夫人は恐らくもう仮面を取つていらつしやつたので、顔を見せることを好まれなかつたのでせう。』とわしはいひました。『また窓のところに御令嬢が居られることにお気がつかれる筈もないのでせう。』

「令嬢は溜息をついてじつとわしの顔を見つめました。その美しかつたこと……。わしの心も漸く和められて来ました。ほんのしばしのあひだでも令嬢に対し歓待を吝むやうな気持になつたことを悔い、この口には出さなかつたが心に湧いた卑屈な根性の埋め合せはきつとする、と誓ふのでした。

「令嬢はまた仮面をつけ、娘と一緒になつて庭に下りて行かうとさそふのでした。まもなくまた演奏が始まることになつてゐたのです。わし達はつれ立つて下りて行き、城の窓下につき出たテラスをあちらこちらと歩きまはるのでした。ミラールカはわし達とはすつかり親しくなり、テラスで見かける高貴の人々を、一々名ざしては姿つぷりや私生活の噂話などを、いきいきと描いて見せてわし達を喜ばせるのでした。一分ごとにわしはミラールカが気に入つて来るのでした。その噂話には少しも性悪のところがなく、相当長いあひだ社交界から遠ざかつてゐたわしにとつては非常に面白く思はれるのでした。これからしばらくのあひだ、時としては淋しい影に襲はれることもあるわし達の家庭にどういふ活気を与へてくれることになるのか、とわしは心中ひそかに空想を描くほどになつてゐたのです。

「この舞踏会は、朝の陽が殆んど東の空に頭を現はしてくる頃まで続きました。これは大公の思召で、忠勤を抜んでる人々は失礼してしまつたり寝床のことを考へてみたりすることも許されぬ、といふわけだつたのです。

「人いきれのするサルーンをやつと抜け出ると姪は、ミラールカはどうした、とわしに訊くのです。わしはわしであれの傍にゐると思つてゐたし、あれは令嬢がわしの傍にゐるとばつかり思つてゐたのです。二人とも令嬢を見失つてしまひました。

「いろいろと探してはみたものの、どうしても見つけることが出来ません。何しろあの雑沓ですから、一寸わし達から離れてゐたあひだに誰か他の人をわし達だと思ひ違ひをし、あの広い庭のなかですつかり離れ離れになつてしまつたのだらう、と考へる他ありませんでした。

「このときになつてしみじみと、名前も聞かずに若い婦人を預つてしまふなど、いかに愚かしいことであつたかを感ずるのでした。しかも、理由もわからぬ約束ですつかり縛られたこのわしは、その行方のわからぬ若い婦人は、つい一、二時間前立ち出て行つた伯爵夫人の令嬢だ、といつて訊くことすらできなかつたのです。

「たうとう朝になりました。すつかり明るくなつてしまふまでは、わしも探しまはるのをやめませんでした。しかしその日も午後の二時近くになるまで、この委託された令嬢のことは皆目（かいもく）耳に入つて来なかつたのです。

「ほぼ今申したその時刻ごろ、召使が姪の部屋の扉を叩いていふのには、若い御婦人が一人、すつかり取り乱した態で、男爵シュピールスドルフ将軍とその若い令嬢とがどこに居られるか、と熱心に訊ねて、自分は母の請ひによつてそのお二人に託された者だと言つてゐる、とかういふことなのです。

「疑ひもありません。や、不正確な点がありはしたものの、彼女は何とか尋ね当てゝ来たのです。実際彼女でした。あゝ、あの時すつかりはぐれてゐた方がどれだけよかつたことか……。

「彼女はわしの娘に、こんなに遅くまで尋ね当てられなかつたそのわけを物語つて聞かせるのでした。非常に遅くなつて、と彼女はいふのです、もうすつかり尋ねるのを諦め、彼女は女中頭の部屋に行つて眠り込んだ、といふのです。随分長く眠りはしたものの、舞踏会の疲れが抜け切らず、まだ十分元気が恢復してゐない、とかういふのでした。

「その日ミラールカはわし達と一緒に家に来ました。わしは、こんな惚れぼれするやうな友達を姪に見つけてやつた、といふので、たゞもう有頂天になるばかりでした。

第十三章　そまびと

「しかしまもなく、困つたことが起りはじめましたのぢや。まづ第一にミラールカは非常なけだるさを訴へるのでした。この前の病気以来からだの衰弱がまだ幾分か残つてゐるのだ、といふのです。そして彼女は午後も大分過ぎるまで部屋から決して出ては来ませんでした。第二に、これはごく偶然のことでわかつたのですが、――彼女はいつも内側から扉に錠を下し、化粧を手伝はせるため侍女を部屋に通すまで、鍵は鍵穴から動かさないのです、しかも、疑ひもなく朝非常に早いとき部屋にゐないことが屢々あるのです。また時としてはもつと遅くなつてからも、もう起き出したといふことを知らせる前、居ないこともあつたのです。何度も城（シュロッス）の窓からその姿が見られました。早朝のまだうすら白い光につゝまれて、木々の間を東の方角へ向けふらり、ふらりと、まるで恍惚状態にある人のやうに歩いて行くのです。さては夢遊病だな、とわしは判断しました。しかしこの仮定では、謎は解けません。扉を内側から閉めたまゝにして、一体どうやつて部屋から抜け出して行つたのでせう？　また扉も窓も開かずにどうやつて家からさまよひ出たのでせう？

「かうした疑惑の真唯中に、もつともつと緊急な心配が突如として始まつたのです。

「わしの可愛い子供はだんだん血色が悪くなり健康がすぐれずなつて来ました。しかもその容態が実に奇々怪々で、怖ろしいとまで言ひたくなるやうな。わしはすつかり怯え上つてしまつたのです。

「娘は最初何回も何回も恐ろしい夢に魘されたのです。そして、あれの思つたのには、それにひきつゞき妖霊の姿が立ち現はれて来た。あるときはミラールカに似てゐるといふし、またあるときは何か獣の形をしたものが、ぼんやりとしか見えないけれども寝台の足許のところをあちらからこちらへと歩きまはる、といふのです。最後に症状が現はれました。あれの言によれば、気持の悪いものではないが、実に特異なもので、氷のやうな水の流れが胸にぶつかるにも似た感じだ、といふのです。少し後になるとあれは、咽喉のすぐ下のところを二本の大きな針でつき刺される、とでもいふやうな感じがする、非常な激痛を伴ふ、とかういふのです。それから二、三晩経つた後に、首をしめつけられるにも似た感じが徐々にまた痙攣的に起つて来て、やがて人事不省の状態に陥つたのです。

わたしは親切な老将軍の言葉をひと言ひと言明瞭に聞いた。といふのも、この頃には、車は道の両側いちめんに生ひ茂つた低い草の上を音たてずゆるやかに走つてゐたからである。そしてだんだんわたしたちは、半世紀の以上も人煙の絶えた、家といふ家からは屋根の吹き飛んでしまつてゐるあのカルンシュタインの村へと近づいてゆくのであつた。

御想像にもなられようが、あの気の毒な令嬢、つゞいて襲来した悲しい最後がなければ今頃は父の城で賓客としてもてなされてゐた筈のあの美しい少女が経験したといふ病状が、符節を合せるやうにわたしの症状と一致するのを知つて、どんなに不思議の感をいだいたことか……。また彼が事細かに語つて聞かせる習慣や神秘的な特徴の数々が、ぴつたりそのまゝわたしたちの美しい賓客カーミルラのそれであるのを知つたとき、わたしがどういふ気持を感じたことか……。

森の景色が目の前にひらけた。わたしたちは突然、荒れはてた村の煙突や破風などの下に出て来た。構へも崩れはてた城の物見塔や胸壁が、群がる巨大な樹木にとり巻かれて、小高いところからわたしたちを眼下に見おろしてゐた。

恐ろしい夢魘のやうな気持のうちにわたしは馬車から下り立つた。そして、めいめい考ふべきことを心に持つまゝ、誰も彼も口を噤んで坂を上つた。やがてわたしたちはその城の広大な部屋部屋、旋回階段やうす暗い廊下の数々に取り巻かれてゐた。

「で、これが、嘗てはカルンシュタイン一族の宮殿であつた建物ですな。」とたうとう老将軍が口を切つた。彼は大きな窓の一つから眼下の村落ごしに、広漠と波うち繋つてゐる森を眺めてゐた。「邪悪な一族だつた。この館にその一族の、血に塗れた年代記が録しとめられてゐるのだ。」彼は言葉をつゞけた。「あいつらが、死に絶えたその後にまで、獰悪な情慾を抱いて人類に禍ひを及ぼすとは、何といふ冷酷無慚なことだ……。あの下に見えるのが、カルンシュタイン家の礼拝堂ですな。」

彼の指した方角にはゴシック風建築の灰色の壁があつた。一部分は木の間隠れに、崖の向うに見えるのであつた。「樵夫の斧音が聞えるぞ。」と彼は附け加へた。「あのまはりの木を忙がしげに伐つてゐる。或ひはあの男が、今わしの探し求めてゐることを教へ、カルンシュタイン伯爵夫人ミルカーラの墓をさし示してくれるかも知れん……。いかに飛ぶ鳥落す勢ひの家でも、一族絶滅の暁には貴族富裕社会ではぢき話の端にも登らなくなる。あゝした田舎びとたちこそ、いつまでも地方豪族のことを口碑に伝へてゐるものだ。」

「家に帰ればカルンシュタイン伯爵夫人ミルカーラの肖像がありますよ。御覧になられますか？」と父がたづねた。

「時間はたつぷりあるな。」と将軍が答へた。「ねえ君、わしは何遍となくその本ものをこの眼で眺めた、と信じてゐるのぢやよ。で、はじめの予定よりも早く貴君を御訪問することになつたのも、実は、今われわれが目ざして行く、あの礼拝堂を検分するためなんですぞ。」

「え⁉　ミルカーラ伯爵夫人を見なすつた？」と父は叫んだ。「もう百年以上も前に死んでゐるんですよ‼」

「仲々もつて、ねえ君、お考へほどには死んでゐない、と人は申しますぞ。」と将軍は答へた。

「本当のことを申しますと、閣下、お話の筋あひがどうもよく分り兼ねます。」と父が答へた。父の眼つきには思ひなしか、さつきわたしの気づいた、あの疑ひの色がちら、と浮んだ。しかし、老将軍の態度には時をり憤怒や嫌悪の情がわれ知らず迸り出て来はしたものの、浮はついたやうなところは少しもなかつた。

「わしに残つてゐるたつた一つの目的は、」と彼はいふのであつた。わたしたちはゴシック風の教会堂——とさう呼んでも恥かしくないほどの堂々たる伽藍である——その重々しい拱廊(アーチ)の下を通るところであつた。——「もうわしのこの世での命もさして長いことはあるまいが、たゞ一つ、わしの心を惹く目的は、あの女めに復讐を遂げるといふことなんだ。有難いことに、まだこの復讐は人間の腕で成就することができるわ。」

「何の復讐だと仰有るのですか？」と父は、ますます驚愕の度を深めながら訊くのであつた。

「わしの言ふのはね、あの怪物めの首を打ち落してくれよう、といふのさ。」と彼は答へた。彼の頬にははげしい紅潮が漲り、その力んで踏みつける跫音はうつろな通路のなかに物悲しく反響した。そして斧の柄でもひつ掴んだやうに堅く握りしめた拳を宙にふりあげて、彼は猛烈に振りまはすのであつた。

「え、何ですつて？」と父は、更に驚き惑つて叫んだ。

「そいつ奴の頭を打ち落してくれようといふのです。」

「頭を斬り落す、ですつて！」

「左様さ。手斧ででも、鋤ででも、あの女めの咽喉をぶち割られるものなら何でもいゝ。必らず目にもの見せてくれる。」彼は答へつゝ、激怒に身をわななかせた。そして急ぎ足に進み出ながらいふのであつた。

「あの材木は丁度腰かけによからう。お嬢さんは大分お疲れのやうだし、お坐りになつて休んでゐられるあひだ、わしはあと手短かにこの恐ろしい物語を終へてしまふこととしませう。」

　その礼拝堂の、今は草生ひた鋪石（しきいし）の上にころがつてゐる四角な材木は、丁度恰好の腰掛を提供してくれた。将軍は樵夫に声をかけた。樵夫は古い壁のあちこちに、凭れかゝる木の枝を払つてゐるところであつた。斧を手にしたまゝ、このがつしりした老人はわたしたちの前に立つた。

　彼は墓碑などのことについてはまつたく何も知らなかつた。しかし森番の老人ならば、と彼はいふのであつた、古へのカルンシュタイン一族の墓も掌をさすやうにひとつひとつ指し示すことができよう。その老人はいま二哩ほど向うの牧師の家に泊つてゐるところなので、ほんのお志だけのものを頂戴できれば、お馬を拝借して、半時間くらゐのうちにつれて参りませう、といふのであつた。

「この森で仕事をしはじめてから長くなるのかね？」と父がこの老人にたづねた。

　老人はひどく訛（パツワ）のある方言で次のやうなことを答へるのであつた。「わしは一生こうやつて森役人の下で働いて来やした。わしのおやぢも、その前も、思い出せぬほどむかしから同じ仕事をして来やした。古く先祖の住み慣らした家が村んなかにまだのこつとりやすで。」

「一体この村には何故人が住まなくなつたんだね？」と将軍がたづねた。

「幽霊がでるようになりやしてな。そのうち、いくつかの奴は墓をさがしあてゝ、きまりどをりの試し、きまりどをりの首斬りで、火串をつき刺して焼いてしまいやした。だがそれまでにや村の人間もずゐ分殺されやしたわい。」

「でもな、」とこの老人は言葉をつゞけるのであつた。「こうしたきまりどをりのお処置(しおき)をして、ずゐ分たくさんの墓を掘りかえし、ずゐ分たくさんの吸血鬼(ヴァムパイア)めらをくたばらせてしまつても、なを村は安全にはなりやせん。ところが、ひよつこりここを通りかゝつた旅のお人、モラヴィアの貴族のお方が、仔細を聞いて、ひとつ村を助けてやろう、と俠気(をとこ)で乗りだして来やした。あの国の人は皆そうでやすが、この人もこうゆう事柄には大した腕前を持つてやしたんです。こうゆう風にしてやつてのけやした。てうどその晩は月が明るかつたんで、そのお方は日没(ひのいり)の後すぐこの礼拝堂の塔にのぼり、足下の墓場を眺めやした。墓場はその窓から見えやす。そこでじつと見張りをしてゐたところ、その吸血鬼が墓場からのつそりと現われて来るぢやありやせんか？　そして今までからだを包んでをつた麻の着物を近処に脱ぎ捨てて、辷るような足どりで村の方へ、人の血をすすりに出かけて行くのでやす。

「このモラヴィアの旦那はこのことをすつかり見てとつて、塔から下に降り、その吸血鬼の衣を取り上げて塔の上まで持つて上り、時こそ到れと待ち設けてやした。吸血鬼がぶらつきから帰つて来て、おのれの衣がないのを見るとたちまちモラヴィア人が塔の上にゐるのを見つけて、怖ろしい勢いで喚きだしやした。モラヴィア人はその答えにと、塔のうえにのぼつて来て自分で取つてけ、とからかうのでやした。で吸血鬼の奴こゑに応じて塔をよぢ上つて来やす。てうど胸壁のところまで来たとき、待ち構えてをつたモラヴィアの旦那は剣の一撃吸血鬼の頭蓋骨を真二つに割り、下の墓地へたゝき落しやした。そしてご自分は旋回階段をつたつて下まで行き、そこでそいつめの頭を斬り落しやした。あくる日この屍骸を村人らに渡したので、みんなはしきたりどをりこの屍骸を串に刺し、火に抛りこんで焼いてしまいやした。

「このモラヴィアのお貴族は当時の一族のかしらからカルンシュタイン伯爵ミルカーラ御夫人の墓を動かす許しを得てをりやした。で、その墓を動かしてしまつたあとでは、たれもかれもその在り場所を忘れてしまつたのでやす。」

「で、君はそのもとの在処を知つてゐるのか？」と将軍は熱心に訊ねた。

森の番人は首を振つて微笑した。

「今はそれを知るものはひとりもありやせんぞい。」と彼はいふのであつた。「どころぢやない、そのからだはもとの場所からとりのけてしまつた、とゆう噂もあるくらゐでやす。が、それについてさえ、誰ひとりたしかなことは知らないのでやす。」

これだけのことを話してから、もう時も迫つてくるので、この老人は斧を下において出発した。で残るわたしたちは将軍の奇々怪々なる物語の結末を聞かうと耳をすますのであつた。

第十四章　めぐりあひ

「わしの愛娘は、」と彼は言葉をつゞけた。「急速に容態が悪化して行きました。娘のかかつてゐた医者は手のつけやうもなく、この病気——と、そのときわしもさう思つてゐましたのぢや──それをたゞ手を拱いて眺めるばかりだつたのです。わしの愕然たる有様を見て、医者は、他の医師の立会ひを勧めるのでした。で、わしはグラーツからもつと腕の利く医師を招いたのです。この医師がつくまでには更に五、六日が経過しました。今度の医師は学問もあるのは勿論でしたが、それよりもとにかく善良で信心深い人でした。立会ひで娘を診察してから、容態を相談し討議するため二人はわしの書斎に退きました。わしはその隣りの部屋で、呼びに来るのを今か今かと待つてゐたのです。しかしこの二人の声が、本当の学問的な討議には適はしくもないやうな鋭い調子で熱を帯び、だんだん高まつて来るのを聞きました。わしはノックして部屋に入りました。グラーツから来た老医師が自分の説を固守して譲らない、といふところだつたのです。相手はこれを前にして、嘲弄の態度を隠さうともしない。大声挙げてからからと打ち笑ふのです。この時・場所に適はしからぬ態度は、わしが入つて行く途端に引つこんで、諍論は終りを告げたのです。

「『ねえ閣下、』と最初の医者はいふのです。『わが学識ある同僚はですな、閣下の必要としてをられるのは呪術師であつて、医者ではないと考へてをられるやうですぞ。』

「『憚りながら、』とグラーツからの老医師はいふのでした。その顔にはいさゝか不興げな色が見えてをりました。『私自身の見解につきましては、またの機会に、別の方法を以て公けにいたしたいと思ひます。残念ではございますが、将軍閣下、私の技術熟練も、また学識経験も、この場合何の役をも致しません。たゞお暇する前に、少しばかりこれか、と思はれるやうなことを申し上げておきませう。』

「深く思ひに沈んだ面もちで彼は机の前に坐りペンを取り上げました。いたく失望してわしは、お辞儀をひとつして行きかけました。いま一人の医者は肩ごしに物書きをしてゐる医者の方を指し、肩をすぼめて意味ありげに指尖で自分の額に触れてみせるのでした。

「で、かうやつて医者を招いてはみても、結局はもとに戻るばかりで何の得るところとてなかつたのです。わしは気も狂はんばかりになつて庭に出ました。彼はわしの後を追つたことを詫びて、しかし事態に関して一言いひ残して行かないのはどうしても良心にそむく、と申すのでした。彼は、自分の意見には誤りはない。いかなる自然の疾病もこれと同一の症状を呈するものはない。そして、死期は目前に迫つてゐる、とかういふのです。たゞ、あと一日か旨くゆけば二日は持つだらうと思はれる。もしも致命的な襲撃が旨く阻止し得られれば、深甚の注意と熟練とによつて或ひは彼女の体力もまた旧に復し得るかも知れぬ。唯今のところでは万事は、取り返しのつかぬ、といふ段階にまで来てしまつてゐる。あとたゞ一回の襲撃は、今にも絶え入りさうになつてゐる生命の最後の閃光を消し去つてしまふであらう、と。

「『で、いま申された襲撃といふのは、一体どういふ性質のものですかな？』とわしは懇願するやうにたづねました。

「『それに関しましては、唯今さし上げますこの手記の中に、精細に認めてございます。この手記ははつきりした条件つきで御手渡し申し上げます。即ち、誰か最寄りの僧職の人を御呼びよせになり、その立会の下にこの手紙を御開封願ふ、といふことでございます。僧職の方が見えるまで決して御開封になつてはなりませぬ。以上のやうにせられるのでなくば、恐らくは内容をも蔑視してしまはれることに相成りませう。しかも事は一刻の猶予をも許さぬ、生か、死か、の事柄でございます。もし僧侶の人が来られぬ場合はいたし方ございませぬ故、単独にてお読み下さいまし。』

「そしてこの医師はいよいよ別れを告げるといふ時、彼の手紙を読めばきつとわしもこの問題について非常な関心を持つことになるだらうが、この問題に関してめづらしく深い知識を持つたある一人のひとに会ひたいと思はないか、と尋ねてみるのでした。そして最後に、その人を急ぎこの城に招くか、訪れるかするやうにと、熱心に勧告してから辞去しました。

「牧師は丁度留守であつたので、わしはその手紙をひとりで開封しました。他の時機だつたなら、また他の場合に於てなら、恐らく大声を挙げて嘲笑もしかねなかつたでせう。しかし、あらゆる既知の手だてを尽してすべて失敗に終り、愛する者の生命が今まさに消えつくさうとして居るとき、どんなまやかしにでも飛びついてみるといふのが人情ぢやあありませんでせうか？

「この学識ある人の手紙以上に莫迦げたものはない、とあなた方も恐らく言はれるでせう。こんな途方もないことを言ひ出す男は瘋狂院に入れられても仕方ありますまい。彼のいふところは即ち、この患者は吸血鬼（ヴァムパイア）に襲はれ魘されてゐるのだ、といふのです‼　咽喉もとに出来たと娘の言つてゐる二つの小孔は、彼の主張によれば即ち、吸血鬼に特有だと知られてゐる長くつて薄く鋭い二本の歯がさし込まれるためのものだ、といふのです。そして何等の疑ひもなく、と彼は附け加へるのですが、悪魔めの唇が接触して出来るとあらゆる記述に言はれてゐる小さな死灰色の斑点もはつきり存在してゐる。そして患者が述べたてる症状は、一々まぎれもなく、同様の病件に際して記録されたものと正確に合致する、といふのです。

「わし自身はヴァムパイアなどといふ奇怪な存在については全く信を持つてゐませんでしたので、この善良な医師の超自然理論はわしには、例のよくある、学識と理知とが錯覚と結びついた奇妙な例の一つだ、といふ風にしか思へなかつたのです。しかしとにかくわしはもう全く惨めな気持になり切つてゐましたので、何にもしないよりは、とその手紙の指図に従つてみる気になりました。

「わしは病人の部屋につゞいてゐる暗い化粧室に身を潜めました。病室には蠟燭が燃えてゐたので、中の様子はよく見えました。じつと番をして警戒するうち、娘は眠つてしまひました。わしは扉口のところに立つて狭い隙間から部屋のなかをのぞき込んでゐました。剣は指図書のとほりすぐ横の卓子(テーブル)の上におきました。やがて、真夜中の一時も過ぎる頃ほひ、非常に茫として輪郭も定かには分りませんが、何だか大きな真つ黒いものが寝台の足もとのところを匐ひ上つて来るのです。そして可哀さうな娘の咽喉もと目がけてする〳〵と体をのばしたかと思ふと、みるみるうちに膨れ上つて大きな塊りとなつて来るのです。

「瞬間、わしは心臓も凍りついたやうになつて立ちすくみました。忽ちわしは飛び出して、手の剣を振り翳す。黒い生き物はたちまち凝縮して寝台の足許に集つたかと思ふと、またするすると滑り下りました。寝台の足許から三尺ほど離れたところに立ち、その眼には物おぢしたやうな残忍兇暴の光をたゝへてわしをじつと見つめてゐるのは、他ならぬあの令嬢ミラールカです。頭のなかはこんぐらがつて何が何だかさつぱり分らぬ。わしは剣を振り上げあいつ奴めがけて力一ぱい振り下ろしました。しかしあいつ奴、かすり傷ひとつ負はず、体をかはして扉口に立つてゐる。恐怖に戦のく心を抑へつけてわしは飛びかゝつてもう一撃したのです。あいつ奴忽ち消えをつた！　そしてわしの剣は扉に当り粉微塵になつてけし飛んだのです!!

「あの恐ろしい晩起つたことをすつかり申し上げるなどは、とてもわしの力には及びません。家中は上を下への大騒ぎです。あのミラールカの幽霊めは消えてしまひましたが、犠牲（いけにへ）は急速に衰へ弱つて行きます。そしてまだ朝あけともならぬうち、わしの娘は死んでしまひました。」

老将軍の神経はすつかり昂ぶつてゐた。わたしたちは誰も言葉を発しなかつた。父は向うへ歩いて行つて墓碑にきざみつけた銘を読みはじめた。その仕事をつゞけながら父は、ゆるい足どりで側堂の扉口を入つて行つた。将軍は壁に凭れかゝつて眼を拭ひ、重苦しく溜息をついた。丁度その時外側から入口に近づいて来るカーミルラとマダムとの声を聞きつけて、わたしは元気を取りもどした。声は反響を残して消えて行つた。

こんなさびしい場所で、しかもいまし方、現にわたしたちが坐つてゐる身のまはりに塵埃に埋れ常春籐（きづた）に包まれて崩れゆく墓碑の主（ぬし）なる高位尊爵の人々に深く結びついた奇々怪々な物語に耳を傾けてゐたばかりのとき、また、そのうちに語られる事件のひとつびとつがわたしの身自らの一件に恐ろしいほどからみついてゐるのをしみじみと感じなほすとき、――この悪霊の出現するといふ場所、四方には暗く茂る木々の簇葉が無言に沈みかへる四辺の壁の上方高く立ちあがつてわたしたちの頭上に蔽ひかぶさつてゐるこの場所である――一種恐怖の念がわたしの全身を伝はりはじめた。二人は結局はひつては来ず、この場面の悲しくも不吉な雰囲気をかき乱さうとはしないのだ、――と考へこんではわたしの心は沈んでゆくのであつた。

老将軍は、片手を近くのうち崩れた碑の基部について凭れかゝり、じつと地面を見つめてゐた。

狭い、穹窿（アーチ）のついた入口、その上部には古ゴシックの彫刻が好んで耽つた皮肉なまた不気味な空想を表現する悪魔的な怪異装飾がついてゐる、――その入口を通つて、この暗く影さす礼拝堂にカーミルラの美しい姿貌が入つて来るのを見てわたしは嬉しくも胸をときめかした。

彼女の特別愛想のいゝ微笑に答へるため、わたしは肯き、笑ひをうかべ、立ち上つて話しかけようとした。そのとき、突然の叫び声を上げて、わたしの傍に坐してゐた老人は樵夫の斧を摑み前方に躍り出た。彼を認めるや否や、残忍冷酷な変化が彼女の顔面を走つた。それは瞬時の、また恐怖すべき変貌であつた。彼女はそれとともに、匐ふやうな動作をしてじりじりと後すさりをした。わたしが叫び声を挙げる暇もなく、彼は全力を奮つて彼女を打つた。彼女はするり、とくぐり抜け、かすり傷も受けず、その小さな指尖で彼の手頸をしかと摑んだ。彼は腕を振り放さうと身をもがいた、がその手は開き、斧はどさり、と地に落ちた。彼女は消えた。

彼はよろめいて壁に凭れた。その灰色の毛髪は頭上に逆立ち、いま死の瀬戸ぎはにあるかのやうに、彼の顔には一面のあぶら汗が浮いてゐた。

この身の毛もよだつ場面は一瞬にして終つた。そのすぐあとにわたしが記憶してゐることは、マダム・ペロドンがわたしの前に立ち、我慢し切れないやうな調子で繰り返し繰り返しこんな質問をしてゐたことである。「カーミルラお嬢様はどこへ行つたのでせう?」

わたしはたうとう答へた。「知らない――分らないわ――あの人、そつちの方へ行つた――。」そしてわたしは、マダムがたつたいま入つて来たばかりの扉口の方を指さした。「ほんの一分か二分くらゐ前。」

「でもわたくしカーミルラお嬢様がお入りになつてから、ずつとあそこに、あの通り路に立つてゐたのですわ。あの方はあちらへは帰つて来られませんでした。」

それからマダムはあらゆる扉口、通路から、また窓口から「カーミルラ嬢様!」と呼んでみた。が何の返事もなかつた。

「カーミルラといふ名前だつたのか?」と将軍はまだ興奮も冷めやらず、かう尋ねるのだつた。「え、、カーミルラですわ。」とわたしは答へた。

「ははん、」と彼は言つた。「つまりミラールカの奴めだ。遠い昔のこと、カルンシュタイン伯爵夫人ミルカーラと呼ばれた人物と同じ人間なのだ。ね、お嬢さん。この呪ひのか、つた構内から、一刻も早く脱け出しておしまひなさい。牧師さんの家まで馬車を走らせて、わしたちが行くまでそこに待つてゐて下さい。さ、早く！　もう二度と再びカーミルラの姿を見かけられることのないやうに！　いくら探したつて、あの女はここにはゐはしないんだ。」

第十五章　審判、刑の執行

彼がさう言つてゐるとき、今まで見たこともないやうな奇妙な風采の男が、さつきカーミルラが入つて来、たつた今出て行つたその入口から礼拝堂へ入つて来た。彼は背が高く、胸幅は狭く、前かゞみになつて肩が飛び出し、身には黒い服を纏つてゐた。彼の顔は褐色で、その皮膚はからからに萎み、いちめんに深い皺だらけであつた。頭には妙な恰好の鍔広帽子をかむつてゐた。毛髪は長くて灰色まじりになり、両肩の上に長く垂れかゝつてゐる。彼は金縁の眼鏡をかけ、奇妙なよろめくやうな足どりでそろりそろりと歩いてゐた。その顔は、ある時はふり仰いではるかに天空を見、あるときは頭を垂れて地面を見つめるのであつた。そしていつも変らぬ微笑を浮べてゐる様子である。長い両腕は始終ぶらぶらさせ、ひどくだぶついた黒い手袋をはめた骨ばつた長い手先をまつたくの放心状態でしきりにふりまはしてゐた。

「ほう、丁度その人がやつて来たぞ！」と将軍は叫んで、外見にもそれとわかるほど喜び勇んで進み出た。「やあ男爵。い、ところでお目にかゝつて。こんなに早く来られるとは思ひもかけませんでしたなあ。」彼はわたしの父に合図をした。父は丁度帰つて来たところであつた。そして彼は「男爵」と呼びかけたこの風変りな老紳士をつれて父のところまでやつて来、正式に双方を紹介した。三人はすぐ熱心に相談をはじめた。この新来の客はポケットから巻き物にした一枚の紙をとり出し、手近のいたみ崩れた墓の上にひろげた。彼は指さきに鉛筆のケースを持ち、それで、紙面の上を想像的に線を引いてゆきながら、一つの点から一つの点へとたどつて行くのであつた。時々一同が紙面から眼を離しては建物のあちらこちらに目をやるので、わたしは、紙面はこの礼拝堂の見取図だな、と悟つた。またこの人は、まるで講義の口調で、時折、手垢にまみれた小さな手帳をよみ上げた。手帳の黄ばんだ一葉一葉には、何事かぎつしりと書き込んであつた。

　三人は一緒になつて側廊をゆつくりと歩いた。それはわたしの立つてゐる場所の反対側で、歩きつつも彼等は話しつゞけるのであつた。それから三人は距離を歩測し、たうとう一緒になつて一点に向つて立つた。その眼前に立つてゐるのは一つの側壁で、この壁を一同は非常な綿密さで調べはじめた。その表面にからみついてゐる常春籐(きづた)を引つぱり除き、漆喰を杖のさきでとんとんと叩き、こちらを引つかき、あちらを敲き、たうとう彼等は一枚の、幅広の大理石がそこに存在してゐることを確かめた。その石板には浮彫りで文字が記してあるのだ。

　まもなく帰つて来た樵夫の手伝ひで、その碑銘及び彫りこみの紋章が明るみに出た。これこそは長いあひだ世に失はれてゐた、かのカルンシュタイン伯爵夫人ミルカーラの墓碑だつたのである。

老将軍は、もともと祈りなどしさうに思へる人ではなかつたが、いまや、両手を挙げ眼を天に向け、しばし無言の感謝を献げるのであつた。「判官はこの処へ来り、定法どほりの審判が執行せられるであらう。」「明日」と彼のいふ言葉がわたしの耳に入つた。

それから、さつき申し上げた金縁眼鏡の老人のはうに振り向き、両手を取つてしつかりと握り、そしてかういふのだつた。

「男爵。何とお礼を申してよいか。われわれ一同、何と貴下に御礼を申し上げてよいか。貴下はこの土地から、一世紀の余にもわたつて住民を苦しめ来つた疫病をお取り除き下さるのです。あの怖るべき敵は、——神よ、みこころを讃へまつる——今やその在処(ありか)をつきとめられたのだ。」

父は新来の人を横につれ出した。そして将軍も之に従つた。父は話ごゑの聞えぬやうに二人をつれ出したのだとわたしは悟つた。即ち父は、わたしの病歴を物語らうとしてゐるのである。そしてその話が進んでゆくにつれ、彼等がちらりちらりとわたしの方へ視線を投げるのに気がついた。

父はわたしのところにやつて来、何回も何回も接吻をし、礼拝堂からつれ出してかういふのであつた。

「そろそろ帰る時刻だね。でも帰つてゆく前に、お坊さんをお招きして行かねばならないのだ。ここからはすぐ近処のところに住んでられるんで、立寄つて、一緒に城(シユロツス)まで行つて下さるやうお願ひしなければ。」

この試みは無事旨く行つた。そしてわたしは、言葉にも出せぬほど疲れ果てゝゐたので、家に帰りついたときは心から嬉しかつた。しかし、カーミルラに関して何の知らせもない、といふことがわかつたとき、わたしの満足心は驚きに変つた。あの廃寺で起つた情景については、まつたく何の説明もわたしに与へられなかつた。当分のあひだは一つの秘密として、わたしには知らせずおかうといふ父の考へだとはすぐ分つた。

カーミルラが不在なのが不気味なまゝ、あの情景の思ひ出は、なほさらわたしには身の毛もよだつやうなものとなつた。一方その夜の手配は実にもの〳〵しいものであつた。二人の女中とマダムとがわたしの部屋で不寝の番をすることとなり、お坊さんと父とは隣の化粧室で見張りをしてゐた。

その夜、僧侶は何かしら厳かな儀式を執り行つた。わたしにはそのわけがさつぱりのみ込めなかつた。わたしの睡眠中することとなつた物々しい警戒の備へと同様、皆目わたしにはわからぬことづくめだつた。

二、三日経つてはじめてその意味するところがわたしにも明らかとなつた。

カーミルラの失踪以来、わたしの夜毎の苦しみはぱつたりと跡を絶つた。

勿論読者の方々は、上下両スティリアに、モラヴィアやシレジアに、トルコ領セルヴィアに、ポーランドに、またロシアにさへ、広く伝播してゐる驚愕すべき迷信についてお聞きになられたことと思ふ。すなはち、吸血鬼の迷信である。

若しも人間の齎らす証憑が、——無数の審判委員会、そのおのおのは数多くの人々、すべて人格と知性のゆゑに選び出された数多くの人々から成立してゐるか丶る委員会の面前において、正当なる法廷の様式にしたがひ、あらゆる細心の注意と厳粛なる宣誓とを経て提出されたる場合、而してまた、他のいかなる単一の法件にも類例を見ざるほどの厖大なる分量の報告より成る場合——これに何等かの価値あることを拒否せずとするならば、ヴァムパイアなる現象の実在することは否定すること、いな、疑ひを挿むことすら困難となる。

事わたしに関しては、わたしが身みづから経験し目撃したさまざまの出来事を説明するため提供せられたのは、たゞこの地方古来の、また十分に信憑すべき証拠を持つ、あの信仰以外のものではなかつたのである。

次の日、カルンシュタイン家の礼拝堂に於て、公式の審判が執り行はれた。伯爵夫人ミルカーラの墓は開かれた。そして将軍もわたしの父も、ともに、今や人々の目の前にさらし出された顔を、おの〳〵に嘗て託された美しい不信の賓客その人であると認めたのである。伯爵夫人の葬儀が執り行はれて以来すでに百五十年の歳月が経過する。それにも拘はらずその顔面には、温い生命が色さしてゐた。その両眼は開いて居り、柩からは屍臭らしいものも立ち昇らなかつた。立会者の二人の医師——一人は職掌上の立会であり、いま一人は審問起訴者のため出席してゐた——この二人の医師は実に驚嘆すべき事実——ごく微かながら覚知し得らる丶ほどの呼吸、またそれに対応する心臓の鼓動も行はれてゐる、といふ事実を明瞭に認証したのであつた。四肢は完全にしなやかであり、筋肉には弾力があつた。そしてこの鉛の柩は血に浮き、その柩のなかに血びたしになつてこの花のやうな夫人の肉体は、七吋ほどの深さにまで濡れ漬つてゐたのである。これこそ正当に認められた吸血の証拠であつた。それ故に古来の慣習どほり、この肉体はかつぎ上げられ、鋭い杭がその心臓めがけて打ちこまれた。ヴァムパイアは耳を劈くやうな叫び声を挙げた。それはあたかも、生ける人がその末期の苦悶に叫び出すやうな声であつた。次いでその首を打ち落したとき、その切断された頸からは、血が滝津瀬と迸り出た。つゞいて、その体も頭もともに、つみ上げた焚木の上に於て灰燼とし、その灰は川に投じて流れ去るに委せたのである。その以後は、この土地には絶えて再びヴァムパイアの訪れることはなかつた。

父の所有品の中に、王命による審判委員会の報告書写しが一部ある。それはこの審判に立会つた人々すべての署名が、その叙述の正しきを証するため附せられてある。わたしがこの最後の場面、心を衝動せずんばやまないこの最期を撮要し記述したのはこの公式書類をもととしてだつたのである。

第十六章　結　び

以上を申し上げるのに、わたしが冷静沈着に事を記したのだとお考へになつてゐられるかも知れぬ。が、それは甚だしい誤りである。わたしはこの事件を思ひ起すだに心の激動を禁じ得ない。繰り返しての熱心な乞ひがあるのでなければ、この様な難業のため机に向ふなどのことがあり得たとは思へない。事実筆を執りはじめて以後数ケ月といふもの、わたしの神経は昂ぶつてしまひ、あの言語にもつくせない恐怖の幻影をまたまた目の前に描き出して見せるのであつた。この恐怖の影こそはわたしが救ひ出され長い年月を経た後でもなほ、わたしの生涯を夜となく昼となく、戦慄すべきものと化してしまひ、また独り居を耐へがたく怖ろしいものとしつゞけるものであつたのだ。

世にも稀有(めづ)らしい学識をもつてわたしたちを援け、伯爵夫人ミルカーラの墓所を発見してくれたあの奇人フォルデンブルグ男爵について、二、三の事を記してみたい。

彼ははじめグラーツに住んでゐた。嘗ては上スティリアに於て王侯を凌ぐとまでいはれたその一族の領地は、もうすでに失ひ果てゝ、たゞ哀れな歳入に露命をつなぐにすぎなかつた。彼はやがて、驚くべきほどの真証を与へられ疑ふべからざるものとなつたヴァムピーリズムの口伝を精細に、また孜々として研究しはじめた。彼はこの主題に関するあらゆる著作を大小となく身のまはりに備へてゐた。「死後の魔力(マギア・ポストウーマ)」、フレゴンの「不可思議論(デ・ミラビリス)」、アウグスティーヌスの「死に関し(デ・クラブロ・モルトウィス)」、ヂョン・クリストファ・ヘレンベルグ著の「吸血鬼に関する哲学的及基督教的思索(フィロソフィカエ・エト・クリスティアナエ・コギクティオーネス・デヴァムピーリス)」その他何百冊となく。わたしはたゞ父の貸してもらつた数冊の標題を記憶してゐるに留まるのである。彼はあらゆる判決例に関する、厖大な分量の抜書きを作つてゐる。これらの判例から彼は、ヴァムピイアの生態を支配してゐる——ある時は常時支配力を持ち、ある時はたゞ一時のものであつた——原理ともいふべきものを抽出し、一つの体系としてまとめてゐたのである。序ながらこゝで申し述べたい、この種の妖霊につきものとされる屍体のやうな顔面の蒼白なんどは単なるメロドラマぶりの作りごとにすぎぬ。彼等は墓のなかに於ても、また普通人間の世界に出現するときでも、まつたく健康な人間の外貌を備へてゐる。その柩のなかにゐるところを発(あば)かれ光にあてられると、とほい昔に死んだカルンシュタイン伯爵夫人のヴァムパイアとしての生活を証するものとしてさきにも数へ上げられたあの徴候の数々を、かゝる妖怪は全部具へ有つてゐるのである。

　彼等が土を動かすこともなく、また、棺や屍衣の在りすがたを少しも変へることなく、毎日ある一定の時間にその墓を忍び出ては帰つて来るのは一体どういふ風にしてであるか、といふことは、常に、全く説明不可能とされて来た。ヴァムパイアの両棲的生命は日毎に繰り返される墓下の眠りによつて維持されてゐるのである。そして人の生血に対する渇は、目ざめたときのその生活に活力を注ぎかけるのである。ヴァムパイアはある特殊の人々に対し、さながら恋の焔にも似た熱烈さでまつたく魅惑されたやうになることがままある。さうした相手を追求して、吸血鬼は底も知らぬほどの忍耐を用ひ、数かぎりもない策略を弄するのである。かゝる目的の人に近づくことはもちろん、数多くの障碍を受けるものでもある。吸血鬼はその情慾を十分に満し、その渇仰する犠牲者の生命を吸ひつくし涸らすまでは止まらない。しかもかういふ場合には、美食道楽人(エピキュリアン)の洗煉ぶりにも似た態度で、その残虐な享楽をそだて引きのばしてゆく。そして技巧たつぷりな求愛ぶりでだんだん目的に近づいて行つては、その情慾の満足を心ゆくまで高揚させるのである。これらの場合、同情や承諾ともいふべきものを求めて憧れ狂ふやうにも見えるのである。通常には吸血鬼はまつすぐにその目的物に飛びかゝり、暴力で圧倒して相手を縊り、屢々わづか一回の饗宴で相手の生命を絞りつくすことすらある。

吸血鬼は、或る情況の下に於ては、明らかに特殊な条件に縛られてゐる。たゞいまお話し申し上げたこの例に於ては、ミルカーラはその名前の点で束縛を受けてゐた。本当の名前は名乗らないにしても、少くとも、名前の文字は一字もこれを変へることなく、いはば置換へ文字式（アナグラム）に述べなければならなかつたのである。カーミルラといふのもさうだし、ミラールカといふのも同じである。

フォルデンブルグ男爵はカーミルラを追放したあとで二、三週間わたしたちの城に滞在した。そのあひだに父はまへに聞いた、カルンシュタインの墓地に於てモラヴィアの一貴縉とヴァムパイアとが戦つた話をし、それから、いつたいどうやつて男爵が、長らく人目から隠れてゐた伯爵夫人ミルカーラの墓の正確な位置をたしかめ得たのか、とたづねた。男爵のグロテスクな顔附はくしやくしやになり、不思議な笑ひに変つていつた。彼は視線を落し、使ひ古した眼鏡入れを見つめて微笑し、指のさきでいじくりまはしてゐた。それから顔を上げて彼はかういふのであつた。

「私は実はその注目すべき人物の書いた日記やその他の書類を所持してゐるのです。そのうちでも特に珍らしいのは、いまあなたのいはれたカルンシュタインへの訪問のことを記した一文でした。勿論、口伝はいささか事実を褪色させてゐますし、また多少歪曲してゐる点もあります。あの人はまあ、モラヴィアの貴縉、といはれても間違ひではありますまい。事実住居をモラヴィアに移し、たしかに貴族でもあつたのです。しかし本当のことをいへば、彼は上スティリアの生れだつたのです。簡単に申し上げれば、彼はずつと若い頃、カルンシュタイン伯爵夫人、あの美しいミルカーラに熱烈な献身の愛をさゝげ、またそれを許されてゐた愛人だつたのです。彼女は若くして世を去つてしまつたので、彼はまつたく慰めるすべもない悲嘆に陥つてしまひました。繁殖し種族を増大してゆくのはヴァムパイアの本性です。しかしそれは、人も確認する彼等独特の陰惨な律法に従つてなのです。

「たとへば、まづ手始めに、一地方が全くこの疫病にはかゝつてゐないとしませう。一体どうしてその様なことが起り、どうやつてそれが繁殖してゆくのでせうか？　それをお話ししませう。多少なりと邪悪なある人間が、自らの手で生命を断つ。ある特定の情況の下に於て、自殺者なるものは死してヴァムパイアに化するのです。この亡霊は生ける人々が眠つてゐるとき、その人々を襲撃します。この人々は死ぬ。そして殆んど例外なしに墓の中で彼等はヴァムパイアに化してゆくのです。このことが美しいミルカーラの場合にも起りました。彼女は事実そのやうな悪鬼の一つに襲はれ、執り殺されてしまつたのです。私の祖先であるこのフォルデンブルグ――私の今も名乗つてゐる肩書きはこの人以来のものですが、彼はまもなくこの事実を発見しました。そして、その研究をつゞけてゆくうち、さらに多くの事柄を学び知るやうになりました。

「特に彼は、遅かれ早かれ、やがてはヴァムピーリズムの疑ひが、嘗ては自分の偶像であつた、今は亡き伯爵夫人の上にかゝるに違ひない、と結論しました。彼女がたとひ何に化さうとも、その遺骸がやがては死後の処刑、といふやうな侮辱を受けて潰されねばならぬと考へると、抑へやうもない怖れ、悲しみ、を感ずるのでした。彼は、ヴァムパイアにして、もしその両棲的な存在から追放されてしまふときは、さらに恐るべき生活様式の中へ投げ込まれるのだ、といふことを証明しようとして、奇妙な一論文を書き残して居ります。そして彼は、嘗ては心に抱きしめたあのミルカーラをどうあつてもこんな惨めな状態から救ひ出さねばならぬ、と決心したのでした。

「彼は計画をたて、この地へ旅行して来ました。そして表には彼女の遺骸を取り去るのだと見せかけて、事実は彼女の墓碑の所在を人目から韜晦してしまつたのです。その後歳月を経て彼が老年に到り、年月の深い谿谷から、彼がいまや別れを告げようとする人生の姿をふり返つて眺めるとき、今度は前とは異つた心を抱いて自分の為したところを反省したのです。そして恐怖の念が彼を捕へてしまひました。彼はその場所の見取り図と説明書を作製しました。この書類の指示に従つて私はその地点を探ることができたのです。そしてまた彼は、自分の為した欺瞞についての告白をも書き残しました。彼がこれ以上この事柄について、何か実行に移さうと考へてゐたとしても、死のために阻止されてしまふ結果となりました。そして遠い子孫に当る一名の手が、すでに多くの人の命にとつてはとりかへしもつかぬ結果とはなつて居りますが、この追求をみちびいて、あの獣の巣窟に到ることとなつたのです。」

わたしたちはまだもう少し話をした。そして彼が語つた事柄のなかにはこんなこともあつた。

「ヴァムパイアの証拠の一つはその指さきの力です。将軍が打ち殺してくれようと斧を揚げたとき、ミルカーラのあのほつそりした手は将軍の手頸へ鉄の万力（まんりき）のやうに喰ひ込んだのでした。摑んだときの恐ろしい力だけではないのです。その手の摑んだ四肢には麻痺の症状を残します。たとひ恢復できるとしても、きはめて徐々にしか恢復し得ないのです。」

翌年の春、父は、わたしを伴つてイタリアを旅行した。わたしたちは一年の以上も国には帰つて来なかつた。最近の種々の出来ごとが惹き起した恐怖の気持が薄らぐまでには長い年月が必要であつた。そしてこの今日に到つてもなほカーミルラの姿は曖昧に、さまざまの姿に変りながらわたしの記憶のうちに蘇るのである。——あるときはいたづらな、ものうげな美少女の姿で、またあるときは、あの廃寺のなかで見かけた、身もだえして逃げる悪鬼の姿として。そして屡々わたしは白日夢からはつ、とわれに帰ることがある。この客間の扉口にカーミルラの軽い足どりをふと耳にしたやうな幻覚を感じて。

編者解説

東 雅夫

英国の〈ペンギン・ブックス〉といえば、本朝の〈岩波文庫〉やドイツの〈レクラム文庫〉などと並ぶ古今の名著叢書として、先刻御存知の向きも多いだろう。

その一冊に『三つのゴシック小説 Three Gothic Novels』というアンソロジーがある。

初刊は一九六八年。ペンギン叢書は日本でも、少し大きめの書店の洋書コーナーにはたいてい入っていたので、私も高校時代、横浜の有隣堂だかで買い求めた記憶がある。英語の副読本に良いかと思ったのだが、いかんせんクラシックに過ぎて、あまり実用には役立たなかったようだ。

それはさておき同書は、タイトルに謳われているように、ホレス・ウォルポールの「オトラント城綺譚」、ウィリアム・ベックフォードの「ヴァテック」、メアリ・シェリーの「フランケンシュタイン」というゴシック文学の三大名作に加えて、ゴシック研究の泰斗の一人マリオ・プラーツによる書き下ろしエッセイを付すという隙のない布陣で、現在のように各種の刊本が出まわってはいなかった当時は、必携の基本図書となっていた（ちなみにプラーツのエッセイ「暗黒小説の美学」は江河徹の訳で、一九七五年刊の『牧神』創刊号の〈ゴシック・ロマンス〉特集に訳出掲載されている）。

後年、みずからが出版の世界に身を置くようになってから、私はこの『三つのゴシック小説』の日本版を作れないものかと、画策するようになった。しかしながら、ヨコのものをタテに直そうとすると、全体の分量が一巻に収めるにはいささか長すぎるきらいがあった。特に「フランケンシュタイン」が長い！　しかも既訳が数種類、単行本だけでなく文庫などでも刊行されていた。群を抜く名作ゆえ、当然のことでもあるが。

ちなみに、本書に先立って上梓した『ゴシック文学入門』所収の「「モンク・ルイス」と恐怖怪奇派」で、小泉八雲はゴシック文学を代表する名作として、次の六篇を発表時代順に挙げている。

1　ホレス・ウォルポール「オトラント城綺譚」
2　ウィリアム・ベックフォード「ヴァテック」
3　アン・ラドクリフ「ユードルフォの怪」
4　マシュー・グレゴリ・ルイス「モンク」
5　メアリ・シェリー「フランケンシュタイン」

6　チャールズ・ロバート・マチューリン「放浪者メルモス」

これは至って順当なチョイスであり、後世の批評家や研究者の見解も、英文学史に関するかぎり、これに大きく異を唱えるものは見受けられないと云ってよかろう。

問題なのは、「フランケンシュタイン」以外の作品が、同篇と同じ程度か、それ以上に長大な作品ばかりであることだ（ラドクリフの「ユードルフォ」に至っては長大すぎて、二十一世紀を迎えた現在もなお、未だに完訳版が刊行されていないほどである）。

さて、そうなると、これらに代わり、どのような作品を「三番目の名作」に据えるべきか。

同じようなことを考える御仁は西洋にもいたようで、ヴィクトリア朝の怪奇幻想小説に詳しいアンソロジストのE・F・ブライラーは、同じく『Three Gothic Novels』と題されたアンソロジー（ドーヴァー・ブックス／一九六六）において、「オトラント」と「ヴァテック」に加えて、ジョン・ポリドリの「吸血鬼」（平井呈一訳が創元推理文庫版『幽霊島』等に所収）および、その元ネタとなったバイロン卿による断片（南條竹則訳「断章」が国書刊行会『英国怪談珠玉集』に収録）を選んでいる。御存知の方もあろうが、バイロンの侍医であったポリドリは、メアリ・シェリーが「フランケンシュタイン」を構想したのと同じ時・同じ場所で「吸血鬼」の着想を得たわけで、この代替案にはそれなりの必然性もあった。

とはいうものの、「オトラント」「ヴァテック」の両名作に較べると、「吸血鬼」はいかにも短く、バイロンの断章を加えても、いささか間に合わせの感を抱かせるのは否めない。

ならば、いかにすべきか⁉

私の出した答えは、ゴシック文学の確立期や全盛期ではなく、終焉の時期まで範囲を拡げて、いわば、その掉尾を飾るような作家作品を選び出そうとすることにあった。

その結果、浮上したのが、アイルランドの作家ジョゼフ・シェリダン・レ・ファニュであり、代表作のひとつ「カーミラ」であった。

もちろん、ゴシックの掉尾を飾ると目される作家は、レ・ファニュだけではない。

先述の「「モンク・ルイス」と恐怖怪奇派」で八雲は、バルワー＝リットン卿の名と、代表作「幽霊屋敷」などに言及しているし、『ドラキュラ』でおなじみのブラム・ストーカーの名を挙げる向きもあろう。人によっては新大陸に目を向け、エドガー・アラン・ポオこそ、ゴシックに画期をもたらしたと主張するに違いない。

とはいえ、いま名前を挙げたような作家・作品は、日本でもすでに人口に膾炙して久しい。

まあ、それで云ったら我がレ・ファニュだって、それなりに翻訳は出ているわけだが、ひとつ、初刊以来、不当に埋没せられてきた訳業があるのだった。

それが即ち、本書に収録した野町二訳の『死妖姫』こと「カーミラ」だった。

詳しくは後述するけれども、昭和二十三年という戦後まもない時点で、単行本の形で「カーミラ」の本邦初訳が実現していること、しかも（すでに『ゴシック文学入門』に採録した訳者による解説の文章も含めて）その内容が、時代的な制約を感じさせない勝れたものであったこと。

たまたま本書においては、平井呈一による「オトラント城綺譚」、矢野目源一による「ヴァテック」の双方を、それぞれ本邦初訳バージョンで収録することがすでに決まっていたため、「第三の名作」として野町二訳「死妖姫」を、これまた本邦初訳バージョンで収載することにより、分量的にもなかなかバランスのとれた精華集を実現することができたと思っている次第である。

これら三つの「絶対名作」に加えて、戦前の日本における最大の「ゴシック者」と呼びうるだろう巨魁・日夏耿之介が、ポオの絶唱「大鴉」および「アッシャア屋形崩るるの記」(ただし実現したのは冒頭部分のみ)に挑んだ訳業を添えることで、私が考える泰西ゴシック文学最強の一巻本精選集を、ようやく形にすることができたと思っている(これより長大なアンソロジーとしては、学研M文庫から以前刊行した三巻本の〈ゴシック名訳集成〉があるが、そちらには現代語訳版「オトラント城綺譚」も野町訳「死妖姫」も含まれていないのだ)。

それでは以下に、個々の収録作について、知るところ若干を記しておきたい。

詩画集「大鴉」

十九世紀フランスを代表する挿絵画家の一人で、ダンテ『地獄篇』やミルトン『失楽園』、アリオストの『狂えるオルランド』やコールリッジ『老水夫行』等々、西欧幻想文学の大古典の数々を鮮烈壮麗に絵物語化したことで知られるギュスターヴ・ドレは、荘厳な大聖堂や宮殿、珍奇な異国の風物、怪物が徘徊する深山幽谷、魔界の地獄絵図等々といった〈ゴシック〉魔界に特有のヴィジュアル・イメージを、広く後世にまで印象づけたという点でも、不朽の功績を残した天才である。

ドレはその晩年、最愛の母親を喪くした孤独のさなか、エドガー・アラン・ポオの絶唱「大鴉」に魅了され、二十六点にのぼる挿絵を描いた。そして完成直後の一八八三年一月二十三日、心臓発作により急逝、詩画集『大鴉』は、遺作として同年に刊行された。

本書にはその全点を、該当箇所の詩の原文および日夏耿之介による彫心鏤骨の訳文とともに、巻頭に収録した。ちなみに『ゴシック文学入門』に掲げた私の「まえがき」は、泰西ゴシック魔界からの「招待状」を、大鴉が口に咥えて飛来した……というウラ設定に基づいて書いたのだが、『神髄』冒頭において、今度は視覚的に、その一部始終を追体験していただこうという趣向である。ゴシック中興の立役者といっても過言ではない詩人と画家、そして異邦の翻訳者による、鬼気せまるコラボレーションから、ゴシック的精神の根幹をなす苛烈な異界憧憬を感得していただければ幸いである。

ちなみに、ドレの『大鴉』挿絵に日夏耿之介の訳詩を配するという趣向には、優れた先例があったことを申し添えておこう。いまは亡き薔薇十字社から一九七二年十二月に刊行された大判の詩画集『大鴉』が、それである。一見、洋書と見まがうようなダンディで瀟洒な造本で、巻末には故・窪田般彌氏がドレ小伝を寄稿されていた。

エドガー・アラン・ポオ／日夏耿之介訳「大鴉」「アッシャア屋形崩るるの記」

みずから「ゴスィック・ローマン詩體」（『黒衣聖母』序）と呼ぶ、古今独歩の崇高晦渋なる詩境を確立した学匠詩人・日夏耿之介は、翻訳家（『英国神秘詩鈔』『海表集』など）、英文学者（『英吉利浪曼象徴詩風』増補版所収の「ゴシシズム及びゴシック・ロマンス解」や『サバト恠異帖』など）としても、わが国におけるゴシック文学移入の巨大な先覚者であった。和漢洋にわたる底知れぬ学識と異端神秘文学への通暁ぶりは、泉鏡花の『高野聖』を、ゴシックをはじめとする古今の海外幻想文学と縦横無尽に比較して論じた「『高野聖』の比較文学的考察」（『ゴシック文学入門』所収）一篇を繙読するだけでも、たちどころに了解されよう。

ゴシックの風土に独創的な恐怖美の新風をもたらしたエドガー・アラン・ポオは、日夏が鍾愛する作家のひとりであり、『ポオ詩集』一巻をはじめ、「アラン・ポオ小伝」「ポオの青春時代」「大鴉縁起攷」（いずれも河出書房新社版『日夏耿之介全集』第七巻所収）等々の論考がある。

「ポオは先づ第一に詩人であつた。が、最終にも亦彼は詩人である。散文家ポオの名は屢々詩人ポオの名を蔽ふ事がある。探偵小説作者、近代風短篇小説の創始者、怪異小説作者としてのポオの筆名が、『大鴉』"The Raven" の作者の名を蔽ふのである。（中略）『大鴉』『ユラリュウム』等がその詩的特色と散文的持味とをうまく合せた代表詩品で」（「アラン・ポオ小伝」）云々という一節からも察せられるように、日夏は「大鴉」（一八四五）を、ポオの全作品中でも最重視しており、昭和四年、雑誌「游牧記」に分載したのを皮切りに、単独の刊本、訳詩集収録を併せると、実に十回近い推敲改訳をおこなっている。まさに詩魂と学識のすべてを傾注した名訳と呼ぶにふさわしかろう。本書では、訳者みずから「最終決定テキスト訳本」と銘打つ冬至書房版『大鴉』（昭和二十四年五月刊）を底本とし、『日夏耿之介全集』第一巻所収のヴァリアントを適宜参照した。

併録の「アッシャア屋形崩るるの記」は、ポオ怪異小説の代表作であると同時に、崇高と美と恐怖の文学たるゴシックの精華というべき短篇"The Fall of the House of Usher"（一八三九）の文語訳断片である。手書き原稿のまま篋底に秘められ、『日夏耿之介全集』第二巻に初めて収録された。かの『雨月物語』と遥かに響き交わすかのごとき、冒頭部分のみで断絶したことが幾重にも惜しまれる名調子ではあるまいか。


ホレス・ウォルポール／平井呈一訳「オトラント城綺譚」

「乙蘭土（オトラント）城綺譚」はいちばん最初に読んだせいか、こんなおもしろい小説が世の中にあったのかと、ゾクゾク身震いしながら貪り読んだもので、今でもときどきひっぱり出しては、なつかしく読み返している。終戦後、たしか物故したゴシック・ロマンス研究の泰斗である、モンタグ・サマーズ師の序文入りの、色刷り挿絵のはいった善本を偶然手に入れたので、イタリア版のこの挿絵を入れて、なんとかして死ぬまでに余暇ができたら、これは擬古文に訳しておきたいものだと、とうから念願している。この念願から私は、日本の「怪異小説」を、「日本霊異記」あたりから江戸時代の怪談本、草双紙の類まで、手当りしだいに読み漁った。ラフカディオ・ハーンの「怪談」と「骨董」を訳したのも、その頃であった。

英米怪奇小説翻訳の名匠・平井呈一は、一九五八年三月刊の世界大ロマン全集版『怪奇小説傑作集Ⅱ』月報に寄せたエッセイ「怪奇小説と私」（創元推理文庫版『真夜中の檻』所収）の中で、ホレス・ウォルポール『オトラントの城』訳出への熱意を、右のように吐露していた。擬古文体の参考にするため日本の古典怪異小説を読み漁ったというあたりにも、並々ならぬ思い入れのほどが窺われる。

とはいえ、筐底に秘められていた（と思しい）「オトラント城」の訳稿が実際に陽の目を見たのは、それから十余年後の一九七〇年（昭和四十五年）三月——新人物往来社版『怪奇幻想の文学Ⅲ　戦慄の創造』所収の一篇としてであった（『ゴシック文学入門』所収の紀田順一郎「ゴシックの炎」解説を参照）。その後、二年後の七二年には待望の擬古文訳が思潮社から凝った造本で上梓、さらに七五年には英文学者・井出弘之の解説を付した現代語訳決定版が牧神社から刊行されている。

本書には、我が国におけるゴシック文学本格移入の熱気をなまなましく伝える、七〇年の本邦初訳バージョンを採録した。後年の現代語訳決定版と仔細に較べると、改行の仕方などに読みやすくする妥協（？）の痕が認められる。平井が手がけた「オトラント」訳稿中、もっとも読みやすいバージョンではないかと考えられる。以前、学研M文庫の『伝奇ノ匣7　ゴシック名訳集成　西洋伝奇物語』（二〇〇四）を編んだ際には、思潮社版の擬古文訳を採録したので、興味のある向きはぜひ、読み較べてごらんになることをお勧めしたい。

ウィリアム・ベックフォード／矢野目源一訳「ヴァテック」

悖徳の貴族詩人バイロンが「英国の最も富裕なる公子」と歎じた名家の御曹司にして、美少年や人妻と逸楽を共にするバイセクシュアルの遊蕩児。東洋の神秘に憧れるオカルティストにして、黒魔術の実践者。『オトラント城綺譚』と並び称されるゴシック文学の聖典『ヴァテック』を若くして著し、晩年は主人公の末路さながら、厭人癖が昂ずるままゴシック様式の僧院フォントヒル・アベイにみずからを幽閉した一代の奇人……澁澤龍彦が「バベルの塔の隠遁者」（『ゴシック文学入門』所収）でいみじくも喝破したとおり、『ヴァテック』の作者ウィリアム・ベックフォードは、かのサド侯爵やルートヴィヒ二世にも比肩されるゴシック的人間像の一典型であった。

『オトラント』や『マンク』『フランケンシュタイン』といった代表的名作でさえ、その本格的移入は第二次大戦後を待たねばならなかった我が国にあって、『ヴァテック』は例外的に邦訳の機会に恵まれた作品であった。

本書に採録した矢野目源一訳『ヴァテック』が、早くも一九三二年（昭和七年）に春陽堂書店の世界名作文庫の一冊として上梓されたのをはじめ、小川和夫訳『異端者ヴァセック』

（新月社）および『ヴァセック・泉のニンフ』（国書刊行会）、川崎竹一訳『呪の王―バテク王物語―』（角川文庫）、私市保彦訳『ヴァテック』（国書刊行会）、中村浩己訳『ヴァテック』（雑誌『幻想と怪奇』掲載）と、英訳・仏訳取り混ぜて各種ある。

また、後年発見され『ヴァテック挿話集 Episode of Vathek』として初刊行された貴公子たちの挿話群も、私市訳（および後述の柄本訳）に併録されており、同じく長年筐底に眠っていた初期作品“The Vision”も、柄本魁訳『十七歳の幻想』（雪華社）として邦訳されている。

これら諸訳の中から、あえて矢野目源一による本邦初訳バージョンを撰んだ理由は、主にふたつある。第一に矢野目訳は、戦前における泰西ゴシック文学研究の梁山泊ともいうべき日夏耿之介一門の雑誌『奢灞都』に掲げられた「奢灞都南柯叢書第一期刊行目録」（大正十四年）の書目中に『暴王バテツク』として予告されている、歴史的意義を有する訳業であること。「ベツクフオドの存在はその近刊新刻の紀行を見ても分明するやうに、並々ならぬ性情と経験と文体の所有者として『ヴァテック』の作者は更に新見地を以て小説史上の位置を再検査すべき価値を多く持つてゐる」（日夏耿之介「英吉利浪曼文学概見」より）。

第二の理由は、ことさらに申し立てるまでもあるまい。聖潔なる『光の処女』の詩人として出発し、泰西隠秘学や耽奇風俗の蘊奥に通暁した稀代の粋人作家の「過剰なまでに趣味性の勝った、ほとんど臆面もなくみずからの気質に溺れているような」（種村季弘『黄金仮面の王』解説より）翻訳文体に、今なお捨てがたい魅力を感じてやまないからだ。

ちなみに矢野目訳『ヴァテック』は一九七四年（昭和四十九年）に、生田耕作による校訂補訳が加えられて牧神社から復刊されている（後に奢灞都館からも再刊された）。同書の別冊解説より次の一節を掲げておく。

外国文学紹介においてもっぱら新訳が尊重される一般的風潮のなかで、およそ半世紀以前の旧訳を再登場させることはアナクロニズムのそしりをまぬがれないことを承知の上で敢てこの企てに踏みきったのは、既に稀覯本の仲間入りをした矢野目訳が、歳月の試錬に耐えぬいて、今日においても充分鑑賞に価する名訳であることが最大の理由であることはいうまでもないが、いまひとつ、いわゆる新訳なるものが、例外はあるにせよ、えてして〈改良〉ではなく〈改悪〉につながる危険をはらむ昨今の事態にたいする一つの反省の意味をも含んでいる。すぐれた先人の苦心になる名訳が、たんなる時間的経過という外的理由によって、深く優劣を比較検討することなく図書館の片隅にいたずらに埃をかぶったまま放置される矛盾は一日も早く改められたいものである。昨今はびこっている無味乾燥な新訳類に比して、味わい深い〈文体〉を有するという一事だけをとり上げても矢野目訳の今日に甦る意義は充分であろう。仄聞するところによれば、長マントをはおって、腰には短剣をつるし、昭和のはじめ東京の巷を闊歩して衆人の目を見はらさせたという、ベックフォードの系列につながる奇人伝中の人物、幻庵居士矢野目源一、またの名 L'Abbe St. Andrian の〈イキ〉姿を今に偲ばせる、見事な訳文をも併せ堪能していただければ幸いで

ある。（生田耕作「ウィリアム・ベックフォード小伝　付『ヴァテック』について」より）

なお、生田による補訳は「訳文に見られる明らかな脱落、誤謬、現代の読者にとって理解しがたい特殊な言葉づかい等にのみかぎり」（同右）これを補ったとあるが、実際に矢野目単独訳と比較してみると、もう少し踏み込んだ形での構文の洗煉、推敲が細かく施されている印象を受けた。異人が球体と化して暴れまわる前後など、長文にわたる補訳箇所を見ても、まったく違和感なく完成度を高めている点、見事な訳業と申せよう。

今回、その生田補訳版をとらず矢野目単独訳を撰んだのは、第一に牧神社版、奢灞都館版が、現在も古書として比較的容易に入手可能なこと、第二に補訳版以外にも原文に忠実な邦訳が複数存在すること、そして第三に、かつて牧神社版を読んだ際、オリジナルな矢野目訳がいかなるものであったか烈しく興味を掻きたてられたという個人的記憶による。補訳版を架蔵されている向きは、ぜひとも両者を読み比べてみていただきたい。翻訳という作業の奥深さを、きっと実感できることと思う。

J・シェリダン・レ・ファニュ／野町二訳「死妖姫」

戦後まもない昭和二十年代前半期、新月社という新興出版社から〈英米名著叢書〉と銘打つシリーズが発刊された（監修は土居光知、福原麟太郎、石田憲次、中野好夫、齋藤勇の五名）。一九四九年（昭和二十四年）二月現在と註記された刊行目録には、既刊書四十点におよぶことが記されている。その中には、小川和夫訳『異端者ヴァセック』、長澤英一郎訳『阿片秘話』、八木毅訳『白魔』、上田勤訳『狐になった奥様』等々の名も見える。
野町二訳『死妖姫』もまた、この叢書の一冊で、刊期は一九四八年七月、同年十二月には再版が上梓されている。その「はしがき」に曰く――

構想の卓抜な点、芸術的香気の高い点、に於て、レ・ファニウの「カーミルラ」（ここでは「死妖姫」と題した）は数多い英国の怪奇物語中でも屈指の出来映えのものであると思ふ。数篇を選訳することになってゐる「妖怪譚」の第一冊として選ばして頂いた理由である。

訳出に当ってはいつもの如く恩師齋藤勇博士の厚いお世話を頂いた。何を措いてもここにその御礼を申し上げることは訳者の義務である。また新教出版社の長崎次郎氏、上智大学の苅田元司氏、両氏にも原稿の閲読を頂いて措辞等の点で得られるところが多かった。併せて謝辞を捧ぐる次第である。

テクストは、ケインブリヂ大学出版部で印刷され、一九二九年十一月ロンドンのデイヴィズ書店から刊行された一冊本「鏡をもて見るごとくおぼろに」から採った。この原書はもと一八七二年、レ・ファニウ死の前年三冊本として世に出たもので、「カーミルラ」はその集の最終篇となってゐる。この一冊本にはエドワード・アルディッツォーネ（アーデイゾウン）の興味深い挿絵が多数収められてゐるが、版権の関係で再録出来ないのは残念である。

昭和二十二年十一月末日　　　　　　　　訳者

この「はしがき」に拠れば、『死妖姫』に続く英国〈妖怪譚〉訳出の計画もあったようだが、これは残念ながら実現しなかったようだ。すでに『ゴシック文学入門』に採録した訳者による「解説」（「死妖姫」解説と題した）と併読していただければお分かりのとおり、野町氏による解説は、当時としては異例と思えるほどに詳細を極めている。とりわけレ・ファニュ最後の作品集のタイトルを、聖書からの引用にちなんで、正しく『鏡をもて見るごとくおぼろに』と訳している点（後述の平井呈一訳では『曇りガラスの中』）など、英文学研究者としての学識のほどに改めて感じ入った次第である。

ところで『カーミラ』の翻訳といえば、一九五八年十月に東京創元社の〈世界恐怖小説全集〉第一巻として初刊行された平井呈一訳『吸血鬼カーミラ』が圧倒的に有名であり、その後一九七〇年四月に創元推理文庫に改訂・編入されたことで、長らく決定訳としての評価を得てきたことは御存知の向きも多いと思われる。ちなみに〈世界恐怖小説全集〉版の訳者解説の末尾には、「この稿を書き終えたあとで、「カーミラ」の翻訳が昭和二十三年新月社から、小野町二氏の訳で出ていることを知ったが、未見のため参照させていただけなかった」と、小さな活字で添書されていたが、これは文庫版では削除されており（創元推理文庫版『真夜中の檻』に恐怖小説全集版のあとがきが収められた際にも、なぜか省かれていた）、その後、平井翁が野町訳を参照したのか否か、筆者の知るかぎり定かではない。

それはさておき、編者はまだ学生時代に、たまたま古書店で『死妖姫』を入手し、それが「カーミラ」の翻訳であることを知って、大いに好奇心に駆られつつ繙読した。そして、余情纏綿たる高貴な女性の一人称を前面に立てた平井翁の訳文とは趣を異にする、野町訳ならではの名調子——一見、質朴とも思える構文の随処に、豊かな学識や文藻を感じさせるその語り口に、棄てがたい味わいを覚えたものだった。

このほど、なかばは偶然の成り行きから、実に七十年近く埋没していた野町訳『カーミラ』＝『死妖姫』を、新たな装いのもと世に出すことができたのは、欣快に堪えない。

最後になったが、この『ゴシック文学神髄』も、筑摩書房編集部の砂金有美さんとの愉快な協同作業により実現を見た。『入門』と一対となる素晴らしい装丁を用意してくださった水戸部功さん共々、衷心より御礼を申し上げます。

二〇二〇年九月

本書は、ちくま文庫のためのオリジナル編集である。

本文表記は、原則として新漢字を使用し、旧仮名遣いについては発表時の表記を優先した。また、読みやすさを考慮し、振り仮名を補った箇所もある。

作品本文及び訳者の註には今日の人権意識に照らして不当・不適切と思われる語句や表現が含まれるものもあるが、訳者が故人であることと作品の時代的背景及び文学的価値とにかんがみ、そのままとした。

■ヴァテック

ウィリアム・ベックフォード（William Thomas Beckford）1760-1844　英国の文人。バイロンに「英国の最も富裕なる公子」と呼ばれた富豪。建築・美術・音楽等に精通し「カリフ」を自称。晩年はみずから建てた僧院で隠遁生活を送った。

矢野目源一（やのめ・げんいち）1896-1970　詩人、作家、翻訳家。柳沢健の「詩王」及び堀口大學の「パンテオン」「オルフェオン」に参加。詩集『光の処女』を刊行。ほかに『聖瑪利亜の騎士』、訳書『吸血鬼』（シュオップ著）、著書『幻庵清談』等多数。

［『伝奇ノ匣 8　ゴシック名訳集成　暴夜幻想譚』学研 M 文庫、2005 年］

■死妖姫

J・シェリダン・レ・ファニュ（Joseph Sheridan Le Fanu）1814-1873　アイルランドの作家。ブロンテ姉妹、M・R・ジェイムズほか後世の作家に強い影響を与えた。著作に長篇「アンクル・サイラス」や「ドラゴン・ヴォランの部屋」「シャルケン画伯」等。

野町二（のまち・すすむ）1911-1991　英文学者。『カーミラ』の本邦初訳である『死妖姫』を手がける。シェイクスピア、ダンに関する論文多数。著作に『英米文学ハンドブック』『神話の世界』『ポー短篇集』、共著に『イギリス文学案内』等がある。

［『死妖姫』新月社、1948 年］

【著訳者紹介】

※［　］内には底本を記した。

■詩画集「大鴉」

ギュスターヴ・ドレ（Paul Gustave Doré）1832-1883　フランスの版画家、挿絵画家。ダンテ『神曲』ほかバイロン、ラブレー、セルバンテスの作品、ペローの寓話集『マ・メール・ロワ』や聖書等、数多のイラストレーションを手がけた。

［『大鴉』薔薇十字社、1972 年］

■大鴉

■アッシャア屋形崩るるの記

エドガー・アラン・ポオ（Edgar Allan Poe）1809-1849　アメリカの小説家、詩人、編集者。飲酒癖に苦しんだが、怪奇幻想小説の大家として、現代に至るまで多大なる影響を残す。著作に『黒猫』『モルグ街の殺人事件』『黄金虫』ほか多数。

日夏耿之介（ひなつ・こうのすけ）1890-1971　詩人、英文学者、翻訳家。『黒衣聖母』ほかの詩集で「ゴスィック・ローマン詩体」を確立、『ポオ詩集』『ワイルド全詩』ほかの訳詩集や『明治大正詩史』等の研究書等、著書・編訳書多数。

［『大鴉』薔薇十字社、1972 年］

［『伝奇ノ匣 7　ゴシック名訳集成　西洋伝奇物語』学研 M 文庫、2004 年］

■オトラント城綺譚

ホレス・ウォルポール（Horace Walpole, 4th Earl of Orford）1717-1797　イギリスの作家、政治家、貴族。英国議会初代首相の息子として生まれる。著書に短篇集『象形文字譚集』、評伝『英国絵画逸話集』、戯曲『謎の母』等。

平井呈一（ひらい・ていいち）1902-1976　英米文学翻訳家。英国 19 世紀末文学や『吸血鬼ドラキュラ』ほか怪奇小説の翻訳・紹介を手がける。恒文社版『全訳小泉八雲作品集』（日本翻訳文化賞受賞）ほか訳書多数。小説集に『真夜中の檻』。

［『怪奇幻想の文学Ⅲ　戦慄の創造』新人物往来社、1970 年］

宮沢賢治全集（全10巻）　宮沢賢治
『春と修羅』、『注文の多い料理店』はじめ、賢治の全作品及び異稿を、綿密な校訂と定評ある本文によって贈る話題の文庫版全集。書簡など2巻増巻。

太宰治全集（全10巻）　太宰治
第一創作集『晩年』から太宰文学の総結算ともいえる『人間失格』、さらに『もの思う葦』ほか随想集も含め、清新な装幀でおくる待望の文庫版全集。

夏目漱石全集（全10巻）　夏目漱石
時間を超えて読みつがれる最大の国民文学を、10冊に集成して贈る画期的な文庫版全集。全小説及び小品、評論に詳細な注・解説を付す。

芥川龍之介全集（全8巻）　芥川龍之介
確かな不安を漠然とした希望の中に生きた芥川の全貌。名手の名をほしいままにした短篇から、日記、随筆、紀行文までを収める。

梶井基次郎全集（全1巻）　梶井基次郎
「檸檬」「泥濘」「桜の樹の下には」「交尾」をはじめ、習作・遺稿を全て収録し、梶井文学の全貌を伝える。一巻に収めた初の文庫版全集。（高橋英夫）

中島敦全集（全3巻）　中島敦
昭和十七年、一筋の光のように登場し、二冊の作品集を残してまたたく間に逝った中島敦――その代表作から書簡までを収め、詳細小口注を付す。

山田風太郎明治小説全集（全14巻）　山田風太郎
これは事実なのか？　フィクションか？　歴史上の人物と虚構の人物が明治の東京を舞台に繰り広げる奇想天外な物語。かつ新時代の裏面史。

ちくま日本文学（全40巻）　ちくま日本文学
小さな文庫の中にひとりひとりの作家の宇宙がつまっている。一人一巻、全四十巻。何度読んでも古びない作品と出逢う、手のひらサイズの文学全集。

ちくま文学の森（全10巻）　ちくま文学の森
最良の選者たちが、古今東西を問わず、あらゆるジャンルの作品の中から面白いものだけを基準に選んだ、伝説のアンソロジー、文庫版。

ちくま哲学の森（全8巻）　ちくま哲学の森
「哲学」の狭いワク組みにとらわれることなく、あらゆるジャンルの中からとっておきの文章を厳選。新鮮な驚きに満ちた文庫版アンソロジー集。

現代語訳 舞姫 森鷗外 井上靖訳

古典となりつつある鷗外の名作を井上靖の現代語訳で読む。無理なく作品を味わうための語注・資料を付す。原文も掲載。監修＝山崎一穎

こころ 夏目漱石

友を死に追いやった「罪の意識」によって、ついには人間不信にいたる悲惨な心の暗部を描いた傑作。詳しく利用しやすい語注付。（小森陽一）

英語で読む 銀河鉄道の夜（対訳版） 宮沢賢治 ロジャー・パルバース訳

“Night On The Milky Way Train”（銀河鉄道の夜）賢治文学の名篇が香り高い訳で生まれかわる。文庫オリジナル。井上ひさし氏推薦。（高橋康也）

百人一首 鈴木日出男

王朝和歌の精髄、百人一首を第一人者が易しく解説。現代語訳、鑑賞、作者紹介、語句・技法を見開きにコンパクトにまとめた最良の入門書。

今昔物語 福永武彦訳

平安末期に成り、庶民の喜びと悲しみを今に伝える今昔物語。訳者自身が選んだ155篇の物語は名訳を得て、より身近に蘇る。（池上洵一）

私の「漱石」と「龍之介」 内田百閒

師・漱石を敬愛してやまない百閒が、おりにふれて綴った師の行動と面影とエピソード。さらに同門の友、芥川との交遊を収める。（武藤康史）

阿房列車 ——内田百閒集成1 内田百閒

「なんにも用事がないけれど、汽車に乗って大阪へ行って来ようと思う」。上質のユーモアに包まれた、紀行文学の傑作。（和田忠彦）

教科書で読む名作 夏の花ほか 戦争文学 原民喜ほか

表題作のほか、審判（武田泰淳）／夏の葬列（山川方夫）／夜（三木卓）など収録。高校国語教科書に準じた傍注や図版付き。併せて読みたい名評論も。

名短篇、ここにあり 北村薫 宮部みゆき編

読み巧者の二人の議論沸騰し、選びぬかれたお薦め小説12篇。となりの宇宙人／冷たい仕事／隠し芸の男／少女架刑／あしたの夕刊／網／誤訳ほか。

猫の文学館Ⅰ 和田博文編

寺田寅彦、内田百閒、太宰治、向田邦子……いつの時代も、作家たちは猫が大好きだった。猫の気まぐれに振り回されている猫好きに捧げる47篇‼

品切れの際はご容赦ください

ゴシック文学神髄(ぶんがくしんずい)

二〇二〇年十月十日　第一刷発行

編　者　東　雅夫（ひがし・まさお）
発行者　喜入冬子
発行所　株式会社　筑摩書房
東京都台東区蔵前二―五―三　〒一一一―八七五五
電話番号　〇三―五六八七―二六〇一（代表）
装幀者　安野光雅
印刷所　株式会社精興社
製本所　加藤製本株式会社

乱丁・落丁本の場合は、送料小社負担でお取り替えいたします。

本書をコピー、スキャニング等の方法により無許諾で複製することは、法令に規定された場合を除いて禁止されています。請負業者等の第三者によるデジタル化は一切認められていませんので、ご注意ください。

© MASAO HIGASHI 2020 Printed in Japan

ISBN978-4-480-43697-9　C0193